De oorlogspianiste

boekerij.nl

Mandy Robotham

De oorlogspianiste

Twee steden. Twee spionnen. Wie van hen overleeft?

Vertaald door Annemarie de Vries

Eerste druk 2024
Derde druk 2024

ISBN 978-90-492-0225-5
ISBN 978-94-023-2241-5 (e-book)
ISBN 978-90-528-6660-4 (audio)
NUR 302

Oorspronkelijke titel: *The War Pianist*
Vertaling: Annemarie de Vries
Omslagontwerp: DPS Design & Prepress Studio
Omslagbeeld: © ArcAngel / Shutterstock
Zetwerk: Mat-Zet bv, Huizen

© 2018 Mandy Robotham
© 2024 Nederlandse vertaling Meulenhoff Boekerij bv, Amsterdam

Voor de stoere vrouwelijke ploeg van de Stroud Maternity Unit –
hedendaagse krijgers die een ander soort oorlog voeren

Voorwoord

Nadat ik voor mijn vorige boeken zowel letterlijk als figuurlijk door Europa was gereisd, vond ik het tijd worden om 'thuis te komen', met een verhaal over de strijd van Groot-Brittannië in de jaren 1940. Waarom nu pas? vraag ik me af. Komt dat doordat het leven in andere landen altijd veel spannender en exotischer lijkt dan onze eigen achtertuin? Het simpele antwoord is dat oorlog nooit en nergens exotisch is. Oorlog veroorzaakt verwoesting en pijn en slaat gaten in het wezen van mensen. En toch blijven de verhalen van overlevenden over de hele wereld eindeloos fascinerend voor liefhebbers van geschiedenis en fictie.

Misschien komt het ook doordat Londen in de Blitz voor mij altijd heel persoonlijk heeft gevoeld, iets wat ik op afstand moest houden tot de tijd er rijp voor was. Ik had het geluk dat ik niemand ben kwijtgeraakt in de Tweede Wereldoorlog, maar wijlen mijn vader Alan had altijd levendige herinneringen aan de oorlog in Noord-Londen. Toen de oorlog begon was hij pas vijf, en aangezien het ouderschap er in die tijd heel anders uitzag dan nu, was hij een van die jongetjes die zo prachtig verbeeld werden door regisseur John Boorman in *Hope and Glory*: jongens die midden in de strijd opgroeiden, altijd op zoek naar granaatscherven om ze vervolgens op school te ruilen. Aangezien hij zo jong was, herinnerde hij zich de oorlog vooral als een spannende tijd en niet zozeer als een angstige, hoewel hij nog goed wist dat hij dekking zocht onder de keukentafel toen er een straat verderop een V2-bom ontplofte. Ik ben het levende bewijs dat zijn overlevingstactiek en de meubels van goede kwaliteit waren.

Mijn vader groeide op in het Wood Green zoals ik dat beschrijf, net als ikzelf, en ik vond het heerlijk om zijn verleden en dat van mijn moeder, Stella, te verwerken in *De oorlogspianiste*. Hun eerste woning als getrouwd stel was een flat aan River Park Road, met een gedenkwaardig uitzicht op de busremise. Mijn oom en tante trokken een paar jaar later in dezelfde flat. En zelfs nu, als mijn moeder en ik uit metrostation Wood Green stappen om naar huis te gaan, wachten we een paar meter daarvandaan nog op de bus. Ik herinner me de Lyons-theesalon op Wood Street High Street nog precies van toen ik daar elke zaterdag als klein kind aan het begin van de jaren 1970 kwam: de botergele lichtbollen, de manshoge spiegels en de zwart-wit geblokte vloer. Ik kan nog steeds de krentenbol en de zoete jus d'orange proeven die ik dan altijd kreeg. Ik weet zeker dat ik hierdoor zo dol ben op ouderwetse barokke koffiehuizen.

De nostalgie daargelaten, kunnen verhalen over de oorlog in Londen weleens gezien worden door een roze bril: de *Blitz spirit*, waarbij we ons voorstellen dat men al zingend rond de piano in de pub de oorlog doorbracht. Toen ik in de dagboeken en de ware geschiedenis dook, ontdekte ik dat er twee kanten waren. Enerzijds bracht de oorlog in Groot-Brittannië de mensen inderdaad bijeen; ze waren vrijgeviger en vriendelijker voor elkaar. Tegelijkertijd ging de misdaad onverminderd voort en waren de mensen doodsbang om wat er met hun families zou gebeuren en om wat de toekomst zou brengen – zoals zo mooi verteld in herinneringen uit die tijd in 'Blitz Spirit' van Becky Brown en uiteengezet in Joshua Levines *The Secret History of the Blitz*. De realiteit was dat ze weinig anders konden dan gewoon door te gaan, en die harde werkelijkheid wilde ik graag in mijn boek verwerken: dat oorlog iedereen berooft van keuzes. De énige keuze is om te overleven.

Ik stelde me het personage Marnie voor als iemand te midden van een ander groots Brits instituut, een dat mijn kinderjaren en leven danig heeft beïnvloed: de BBC. Vooral in de Tweede Wereldoorlog, toen er nog geen social media en televisie waren, was die echt de stem van het volk, weergegeven door het iconische Broadcasting House. Dankzij de wondere wereld van het internet ontdekte ik het dagboek van een BBC-medewerker, Marjorie Redman MBE, redacteur bij het tijdschrift *The Spectator*, dat ten tijde van de Blitz gevestigd was in Broadcasting House. Zij deed overal verslag van – van het wereldnieuws tot het menu in de BBC-kantine. Wat een cadeau voor een schrijver! Heel toevallig woonde haar familie in mijn nieuwe woonplaats Stroud in Gloucestershire, dus werd ik ook nog getrakteerd op haar herinneringen aan Stroud in oorlogstijd, terwijl Edward Stourtons *Auntie's War* een andere rijke bron van onderzoek was.

Om een evenwicht tussen deze ervaringen te laten ontstaan, vond ik het belangrijk om de aanvallen op Londen te vergelijken met een ander soort gevangenschap in Europa: die van de Nederlanders, die misschien niet dagelijks bestookt werden met bommen, maar een andere vorm van onderdrukking en bezetting moesten doorstaan. Dit verhaal gaat over twee gelijkgestemde vrouwen die elkaar in de ether ontmoeten. Net zoals de oppositie in Noorwegen – die ik beschreef in mijn vorige boek, *The Resistance Girl* – werd het Nederlandse gevecht tegen de nazi's niet zo glorieus beschreven als dat van de Fransen, hoewel de Nederlanders te maken hadden met even moeilijke omstandigheden. Toen ik hoorde over de ongelooflijke gebeurtenissen in dierentuin Artis in Amsterdam, leken die wel verzonnen! Lezers van mijn vorige boek zullen ook een belangrijk personage herkennen in dit verhaal, waarin we een deel van de achtergrond van de gevreesde naziofficier Lothar Selig leren kennen, voordat hij in Bergen belandde.

Het thema in dit verhaal over 'thuis' in het door oorlog geteisterde Londen is – wederom – volharding. Na zes boeken geschreven te hebben over conflicten, waarvan vijf over de Tweede Wereldoorlog, sta ik nog steeds versteld van de mensen die gewoon doorgaan, die om de puinhopen heen lopen en hun verdriet wegslikken. Onlangs is de standvastigheid van de wereldbevolking weer danig op de proef gesteld en we hebben ons erdoorheen geslagen. We kunnen alleen veronderstellen dat dat te danken is aan de aanhoudende medemenselijkheid van mensen als Marnie, Willem, Corrie en Gus. Laten we het hopen.

PROLOOG

Opschieten en wegwezen

Juli 1940, Amsterdam

Corrie

BENG, BENG, BENG!
Het is een stille, hete middag als het zware gebons van de deurklopper als een donderslag door het smalle, hoge stenen huis schiet. Haar oren tuiten ervan en ze krijgt kippenvel over haar hele, bezwete lichaam, ondanks de klamme hitte in de kelderkamer.

KLOP, KLOP, KLOP. Deze keer met minder geweld, maar niet minder dringend. Het is niet de ritmische code die ze inmiddels gewend zijn van hun vrienden en bondgenoten. Ze heeft geen tijd om te bepalen of het de ss is, de Gestapo of de Abwehr, alleen dat het foute boel is.

Snel loopt ze naar de trap, waar ze in de duistere hal recht in de opengesperde, alerte ogen van Kees kijkt. 'Doe jij open,' zegt ze. 'Dan zorg ik ervoor dat hij wegkomt.'

Kees knikt met haar nette korte koppie en loopt langzaam naar de massief houten voordeur, die ze pas opendoet als de gang en de trap verlaten zijn.

Dit rothuis ook! denkt Corrie terwijl ze met brandende dijen de trappen op klimt. Die rottige smalle, hoge huizen in Amsterdam met al die eindeloze trappen.

In zijn kamer lijkt Hendrik de commotie al gehoord te hebben, hoewel de verwarde blik op het gelaat van haar oude oom net zo goed kan betekenen dat hij net wakker schrikt uit een dutje. De lucht is klam in de hitte van de middagzon, en hij wrijft over de stoppels op zijn kin.

'Wie is het?' vraagt hij.

Het verbaast haar dat hij zo kalm lijkt. Berustend, bijna. 'Dat weet ik niet, maar je moet weg.' Ze grijpt naar een kleine tas die al klaarstaat. 'Zoals we gepland hebben.'

Ze klimmen nóg een trap op in plaats van af, voortgedreven door het geluid van voetstappen door het huis. Steeds harder. Steeds dichterbij. Met haar goede gehoor kan ze twee paar voetstappen onderscheiden; de rest staat ongetwijfeld beneden te wachten. Hendrik kan maar één kant op: naar boven. Snel. En wegwezen.

'Als je eenmaal uit het zolderraam bent, pas dan op voor die losse dakpan links,' waarschuwt ze hem.

Hij knikt, maar vanwege zijn aangeboren hoogtevrees staat zijn gezicht nu echt angstig. Hij is lang en breed, maar Hendrik is een denker en zijn grootste successen zitten stevig opgeborgen in zijn hoofd. Over daken met gebroken dakpannen rennen past niet in zijn belevingswereld, hoewel het op dit moment absoluut de enige route naar een langer leven is.

De voetstappen achter hen op de trappen klinken steeds sneller, maar Corrie durft niet achterom te kijken terwijl ze Hendrik de zolder op duwt.

Hé, wacht!' klinkt een stem en Corries hart trekt samen van paniek.

'Ik ben het maar.'

Bij het horen van die drie woorden ontspannen al Corries spieren. Wat een opluchting dat het Willem is die op de trap staat, met zijn nek gestrekt om naar hen te kunnen kijken, hijgend van al dat geklim. Naast hem staat Kees, en daarachter Gus, Willems beste vriend. Paniek voorbij.

Willems gespannen gezicht zegt iets anders. Het gebonk op de deur duidt deze keer misschien niet op een ongewenste invasie van uniformen, maar het is wel degelijk een waarschuwing.

'We moeten weg,' bevestigt hij. 'Ik heb een tip gekregen, maar ze zitten me op de hielen. En ze zijn op zoek naar drie mensen.'

'Drie?' vraagt ze. Met de schat aan wetenschappelijke geheimen die Hendrik in zijn hoofd heeft, is hij een voor de hand liggend doelwit van de Duitsers. 'Wie nog meer?'

'Gus en ik staan ook op hun lijst,' zegt Willem.

'Nee. Nee! Waarom?' Ze weet precies waarom, maar de gedachte dat ze hen alle drie achter elkaar kwijtraakt is te erg. Dat kan gewoon niet.

'Het maakt niet uit waarom,' zegt hij scherp. 'Kom op, we hebben maar een paar minuten.'

Ze klimt achter hen aan de zolder op waar een zware deken van hitte hangt. De zon brandt door de zolderramen. Het luik wordt geopend en Willem trekt haar naar zich toe om zijn gezicht in haar hals te begraven, zoals hij dat ook deed toen hij klein was en haar echt nodig had.

'Ik zorg in de stad voor een onderduikadres voor Hendrik, en dan moeten Gus en ik weg,' prevelt hij. Er klinkt belofte door in zijn stem, en droefheid.

'Waarnaartoe?' Ze vecht tegen haar tranen. Het is oorlog en het is menens, maar om afscheid te nemen van je kind is hartverscheurend. Haar enige zoon, op zo veel manieren verbonden met haar wezen.

'Ik weet het niet,' fluistert Willem, zijn warme adem in haar oor. 'Weg uit Amsterdam, misschien uit Nederland. Zodra ik kan, laat ik wat van me horen.' Hij laat haar los en draait zich om voordat ze zijn verwrongen gezicht kan zien.

Ze heeft alleen nog tijd om Hendrik snel een knuffel te geven, te zeggen dat ze voorzichtig moeten zijn, en dan zijn ze alle drie weg. Nog een ogenblik ziet ze hun lange schaduwen terwijl ze over het dak klauteren, en dan staan Kees en zij in het felle zonlicht te knipperen. De lucht is bijna te dik om in te ademen.

Ze trekt Kees naar zich toe en geeft haar een dochter om zichzelf gerust te stellen een kus op haar hoofd.

'Mijn broer kennende komt hij weer terug,' probeert Kees haar te sussen.

Maar is dat wel zo? Er zaten al zo veel van Corries dierbaren wijd en zijd verspreid, over de hele stad en daarbuiten. Waar? En voor hoelang?

BENG, BENG, BENG! Weer een donderslag door het huis, maar nu wel op het ruwe ritme dat ze herkent, deze keer een echte dreiging. Door het zolderraam heen klinken stemmen en het geluid van de stationair draaiende motoren van de militaire voertuigen die beneden in de straat staan.

Ze slikt elk klein beetje pijn, angst en woede in, veegt het zweet van haar voorhoofd en zegt tegen zichtzelf: 'Rug recht, Corrie. Doe wat je moet doen.'

En dan loopt ze vastberaden de trappen af.

DEEL 1

1

Met de stroom mee

24 september 1940, Londen

Marnie

Ze staart naar de kantinemaaltijd die voor haar staat; zo triestig en lusteloos als haar leven, met een overrijpe schijf tomaat die slap over wat sardientjes uit blik valt – drie stuks, en niet vier zoals vorige week. Dat krijg je met die rantsoenering, denkt Marnie terwijl ze traag op de vis kauwt die ook smaakt alsof hij over is van vorige week. Ze heeft best tijd om naar de broodjeszaak vlak bij *Broadcasting House*, het hoofdkwartier van de BBC, te lopen, maar eerlijk gezegd is dat haar te veel moeite. In plaats daarvan blijft ze in haar eentje zitten wachten tot de lunchpauze voorbij is, aangezien de meeste van haar vrouwelijke collega's de hoofdstad ontvlucht zijn en hun heil hebben gezocht bij de buitenposten van de BBC in de Home Counties, net buiten Londen. Ze zou natuurlijk haar lunch boven in haar kantoor kunnen eten, maar kruimels op het bureau worden niet op prijs gesteld door Miss Roach, zelfs niet nu de straten eruitzien alsof Hitler een grote stofzuigerzak vol stof en puin heeft geleegd boven Londen. 'Regels zijn regels, Miss Fern,' zegt Miss Roach graag zangerig. 'Blitz of geen Blitz.'

De klok aan de muur tikt langzaam richting één uur, wanneer Marnie gelukkig met een fatsoenlijk script en een goede cast druk in de weer zal zijn in studio vier, en haar hersenen een middag lang op volle kracht vooruit kunnen. Daarna racet diezelfde klok veel te snel naar vijf uur, en het vooruitzicht van een overvolle metro naar haar kleine flatje in een buitenwijk in Noord-Londen. Vier bijna kale muren, een fornuis met één gaspitje en een pijnlijk lege voorraadkast is alles wat haar daar wacht. Dat, en een even armetierige avond. Een roman, ook al is die nog zo goed, kan je niet oneindig blijven vermaken, en na een dag lang werken bij de radio doen zelfs de opzwepende woorden van Winston Churchill op de BBC haar niets.

Halverwege de middag raakt Marnie geïnspireerd door een charmante heer op leeftijd die door de BBC is ingehuurd om een charmante heer op leeftijd te spelen, en besluit ze om niet zo vroeg naar huis te gaan. Ze gaat een wandeling maken, lekker in de septemberzon in de richting van Trafalgar Square, zoeken naar iets wat op boodschappen lijkt en dan een heerlijke avond doorbrengen met opa Gilbert in zijn kleermakerij. Normaal gaat ze op deze dag nooit naar hem toe, maar hij zal vast blij zijn om haar te zien. Met het oog op de verduistering verhuizen ze zijn primusbrandertje naar de kelder van de kleermakerij, waar ze zullen genieten van bonen op oude toast en net zolang backgammon zullen spelen tot een van hen zich gewonnen geeft. Niet bepaald een droomleven, maar het is háár leven. Ten goede of ten slechte, zegt ze vaak gekscherend tegen zichzelf, hoewel de ironie steeds minder om te lachen is.

Net na vijven blijkt Hitler echter andere plannen te hebben voor Marnie Fern: het regent vuur op The Strand. De hemel braakt een stortvloed aan brandbommen uit over de stoep onder haar voeten. De gloeiende neerslag ervan brengt precies in kaart waar de volgende lading bommenwerpers hun veel zwaardere, gevaarlijker lading moet droppen. Marnie weet het vallende puin behendig te ontwijken, niet door te rennen maar door heel doelgericht door te lopen. Het lijkt bijna of ze een hinkelspel doet. Behalve dan dat dit echt vuur is en geen spel, vooral niet voor de Luftwaffe die boven haar hoofd vliegt. Even later springt ze met en gilletje opzij, geschrokken van een vonkenregen die tegen de muur naast haar weerkaatst. Die is zo dichtbij dat ze de warmte op haar enkels voelt en ze een gaatje in haar kous voelt branden. Heel even houdt ze stil om ernaar te kijken: ze ziet de gloed wegtrekken en de hitte verdwijnt. Doel gemist. Deze keer.

De mensen om haar heen zijn niet in paniek, maar even voorzichtig als zij. Ze kronkelen om de kapotgeschoten betonblokken heen, en om het puin dat bestaat uit restjes van mensen en dingen. Het enige doel dat de Londenaren voor ogen hebben is een veilig onderkomen bereiken, en snel ook. Afdalen in de ingewanden van de hoofdstad van Groot-Brittannië, en dat doen ze stilletjes, niet gehaast. Precies zoals de posters en de radiopresentatoren ze steeds maant. Blijf kalm, maar ga voorál door.

Sinds het begin van de oorlog meer dan een jaar geleden bleef het tegen de verwachtingen in doorgaans stil in de lucht, maar inmiddels zijn de luchtwaarnemers en de RAF in een permanente staat van alertheid. Vanavond – net als elke avond sinds het begin van de Blitz, nu drie weken geleden – klinkt dankzij hun scherpe blikken de inmiddels welbekende sirene, het golvende, spookachtige geloei dat door de straten kronkelt en de lucht verzadigt; het geluid dat de bevolking vijf tot tien minuten van tevoren waarschuwt voor een luchtaanval. Tijd genoeg om als ratten in hun holletje te kruipen. Maar vandaag is het minder dan vijf minuten: een verrassingsaanval van de Luftwaffe. En Marnie Fern zit er middenin.

Terwijl de aanvallers de brede, glinsterende baan van de Theems volgen om hun doelen uit te stippelen, probeert ze het demonische gegons boven haar hoofd te negeren en wanhopig tegen de aanhoudende mensenstroom in te gaan. In plaats van het eerste het beste onderkomen in te duiken is Marnie vastbesloten opa's kleermakerij te bereiken, net achter Trafalgar Square. Daar, in het smalle winkeltje dat tussen twee eeuwenoude betonrotsen gepropt is, zit ze net zo veilig als ergens anders. Ze zetten een pot thee en in het gezelschap van paspoppen die emotie noch angst laten zien luisteren ze naar de radio, die de ellende boven hun hoofd overstemt. Opa doet een scheut whisky in de thee, en zodra die door zijn aderen stroomt doet hij de stemmen na van zijn twee oudste paspoppen, die hij Frank en Oscar heeft gedoopt. Zij zal erom lachen zoals vroeger toen ze klein was, een welkome afleiding van de bittere werkelijkheid, al is het maar voor een ogenblik.

Maar op het trottoir bevindt ze zich opeens tussen de draaiende wieltjes van een wandelwagen, een radeloze moeder en een gezette man die haar met zijn grote hand bij haar elleboog pakt en haar meesleept naar het metrostation, alsof hij een prins op een wit paard is in plaats van een dikkerd in een tweedjas.

'Hier, deze kant op,' hijgt hij goedbedoelend.

Tot zover dus haar besluit om tegen de stroom in te zwemmen. Want Marnie Fern doet niet lastig en verzet zich niet tegen de hoffelijkheid van de man of de verlammende angst voor een luchtaanval.

Ze gaat met de stroom mee. Zoals altijd.

Afdalen in station Aldwych is een nieuwe hel op zich. Elke keer als ze daar naar beneden moet, denkt ze dat het uiteindelijk de stank zal zijn die het Britse volk de das om zal doen, en niet het machtige Derde Rijk; het is het soort ondoordringbaar, stinkend miasma waarvan men in de middeleeuwen geloofde dat het de pest in stand hield. Eenmaal op het perron trekt iedereen zijn schoenen uit, met de daarbij behorende penetrante geur, in combinatie met de adem van mensen die de hele dag op hun werk hebben gezeten en de muffe tabakslucht die verweven is in hun kleding. Het is een ware geurenbrij, en mocht Hitler ooit in staat zijn deze stank te bottelen, dan zou hij over een geweldig arsenaal beschikken, samen met de bommen die nog steeds bij vlagen naar beneden komen. De doffe dreunen ervan weerkaatsen op de krakende houten roltrappen en tussen de muren van de relatief veilige onderaardse bunker. Zo'n dertig meter boven het perron, in de straten van de Londense binnenstad, blijft het chaos. Hier beneden heerst er een zekere rust – rust, en stank.

Na een plotselinge harde explosie klinkt er geroezemoes in de mensenzee, en worden de blikken naar boven gewend, terwijl Marnie voorzichtig langs de lichamen loopt die daar als sardientjes liggen opgesteld. Er gaat een verbaasd gemompel op onder de perronkampeerders, en een enkeling vraagt zich af: 'Welke arme donder zou daaronder terecht zijn gekomen?' Daarna vervalt iedereen weer in zijn oude ondergrondse ritme van zacht gepraat in kleine groepjes.

Links van haar murmelt een moeder haar baby in slaap, en tegenover haar zit een ouder echtpaar te kibbelen over hun kostbare stukje perron terwijl ze een thermosfles opendraaien en het kruiswoordraadsel van de *Daily Mirror* gladstrijken; hun nieuwe dagelijkse ritueel.

Weemoedig kijkt ze toe. Zou ze willen dat haar ouders hier waren? Nee, niet nu die vuurstorm gaande is. En met haar tweeëndertig jaar heeft ze hen ook niet nodig om voor haar te zorgen, maar bij wijze van gezelschap – iets van vertrouwdheid –, dat zou fijn zijn. Iemand.

Na een luttele drie weken zijn de Londenaren experts in dit zwervende, primitieve bestaan geworden. Uren staan ze in de rij voor metrostations om een kaartje te bemachtigen en zich van de roltrappen naar beneden te haasten, waar ze hun stekje voor die nacht afbakenen met dekens, ligstoelen en de alomtegenwoordige waterketel en theepot. Vandaag heeft Marnie alleen haar handtas en verplichte gasmasker bij zich, in de reeds versleten kartonnen hoes die met elke stap tegen haar heup botst op het eeuwige ritme van het leven in oorlogstijd.

'Hier, liefje.' Een oudere vrouw gebaart naar een smal plekje naast haar, tegen de gebogen, betegelde muur van het perron aan. Ze schuift wat opzij en spreidt een dun stuk stof uit dat vroeger waarschijnlijk een slaapkamergordijn is geweest, maar dat Marnies werkpakje ongetwijfeld goed zal beschermen tegen de viezigheid en sigarettenas op het perron.

'Deena.' De vrouw steekt haar hand uit. 'En dit is Kapitein Ahab.' Ze trekt de deken die over haar benen ligt naar beneden en daar ligt een langharige witte kat heerlijk opgekruld te dutten te midden van het gekkenhuis. 'Huisdieren zijn eigenlijk niet toegestaan, maar ik kon de kapitein moeilijk achterlaten,' fluistert de vrouw. 'Niemand heeft last van hem, hij slaapt de hele nacht.'

Had ik dat talent maar, denkt Marnie. Met de stank die als smog over de lusteloze menigte hangt, het geroezemoes, gesnurk en gekreun, en de baby die even verderop tegen de borst van zijn moeder ligt te huilen, komt er van slapen niet veel. Ze ligt met haar lange, tengere lichaam om haar handtas gekruld, met haar bovenlichaam bedekt door een kort wollen jasje, en zo zweeft Marnie de hele nacht op het randje van de slaap. Ze scheert over de mist, maar kan geen onderscheid maken tussen de doffe inslagen van de bommen en de klungelige poging van iemand om zijn behoefte te doen in de emmer aan de andere kant van het perron. Af en toe is ze bij en vraagt ze zich af of opa kan slapen, of dat hij wakker ligt en – zoals zo vaak – troost zoekt in zijn stukgelezen uitgave van *De grote Gatsby*, zich laat meevoeren naar een tijd en een wereld heel ver van dit alles vandaan.

2

De glinsterende stad

25 september 1940, Londen

Marnie

Om half zeven 's ochtends blèrt het eindsignaal van het luchtalarm. Het is een minder dreigend geluid dat gekenmerkt wordt door snellere geluidsgolven en een aanhoudende, monotone klank. Marnie ziet het resonerende gejammer als een weerspiegeling van de collectieve vermoeidheid van de kampeerders die beetje bij beetje de moed en de spullen weer bijeenrapen. Gelukkig is station Aldwych niet meer in gebruik, dus hoeven de mensen hier geen rekening te houden met een stortvloed aan geïrriteerde ochtendforenzen die elkaar verdringen voor een plekje op het perron. Hoewel het wel een zegen zou zijn als de luchtstroom van een binnenrijdende metro de nacht zou wegvagen.

Deena is al weg, samen met Kapitein Ahab, en de lege plek naast haar voelt op de een of andere manier droevig aan, alsof ze een vriendin heeft verloren. Als ze voor de oorlog de roltrap op ging, voelde de frisse lucht die haar tegemoetkwam en die de rokerige, smerige atmosfeer van de metro verjaagde altijd als een opluchting. Maar vandaag verruilt ze slechts de ene bedompte lucht voor de andere. Het is tegen zevenen en het zwakke septemberlicht legt het af tegen de chaos van de zware aanval; de rook van de vele brandjes snoept de zuurstof op die nog niet was opgebruikt door de vlammen, en paperassen dwarrelen op hittegolven in het rond als grote confetti. Besmeurde en doodvermoeide leden van de ARP, de luchtbeschermingsdienst, zoeken in de puinhopen naar overlevenden en ergens onder het tapijt van gruis en steenbrokken liggen de beroemde straten van Londen, glinsterend van glasscherven in plaats van het goud uit de overleveringen.

Terwijl Marnie zich door alle consternatie heen worstelt, komen er woorden uit het verleden bovendrijven: artikelen in de News Chronicle na de beruchte Kristallnacht in Duitsland, bijna twee jaar eerder, met uiteenzettingen van de gruwelijkheden en het verdriet dat de Joden werd aangedaan. In een gedetailleerde reportage verhaalde de verslaggever over glasscherven die tijdens de opruimwerkzaamheden als 'schalie in de branding' door Berlijn werden geveegd, iets wat Londen nu ook aan den lijve ondervindt. Marnie rilt bij het geluid van de scherven die over de grond schrapen. Zijn leger is hier misschien niet neergestreken, maar Hitler is ontegenzeglijk de plas overgestoken en heeft het leven van de Britten net zo wreed verstoord als dat van de Europeanen – en dat alles met het doel om ze uit te roeien. Londen overleeft het wel, daar twijfelt ze niet aan; het heeft al zo veel erger doorstaan. Maar tegen welke prijs? Hoe zit het met de gebouwen en de mensen? Met de ziel van de stad?

Ze bant de herrie uit haar gedachten, en de bijtende geur van cordiet en van een nieuwe, misselijkmakende stank die alleen van brandend vlees kan komen, en ze waadt door een zee van ellende. Ze heeft maar één bestemming en één doel. Eén plek waar ze naartoe wil.

Ondanks haar vastberadenheid doet Marnie er toch bijna een half uur over om alle versperringen te trotseren, van brandslangen die over het besmeurde asfalt en de geplaveide wegen slingeren tot ambulances die af en aan rijden om de doden en gewonden te verzamelen: gehaast voor de gewonden, een stuk minder snel voor degenen voor wie er geen hoop meer is. Londen maakt zich op voor een nieuwe oorlogsdag.

Tegen de tijd dat ze de open vlakte van Trafalgar Square ziet, waar Nelson nog steeds op wonderlijke wijze op zijn sokkel staat, krijgt ze een voorgevoel. De mantel van de Luftwaffe is verdwenen, maar de wereld lijkt nog steeds verduisterd. Boven de daken en de wiegende sperballonnen hangen smogflarden die verlicht worden door de net opkomende zon, maar hier beneden voelt en lijkt alles vooral grijs. Hoe dichterbij ze komt, hoe sneller ze gaat lopen. De paniek van de luchtaanval giert nu pas door haar lijf. *Nee, alsjeblieft*, zegt een stem in haar hoofd op het ritme van haar korte, snelle ademhaling. *Laat hem alsjeblieft in orde zijn. Laat het niet daar zijn. Laat het niet hem zijn.*

Net achter de National Gallery blijkt de toegang tot Orange Street geblokkeerd te zijn door een lawine van rode bakstenen. Opgejaagd door angst trotseert Marnie de versplinterde balken die aan haar kousen trekken; gebukt om niet tussen de puntige resten van iemands verleden te vallen die als een ingestort kaartenhuis om haar heen liggen.

'Hé, juffrouw!'

Marnie aarzelt maar een kort ogenblik bij het horen van de scherpe, waarschuwende mannenstem.

'Daar mag u niet in!' probeert hij nog een keer, en hij klautert, met zijn stalen helm voor zijn ogen gezakt, over de bakstenen achter haar aan. 'Dat is gevaarlijk! Stop!'

Maar stoppen doet – kán – Marnie niet, nu ze het ziet. Of liever, nu ze het niet ziet. De ruimte onder de gevel van Cooper's Maatkleding is niets dan een grijze, rokerige, vieze leegte. De letters hangen slap van een kant van de gevel naar beneden. De deur is er niet meer. Nog geen snippertje is ervan over, en voor de ingang branden wat vuurtjes, als vuurbakens die langs een oprijlaan naar een banket in een prachtig groot huis leiden. Maar het eeuwenoude gebouw is verdwenen, opgegaan in de deklaag van as waar Londen onder bedolven is. De stenen gebouwen aan weerszijden zijn beschadigd en verschroeid maar niet vernield en staan erbij als twee boekensteunen waar een deel van een reeks tussenuit is gehaald.

Marnie loopt om de vuurtjes heen en werpt zich in de dikke wolk die er nog hangt. Verstikt roept ze zijn naam. 'Opa! Opa! Gilbert! Waar ben je?' Met elk woord wordt het volume uit haar longen gezogen, waardoor ze naar adem moet happen om er een woord uit te krijgen. Tot ze zich realiseert dat haar smeekbede hapert vanwege haar gesnik.

Ze schrikt als ze een hand op haar schouder voelt. Het is de man met de stalen helm en de overall van de ARP die onder het stof en gruis zit en een rode vlek op zijn schouder heeft – vast een bloedvlek. Maar hij kijkt niet boos, en dat maakt haar helemáál bang. Hij zeurt niet dat ze weg moet en hij trekt haar niet mee. In plaats daarvan kijkt hij haar recht aan met een meelevende uitdrukking op zijn besmeurde gezicht. Zijn mondhoeken wijzen spijtig naar beneden.

'Hij ligt daar, juffrouw,' zegt Stalen Helm zachtjes.

Ze is dankbaar dat hij in staat is medeleven te betonen na de nacht die hij er ongetwijfeld op heeft zitten.

Hij leidt haar naar de rand van het winkelpand, waar op het leeggeruimde trottoir een stuk stof uitgespreid ligt met een patroon dat ze herkent. Het is dure tweed en komt uit opa's speciale voorraad. *Godzijdank heeft hij alleen het beste.*

Onder de fijne grijze tweed herkent ze zijn contouren: lang en slank; zijn trotse borst vormt een zachte glooiing en de punten van zijn steevast gepoetste zwarte veterschoenen piepen net onder de stof vandaan. Ze zitten onder het stof, en dit is de belediging voor hem die ze uiteindelijk niet trekt. Marnie klapt dubbel en slaat haar armen om haar middel. Met haar knie valt ze op een stukje beton terwijl ze instort zoals de gebouwen om haar heen dat uren geleden hadden gedaan. Zijn winkel, zijn zaak, zijn léven. Allemaal weg.

'Nee! Nee, nee, nee…' brengt ze huilend uit, en ze grijpt naar de punten van zijn schoenen, naar de vorm van zijn zakhorloge dat hij, zoals altijd, in de zak van zijn keurige maatpak draagt. Terwijl overal om haar heen de opruimwerkzaamheden in volle gang zijn, blijft Stalen Helm achter haar staan, alsof hij haar tegen meer onheil probeert te beschermen. Kon hij dat maar.

Marnie weet dat ze het niet moet doen en dat ze er waarschijnlijk spijt van zal krijgen, maar ze kan het niet helpen: ze tilt de stof op om naar zijn gezicht te kijken en te zien wat Hitlers uitbarsting heeft aangericht. Ze verwacht verminking en een gevoel van walging, maar daar is gelukkig geen sprake van. Hij ziet er heel sereen uit – alleen zijn grijze baard is wat lichter door een laagje fijn, wit poeder. Maar geen bloed, of littekens, of gapende wonden. Zelfs zijn wangen zijn roze. Hoe is het mogelijk dat er na de bominslag van het gebouw niets dan een zwart gat is overgebleven, maar dat haar grootvader onaangetast is?

Snel trekt Marnie de stof verder naar beneden, staart naar zijn borst en durft te zweren dat die een beetje omhooggaat. Toch? Of niet? Een millimeter misschien, maar dat is toch iets. Dat is hoop. Ze draait zich meteen met grote ogen om naar Stalen Helm. 'Hij leeft nog!' roept ze. 'Ik zie het zelf. Hij ademt nog. Doe iets!'

Weer die medelijdende blik. Leedwezen. De man van de ARP – gehard na drie weken Blitzkrieg, met dank aan Hitler – heeft dit eerder gedaan. Dit is nu zijn werk, tot de Luftwaffe besluit om chaos te scheppen in een andere stad in Groot-Brittannië of de wereld. Of tot de Duitsers door de straten marcheren, zoals tegenwoordig het angstige gerucht gaat boven in menig Londense bus.

'Hij is dood, juffrouw,' zegt Stalen Helm. 'We hebben goed gekeken. De ambulance is geweest en er is geen enkele twijfel.'

Ze kijkt weer naar zijn borst. Roerloos onder zijn smetteloze gilet. Winter of zomer, oorlog of vrede, Blitz of niet, hij ging altijd gekleed in driedelig pak, met das en speld. 'Een kleermaker moet vertrouwen wekken,' zei hij altijd tegen Marnie. 'Laat zien wat je kunt.'

'Maar hoe kan dat nou? Waarom ziet hij er niet...' Haar gedachten zijn wazig door alle verwarring om haar heen en ze bespeurt nergens enige vorm van logica.

'Waarschijnlijk door de dreun,' legt Stalen Helm uit, en hij wil het hier duidelijk bij laten.

Maar dat accepteert ze niet. Met haar hoofd schuin kijkt ze hem aan. *Vertel op.*

'Daardoor zijn zijn longen aangetast.'

Het is zonneklaar dat Stalen Helm zijn boodschap, ondanks zijn eigen vermoeidheid, zorgvuldig formuleert – hij neemt de woorden 'ontploft' of 'opgeblazen' niet in de mond, maar dat is wel wat hij bedoelt. Hij slaat zijn ogen neer, ten teken dat hij klaar is met zijn uitleg.

Waarom zou ze ook meer moeten weten, denkt Marnie. Hij is dood. De man die haar het meest na staat in Londen, misschien zelfs in haar leven, is er niet meer. Vermoord door een man met een rare snor en genoeg vuurkracht om het Armageddon mee in te luiden. Stalen Helm neemt haar mee naar een lege plek waar een aantal voertuigen staat, en een keet op wielen met een keukentje, die op onverklaarbare wijze door het puin heen zijn gekomen. Iemand met een uniform van de Women's Voluntary Service, de vrijwilligersdienst voor vrouwen, duwt een beker thee in haar hand waar ze zonder iets te proeven een slok van neemt. Het is echt waar, denkt ze: het helpt. Langzaam maar zeker landt ze weer in de realiteit, in haar persoonlijke nachtmerrie.

Er komt weer iemand anders aan die iets tegen haar zegt, maar ze krijgt de woorden niet mee. Ze krijgt een papiertje in haar hand geduwd en hoewel het gekriebel haar niets zegt, is het duidelijk een vermelding van waar Mr Gilbert Cooper ('de overledene') naartoe wordt gebracht, in welk mortuarium hij ondergebracht zal worden. Een van de velen op Hitlers scorelijstje van overheersing. Marnie vloekt niet vaak, maar het woord 'klootzak' komt omhoog en weergalmt in haar vermoeide, pijnlijke hoofd.

'Gaat het wel, juffrouw?' Stalen Helm weer.

'Ja, dank u wel,' zegt ze moeizaam. Dat zeggen de Britten toch altijd? De posters die door heel Londen hangen staan erop – dat ze zullen volhouden. Winston staat erop. Alleen vanbinnen mag je doodgaan en schreeuwen en je hart weer tot leven boksen en in je thee van de wvs janken die rijkelijk vloeit, net als de ingehouden tranen.

Waar moet ze nu naartoe? Het is bijna negen uur en Marnie had al om half negen op kantoor moeten zijn, hoewel er tegenwoordig wat meer begrip is als je te laat komt omdat de bussen vaak opgehouden worden door de enorme kraters in de weg en de metro maar langzaam op gang komt na de nachtelijke beslommeringen. Naar huis dan, naar Noord-Londen? Nee, ze kan niet in haar flatje gaan zitten nadenken over opa's laatste momenten. Zijn hele leven was hij een trotse, keurige man geweest, maar tijdens die laatste seconden, toen de bommen over zijn hoofd raasden, was hij misschien wel doodsbang. Zoals ieder normaal mens. Marnie kijkt naar zichzelf. Ze is vies, ongewassen, haar kousen zitten vol gaten en haar ogen zijn rood en opgezet, maar ze heeft behoefte aan mensen om zich heen. Miss Roach die het Engelse bakkie troost voor haar zet, een kop thee zet die volgens Raymond zo sterk is 'dat je lepeltje erin rechtop blijft staan', en Raymond – haar vriendelijke, soms vaderlijke baas – die zijn medeleven betuigt. Ja, dat is precies wat ze nodig heeft.

Pijnlijk langzaam loopt Marnie naar het westen richting Piccadilly Circus en over Regent Street naar Broadcasting House. De meeste winkelruiten zijn gesneuveld, en met een mengeling van verdriet en oprechte pijn merkt ze de prachtige gebouwen op die vernield zijn door explosieven, of door kleinere brandbommen die elke nacht weer op de daken neerregenen. Die laatste weten zich overal naar binnen te wurmen en vreselijke branden te veroorzaken – vlammen die al sinds de Grote Brand van 1666 Londens grote vijand zijn. Hoe heeft de stad het toen overleefd, zonder Stalen Helm en de weergaloze wvs met de thee?

Marnie weet – nu helemaal – dat gebouwen geen mensen zijn en dat ze opnieuw kunnen herrijzen, in tegenstelling tot de doden. Maar dat neemt niet weg dat ze haar en andere Londenaren dierbaar zijn. Het is een wond en die doet pijn. Hitler, wreed maar slim, is zich hier duidelijk van bewust.

Eindelijk komt Portland Place in zicht. Tot Marnies opluchting is het glanzend witte Broadcasting House intact, met het indrukwekkende beeld van Shakespeares Prospero en Ariel nog steeds op wacht boven de ingang. De negen verdiepingen van het vlaggenschip van de bbc torenen boven haar uit als de boeg van een gigantische oceaanstomer, met zijn gebogen muren die zich eindeloos ver uitstrekken in de huidige Londense wanorde. Ze weet zeker dat dit nu de juiste plek voor haar is, het schip dat haar met beide benen op de grond moet brengen.

In de kantoren van 'Productie (Algemeen)' op de zesde verdieping kijkt Raymond Blandon op als ze binnenkomt en hij ziet direct hoe laat het is. Hij zet Marnie op een stoel en laat een kop sterke thee brengen. Daarna wacht hij af. Tot ze iets zegt of gaat huilen, of gewoon blijft zitten waar ze zit. Dankzij deze intuïtie is hij van de beste producenten van Broadcasting House en kan hij zomaar elke studio binnenvallen – soms zelfs op het allerlaatste moment – en het slechtste of zwakste script nieuw leven inblazen. Daarom is hij de beste baas die ze zich kan wensen.

Geduldig ondersteunt Raymond haar kopje als Marnies handen heftig beginnen te trillen. 'Dat is de schok,' zegt hij met zijn diepe, rustige BBC-stem. 'Niets om je zorgen om te maken.'

Pas dan dringt het tot Marnie door: dat Gilbert Cooper gisteravond misschien niet aan Hitlers bommen kon ontkomen, maar zij wel. Voor hetzelfde geld had zij onder dat puin gelegen, en op een bepaalde manier zou ze dat niet eens erg hebben gevonden – haar alledaagse, onbeduidende bestaan in plaats van zijn energieke levenslust. Toch bezorgt dit besef dat ze maar ternauwernood is ontsnapt haar opnieuw de rillingen, en ze krijgt een tweede kop thee.

Als ze gehuild heeft en Raymond haar vaderlijk heeft getroost, met zijn grote armen om haar tengere lijf en de zoete geur van pijptabak en haarolie, trekt hij zich terug in zijn kantoor en laat hij haar zitten, gewoon omdat dat nodig is. Vandaag verwacht hij geen werk van haar, ondanks een paniekerig telefoontje uit studio drie met de vraag om een productieassistente – 'Nee, Miss Fern is niet beschikbaar,' hoort ze hem gedecideerd zeggen.

Dan wordt de stapel scripts op haar bureau die ze moet nakijken maar een stukje hoger. Vandaag hoeft Marnie Fern zich alleen maar bezig te houden met haar verdriet.

3

De leegte in

Corrie

Hij is er niet. Gatsby. Ze drukt de kleine hoofdtelefoon tegen haar linkeroor en buigt voorover naar de radio. Niet dat dat iets uithaalt, maar dan kan ze zich beter concentreren. Het blijft stil. Op sommige dagen is het signaal zo zwak dat ze met haar geoefende gehoor de stippen en strepen als het ware uit de lucht moet plukken alsof ze naar een zwak, flikkerend licht van een vuurtoren in de verte staart en probeert te ontdekken of het echt is.

Een zee van leegte. Hij is nog nooit niet op tijd geweest, is zo precies als een uurwerk. Hoewel er maar mondjesmaat nieuws uit het buitenland Nederland binnendruppelt, weet Corrie dat Londen de afgelopen weken elke nacht is opgeschrikt door bombardementen, maar Gatsby heeft het tijdens hun uitwisselingen nauwelijks over die ellende. IJverig kwijten ze zich met vliegensvlugge vingers van hun taak zodat de nazi's hun locatie niet kunnen achterhalen. Met vederlichte aanraking bedienen ze de zendsleutel. Punt, punt, streep. Snel, kort en doelmatig.

Ze knijpt haar ogen tot spleetjes onder het zwakke schijnsel van een enkel lampje in haar donkere kelder. Daar zit ze te midden van haar voorraad, die ze beetje bij beetje naar boven zal brengen, naar haar geliefde boekwinkel. Afgezien van enkele titels die ze niet in de kast durft te zetten. Haar eigen geheime bibliotheek, woorden die haar in deze tijden in de gevangenis kunnen doen belanden: Ernest Hemingway, Oscar Wilde, Thomas Mann en zelfs Fitzgerald, allemaal woordkunstenaars die verboden zijn door de nazi's omdat ze het over vrijheid hebben, over andere levens in een andere wereld, ver van het Derde Rijk. Ze kijkt naar haar eigen stukgelezen Engelse exemplaar van *De grote Gatsby* en vraagt zich af hoe een dergelijk liefdesverhaal in hemelsnaam een bedreiging kan zijn voor soldaten met wapens, maar zonder geweten. En wat het allemaal voor haar betekent in deze tijden.

In deze tijden. Zo kun je het ook noemen. Diefstal is het, heel simpel. De nazi's hebben zich het land in gebombardeerd, eerst in Amsterdam. Ze hoorde het zelf, het verraderlijke gegons van de vliegtuigen boven haar hoofd en de daaropvolgende explosies op de nabije Herengracht die haar stevige huis op zijn grondvesten deed trillen. Dat was nog maar een voorproefje. Binnen enkele dagen bracht Hitler een bliksemsnelle vernietiging van Rotterdam teweeg, waarna de troepen het land binnenmarcheerden en dreigden Amsterdam en Den Haag op dezelfde manier te verwoesten indien de Nederlanders hun 'broedervolk' niet verwelkomden. Dus de Duitsers hangen inmiddels al maandenlang rond in de hoofdstad: langs de grachten en óp de grachten in rondvaartboten, alsof ze lekker op vakantie zijn. Straatnaamborden zijn geschreven in het strenge gotische schrift, en er is een nieuwe muntsoort die het Duitse leger kan gebruiken. Nederland is geconfisqueerd. Met geweld.

Maar langzaamaan probeert het terug te knokken. Daarom zit zij hier, in deze muffe ruimte die ze naarstig droog probeert te houden omwille van de dierbare boeken die haar in haar onderhoud helpen voorzien en haar steun en toeverlaat zijn. Maar voordat zij en haar medeverzetsstrijders een macht kunnen opzetten om terug te slaan, hebben ze informatie van buitenaf nodig en daar is een ernstig gebrek aan. Dus wanneer ze de heilige lucht boven de Noordzee in tik-tik-tikt, doet ze dat om kostbare inlichtingen te verkrijgen zodat gelijkgestemde dissidenten, trotse Nederlanders in donkere hoeken van bruine cafeetjes, zich kunnen gaan verenigen om hun land weer in eigen handen te krijgen.

En Gatsby is haar betrouwbare verbinding met Londen – en de Nederlandse regering die gedwongen is daar in ballingschap te gaan – die van een afstand poogt een verzetsbeweging op te bouwen. Nu is het ook haar kostbare, fragiele verbinding met Willem.

Maar Gatsby is er niet. Waar is haar codenaampartner? Waarom antwoordt hij niet?

Met een mengeling van angst en hoop draait Corry de wijzer naar UITZENDEN en plaatst haar goedgetrainde vinger op de sleutel.

'*Zendercode: Daisy...*'

4

Verborgen schat

25 september 1940, Londen

Marnie

Tegen de middag begint Marnie in te storten. Raymond is weggeroepen voor een vergadering en de koppen sterke thee van Miss Roach maken haar meer aan het trillen dan dat ze troost bieden. Ze moet slapen, vooral als de Luftwaffe vanavond weer op bezoek komt, hoewel ze nu van plan is om als het donker wordt haar heil in Broadcasting House te zoeken. Als medewerker mag ze daar in de concertzaal van de BBC, die dienstdoet als provisorische schuilplaats. Zonder Deena en Kapitein Ahab deze keer, maar met stretcher, deken en toilet – onmisbaar voor je verstand, lijf en leden. Maar nu moet ze eerst naar huis.

Als Marnie aan het eind van de Piccadilly Line uit het metrostation stapt, ziet ze dat Wood Green High Street een gelukstreffer heeft gehad; het enige teken van de luchtaanval is een paar hoopjes puin die naar de kant van de weg zijn geveegd. Hier, in het vroege middagzonnetje in de bedrijvige Londense buitenwijk, komt ze een beetje bij. Mensen maken rustig een wandelingetje en er loopt fluitend een postbode voorbij.

Ze is niet bepaald gehecht aan haar flatje in het huizenblok bij het metrostation, maar is toch opgelucht dat het ongeschonden blijft. Het huis van rode baksteen waar Marnie is opgegroeid is maar drie deuren verder, en ook dat staat nog overeind, hoewel haar ouders bij de eerste geruchten over een oorlog Londen waren ontvlucht naar de verste uithoek die ze konden vinden zonder een zee over te hoeven steken, namelijk Schotland. Toentertijd leek het een goed idee om even verderop een flatje te nemen, maar het heeft nooit echt als thuis gevoeld.

Tot deze ochtend was het de kleermakerij die fungeerde als haar toevluchtsoord; of het nu druk was of niet, opa ontving haar altijd met open armen. Dan ging ze naar hem zitten kijken terwijl hij met kundige vingers de kwaliteit van het tweed keurde en het patroon afkrijtte, zonder voorbeeld en zonder een centimeter te verspillen. En dit was nog voordat de oorlog en schaarste toesloegen. Daarna knipte hij de stof met een oeroude zware schaar waar Marnie als kind nooit aan mocht komen en die haar stiekem angst aanjoeg en tegelijk betoverde. Met haar jonge, levendige verbeelding zag ze de scherpe bladen van de magische schaar in haar ziel knippen als ze hem toch waagde aan te raken.

'Nou Oscar, doe eens iets voor je geld,' zei opa als hij klaar was tegen de stevige oude paspop en dan kleedde hij Oscar aan. Daar keek Marnie altijd het meest naar uit, want dan ging opa de stoftovenaar aan het werk om het hoekige pak in vorm te boetseren.

'Zal ik de spelden aangeven?' vroeg ze altijd als kind, en zelfs vorige week nog.

'Ik kan niet zonder, lieverd. Of zonder jou.'

Dit is het speciale riedeltje tussen opa en haar dat Marnie nu in haar hoofd afdraait, terwijl ze in haar slaapkamertje ligt te woelen op een stug en hobbelig matras, dat nog altijd beter is dan een betonnen perron. Kon ze maar wegzinken in haar onderbewustzijn.

Aan de ene kant wil ze de herinneringen wegstoppen zodat ze kan slapen en vergeten, en aan de andere kant zorgen ze er ook voor dat ze glimlacht naar het lage plafond en de scheur die er opeens is bijgekomen, naast het peertje. In gedachten herhaalt ze wat Stalen Helm tegen haar zei: 'Hij was op slag dood. Hij heeft niet geleden.'

Ze wil het graag geloven. Dat opa's hart of longen de klap hebben opgevangen en dat hij daar niet bloedend en gebroken heeft liggen lijden. Het was niet gegaan zoals ze vorige week op weg naar haar werk een keer had gezien, toen een lid van een reddingsteam met zijn gezicht in de verpulverde resten van een huis in het puin zat te schreeuwen: 'Blijf tegen me praten, mevrouwtje.' Hij klonk optimistisch, waarschijnlijk om degene onder het puin moed in te praten. 'Hoeveel kinderen heb je? Drie, zeg je? Hoe heten ze?'

De andere leden van het reddingsteam wisselden bezorgde blikken met elkaar en een van hen – een arts misschien – trok een grote tas open om er een injectiespuit uit te halen.

'Hoeveel moet ik haar geven, als ik erbij kan?' vroeg een man in een overall toen Marnie dichterbij kwam.

'Alles,' zei de arts. 'Dat is het beste.'

Dus ja, op een bepaalde manier is Marnie dankbaar; het stof op opa's schoenen had haar geraakt, maar het idee dat hij had geleden zou haar kapotmaken.

Halverwege de middag wordt ze wakker en betast haar gezicht. Ze voelt een korst van roet, vuil en tranen die dikker lijkt dan een laag Max Factor. In het zwakke badkamerlicht ziet ze er verschrikkelijk uit. Marnie doet altijd haar best om haar gezicht op te fleuren omdat ze de gelaatstrekken van haar moeder heeft. Die hebben de neiging om naar beneden te zakken, alsof ze elk moment een ramp verwachten. Soms, als ze geconcentreerd aan het werk is en haar masker niet onder controle heeft, vraagt iemand wel eens: 'Gaat het wel, Miss Fern?' en dan moet ze haar lach tevoorschijn toveren en ze ervan overtuigen dat het prima met haar gaat. *Mijn gezicht werkt alleen niet mee.*

Ze schrobt de viezigheid van zich af. Een dun laagje verdriet dat zich met het grijze water vermengt en in de afvoer verdwijnt. Als ze een warm bubbelbad zou nemen houden de tranen waarschijnlijk nooit meer op. Ze is misselijk; waarschijnlijk een mengeling van verdriet en honger. Tot nu toe heeft ze alleen de thee van Miss Roach op, die nu merkbaar de strijd is aangegaan met die van de wvs.

Marnie veroordeelt de blouse en rok van gisteren tot de wasstapel en nadat ze een schone outfit heeft aangetrokken, borstelt ze de Blitz uit haar haar – dat volgens haar moeder de kleur van amandelen heeft, maar volgens haar gewoon die van peper-en-zout. En al helemaal in dit vage, gelige licht. Voor haar werk houdt ze haar kapsel vrij kort en hanteerbaar, net lang genoeg om een lage staart te maken.

Ze oefent haar glimlach. Die voldoet. Ze ziet er in elk geval niet uit alsof ze verdoemd of meelijwekkend is. Die luxe hebben de Londenaren niet meer als het aan Winston ligt. Haar lippen vindt ze het mooist aan zichzelf, tenminste als ze zich gedragen: ze zijn vol, met mooie boogjes, dus áls ze een keer lippenstift draagt, vallen ze echt op. Knalrood, zoals de mode is, gaat ze uit de weg, want dan ziet ze eruit als een clown. Ze denkt aan opa en zijn weergaloze stijl, aan zijn grondregel dat 'een goedgeklede man nooit onderdrukt kan worden, wat hem ook overkomt'. Dan brengt ze een laagje kersenrode lipstick aan, hapt in een zakdoek en doet nog een laagje. Hij zou het goedkeuren. Net als de onvermoeibare Winston.

Ze heeft honger, dus voordat ze de metro weer in gaat, besluit Marnie iets te eten in Wood Green High Street. De rij voor bakkerij Williamson – alsof er niets aan de hand is – en de geur van versgebakken brood beuren haar een beetje op, maar ze loopt de bakker voorbij en zet koers naar Lyons Corner House, waar het altijd gezellig druk is en ze lekkere krentenbollen hebben waar ze haar lege maag mee kan vullen.

Bij binnenkomst lijkt het net of ze in de zonneschijn stapt – het botergele licht van de ronde lampen roept mooie herinneringen bij Marnie op, net als het gekletter van kopjes en schoteltjes en het gesis van de grote koffieketel. Hier nam mama haar elke week mee naartoe, en papa ook, op de enige middág in de week dat zijn ijzerhandel dicht was. Dat is inmiddels lang geleden, maar ze herinnert het zich nog goed.

Ze bestelt koffie met melk en een krentenbol. De eerste paar happen kosten moeite, maar de rest gaat erin als koek. Nu ze hier zo rustig zit en luistert naar het geroddel van de serveersters in hun typische kostuums, wordt ze wat kalmer. Ze is verdoofd, maar heeft tegelijkertijd het gevoel dat een aanraking van iemand anders lichamelijk pijn zou doen. *Doe normaal*, maant ze zichzelf. Vóél je normaal, voor hem, want dat is wat hij zou willen.

Zij en opa hadden het over de dood gehad gedurende de lange periode van wachten tijdens de schemeroorlog – die maanden na september '39 toen ver weg in Europa de bommen vielen en de Duitsers zich verspreidden over Denemarken en Noorwegen, Nederland en daarna Frankrijk. Ze lazen over de eerste Britse onderzeeërs die in verre wateren verloren waren gegaan, en over de bezetting van de Kanaaleilanden en hoe de Duitsers zo almaar dichter bij de Britse kust kwamen. Maandenlang hield Hitler hen in spanning en voerde hij oorlog boven de zuidkust van Engeland, waarbij de gevechtspiloten tegen elkaar tekeergingen als vijandelijke meeuwen die wreed in elkaars vleugels pikten.

Marnie had het nog nooit hardop gezegd, zelfs niet tegen opa, maar in die vroege dagen voelde ze best een sprankje spanning, gedijde ze op het idee dat er een oorlog aankwam. Niet op het vooruitzicht van een ramp, maar de verwachtingsvolle stemming die er heerste, een zekere belofte dat er nu dingen zouden moeten veranderen. In de gangen van Broadcasting House was het een drukte van belang toen het ministerie van Informatie ging samenwerken met de BBC om de waarheid aan de natie te verkondigen (of in elk geval de versie van de waarheid volgens de regering). Doordat de BBC deze nieuwe, gewichtige rol als de stem van de natie aannam, nam de werklast toe en kwam Marnies eigen saaie routinewerk op een lager pitje te staan. De memo's vlogen over en weer, en zij en Raymond waren erg in trek, met hun beider talent voor het aanpakken van elk denkbaar genre – van nieuws tot toneel tot openbare informatievoorziening. Zij hielp met de productie van alles. Ze was kundig en veelgevraagd, en het voelde geweldig: na het werk borrelen in het tegenovergelegen Langham Hotel, andere producenten die haar probeerden te werven voor hun eigen 'team'. Ze voelde zich gewild en belangrijk, iets wat haar nu – na vanochtend – een enorm gevoel van schuld en verdriet bezorgt.

Het was onontkoombaar dat Hitler Londens feestje zou bederven, en dat had heel wat nerveus geklets in bussen en cafés tot gevolg over wanneer de stad uiteindelijk zijn doelwit zou zijn. Dus toen in augustus de bommen begonnen te vallen, eerst druppelsgewijs en daarna – op 7 september 1940 om 15.44 – een stortvloed, voelde dat op een vreemde manier als een opluchting. Die sloeg algauw om toen de nacht voorbij was, de slachtoffers geteld moesten worden en het havengebied van het East End eruitzag als een brandend maanlandschap. Nu is er geen sprake meer van opluchting. Alleen van puin en glas en intens verdriet.

Opa bleef de hele tijd uitermate filosofisch, gezeten achter zijn enorme industriële naaimachine. Hij was dan wel twee van zijn ervaren medewerkers krijtgeraakt toen ze met de massa mee van Londen naar het platteland vluchtten, maar hij leek gelukkiger dan ooit toen hij noodgedwongen terug moest naar zijn grote liefde: het naaien van stof.

'Als Hitler me te pakken krijgt, kom ik terug als Oscar,' zei hij tijdens een van de zwaardere aanvallen. 'Die heeft tenminste altijd een mooi pak aan.'

'Opa! Zoiets mag je niet zeggen!' had Marnie gereageerd, hoewel ze niet erg overtuigd had geklonken gezien het geraas boven hun hoofd die avond. Gelukkig hadden ze die aanval overleefd, om vervolgens…

Ze vraagt zich af wat er nu moet gebeuren, met alle emoties en praktische zaken die aangepakt moeten worden terwijl er een oorlog gaande is. Wie er uitgenodigd moeten worden voor de begrafenis… *O hemel! Haar ouders!* Niet dat ze die vergeten was, maar door de schok… Nu ze zo ver weg wonen en het onwaarschijnlijk is dat ze kunnen reizen, lijkt het echt alsof Schotland een ver, vreemd land is, in plaats van net de grens over. Hun levens liggen inderdaad lichtjaren van elkaar verwijderd.

Marnie drinkt haar kopje leeg en gaat naar de dichtstbijzijnde telefooncel. Ze houdt haar muntjes stevig in haar hand en draait het nummer van de ijzerhandel van haar ouders. Met ingehouden adem stelt ze zich voor hoe het gerinkel weergalmt tussen de spijkers, schroefjes en verfblikken, terwijl haar vader en moeder de klanten bedienen en de vakken vullen.

'Fern IJzerwaren,' zegt haar moeder zakelijk en argeloos.

Marnie vertelt haar moeder het verdrietige nieuws over opa, hoort haar door de hoorn heen snikken, en dan haar vader die de hoorn overneemt.

'Marnie, gaat het wel? Zijn stem trilt. 'We zouden het allebei heel fijn vinden als je hiernaartoe komt. Daarvandaan.'

Maar waarvandaan? Van de bommen, van het leven? Als Marnie de laatste drie weken iets heeft geleerd, dan is het wel dat gevaar soms beter is dan saaiheid. Tot vandaag. En toch is ze zelfs nu niet bang, alleen meer op haar hoede.

'Ik kom snel langs,' belooft ze.

De welkome sluier van de avond is gevallen in de straten rond Trafalgar Square, maar de Luftwaffe is laat, dus er klinken nog geen sirenes. Haar gezonde verstand en vermoeidheid vertellen haar dat ze ergens in een bed of een bunker zou moeten liggen, maar Marnies hart zegt iets anders; een dringender behoefte noopt haar om naar Orange Street te gaan. Ze hoopt vurig dat de vermoeidheid haar geheugen niet heeft aangetast en ze zich kan herinneren waar de gaten, gleuven en stoepranden liggen op weg naar Trafalgar Square. De verduistering heeft al heel wat dodelijke slachtoffers gemaakt; mensen die in kraters vallen of overhoop worden gereden omdat auto's maar met minimaal licht rondrijden. Eén verkeerde stap is net zo gevaarlijk als een bom van de Führer.

Als ze in de buurt van opa's kleermakerij komt, ziet ze tot haar opluchting dat de reddingsteams verdwenen zijn, maar dat ze een bord hebben achtergelaten in het gat dat vroeger haar hele wereld was, met daarop de tekst VERBODEN TOEGANG! GEVAARLIJK TERREIN! Het is ongetwijfeld gevaarlijk om naar binnen te gaan, maar Marnie weet dat het bord een tweede doel dient, namelijk het tegengaan van plunderen – een vergrijp waar de doodstraf op staat, maar waar men zich in de hele stad op grote schaal aan overgeeft.

Ze volgt een provisorisch paadje dat door het puin naar de ingang loopt. Haar korte, luidruchtige ademhaling overstemt het knarsen van het gruis onder haar voeten. Ze wordt voortgedreven door haar brandende verlangen om voor de laatste keer zijn wereld in zich op te nemen en om iets tastbaars mee te kunnen nemen dat haar herinnert aan de eindeloze uren die ze op zijn magische plek heeft doorgebracht. Tegelijkertijd is ze doodsbang voor de mate van verwoesting die ze misschien zal aantreffen.

Voorbij het waarschuwingsbord is alles in de winkel en de etages daarboven kapot. Ze is blij dat de kantoren boven opa's appartementje op de eerste verdieping al maanden leegstonden. Hoewel ze min of meer in de openlucht staat, kan ze de brandlucht en de stank van natte wol na het blussen van het gebouw goed ruiken. Van het voorste deel van de winkel, waar de klanten altijd begroet werden, is niets over en ook van de paspoppen daar, die ooit ingekocht waren om Frank en Oscar te vervangen, is niet veel meer over behalve as. Er steekt een roetige hand uit de drabbige rommel alsof iemand haar begroet of haar vraagt om hem uit het moeras te trekken.

In het achterste deel (hoewel er geen muur meer is, laat staan een gordijn), blijkt er van opa's atelier niets over te zijn. Marnie krijgt tranen in haar ogen als ze het enige herkenbare overblijfsel ziet: zijn oude vertrouwde industriële naaimachine, die vergaan is tot een gesmolten klomp. Uitgedoofd.

'Hou op,' snauwt ze tegen zichzelf, en ze veegt over haar ogen om het verdriet af te wenden. Ze moet wat vinden, en ze heeft maar een klein schilfertje maanlicht om dat bij te doen. Marnie merkt dat de dikke houten planken onder haar voeten niet veel schade hebben geleden en ze loopt voorzichtig de glibberige trap af naar beneden. Ze kent de weg, want ze is al zo vaak in het donker naar de kelder gevlucht in geval van een luchtaanval. De Luftwaffe of de scherpe ogen van de ARP-man kunnen vast het schijnsel van een lucifer niet zien, dus strijkt ze er een aan. En hapt naar adem.

Net zoals haar grootvader lijkt de kelder vrijwel onaangeroerd. Ze kijkt naar het stevige plafond en voelt weer dat schuldgevoel door zich heen razen. Als ze bij hem was geweest, als ze tegen die menigte op The Strand had gevóchten in plaats van met ze mee te drijven, dan zouden ze samen zijn geweest. Dan hadden ze het misschien overleefd. Allebei. Nu was opa misschien in zijn flat boven de winkel geweest, of was hij de veilige kelder ontglipt om boven iets te controleren – iets waar Marnie hem altijd voor had gewaarschuwd. Dan zei ze streng dat hij in de kelder moest blijven en nog een kop thee moest zetten. Hij zou wel wat hebben gemopperd, maar had zeker geluisterd.

Misschien. Het ergste is dat ze het nooit zal weten.

Ze dreigt haar vingers te branden aan de lucifer. Op de tast zoekt ze het olielampje in de hoek van de kelder en steekt het aan. In het vage schijnsel van het lampje kijkt ze naar alles wat er staat: Frank en Oscar, zij aan zij, de beste vrienden, zoals altijd. Frank is iets meer toegetakeld. Hij heeft gruis op zijn schouders en is tegen de muur gevallen, waardoor zijn kale hoofd nu net lijkt op een gekookt ei waar iemand met een lepeltje op heeft getikt. Oscar staat recht overeind en kijkt, ook zoals altijd, sereen voor zich uit. Ongeschonden. Veel paspoppen van kleermakers bestaan alleen uit een torso en afneembare armen – zonder hoofd – maar opa was op slag verkocht toen hij deze twee in een tweedehandszaak vond. Geen haar, gladde, uitdrukkingsloze gelaatstrekken, 'maar toch een duidelijke persoonlijkheid in die twee kale koppen', zei hij altijd. Marnie betrapte hem er vaak op dat hij met 'de jongens' praatte. *'Dit past je precies, Frank, al zeg ik het zelf.'* En: *'Oscar, jongen, je bent een echte man van de wereld.'* Haar levendige herinneringen brengen haar weer van de wijs.

Het liefst zou Marnie alles oppakken, elk vleugje herinnering, elk stukje stof binnen handbereik, maar dat kan niet. Oscar alleen zou al een hele klus zijn, en ze vraagt zich af of ze morgenochtend misschien tegen een kleine vergoeding wat schooljongens rond de platgebombardeerde plek kan inschakelen. Zij lijken namelijk elke kar en kruiwagen in de omgeving gekaapt te hebben en afgedankte wandelwagens zijn tegenwoordig goud waard bij het leegruimen. In de tussentijd zoekt ze naar opa's geliefde, magische schaar die ze zo graag wil hebben.

Ze zoekt de oude snijtafel af die opa weer in gebruik had genomen tijdens de bombardementen, maar daar ziet ze niets dan restjes stof, wat verdwaalde spelden, en een halve revers die hij aan het naaien was. Aan de andere kant van de kelder is een muur met ingebouwde kasten met lange, smalle deuren ervoor. Daar zitten opa's voorraden in zoals naaigaren en krijt en Marnie mocht daar als kind nooit aankomen. Als volwassene had ze er nooit in hoeven kijken, want opa had altijd zijn spelden paraat.

Aarzelend laat ze haar vingers op de knop van een deur rusten, want ze voelt zich net een grafrover uit het oude Egypte die pikt van de doden. Maar haar verlangen naar die schaar overheerst alles, een tastbaar deel van haar grootvader om hem in eenzame momenten op te roepen.

Voorzichtig doet ze een deur open. Tot haar verbazing hangt er een gordijn voor de planken en ziet ze de omtrek van een hard, hoekig, middelgroot voorwerp. Een naaimachine die opa gebruikte voor de reserveonderdelen misschien? Nieuwsgierig trekt Marnie het doek opzij en struikelt naar achteren als ze ziet wat het is. Wat? Hoe? Waarom...?

Geen naaimachine. Eigenlijk niets wat je zou verwachten in een donkere, bedompte kelder. Maar wel iets wat ze herkent, omdat ze er dagelijks mee te maken heeft op haar werk. Een radio. En niet zo'n gezellige huisradio in een houten kast waar je 's avonds met je warme chocolademelk en je familie in een kring omheen ging zitten om naar Winston te luisteren. Dit is een zendontvanger: rechthoekig, rechtopstaand, met scherpe, metalen punten. Niet iets wat je zomaar in je huis hebt staan. Tenzij je natuurlijk...

Het bloed stolt in haar aderen. In haar hoofd gonzen de nerveuze berichten over de vijfde colonne van de nazi's, over spionnen die zich in de cafés en winkels van de hoofdstad onder het volk mengen zoals onlangs die groep Duitse informanten in Gloucester die zich voordeden als onschuldige handelaars. Ze zou niet meteen aan verraad moeten denken, maar dat doet ze wel. Direct gevolgd door de wetenschap dat dat niets was voor opa.

Maar toch staat die radio hier, zorgvuldig verstopt. Waarom?

Behoedzaam loopt Marnie op de zendontvanger af alsof het een van de tijdbommen is die tegenwoordig zo vaak ontmanteld worden. Aan de plank zit een klepje vast dat je kunt uitklappen, met ernaast, precies op de juiste hoogte, een stukje hout waar de plank op kan rusten zodat er een werkblad ontstaat. Wat dit ook mag zijn, er is goed over nagedacht en het is duidelijk goed gebruikt, gezien het gebrek aan stof. Naast de radio staat een apparaatje dat maar één doel kan dienen, net een kleine deurknop van bakeliet aan een metalen hendel. Er ligt ook een stapel papiertjes naast met allemaal cijfers en letters erop gekalkt met potlood, en een aparte stapel waarop opa met vaste hand rasters had getekend, met daarop allerlei letters. Weer knijpt haar hart samen. Pijnlijk. Je hoeft geen geheim agent te zijn om te zien dat dit het materiaal is van een codebreker. Maar waarvoor? En belangrijker nog: voor wíé? De moed en hoop zakken haar in de schoenen. *Zij of wij?*

Net zoals op het moment waarop ze het lijkkleed van opa's levenloze gedaante trok, bereidt Marnie zich voor op een verpletterende schok. Is ze daar wel tegen bestand? Of kan ze zich misschien omdraaien en net doen of ze niets gezien heeft?

Ze zet de olielamp neer en trekt er een stoel bij, waarna ze de schakelaar op 'aan' zet. De radio komt piepend tot leven, wijzerplaten knipperen en de naalden zwaaien bereidwillig heen en weer achter de ronde ruitjes. Voordat Marnie de kleine hoofdtelefoon opzet, ziet ze een opvallende witte haar in de bedrading zitten en ze geeft het bijna ter plekke op. Ze weet niet of ze deze nabijheid van opa nu aankan. Het enige wat haar aanspoort is dat ze per se wil weten wat er gaande is.

Met haar jarenlange ervaring met de technologie bij de BBC weet ze precies welk kristal ze moet inpluggen, en ze zet een schakelaar op 'ontvangen'. Tergend langzaam, millimeter voor millimeter draait Marnie aan de afstemknop, met haar ogen geconcentreerd tot spleetjes geknepen in de hoop dat ze iets kan vinden. Ze hoort gekraak en terugkoppeling, maar ze zoekt naar iets van zuiverheid om maar een signaal te kunnen opvangen uit die oneindige ruimte hierboven, waar een bericht op onverklaarbare wijze van duizenden kilometers ver over bergen en zeeen zijn weg kan vinden. Ondanks haar werk schijnt de werking van de radio haar elke dag nog steeds toe als tovenarij.

Hoort ze daar iets? Eerst klinkt het zwak, maar hoe meer Marnie haar oren spitst, hoe duidelijker het wordt: een reeks punten en streepjes, duidelijk herkenbaar als morse. Opa leerde het haar toen ze amper twaalf jaar was. Ze vroeg zich nooit af waarom. Het was gewoon een spelletje dat ze speelden als ze bij hem logeerde. Dan legde hij een provisorische lijn aan met twee conservenblikjes en een touwtje van zijn kamer naar de hare en dan wisselden ze maffe berichten uit, allebei gewapend met potlood en papier om de signalen om te zetten in letters.

Wil je pap voor je ontbijt? tikte hij dan.

Nee, gerookte haring met jam, klopte ze terug, en dan hoorde ze hem vanuit de andere kamer lachen.

Nu pas blijkt dat opa zijn kennis gebruikte voor andere doeleinden. Betekent dat dat hij misschien wel jarenlang een doorgeefluik was? Sinds Hitler in 1933 aan de macht kwam? Maar hóé? Hoe had hij zijn ware identiteit verborgen kunnen houden? En voor haar nog wel?

Automatisch pakt ze de blocnote en het potlood die naast de radio liggen en schrijft snel de letters op die door de hoofdtelefoon klinken; een onlogisch zootje, zoals elke gecodeerde boodschap voordat die wordt ontcijferd. De reeks geluiden wordt nog één keer herhaald en stopt dan abrupt. Marnie draait nog aan de afstemknop om het signaal terug te vinden, maar het blijft stil.

Hoe moet ze deze abracadabra nou ontcijferen? Ze zoekt in de schema's die opa heeft geschreven en kamt ze alle zes door: eerst de bovenste regel en dan de tweede om alle letters die ze heeft opgeschreven om te zetten. Maar het lijkt nergens op, in geen enkele taal die ze mogelijk zou herkennen.

Ze zet de olielamp dichterbij. Op de plank naast de radio staan zes boeken naast elkaar: van George Orwell, Ernest Hemingway, Thomas Mann, Jane Austen, Thomas Hardy en Gilberts lievelingsboek, *De grote Gatsby* van Fitzgerald. Weer knijpt Marnie peinzend haar ogen halfdicht. Staan die boeken hier met een bepaalde reden? Waarom zouden ze hier anders staan?

De wirwar aan letters en cijfers in haar eigen notities moet haar toch op de een of andere manier een eindje op weg kunnen helpen. Bovenaan staat: 'TD 134. NR'. Is dat soms een aanwijzing voor de ontvanger van het bericht? Haar ogen zoeken de ruggen van de boeken af en worden als een magneet naar een van de titels getrokken: *Tess of the d'Urbervilles*. TD. Opa zei altijd dat hij dit het minste boek van Thomas Hardy vond, dus waarom zou hij het naast de boeken zetten waar hij zo dol op was? Ze pakt het beduimelde boek en slaat bladzijde 134 op. Door half dichtgeknepen ogen tuurt ze in het halfdonker naar de tekst. Het is vervaagd maar zeker nog zichtbaar: letters die in willekeurige volgorde met potlood omcirkeld zijn. Alle zesentwintig letters van het alfabet behalve de 'z'. Ah, die is vervangen door een 's' – iets wat codebrekers vaak doen, als ze het zich goed herinnert. Hoe weet ze dat eigenlijk? Marnie heeft geen idee. Het is gewoon zo'n onbeduidend weetje dat ze ergens in haar bewustzijn had weggestopt. Nu haar hersenen op volle toeren draaien bedenkt ze opeens dat 'NR' wel eens voor 'nieuw raster' zou kunnen staan.

Snel schetst ze een vierkant en zet ze de letters in de volgorde waarop ze op bladzijde 134 omcirkeld zijn, waardoor er weer een nieuwe codetaal ontstaat. Letter voor letter vertaalt ze het bericht met dit nieuwe raster. Het is Engels. En het is een logische boodschap, min of meer.

Gatsby. Staat de paspop nog overeind? Dringend geruststelling gevraagd. Daisy.

Het lijdt geen enkele twijfel: de boodschap is aan hem gericht en komt van iemand die hij kent. Daisy en Gatsby, voormalige literaire minnaars. Dit is geen toeval.

De rest van de boodschap lijkt duidelijk. De arme Frank ligt treurig in een hoek van de kelder, maar met de 'paspop' wordt vast en zeker opa bedoeld. En nee, wie de boodschapper aan de andere kant ook mag zijn, ze kan diegene niet geruststellen. Hoewel Marnie goed was in morsecode is haar kennis behoorlijk weggezakt, en ook al was ze er nog bedreven in, dan had ze nog geen goed nieuws te melden. Ze weet sowieso niet of ze het zou doen, niet wetende of 'Daisy' een vriend of een vijand is van het Britse volk.

Met haar ogen dicht ademt Marnie diep in, in een poging de wanhoop die haar overspoelt te onderdrukken. Het enige wat ze nu moet doen is de reputatie van haar grootvader waarborgen, of in elk geval de schade beperken tot ze de waarheid weet te achterhalen. En daarvoor moet ze de radio meenemen, voor het geval er morgen bij daglicht plunderaars opduiken. De rest – het ongeloof en het beurse gevoel in haar hart – is nu niet van belang.

De met metaal beklede radio is minder zwaar dan hij eruitziet, maar lastig te dragen, dus zoekt ze naar een stuk stof dat groot genoeg is om als draagdoek te dienen. De papieren stopt ze in haar handtas. De boeken kan ze nergens kwijt, dus verstopt ze er vijf onder een lap stof en laat ze het dunne *De grote Gatsby* tussen de papieren glijden. Morgen zal ze nog een poging wagen om langs te gaan. De schaar is ze inmiddels vergeten. 'Sorry, Oscar. Jij moet voorlopig ook hier blijven.'

Moeizaam en hijgend beklimt ze de keldertrap, met haar armen stevig om de radio heen. Ze knippert met haar ogen om aan het veranderende licht te wennen en concentreert zich zó om te voorkomen dat ze struikelt dat ze de gestalte die voor haar staat niet ziet.

En dan is het te laat.

5

Het doorgeefluik

25 september 1940, Amsterdam

Corrie

Corrie tikt dat het een lieve lust is. Haar vingers raken nauwelijks de
morseknop aan terwijl ze de wirwar van letters door het metaal ragt.
Over de boodschap hoeft ze nauwelijks na te denken, want het is haar
eigen encryptie die ze steeds maar weer verstuurt. Als hij er is dan krijgt
hij die vanzelf. Ze hebben een band, zij en Gatsby.

Gatsby en Daisy. Minnaars, zouden sommige mensen denken, maar
zo zit het niet: de befaamde personages van Fitzgerald hadden elkaar
nodig. Zij en Gatsby zijn honderden kilometers van elkaar verwijderd
en tegelijkertijd een stel, met hetzelfde motief: communicatie. Alleen
via een band met de buitenwereld kan het verzet groeien, kan hun land
zich ontdoen van de brutale koekoeken die het Nederlandse nest hebben ingenomen. Hitlers indringers beweren dat Nederland een natuurlijke bondgenoot van Duitsland is omdat ze een grens delen en een cul-
tuur, en een manier van denken. 'Een broedervolk,' heeft Hitler meer
dan eens gezegd. Ze gruwt van het idee dat ze ook maar iets van hun
filosofie zou delen – een gedachtegoed dat iedereen die ze liefheeft alleen maar verder uiteendrijft; haar minuscule paardenbloempluisjes
tegen zijn orkaankracht.

Daarom doen zij en Gatsby dus zo hun best om de verbinding tussen
Londen en Amsterdam te verbeteren. De berichten die zij van de kleine

groep van het verzet krijgt zijn goed leesbaar maar cryptisch, waarop zij ze vermengt tot een onsamenhangende opeenvolging van cijfers en letters, om ze vervolgens te vertalen in morsecode – het cruciale werk van een 'radiopianist' met vlugge vingers.

Als Corrie eerlijk is, moet ze toegeven dat ze er steun aan heeft, nu Willem in Londen zit en Kees een maand geleden naar Den Haag is vertrokken. De vluchtige stroom van punten en strepen spellen in haar gedachten het woord 'hoop'. En nu is die misschien ook vervlogen. Waar zit hij? Vanbinnen voelt ze onrust borrelen. Het zou al erg genoeg zijn als Gatsby gewond zou zijn, maar stel nou dat Willem bij hem was...? Ze doet haar best om het gevoel in haar binnenste, dat knagende, bijtende gevoel, te negeren.

Op haar stopwatch ziet Corrie dat de deadline nadert. Nog een paar seconden en dan moet ze van de frequentie, voor het geval de alomtegenwoordige vijandige oren haar locatie weten te prikken. Kort en bondig betekent geheimhouding en overleving, en het zijn juist die vliegensvlugge uitwisselingen waarom zij en Gatsby zo belangrijk zijn voor het verzet.

Eindelijk blijft haar vinger op de knop rusten, waarna ze de schakelaar op 'ontvangen' zet.

Kom op, kom op.

Ze buigt voorover, naar het toestel toe, en ze speurt uit alle macht de leegte af die door haar hoofdtelefoon klinkt. Elk geluidje, of gebrek daaraan, valt haar op. Hoort ze daar iets? Een klein verschil in toonhoogte? Ontvangt hij haar? Haar hart maakt een sprongetje, maar zakt het moment daarop weer in haar maag. Met de vertraging zou het goed kunnen dat hij het niet is. Als hij betrapt is, zou het goed een bedrieger kunnen zijn. Aan het alternatief durft ze niet eens te denken. Dat is te definitief. Voor hem, maar ook – heel egoïstisch – voor haar. Ze is momenteel het contact met al haar dierbaren kwijt, met dank aan de Duitsers die glimlachend en rokend door haar stad struinen alsof ze goedgezinde bezetters zijn. Ze loopt ze dagelijks voorbij met haar mandje aan de arm en een dankbare uitdrukking op haar gezicht, terwijl ze zich vanbinnen verkneukelt om haar bedriegerij. Meestal heeft ze onschuldige boodschappen in haar mand, maar vaak zit er tussen het bruine riet ook een briefje verstopt, zorgvuldig tussen de losse thee gestoken zodat het niet opvalt, een draadje in het web van het verzet dat door de stad loopt, klaar om verstuurd te worden naar Utrecht, Rotterdam en Den Haag.

Opeens hoort Corrie een geluid boven haar, de deurbel van de winkel die extra hard klinkt om haar tijdig te waarschuwen. Ze rukt de hoofdtelefoon af, zet het apparaat uit en verbergt het onder een lap zwaar damast, waarna ze de trap op gaat.

Op de derde trede plakt ze haar winkelglimlach op haar gezicht. Tegenwoordig gaat dat vanzelf, handig wanneer ze bij de toonbank aankomt en oog in oog staat met een streng uniform. 'Goedemiddag, kan ik u ergens mee helpen?'

Natuurlijk wil hij iets wat hem aan thuis doet denken; misschien een roman die hij vroeger ooit gelezen heeft. Ze leidt hem naar de kast met Duitse boeken die dezer dagen goed bevoorraad is. Ze walgt ervan dat ze de vijand als vaste klant heeft, maar het biedt nu eenmaal bescherming; zelfs de nazi's zouden ervoor waken hun eigen schakel met het vaderland te behouden, de plek waar ze terechtkunnen voor nostalgische herinneringen.

De officier van vandaag is al snel tevreden en verlaat het pand met twee boeken, maar dat betekent wel dat haar levering aan de andere kant van de stad verlaat is. In haar mandje heeft ze 'wat boeken voor een oudere dame die niet naar buiten kan', legt ze uit aan de schildwacht van de Wehrmacht. Ze zegt niets over de pakketjes die ze zorgvuldig in de voering van haar wollen cape heeft genaaid, netjes verspreid zodat haar cape gelijkmatig om haar lichaam zwiert als ze loopt. De perfecte dekmantel, als die tenminste niet zo vreselijk warm zou zijn.

Vandaag zit er ook een pakketje zorgvuldig opgevouwen paperassen bij. Vervalst, natuurlijk; een middel om mensen te helpen verdwijnen naar wie de Duitsers naarstig op zoek zijn, vaak vanwege waardevolle kennis die ze zorgvuldig in hun hoofd verborgen houden. En waar de

Abwehr – Hitlers vastberaden militaire inlichtingendienst – graag de sleutel van wil.

Het is haar taak om doelgericht langs de Herengracht te lopen, snel een zijstraat in te schieten en een portiek in te duiken die naar de achteringang van een kerkgebouw leidt, om daar haar goederen af te leveren.

Zij is Corrie – een doorgeefluik in de breedste zin van het woord, en daar is ze trots op.

6

De man van de ARP

Marnie

Het eerste wat Marnie aan hem opvalt zijn zijn benen, zijn uitdagende houding, met zijn zware laarzen stevig op het puin. Door de spleetjes van haar ogen ziet ze de bekende vorm van de overall van de ARP, lang en breed.

'Ik... Ik...' Paniek. Haar oververmoeide, overspannen hart slaat op hol. 'Ik ben geen plunderaar, echt niet,' stamelt ze terwijl ze de laatste treden bestijgt. 'Dit is... wás... de winkel van mijn opa. Ik kwam alleen wat spulletjes halen. Kleinigheidjes. Niets waardevols.'

'Dat is anders een aardig groot kleinigheidje,' klinkt een stem. Sarcastisch, maar niet opgewekt.

Ze kijkt naar beneden, naar haar vracht. Die begint behoorlijk zwaar te worden, haar rug doet pijn en ze is opeens zo vreselijk moe. Bekaf van de hele dag, het gebrek aan slaap van de afgelopen nacht, van verdriet en de schok. Zo afgemat dat ze zo in de smurrie op de winkelvloer zou kunnen gaan liggen en haar ogen dichtdoen.

'Gewoon een doos met wat losse spullen – zijn gereedschap,' liegt Marnie. Ze weet meteen dat hij dwars door haar heen kijkt.

Stilte, op z'n zachtst gezegd een ongemakkelijke. Hij verplaatst zijn gewicht en zet zijn stalen helm af, doet een stap naar haar toe. Beschermend brengt ze de radio omhoog. Wat gaat hij doen? Waarom is hij hier alleen? Ze hoort helemaal geen andere leden van de ARP in het duister in de puinhopen zoeken. Maar ze heeft ook geen puf om over deze brokstukken heen weg te rennen.

'Jij bent Marnie, hè?' Hij heeft een diepe stem. Zijn Engels is perfect, maar toch hoort ze een licht accent dat ze niet kan plaatsen.

'Hoe... Hoe weet u dat? Wie bent u?' De paniek klinkt door in haar stem.

'Gilbert had het vaak over je,' antwoordt de man. 'Hij was heel trots.'

Het feit dat hij de naam van haar opa weet, stelt haar enigszins gerust, maar niet genoeg om haar waakzaamheid af te werpen, of de radio. Wat moet hij hier? Is hij gewoon de plaatselijke ARP'er? Opa kende iedereen in de buurt, dus het kan best dat hij tussen neus en lippen door iets over zijn familie had verteld. Maar zo voelt dit niet.

'Ik weet wat je in je armen hebt,' zegt hij, hoewel het niet dreigend klinkt.

'Gewoon wat aandenkens,' probeert ze weer, berekenend deze keer. Als hij haar naam kent, weet hij misschien ook dat ze voor de BBC werkt, en zij is de enige Marnie in Broadcasting House.

'Het is een radio,' zegt hij simpelweg.

Ineens lijkt het zinloos om het te ontkennen.

De klank in zijn stem wordt wat zachter, alsof hij vriendschappelijk probeert te doen. 'Hé, hier kunnen we niet praten. We verstoppen dit ding weer in de kelder en dan gaan we ergens heen waar we veilig kunnen praten.'

Marnie knikt, maar ze blijft op haar hoede. 'Een openbare plek,' zegt ze gedecideerd.

'Prima, als je dat wilt.'

Als de man voor haar uit de trap af loopt, krijgt Marnie het domme (en vrij roekeloze) idee om weg te rennen, maar laat dat snel varen. Ze zou hoogstens tien seconden voorsprong hebben en met die lange benen van hem zou hij haar zo inhalen. Dus loopt ze schoorvoetend achter hem aan, dicht tegen de muur aan met haar rug tegen de reling. Beneden pakt hij instinctief de olielamp, alsof hij er eerder is geweest, en beweegt zich door de donkere ruimte met hetzelfde gemak als opa. De vragen branden in haar hoofd: is dit nu goed of slecht? Aan welke kant staat deze man?

Zwijgend pakt hij de radio van haar over en zet die terug in de lege kast, waarna hij de deur sluit en er een plank tegenaan zet om hem gesloten te houden. 'Ik kom later vanavond wel terug om hem te halen,' zegt hij.

Hij draait zich naar haar om en voor het eerst sinds hun ontmoeting ziet ze een zweem van een glimlach. Marnie houdt haar mond, brengt er niets tegen in, want zo is ze nu eenmaal. Trouwens, heeft ze een andere keus?

Hij maakt de riem van zijn overall los en trekt het pak uit. Daaronder draagt hij een broek en een overhemd, met daaroverheen een kort, wollen jack. Terwijl hij het uniform in een proviandtas propt, kijkt hij op in de zeer wantrouwende ogen van Marnie.

'Dus je bent niet van de ARP?' vraagt ze. De walging in haar stem brengt duidelijk over dat het aannemen van de rol van de alom gerespecteerde ARP'er een misdaad op zich is.

Hij kijkt verschrikt. 'Jawel. Echt.' Nu is het zijn beurt om bang te zijn dat hij niet geloofd wordt. 'Maar ik heb vanavond geen dienst. Het uniform helpt alleen. Om rond te kunnen lopen.'

'Rond te kunnen neuzen, bedoel je.' Ze kan haar irritatie niet onderdrukken.

Hij haalt hoorbaar adem; een teken dat de spanning oploopt. 'Ik weet niet hoe het met jou zit, maar ik kan wel een drankje gebruiken.' Vastbesloten beent hij naar de trap.

Ze kan niet anders dan hem voorbij laten en achter hem aan lopen, de open, dakloze winkel en de verkoolde resten in. Deze man zou een groot gevaar voor haar kunnen zijn, in welk geval ze eigenlijk weg zou moeten lopen. Maar voor hetzelfde geld heeft hij de antwoorden op al die vragen die in haar hoofd rondtollen.

Dit is een van de weinige keren in haar leven dat Marnie besluit haar bedenkingen overboord te gooien, en ze loopt de duisternis in.

Op straat is het aardedonker. Marnies enige vingerwijzing is het geluid van de zware voetstappen van de man die knarsen op het gruis. Hij loopt zelfverzekerder dan zij; het irriteert haar mateloos dat ze door haar eigen stad naar God weet welke plek geleid moet worden door iemand die ze niet kent of vertrouwt. Als ze eenmaal de zijstraten uit zijn, is er niet veel volk op straat. Af en toe duikt er een schim op, gestalten die pas uit de donkere mist opduiken als ze pal voor je staan met een geschrokken uitdrukking op hun gezicht. De verontrusting neemt toe wanneer het luchtalarm begint en iedereen zich onder het aanzwellende geloei naar de onderaardse wereld haast.

'Verdomme!' Een meter voor haar hoort ze de uitroep van frustratie.

'Waar is de dichtstbijzijnde schuilkelder?' vraag Marnie. Ze wil het echt graag weten, maar de vraag dient ook als test: als hij echt van de luchtbeschermingsdienst is, weet hij het antwoord.

'Deze kant op,' zegt hij, en ze schrikt als ze zijn hand op haar arm voelt om haar ergens bij Leicester Square een zijstraat in te trekken en haar vervolgens naar weer een trap naar een andere kelder te leiden.

'Als jij denkt dat ik...' sputtert ze.

'Het is hier veilig,' onderbreekt hij haar gepikeerd. 'En het is een openbare plek. Belangrijker nog: we kunnen er iets drinken. Als ik vanavond moet sterven, dan wel graag met een glas whisky in m'n hand.'

Ze zou natuurlijk kunnen protesteren, maar na wat ze de laatste vierentwintig uur allemaal heeft meegemaakt en met het gejammer van de vliegtuigen en het geloei van het luchtalarm boven haar hoofd, knikt ze alleen. Als het luchtafweergeschut zich eenmaal richt op de inkomende Luftwaffe en daarmee de sirenes overstemt, blijft er weinig keus over.

Binnen ziet Marnie tot haar opluchting dat het een soort bar is, een besloten club opgedeeld in twee gedeelten, met tafels en bankjes langs de muren en nog wat losse tafeltjes en stoelen in het midden. Het is er halfvol en de mensen die er zijn, lijken zich niet te bekommeren om de mogelijke catastrofe die zich buiten afspeelt en zich uit in gebons dat inmiddels boven de zachte jazzmuziek uit klinkt. Er hangt een dunne wolk van sigarettenrook en het geroezemoes brengt een ontspannen atmosfeer met zich mee, ondanks de luchtaanval.

De man gebaart naar een tafel met bank langs de muur. 'Wat wil jij?' 'Cognac, graag.' Niet iets wat ze normaal zou nemen, maar precies wat ze nu nodig heeft.

Hij schuift met twee glazen op de bank tegenover haar, en pas dan kan ze hem goed zien. Hij is begin dertig, gokt ze, met haar dat lichter is dan het bruin op de donkere gebombardeerde plek deed vermoeden, meer goudkleurig dan blond, met kortgeknipte krullen. Een hoekig gezicht met sterke gelaatstrekken en een frons boven een stevige neus. Maar hij ziet er vooral vermoeid uit. Misschien wel net zo vermoeid als zij.

Hij ziet haar kijken en heft zijn glas. 'Op je grootvader. Hij was een goede man.' Hij trekt met zijn mond en zo te zien is dat oprecht. 'Nee, een groot man.'

Marnie nipt van haar cognac en drinkt zich wat moed in. 'Vertel eens wat je weet.'

Even neemt hij haar onderzoekend op, kijkt dan de bar rond en bedenkt blijkbaar dat de achtergrondmuziek en de bommen hun gesprek voldoende overstemmen. 'Je opa werkte voor mij.'

'En voor wie werk jij?'

'Dat kan ik niet zeggen. Nog niet. Maar het is voor de goeie kant.' Hij houdt zijn blik gericht op de tafel. Met zijn vinger draait hij een cirkel over de rand van zijn glas.

'En als je een nazi bent, zou dát de goeie kant zijn.'

Zijn ogen schieten omhoog, misschien geschrokken van haar lef. Maar ja, daar schrikt ze zelf ook van. Waar komt die durf ineens vandaan? Zo kent ze zichzelf niet.

'Ik ben geen nazi,' zegt hij mat terwijl hij haar recht aankijkt. Zijn ogen zijn helder, zijn pupillen groot in het rokerige halfdonker. 'En dat was Gilbert Cooper ook niet. Integendeel.'

'Overtuig me maar. Wat moest mijn opa met een zendontvanger die hij verborg in zijn kelder, samen met een hele stapel gecodeerde boodschappen? Ik ben geen spion, maar zelfs ik weet dat dat niet gebruikelijk is in deze tijd.'

'Jouw opa was een van onze beste telegrafisten, met heel vlugge vingers. Iemand die ons hielp het Nederlandse verzet op te zetten zodat we die klootzakken van nazi's kunnen bestrijden.'

Marnie wil dolgraag nog een cognac, maar ze is bang dat ze dan nog meer beneveld raakt. Wat ze écht wil, is dat deze dag voorbij is, dat het allemaal een afschuwelijke droom blijkt en dat ze weer gewoon haar oude leventje kan oppakken, hoe saai dat ook is. Ze zou er alles voor overhebben om weer met opa in de kelder te zitten, misschien wel doodsbang voor al die bommen, maar zich niet bewust van dit alles... Het voelt als verraad, ook al beweert deze man dat er van verraad geen enkele sprake is.

Hij is halverwege zijn glas whisky als hij haar vertelt dat hij Willem heet – 'en ja, dat is mijn echte naam'. Zijn accent, hoe licht ook, is Nederlands en hij werkt voor de Nederlandse regering in ballingschap, geleid door de onbedwingbare koningin Wilhelmina.

'Ik begrijp het niet,' zegt Marnie. 'Wat heeft dat nou met mijn opa te maken?'

'Wist je dat zijn eigen grootmoeder Nederlandse was?'

'Nee, dat wist ik niet,' zegt ze aarzelend. 'Hij had het niet vaak over zijn familie.'

Hij neemt nog een slok. 'Ik moet ook eerlijk zeggen dat dat niet de reden was waarom ik voor hem heb gekozen.'

'Waarom je voor hem hebt gekozen? Hoezo?' Ze kijkt naar haar lege glas. Nog meer alcohol is misschien geen goed idee als de wereld op z'n kop staat en buiten de bommen als regendruppels neerslaan, maar ze verlangt ernaar om verdoofd te zijn.

'Je werkt dan wel voor de bbc, maar je hebt vast nog nooit gehoord van de rss, de Radio Security Services,' zegt Willem.

Vol ongeloof schudt Marnie haar hoofd.

'Gilbert Cooper was een medewerker – een burger die door de regering was aangenomen om radioverkeer uit het buitenland te onderscheppen. Duits radioverkeer.' De verbijstering moet van haar afstralen, want hij voegt eraan toe: 'Hij mocht het absoluut niet iemand delen. Zelfs niet met jou.'

'Ik wist wel dat hij met oude radio's rommelde,' zegt ze langzaam, 'maar ik dacht dat hij dat voor de lol deed, net als met zijn oude naaimachines. Ik had nooit gedacht dat het zijn grote passie was.'

'Het was wel wat meer dan dat. Dit was wat Gilbert in de vorige oorlog deed – te oud om te vechten, maar blijkbaar een kei in telegrafie. Nogmaals: strikt geheim.'

Kon Marnie de klok maar terugdraaien, haar opa voor het blok zetten en hem bestoken met vragen, de lagen afpellen die ze nooit gekend heeft. Hoeveel wist ze eigenlijk niet? Had ze het zo druk met haar eigen leven en werk, met haar eigen neerslachtigheid?

Maar opa is dood en het enige wat ze nog kan doen is meer over hem te weten komen. 'Als hij er een van velen was, hoe heb je hem dan gevonden?'

Willem zucht. 'Ik traceerde de weinige berichten die we uit Nederland kregen – en die zijn op z'n zachtst gezegd sporadisch – maar het viel me op hoeveel informatie hij eruit wist te halen en hoe snel hij was met de morsecode. Toen heb ik contact met hem gezocht en hem een voorstel gedaan.'

'En dat was?'

'Dat hij berichten zou uitwisselen met ons enige betrouwbare doorgeefluik in Amsterdam. Uitsluitend voor mij.'

Marnies verwarring ebt weg, hoewel veel onduidelijk blijft. 'Is dat Daisy?' vraagt ze.

Nu kijkt hij verbaasd. Zijn ogen kijken zoekend het café rond, waarna hij zijn hoofd naar de tafel buigt voordat hij vraagt: 'Je hebt zijn aantekeningen gezien?'

'Ja. En ik heb een bericht van deze Daisy horen binnenkomen.'

Op slag slaat zijn ongeloof om in iets wat lijkt op vermaak. 'Gilbert zei altijd al dat jij beter zou zijn dan hij. Hij was ervan overtuigd dat je een geweldige pianiste zou zijn.'

'Pianiste?'

'Een telegrafist, iemand met vlugge vingers op de morsesleutel. Hij zei dat het jou,' – hier hapert hij even – 'beter zou staan dan hem.'

Marnie kan het niet helpen: ze schiet in de lach. Het was typisch iets voor opa om zoiets te zeggen. Ze bestudeert Willem en weet zeker dat hij haar iets van de waarheid vertelt. Vertrouwt ze hem? Dat is misschien wat te veel gezegd, maar deze man was duidelijk een goede bekende van opa en had een bepaalde vertrouwensband met hem.

Wat moet ze hier nu van denken? Ze voelt zich gevleid, gekwetst en kwaad en dat alles uit zich in een diepe zucht in haar lege glas. Suffig is ze ook, van vermoeidheid en van de alcohol.

'Hij was echt verknocht aan jou,' zegt Willem zachtjes. 'Hij zei dat hij het allemaal voor jou deed, en voor de toekomst van jou en je gezin.'

Van alles wat ze tot nu toe gehoord heeft, komt dit het hardst aan; dat, en het branden van de cognac, het gebrek aan eten en een overvloed aan verdriet geven haar het gevoel dat haar binnenste in brand staat. Opa wist hoe pijnlijk ze naar een eigen gezin verlangde. Hoewel ze het er nooit met zo veel woorden over hadden gehad, voelde hij goed aan dat Marnie als vrouw van tweeëndertig die droom aan haar neus voorbij zag gaan. Marnie had het natuurlijk druk met haar werk en haar vrienden, maar ze bleef verlangen naar meer, naar iemand met wie ze kon lachen en maffe dingen kon delen. En nu al helemaal... Wat zou het fijn zijn om het, terwijl de bommen neerdalen, over een toekomst te kunnen hebben en zelfs misschien te kibbelen over wie er volgens de ander te veel ruimte inneemt in de schuilkelder.

De ouders van Marnie kunnen hun eigen teleurstelling niet verhullen en die klinkt elke week door in de brieven van haar moeder, waarin ze vraagt of ze nog uit is geweest, en zo ja, met wie. Wat haar moeder echt bedoelt is: met een man die misschien wel met je wil trouwen en ons de schande van een oude vrijster in de familie bespaart. Die term alleen al: *oude vrijster*, en het beeld dat daaromheen hangt van een kast vol truttige kleren, een strakke knot en een walm van lavendelwater.

Kortom: die arme Miss Roach. Ze ziet het nog wel gebeuren dat zij straks als 'die arme Miss Fern' bekendstaat.

Er was wel een man geweest, in '33, een journalist van Reuters die ze had ontmoet tijdens een receptie bij de BBC. Eerst was het allemaal heel vrijblijvend, dat wil zeggen dat hij vaak opeens weg was omdat hij 'een opdracht' had, om vervolgens bij terugkomst de relatie nieuw leven in te blazen met een uitputtende reeks diner dansants, waarbij hij lyrisch kon vertellen over zijn reizen naar Berlijn en Wenen en zij niets spannenders te melden had dan wat voor saaie rapporten ze voor de BBC had getypt, aangezien ze daar toen nog een secretaressebaantje had. Na een aantal maanden deden ze een weekendje Hastings, onder een chenille sprei op een tweepersoonsbed en alles wat daarmee samengaat, en had ze het gevoel dat het misschien wel wat zou kunnen worden. Totdat hij – Edward – zomaar verdween. Zonder bericht, nog geen briefje. Radeloze telefoontjes naar het kantoor van Reuters leverden niets op behalve een gevoel van schaamte. Uiteindelijk had ze Raymond gesmeekt om navraag te doen. Dagen later kwam hij met schaapachtige verontschuldigingen en de mededeling dat Edward een fascist bleek te zijn die naar Duitsland was verhuisd en zich daar had aangesloten bij de opkomende partij van de nazi's.

'Ik vind het vreselijk voor je,' had haar baas gezegd, bijna alsof haar minnaar was overleden. En dat was hij eigenlijk ook. Het was in elk geval de doodsteek voor haar vertrouwen in mannen. *Als je al geen radicale fascist kunt herkennen,* had ze tegen zichzelf gezegd, *dan is er voor jou weinig hoop op een man met een puur hart en zonder geheimen.*

'Wil je erover nadenken?' Willems woorden gaan bijna verloren in een spervuur van luchtafweergeschut, terwijl Marnie met haar gedachten mijlenver van de werkelijkheid verwijderd is – verloren in haar eigen wereld van desillusie.

Ze schrikt op van een explosie die wel heel dichtbij klinkt. 'Sorry, wat zei je?'

'Zou je erover willen nadenken om in zijn voetsporen te treden? Om voor ons te gaan werken?' Willem houdt haar blik vast. Het is duidelijk dat hij geen grapje maakt. 'Hé, ik weet dat het een heel moeilijke dag is geweest en dat het ook veel te snel is, maar Gilbert stond erop... hij zei dat ik het je moest vragen als er iets met hem zou... Hij zei dat je gehakt van hem zou maken. Dat je beter zou zijn dan hij.'

Zowel binnen als buiten lijkt de wereld te ontploffen. Marnie staat op, vast van plan om te vertrekken, ondanks de chaos boven de grond. Het kan haar niets schelen, als ze maar frisse lucht kan inademen, met cordiet en al. Hier heeft ze het gevoel dat ze stikt, te midden van de sigarettenrook, de gezelligheid, de onthulde geheimen en deze nieuwe werkelijkheid. Als dit tenminste de werkelijkheid is.

Ze strompelt naar de deur. Ze trekt wat apathische blikken en ze voelt dat Willem achter haar aan komt, maar loopt stug door. Net als ze de deurklink wil pakken, grijpt hij haar bij haar arm.

'Je kunt nu niet naar buiten – dat is waanzin,' zegt hij. Dan ziet hij de blik in haar ogen en deinst achteruit alsof hij haar gedachten kan lezen.

Dit is allemaal waanzin, zegt ze. Moord, bommen, berichten en morse. Hoe kan het in godsnaam erger op een dag als vandaag?

Marnie schudt zijn hand van haar af. 'Ik moet weg,' zegt ze verrassend uitdagend.

'Waarnaartoe?' Hij houdt beide handen vragend omhoog. 'Tussen de bommen door?'

'Naar de bbc,' zegt ze snel, want dat is in vele opzichten haar echte thuis, haar echte schuilplek. Ze heeft Hitlers woede-uitbarstingen al vaker ontweken en ze durft de kans te wagen.

'Ik ga met je mee.'

'Nee, het komt wel goed,' houdt ze vol.

Hij houdt haar gevangen, met zijn blik deze keer, en een zweem van een wrange glimlach. 'Ik ben degene die je hier mee naartoe heeft genomen, weet je nog? En ik ben van de arp, dus het is mijn werk. Alsjeblieft?'

Buiten klinkt nog een inslag, nog dichterbij dan net, waardoor ze aan het twijfelen slaat. 'Goed dan. Maar niet verder dan Portland Place.'

Buiten begint het geweld eindelijk af te nemen, de hemel ziet niet meer zwart van de Luftwaffe. Het luchtafweergeschut schiet nog af en toe rode lichtspoormunitie de lucht in om nog een verdwaalde bommenwerper terug naar het Duitse luchtruim – en zijn eigen veiligheid – te jagen. Klus geklaard. Londen verder verminkt.

Deze keer loopt Marnie gewillig achter Willem aan door een landschap van vlammen; sommige schieten nog omhoog met een blauwe vurigheid terwijl andere onschuldig knapperen als een oranje brandje in een vuurkorf. Hij moet iets van een nachtkijker bij zich hebben, want hij manoeuvreert behendig en snel om de nieuwe puinhopen heen, met zijn laarzen knarsend op het glas. Hij stopt alleen als hij op een projectiel stuit dat niet is ontploft. Pas dan, bij dit naderende onheil, voelt Marnie de spanning van hem afstralen. Willem haalt een fluitje uit zijn zak en zendt een schel signaal uit naar de dichtstbijzijnde geüniformeerde ARP'er, die het explosief onschadelijk komt maken. Terwijl de man en Willem wat tegen elkaar mompelen kijkt Marnie toe, bijna betoverd door de intense hitte en de gloed. Te veel dood en bommen vandaag, en nu wil ze alleen maar haar ogen dichtdoen en zichzelf ervoor afsluiten... ze voelt zich wegdrijven en wil niets liever dan ergens in de portiek van een winkel te gaan liggen.

'Kom op, het is nu niet ver meer.' Willems stem brengt haar met een ruk terug naar het heden, terwijl hij zijn hand naar haar uitsteekt.

Hij heeft de huid van iemand die levenden en doden onder het Londense puin vandaan haalt, zijn greep is vastberaden. Voor het eerst op deze lange, lange dag voelt Marnie zich onverschrokken.

Tegen de tijd dat ze bij Broadcasting House aankomen zijn ze allebei stoffig en buiten adem.

'Is dit een goeie plek?' vraagt hij.

Er zit roet op zijn neus en Marnie voelt de behoefte om het af te vegen. Maar dat doet ze natuurlijk niet. 'Ja, er is hier een veilige schuilplek in de kelder,' zegt ze. 'Met een echt bed, als ik geluk heb.'

Hij kijkt bijna jaloers. 'Nou, doe voorzichtig. Ik vind het jammer dat we elkaar onder zulke rotomstandigheden ontmoet hebben. Ik was echt gesteld op Mr Cooper. En voor ons in Nederland was hij een held.'

Ze heeft het bloedheet van de brandende stad en van het gehaast, maar wat hij zegt geeft haar op een andere manier een warm gevoel. Iets teders in deze doornige, bloederige oorlogstijd. 'Hij was enig in zijn soort,' beaamt ze.

Willem maakt aanstalten om weg te lopen, maar draait zich dan weer om. Hij zit duidelijk nog ergens mee. 'Wil je er in elk geval over nadenken, over wat ik vroeg? Om voor ons te gaan werken?'

Het was niet haar bedoeling, en ze had het na alle onthullingen van die avond eigenlijk al van zich afgezet. Maar iets in haar – misschien aangewakkerd door de stompzinnige vlucht door een brandende stad – brengt haar even op andere gedachten. 'Misschien. Hoe kan ik je te pakken krijgen?'

'Dat kun je niet,' zegt hij nuchter. 'Ik neem wel contact met jou op.'

En dan is hij weg, als een geest die in de victoriaanse mist verdwijnt.

Ze laat zich op een bed vallen en kruipt half aangekleed en half slapend in de schone slaapzak die ze bij de ingang van de concertzaal van de BBC aangereikt kreeg. Nu de zitplaatsen zijn verwijderd lijkt het net of de zaal altijd al bedoeld was als schuilkelder, met chambrettes langs de muren (voor de hoge pieten van de BBC) en stapelbedden in het midden, plus een lang gordijn dat als afscheiding dient tussen de mannen- en de vrouwenafdeling. God verhoede dat bij de BBC gerommeld wordt.

Door de geweldige akoestiek weerkaatsen alle slaapgeluiden als een vreemde symfonie in het rond. Maar Marnie krijgt er nog geen noot van mee. De uitputting wint het van de angst en ze valt al gauw in slaap, diep en onbezorgd als een pasgeboren baby.

7

Voor de levenden

26 september 1940, Londen

Marnie

Marnie wordt even na zevenen wakker. Er is al een rustige uittocht uit de schuilkelder gaande in de richting van de toiletten en verder naar de diverse kantoren en studio's. Ze is dwars door het eindsignaal van het luchtalarm heen geslapen en heeft een paar minuten nodig om te bepalen welke dag en hoe laat het is. Ze heeft een droge mond en ondanks haar goede nachtrust voelt ze zich duf. Stukje bij beetje komen de gebeurtenissen van de vorige dag bovendrijven: de platgebombardeerde kleermakerij van opa, de zendontvanger en Willems voorstel. De herinneringen daaraan, en aan haar vlucht naar de schuilkelder van de BBC, zijn gefragmenteerd. Een beetje zoals Willem er opeens was en net zo snel weer verdween, alsof hij weggetoverd was. Had hij haar nou echt gevraagd om zich bij een of ander radioleger aan te sluiten? Of had ze dat verzonnen onder de invloed van de cognac?

Om haar geheugen op te frissen rommelt ze in haar tas tot ze het beduimelde boek van F. Scott Fitzgerald vindt. Ze slaat het open en daar staat het op het schutblad, in keurige vervaagde letters in potlood: *Voor DE grote Gatsby – liefs, Daisy*. Het klinkt niet als een betuiging van liefde, maar van respect. Ze laat haar vinger over de letters glijden, voelt de voorzichtige band tussen gever en ontvanger, gevolgd door een sensatie van een allesoverheersende leegte. Opa is dood. Dat is de bittere waarheid die niet zomaar verdwijnt. Hij is dood en zij moet verder. Ze moeten allemaal verder. Wat kunnen ze anders?

Marnie pakt de reserveblouse die ze in een la van haar bureau bewaart en wast in het damestoilet de viezigheid van gisteravond van haar lijf. Tegen tienen is ze in een van de studio's met het script van het kookprogramma *The Kitchen Front* aan het worstelen, en moet ze een brandje blussen tussen de geluidstechnicus en een botte presentator die bezwaar maakt tegen het dragen van een bepaald schort, ook al is het een radioprogramma. Wonder boven wonder slagen ze er toch in om een uitzendwaardig programma te maken. Wie had ooit gedacht dat er zo veel manieren waren om een aardappel te 'presenteren'?

Eenmaal op de zesde verdieping voelt ze een hernieuwde rust over zich komen als ze het bekende lichte kantoormeubilair ziet. Bij de tweede oogopslag valt haar op dat de grootste schrijfmachine nog verscholen gaat onder een leren hoes en dat er geen spoor is van thee.

'Is Miss Roach er niet?' roept Marnie door de open deur van Raymonds kantoor, met angstige herinneringen aan de ravage van gisteravond.

'Tandarts. Of huisarts,' mompelt Raymond met de pijp in zijn mond. 'Het verbaast me dat ze een afspraak heeft kunnen krijgen.'

Marnie voelt zich opgelucht nu ze weet dat het toetsenbord vandaag weer tot leven zal komen en ze het ijverige getik en de pruttelende ketel niet lang zal hoeven missen. Dat het hier straks weer min of meer normaal is.

Zij en Raymond lopen de roosters van volgende week door, verbeteren de scripts en stemmen hun agenda af. Waar mogelijk is het altijd fijn om samen te werken, in symmetrie met iemand. Het lijkt bijna wel een huwelijk, en misschien wel het enige soort relatie in haar leven dat daar het dichtst in de buurt zal komen, denkt Marnie vaak. En hoewel er geen sprake is van romantiek voelt ze dat Raymond er ook behoefte aan heeft nadat hij een half jaar voor de oorlog zo plotseling zijn vrouw verloren had. Hij kan haar verdriet juist zo goed begrijpen omdat hij precies weet hoe het voelt.

Als ze klaar zijn, zet hij een verse pot thee. 'Maar deze geeft niet zo'n kick als die van Miss Roach. Ik weet niet hoe ze het voor elkaar krijgt met de rantsoenering, maar volgens mij knijpt ze met haar blote handen de theeblaadjes uit.'

Raymond gaat met een beker in zijn handen tegenover haar zitten, een stuk serieuzer nu. 'Hoe gaat het nou met je?'

'Het gaat wel,' zegt ze. De spieren in haar gezicht zijn moe van het doen alsof. 'Niet geweldig, maar het gaat.'

'Dat is goed genoeg,' antwoordt hij, alsof hij er alles van weet. En dat is natuurlijk ook zo.

Ze drinken een paar minuten lang in stilte hun thee.

'Heb je al over de begrafenis nagedacht?' vraagt Raymond dan.

Marnie gaat rechtop zitten. Met alles wat er gebeurd is, is die haar ontschoten. 'Nee, maar dat moet ik wel. Ik dacht ergens dat er in deze tijden misschien een gezamenlijk graf zou zijn, maar opa verdient beter – iedereen verdient beter.'

Raymond staat op en legt geruststellend zijn hand op haar schouder. 'Ik weet wel een goede begrafenisondernemer.'

Natuurlijk kent hij een naam.

Ze moet het onder ogen zien. Er is niemand anders om te helpen, en Marnie verwacht niet dat haar ouders zullen afreizen naar Londen óm de begrafenis bij te wonen. Ze waren al bang vóór de Blitzkrieg begon en zelfs nu ze meer dan zeshonderd kilometer naar het noorden wonen, staan ze nog steeds doodsangsten uit. Alleen zij en haar nicht Susie zijn nog in Londen. Opa's dagboeken en logboeken zijn in vlammen opgegaan, dus het is onmogelijk om contact te leggen met zelfs zijn trouwste klanten. En trouwens, wie heeft er nu zin om in deze chaos de begrafenis van zijn kleermaker bij te wonen?

In de lunchpauze waagt Marnie zich buiten het bolwerk van Broadcasting House; in de kantine wordt alleen gepraat over het trieste nieuws dat er vorige week twee serveersters – zussen – omgekomen zijn toen hun huis gebombardeerd werd, en Raymond meldt dat er haring in mosterdsaus op het menu staat. Ze heeft behoefte aan lucht en licht. De wrange cordietgeur is opgetrokken, maar de brandlucht weet van geen wijken. Ze proeft de deeltjes op haar tong, droog en bitter. Zal Londen nu voor altijd zo blijven ruiken?

Op weg naar de broodjeszaak ziet Marnie tot haar verdriet dat er een gat is geslagen in de georgiaanse huizenrij, aan het eind van Portland Place. Het lijkt wel of er een tand uit een mooi gebit ontbreekt. Maar twee deuren verderop is een man heel geduldig zijn voortuin aan het maaien.

Hij heeft je gehoord, Winston. KEEP CALM AND CARRY ON, luidt de tekst op de poster, en dat doet hij.

Het lijkt misschien gek, maar ze heeft het gevoel dat dit schouwspel zich speciaal voor haar afspeelt; als de maaiende man gewoon doorgaat, dan moet zij dat ook doen. Terwijl Marnie op een bankje op haar smakeloze, droge sandwich kauwt vraagt ze zich af: is ze bereid om een stap verder te gaan? Om haar rustige, gerieflijke leventje vaarwel te zeggen voor een vreemde die ze net heeft ontmoet? Is ze daar echt toe bereid?

Aangezien de bussen bijna allemaal omgeleid worden en de metro tegen zessen alweer volstroomt met mensen die een schuilplaats zoeken, is het sneller om te lopen naar het St Thomas-ziekenhuis, dat precies tegenover het parlementsgebouw aan de andere kant van de rivier ligt. De vertrouwde Big Ben leidt de voetgangers naar Westminster Bridge en hoewel alle lichten gedoofd zijn, geeft de modderige Theems een zwak schijnsel af in de schemering. Marnie blijft even staan om te kijken naar de rivier die al eeuwenlang gestaag en onverstoord dwars door pestuitbraken, branden en oorlogen heen stroomt. Op het water worden de blusboten weer in gereedheid gebracht voor de aanval van vanavond, wanneer Duitse bommenwerpers de kronkelende, brede waterweg opnieuw zullen gebruiken om al die belangrijke doelen langs de oever te raken. Zo gaat het al drie weken. Hitler weet dat een voltreffer op de zetel van het Britse parlement een mogelijk dodelijke pijl is in het hart van Britannia – het schot in de roos. Tot dusver hebben de Duitse bommenwerpers vooral hun doel aangescherpt.

Maar vanavond niet, Adolf. Ik heb een belangrijke taak.

Ze heeft een hekel aan de misselijkmakende geur van ontsmettingsmiddel die altijd in een ziekenhuis hangt, maar vanavond wenste ze dat ze op bezoek ging bij een vriendin achter de victoriaanse gevel van het St Thomas-ziekenhuis. De bordjes volgen naar het mortuarium is vele malen erger. Aangespoord door Raymond had ze het nummer gebeld dat ze aangereikt had gekregen in de puinhopen van de kleermakerij; Mr Cooper moet officieel geïdentificeerd worden, hadden ze tegen haar gezegd. Nu loopt ze dus door de verduisterde ziekenhuisgangen de dood tegemoet. Ze is blij dat ze zijn gezicht al heeft gezien, zodat een echte schok haar bespaard zal blijven en ze straks alleen te kampen heeft met het diepe, intense verdriet. Naarmate ze dichter bij de afdeling komt wordt de scherpe chemische geur sterker. Er klinkt gesnik door de gangen.

Achter de balie zit een verpleegster die nauwelijks tijd heeft om adem te halen, maar toch zo vriendelijk is om zich te verontschuldigen dat er zo weinig privacy is. 'We komen echt ruimte tekort,' zegt ze, met een blik op een zware binnendeur. Verdere woorden zijn overbodig.

Het is een grote ruimte, rustig en schoon, en gek genoeg vindt Marnie het een troostrijke gedachte dat opa niet alleen is maar omringd wordt door zo'n tien medeslachtoffers, die allemaal roerloos onder een laken op brancards en provisorische bedden liggen. Ergens piept een grote teen uit, maar de verpleegster herstelt de waardigheid met een snelle handbeweging.

Als het laken van opa wordt weggetrokken, ziet hij er bijna hetzelfde uit, hoewel zijn wangen nu net zo wit zijn als zijn baard. Hij ziet eruit alsof hij het koud heeft; alsof het een koude winterdag is en hij net terugkomt van de winkel op de hoek en ieder moment zijn handen kan gaan warmen voor de kachel in zijn atelier. Marnie stelt zich voor dat zijn ogen onder die gesloten oogleden nog steeds vochtig zijn en schitteren.

'Ja, dat is hem. Dat is mijn opa, Gilbert Cooper.'

Het uitspreken van die woorden maakt het zo definitief. Dat hij een slachtoffer is van de Blitz, vermorzeld door Hitlers krachtige hamer.

Dat dit de nieuwe, harde realiteit van de overlevenden is. Ze schaamt zich voor het feit dat ze de oorlog ooit als iets opwindends heeft gezien. De duvelstoejager van de dood is machtiger dan de dagelijkse sleur.

'Zal ik u even alleen laten?' vraagt de verpleegster, waarna ze een blik door de zaal werpt. 'Of vindt u dat vervelend?'

'Nee, ik wil graag even alleen met hem zijn.' Marnie werpt haar haar vriendelijkste BBC-glimlach toe. 'Een paar minuutjes maar.' Ze pakt er een stoel bij, gaat naast hem zitten en legt haar hand op zijn arm. Vervolgens zoekt ze onder het laken naar zijn ijskoude hand als de verpleegster haar alleen heeft gelaten. Of in elk geval zo alleen als je kunt zijn tussen tien lijken.

Het is hier verschrikkelijk koud, hoewel het buiten ongewoon warm is voor de tijd van het jaar en de septemberzon pas net onder is. In het schemerdonker neemt Marnie zijn stijve hand in de hare en probeert er wat beweging in te wrijven, zodat ze haar vingers voor de laatste keer met die van hem kan verstrengelen. Als iemand haar zou zien, zou diegene het misschien een wat morbide beeld vinden, maar zij vindt dat niet. En ook niet als ze door het niet zo witte laken heen tegen hem gaat praten.

'O, opa. Wat moeten we nou?'

Ze heeft het natuurlijk tegen zichzelf. Hoe moet ze nu verder zonder zijn eeuwige optimisme en zijn onvoorwaardelijke liefde? Zonder zijn gefrunnik aan haar confectiekleding waarna hij zonder omhaal een winterpak voor haar maakte van een stof die hij al weken op het oog had gehad en waarvan hij de prijs had kunnen afpingelen? Hoe kon Londen overleven zonder degenen die hier geboren en getogen waren en zo gek waren op hun stad? Mensen zoals Gilbert Cooper, die van de stad hielden alsof die een waardevol erfstuk was of een schitterend paleis, ondanks de viezigheid en de verloedering in sommige delen.

Ze brengt zijn hand naar haar gezicht. Voordat haar lippen contact maken met de gerimpelde huid ziet ze het bewijs van wie en wat hij was: het topje van zijn linkerwijsvinger is wit van het jarenlange afkrijten van stof. Met haar duim veegt ze eroverheen, en dan voelt ze wat hij nog meer was: hard eelt op zijn morse-vinger en een licht gebogen en gezwollen gewricht van het vele gebruik. Uren verscholen in de donkere kelder, en maar berichten verzenden, de held van de Nederlanders.

'O, opa,' zucht ze nog een keer.

Marnie houdt zijn hand dicht tegen haar gezicht als de eerste tonen van het luchtalarm klinken. Het gejammer komt dwars door de verduisterde ramen heen.

Nee, nee, NEE. *Niet nu.*

Marnie verroert zich niet, houdt hem alleen maar steviger vast. Ze laat zich dit moment niet afpakken door die rotzak van een Göring en duizenden tonnen aan vuurkracht.

De deur zwaait open en de verpleegster komt binnenvallen. 'Het spijt me, maar u moet hier weg. Aan de andere kant van het gebouw hebben we een schuilkelder.'

'O ja, natuurlijk.' Het vuur in Marnies binnenste is meteen geblust. Het is zo'n aardige verpleegster dat ze haar niet dwars wil zitten. Met als gevolg dat ze direct een hekel aan zichzelf heeft omdat ze zich zo makkelijk laat rond commanderen.

Ze hebben pas een paar stappen gezet als er een reeks enorme explosies klinkt en er ergens boven hen een berg metselwerk naar beneden stort. Het lawaai is oorverdovend. Instinctief krimpen ze ineen terwijl het gebouw schudt op zijn grondvesten en puin en stof neerdalen op het spierwitte kapje van de verpleegster. De gedimde muurverlichting flikkert en sputtert.

'Denkt u dat het ziekenhuis geraakt is?' vraagt Marnie.

'Ik weet het niet. Gisteravond was het ook zo, maar toen was er geen schade. Misschien is het een straat verderop. Ik ga kijken of alles veilig is. Redt u het hier alleen?'

Even denkt Marnie dat ze in elk geval op de goede plek zit als er iets gebeurt, maar dat soort galgenhumor gaat nu wat te ver. Ironisch genoeg zou opa zich rot lachen, als hij dat nog kon. 'Met mij komt het wel goed. Gaat u maar.' Eerlijk gezegd zit ze liever hier beneden bij de doden. Die zijn het minst bang.

De verpleegster rent de deur uit, en Marnie is weer alleen. De lichten dreigen het nu echt te begeven, dus pakt ze snel een olielamp die de ruimte in een blauw, spookachtig licht baadt. Toch geeft het geen griezelig gevoel.

Marnie zit het bombardement uit. Na twintig minuten lijkt dat in de verte verdwenen, maar er gaan her en der nog tijdbommen af die de nodige schade aanrichten, als ze op het geschreeuw van de brandweer buiten af moet gaan. Ze is stijf en koud van het zitten, dus loopt ze wat rond tussen de gesluierde bedden en legt haar hand zachtjes op elk lichaam waar ze langsloopt, alsof ze ze allemaal wat warmte wil geven. Ze deinst niet terug voor de stijve lichamen, maar voelt juist een diepe rust vanbinnen, ondanks het rumoer op straat. Marnie heeft geen spiritueel geloof over het leven of het hiernamaals, alleen dat de doden met respect behandeld moeten worden. Dat heeft ze van opa meegekregen; hij werd af en toe benaderd door de plaatselijke begrafenisondernemer om een pak aan te meten voor een overledene en daar sprak hij met eerbied over, nooit angstig of verschrikt.

Ze loopt langs een brancard met een kleine gestalte onder het laken. De voeten reiken net niet tot de onderkant van het canvas waarop het ligt. Het is gelukkig te groot om een kind te zijn, maar misschien is het een slanke, tengere vrouw? Ja, daar gaat het laken omhoog, ter hoogte van de buik – ze is zwanger.

Als Marnie met haar vingers over de bolle buik strijkt, voelt ze dat een sympathieke lijkbezorger de hand van de vrouw op de gespannen huid heeft gelegd, of misschien werd het arme meisje overvallen door de luchtaanval en heeft ze in haar laatste moment instinctief haar hand op haar ongeboren kind gelegd om het te beschermen. Die gedachte maakt haar zo verdrietig dat ze een steek voelt in haar eigen hart en buik; de mogelijkheden die die twee hadden, het vooruitzicht op een lang en gelukkig leven. Twee levens, in rook opgegaan.

Tussen de doden, met een dun laagje steenresten op de lakens en een deken van bommen buiten, begint Marnie te huilen. Happend naar adem brult ze het uit, niet in staat om zich in te houden. De tranen spatten op de vloer. Ze huilt om opa en om die vrouw met haar ongeboren belofte. Om iedereen om haar heen en alle anderen in de vele mortuariums in Londen. Marnie huilt zoals ze in tien jaar niet gehuild heeft.

Als ze geen tranen meer heeft en ze weer rustig is, en de herrie buiten zo goed als voorbij is, raapt ze zichzelf bijeen. Met beide handen wrijft ze over het mengsel van stof en tranen op haar wangen. Daarna legt ze de lakens van elk van de zielen op de brancards recht bij wijze van eerbetoon. 'Dank je wel,' mompelt ze.

Ongeschonden verlaat ze het mortuarium, maar vanbinnen is ze geraakt en beschadigd. En vastbesloten.

Marnie Fern, voormalige muurbloem en meeloper, heeft een besluit genomen. Misschien krijgt ze er spijt van, maar na vanavond is haar duidelijk dat ze weinig keus heeft. Niet als de doden haar vertellen dat de enige manier om vooruit te komen is door te overleven. Voor de levenden.

8

De dierentuin van het volk

30 september 1940, Amsterdam

Corrie

De zon brandt warm op Corries rug wanneer ze vroeg in de middag in de tram stapt naar het noordoosten van de stad, de Jodenbuurt. In dit gedeelte van Amsterdam wonen al eeuwen Joodse families, met als enige verschil dat er nu angst heerst. Een angst die ze voelt zodra ze uitstapt en de bewoners zich vlugvlug naar hun bestemming ziet haasten, hun kinderen aan de hand meetrekkend. Door heel Amsterdam hangen al bordjes met daarop de tekst VERBODEN VOOR JODEN, en is het woord JOOD op de muren gekrast. De Duitsers hebben nog niet veel arrestaties verricht of Joodse mensen van hun huizen en inkomens beroofd, maar iedereen weet dat dat een kwestie van tijd is. Het kleine beetje informatie dat het land binnensijpelt is niet bemoedigend, en de mokerslag zal – net als de invasie – ongetwijfeld vanuit het niets komen. Maar waar kunnen al die families in vredesnaam naartoe vluchten? Het bezette België, en nu ook Frankrijk, zijn overspoeld door nazi's. Aan de andere kant heb je Duitsland zelf, waar Joden de gruwelijkste beestachtigheden moeten doorstaan.

De ironie van haar bestemming gaat niet aan Corrie voorbij als ze bij het draaihek van Artis aankomt en de entree betaalt. Eenmaal het hek door is de stemming op de mooi bijgehouden paden direct een stuk meer ontspannen. Moeders struinen met hun kinderen langs de verblijven van de leeuwen en de apen en doen haar denken aan haar eigen gelukkiger tijden, toen ze hier met Willem en Kees naartoe ging. Inmiddels lijkt ieder dier wat magerder dan de vorige keer dat ze hier was, de ribben zijn beter zichtbaar onder de gladde huiden.

Er lopen ook heel wat Duitse soldaten rond in uniformen van de Wehrmacht en de ss, maar niet om te patrouilleren: ook zij zijn hier voor de ontspaning. Een van hen glimlacht haar toe terwijl hij voorbijloopt, en ze beantwoordt zijn lach – maar achter haar opeengeklemde tanden voelt ze niets dan walging.

Vandaag heeft Corrie geen interesse in de dieren, maar in wat er achter de stenen en gietijzeren hokken en kooien ligt. In de menselijke bewoners. Al sinds het begin van de oorlog wordt er een toenemend aantal onderduikers ondergebracht in de dierentuin, recht onder de neuzen van de nazi's: in het pinguïnverblijf, aan de andere kant van de gracht in de holle Apenrots, en boven de Fazanterie. Hele families met vaders, moeders en kinderen, diegenen in wie de Duitsers 'geïnteresseerd' zijn, houden zich schuil in de kleinste geheime hoekjes en gaatjes.

Vastberaden loopt ze naar een van de paviljoens, langs een bord met personeel erop, en klopt op de karakteristieke manier van het verzet op de deur. Een man die zij kent als Rutger doet met een spiedende blik naar rechts en links open. Voor een begroeting hebben ze geen tijd.

'Hoe is het met Hendrik?' vraagt Corrie.

'Gefrustreerd,' antwoordt Rutger. 'Maar naar omstandigheden goed.'

'Heb je genoeg voedsel?' Ze kijkt naar de vaten die er staan. Het lijkt wel dierenvoer wat erin zit, iets wat Rutger bereidt voor zijn werk hier.

'Maar net,' zegt hij. 'Hoewel ik niet kan beloven dat ze af en toe niet iets hiervan zullen krijgen.'

De zwavelgeur van rottende kool en beschimmeld fruit blijft in haar neus hangen.

'Het is eetbaar, hoor,' stelt hij haar gerust. 'Alleen niet erg lekker. Maar zodra het winter wordt, zullen onze speciale gasten er blij mee zijn.'

Als een soort tovenaar haalt Corrie de pakjes tevoorschijn uit de extra zakken die ze in haar cape heeft genaaid: pakjes kaas, wat vlees dat ze in de winkels had kunnen vinden en een aantal eieren die de tocht hadden overleefd. Ook heeft ze wat chocola en een stapel boeken in haar mand.

'Voor Hendrik?' vraagt Rutger.

'Voor iedereen hier,' benadrukt ze. 'Verdeel het maar zoals het jou het beste lijkt. Maar misschien wel een ei voor hem?'

'Natuurlijk.'

Voordat ze weggaat, aarzelt ze even. 'Ik mag zeker niet...'

Rutgers verweerde gezicht betrekt. 'Nee, sorry. Strikte orders. Dat is veel te gevaarlijk tijdens de openingstijden en er lopen veel militairen rond.'

Ze herstelt zich van de teleurstelling en haalt een briefje uit een binnenzak. 'Kun je hem dit dan geven?'

'Ja, natuurlijk.' Hij knikt bedachtzaam.

'Hij weet dat hij het moet vernietigen zodra hij het heeft gelezen,' stelt ze hem gerust. 'Desnoods eet hij het op.'

Daar moet hij om lachen en hij steekt zijn hand uit om de envelop aan te nemen.

'Dank je wel,' zegt ze. 'Dat je zo goed voor hem zorgt.'

Op weg terug naar de uitgang komt ze langs het Berenpaleis, waar ze even blijft staan kijken. Haar aandacht gaat uit naar twee jongens van de Wehrmacht die het erg grappig schijnen te vinden dat een van de harige bewoners aan de deur van het binnenverblijf staat te krabben.

'Moet je die nou zien,' hoort ze hem spottend zeggen. 'Dat stomme beest denkt dat-ie eruit kan.'

Corrie vindt het op haar beurt amusant dat zij niet weten dat de beer slimmer is dan ze denken. Met zijn sterke neus weet het dier precies dat er mensen aan de andere kant van de deur zitten, onderduikers zoals Hendrik. Ze kan zich niet voorstellen hoe het daarbinnen moet zijn; alleen het dakraam geeft enig inzicht of het dag of nacht is, en ondertussen wordt er een paar centimeter bij hen vandaan met enorme klauwen aan de zware deur gekrabbeld. De dierentuinmedewerkers verzekeren haar wel dat de beer niet door de deur kan, maar zij – en alle dierbaren die van buitenaf toekijken – moeten daar maar blindelings op vertrouwen.

Er is geen andere optie dan vertrouwen te hebben. Nu Daisy uit de lucht is en niemand heeft om berichten naar te verzenden, is dat het enige wat Corrie kan doen.

9

De slinger van de klok

1 oktober 1940, Londen

Marnie

Vanochtend klinkt in de kerk voor de verandering niet het bommenge-weld, maar een galmende stilte – in Londen is het rustig en vredig. Opa's uitvaartdienst is in de kerk van St Martin-in-the-Fields, op een steenworp afstand van de kleermakerij en de National Gallery. Marnie heeft deze plek uitgekozen omdat hij daar zo graag naartoe ging om stil voor zich uit te dromen. 'Een van mijn lanterfantplekken' noemde hij de kerk, vooral na de dood van zijn vrouw – Marnies grootmoeder – halverwege de jaren dertig. En verder hadden hij en Marnie voor de oorlog uit volle borst meegezongen met elke kerstdienst.

Ze kijkt de kerk rond; er zijn meer mensen komen opdagen dan ze had verwacht. Onder hen wat goede klanten, misschien vanwege het overlijdensbericht dat ze in *The Times* had geplaatst. Haar nicht Susie heeft zich kunnen losweken van haar twee kleine kinderen, en ook Raymond is er om haar te steunen. Net als de dominee aan de dienst begint, gaat de deur van de kerk open en waait er een bries door het oude gebouw. Ze draait zich om om te zien wie er binnenkomt. Willem, als ze zich niet vergist.

Naderhand komen de gasten buiten bijeen op de trappen van de kerk en maakt Marnie met iedereen een praatje. Er volgt geen begrafenis, aangezien opa gecremeerd wilde worden, en vanwege de strenge rantsoenering is er ook geen receptie. Toch is ze blij dat zijn leven uitgeluid wordt door meer dan een handjevol mensen in een grote lege ruimte.

Vanuit haar ooghoek ziet ze Willem naar Trafalgar Square staan staren. Hij ziet eruit alsof hij in gedachten verzonken is. Peinzend, denkt ze. 'Knap' is een woord dat ze uit haar gedachten probeert te bannen zodra het bij haar opkomt – zonder succes. Nu het wat rustiger wordt en de eerste gasten vertrekken, komt Willem naar haar toe.

'Fijn dat je gekomen bent,' zegt Marnie.

'Dat wilde ik graag.'

Zijn donkerblauwe pak staat hem een stuk beter dan de hobbezak van de ARP en benadrukt zijn brede schouders. Het pak past uitstekend. Onder aan de linkerrevers ziet ze de dubbele steek die opa bij wijze van handtekening op elk van zijn maatpakken aanbracht. 'Ik zie dat hij iets voor je heeft gemaakt.' Ze knikt naar Willems colbert.

'O ja. Ik kon het niet laten om er een door hem te laten maken. Dit is het beste pak dat ik ooit heb gehad.'

'Ja, dat zou ik ook zeggen als ik jou was.' De woorden zijn eruit voor ze er erg in heeft, en nu kan ze ze niet meer terugnemen.

'Nee echt, ik meen het,' zegt hij. 'Als ik ooit terug moet vluchten naar Nederland, neem ik het beslist mee. Er even van uitgaande dat ik er niet in hoef te zwemmen.'

Hij laat zijn stem dalen als Susie eraan komt.

'Susie, dit is Willem, een... een...' Marnies verbeelding laat haar in de steek. Wat is hij eigenlijk?

'... een vriend van Gilbert,' vult Willem snel aan. 'Aangenaam, Susie. Gecondoleerd met het verlies van je...'

'Hij was mijn oudoom,' zegt ze. Susie kan maar nauwelijks verhullen dat deze nieuwe man in hun wereldje haar goedkeuring zeker kan wegdragen.

Marnie slaakt een inwendige zucht. De volgende keer dat ze bij haar nicht op bezoek gaat kan ze dus een ondervraging als van de Spaanse Inquisitie verwachten, gezien Susies wonderlijke vermogen om haar gedachten te lezen.

'Ga je ook mee theedrinken?' onderbreekt Marnie de korte, pijnlijke stilte. 'Ik dacht bij Lyons op The Strand. Nog een van opa's lievelingsplekjes. Kunnen we op hem proosten.'

Susie zucht diep. 'Sorry Marn, maar ik moet naar huis. Ik denk dat de moeder van Arthur van ellende inmiddels de haren wel uit haar hoofd getrokken zal hebben, of anders heeft ze de jongens zo veel te eten gegeven dat ze er misselijk van zijn.' Ze geeft Marnie een kus op haar wang. 'Vergeet niet dat je zondagmiddag op de thee zou komen. En neem je boterrantsoen mee.' Daarna huppelt ze de trappen af.

Op dat moment komt Raymond aan, die het op haar andere wang voorzien heeft. 'Ik moet ook weg, Marnie – vergadering in het grote huis,' legt hij uit. 'Pas goed op jezelf.'

Binnen luttele minuten zijn alleen zij en Willem over, boven aan de trap, uitkijkend over de open ruimte van Trafalgar Square en het gat dat onlangs geslagen is naast de National Gallery. Admiraal Nelson overziet zijn domein vanaf eenzame hoogte.

Marnie schuifelt ongemakkelijk heen en weer. Ze weet dat ze iets tegen Willem moet zeggen over de beslissing die ze heeft genomen, voordat haar goede voornemens vervliegen. Maar waar moet ze de woorden vandaan halen op een dag als deze? Ondanks alles wat ze heeft gezien, ondanks de onthulling in het mortuarium van het St Thomas-ziekenhuis, voelt het nog steeds volslagen tegennatuurlijk om zich op deze manier vast te leggen. De afgelopen week heeft het getouwtrek in haar hoofd haar behoorlijk uit haar slaap gehouden: 'Ik doe het... ik doe het niet... ik zou het moeten doen... ik kan het niet...'

'Ik lust wel wat te drinken,' onderbreekt Willem haar gedachten. 'Ik weet dat ik geen familie ben, maar mag ik toch met jou op Gilbert proosten?'

Blij verrast draait ze zich naar hem toe. 'Ja, natuurlijk. Dat zou ik fijn vinden.'

Even respijt. Respijt en het vooruitzicht van een kop thee om haar moed weer bijeen te rapen.

Het filiaal van Lyons op The Strand is het vlaggenschip van het bedrijf, een druk, chic gebouw met meerdere verdiepingen, waar je voor twee pence thee kunt drinken en je je even in een exclusief hotel aan de Côte d'Azur kunt wanen, met de belofte van een zacht bed in plaats van weer een nacht op een stuk betonnen perron. Het is bijna middag en nog niet al te druk als een van de serveersters – die ook wel 'Nippy's' worden genoemd vanwege hun snelheid – hun bestelling komt opnemen. Ze hebben een onopvallend tafeltje uitgekozen bij het raam.

'Twee thee, alstublieft,' zegt Marnie automatisch, maar dan verbetert ze zichzelf: 'Tenzij jij liever koffie wilt?'

'Nee, thee is prima. Ik word er al beter in, die Britse traditie,' zegt Willem. 'Hoewel ik soms het gevoel heb dat ik erin verdrink.'

Haar maag rommelt langdurig en zo hard dat het boven het geklingel van kopjes en lepeltjes uitklinkt. Dat krijg je ervan als je geen hap ontbijt door je keel kunt krijgen.

'Het is bijna lunchtijd,' zegt Willem meteen. 'Ik rammel van de honger. Zullen we ook iets te eten bestellen?'

'Dat lijkt me een goed idee.'

'We hebben bijna geen brood meer,' zegt de Nippy meteen, met een stem alsof ze dit vandaag al duizend keer heeft gezegd, 'maar we hebben wel gebakken aardappeltjes. En gebakken bonen, als u die erbij wilt.'

Ze knikken allebei en de serveerster loopt snel weg.

'Het is geen luxe maaltijd, maar mijn opa was dol op gebakken bonen op toast,' vertelt Marnie. 'Dat aten we vaak 's avonds laat, tijdens een luchtaanval. Opa maakte het klaar op zijn pitje…' Haar stem breekt bij de nu zo pijnlijke herinnering.

'Gilbert was ook degene die me voor het eerst kennis liet maken met dit culinaire genot,' zegt Willem, waarmee hij haar voor de tweede keer die dag redt uit een gênante situatie. 'Het lijkt me dus precies het juiste gerecht om hem mee te gedenken.'

Terwijl ze op hun eten wachten, kijkt Marnie het etablissement rond. Nu het lunchtijd is, komen er steeds meer mensen binnen. Op sommige momenten zou je helemaal niet zeggen dat er een oorlog gaande is, als je tenminste om de geüniformeerde mannen in de theesalon heen zou kijken. De dames hebben hun mooiste kleren aan, inclusief hoedjes en kousen, en ze dragen lippenstift (maar niet zo dik aangebracht als vroeger), terwijl de zakenlieden rondlopen in hun double-breasted pakken. Vandaag klinkt er geen gegons van Duitse bommenwerpers boven Londen en lijkt alles volkomen normaal.

Maar dat is het natuurlijk niet. Ze heeft net de begrafenis van haar opa bijgewoond, en er bevindt zich een grote olifant in de kamer – onzichtbaar, maar hij zit midden op hun tafeltje, precies naast de theepot.

Marnie kan de olifant niet langer negeren en brengt hem zonder omhaal ter sprake. 'Is het nog gelukt met de radio?'

Willems ogen vliegen omhoog. Hij lijkt opgelucht, en het onhandige beest stommelt weg. 'Ik heb hem meegenomen,' antwoordt hij. 'En alles wat aan je opa doet denken of wat met hem in verband kan worden gebracht.'

'Dank je.' Ze zwijgt en neemt een slok. Haar gedachten zwaaien weer als een slinger van een klok heen en weer. 'Heb je al een vervanger gevonden?'

'Nee, nog niet. Maar ik moet als de wiedeweerga iemand zien te vinden onder de radiovrijwilligers. Iemand die snel genoeg is. De Abwehr – dat is de Duitse militaire inlichtingendienst...'

'Ik weet wat de Abwehr is,' zegt ze vlug. 'Door mijn werk.'

'Ja, natuurlijk. Sorry, ik wilde niet neerbuigend klinken.' Hij kijkt behoedzaam om zich heen om te peilen of de vrouw aan het volgende tafeltje van onder de brede rand van haar hoed hun gesprek misschien kan horen. 'Maar de Abwehr is het grootste obstakel bij het opzetten van het Nederlandse verzet. Binnen een paar minuten onderscheppen ze onze radiosignalen. Gilbert en zijn tegenhanger werkten als de bliksem.'

Waag de sprong nou in godsnaam.

'Ik doe het,' onderbreekt ze hem snel.

Willem houdt zijn theekopje in de lucht. De stilte die valt wordt onderbroken door de Nippy die de aardappeltjes met bonen komt brengen.

'Echt waar?' vraagt hij zodra ze weg is.

'Nou ja, ik wil het proberen,' verduidelijkt ze. 'Ik bedoel, ik heb geen idee of ik net zo secuur zal zijn als opa, maar als we die gekke spelletjes deden was ik altijd net zo vlug, zo niet vlugger, af en toe.'

'Dus hij had gelijk. Dat je... wat zei hij nou?'

'Gehakt van hem zou maken,' zegt ze lachend. 'Maar toen was ik twaalf, en nu ben ik... een stuk ouder.'

Met een frons op zijn voorhoofd brengt hij de vork naar zijn mond. 'Ik kan je laten opleiden.' Hij kauwt op zijn eten en slikt het door. De uitdrukking op zijn gezicht is nu ernstig. 'Zou je dat echt voor Nederland doen? Ik ben je natuurlijk heel dankbaar, en Gilbert leek ervan overtuigd dat je het geweldig zou doen. Maar je hebt al een goeie baan, een nuttige baan, dus ik moet het echt zeker weten. Begrijp je dat?'

Ze begrijpt het. En Marnie voelt zich niet beledigd. Ze had zelfs helemaal niet op haar motivatie hoeven oefenen. 'Ik heb mijn opa altijd vertrouwd, mijn hele leven lang,' zegt ze, zonder acht te slaan op die paar minuten nadat ze de radio had gevonden en zich de ergste dingen had voorgesteld. 'Als hij dacht dat ik er geschikt voor was, dan is dat voor mij genoeg.' Ze neemt een hapje aardappel en weet zeker dat die lekkerder smaakt dan welk gerecht uit de keukens van het Ritz ook. 'En aangezien zijn grootmoeder Nederlandse was, ben ik dat ook een klein beetje. Maar het gaat me meer om het helpen van mensen. Hier, daar, overal.'

Opgelucht dat het eruit is, leunt ze achterover. Eindelijk heeft ze besloten om iets te doen, iemand te zíjn, ook al stelt het misschien niet veel voor. Ze is uit een schulp gekropen waarin ze al veel te lang gevangenzat. Maar nu zwengelt die slinger wéér irritant heen en weer: zal Willem overtuigende bravoure horen, of een belofte dat het echt goed komt met Marnie Fern? Te laat – hij heeft het al gehoord. Luid en duidelijk.

'Daar drink ik op,' zegt hij met zijn theekopje geheven. 'Op Gilbert Cooper en zijn nalatenschap.'

'Op opa,' zegt ze, net als buiten de sirene een vroegtijdig einde dreigt te maken aan hun wake. 'Och, hier word je toch niet goed van?'

'Nou, knappe despoot die mij van mijn feestmaal afhoudt,' zegt Willem dwars.

Ze eten stug door, maar niet gehaast. Inmiddels is iedereen zo gewend aan luchtaanvallen overdag dat niemand haast maakt om weg te komen.

Willem vertelt dat hij dienst heeft voor de ARP, Marnie verzekert hem dat ze zonder problemen bij de BBC zal komen, en dan draait hij zich om in de richting van Piccadilly. 'Ik neem gauw contact met je op,' werpt hij haar over zijn schouder toe.

Als Marnie bij Broadcasting House aankomt, gonzen de bommenwerpers van de nazi's boven haar hoofd. Ze vervoegt zich bij de menigte in de concertzaal. Overdag is er natuurlijk geen dringende behoefte aan een bed, en iedereen neemt gewoon zijn werk mee naar de schuilkelder, als het werk dat toelaat. Scripts worden verbeterd, ergens klinkt getik van een draagbare typmachine die iemand op zijn schoot houdt, en even verderop is een levendige discussie gaande over recepten met wortel tussen twee schoonmaaksters die op hun zwabber leunen. Aan de andere kant van de zaal ziet ze Raymond zitten die diep in gesprek is met een collega-producent, maar Marnie baant zich geen weg tussen de wachtende massa door. Ze wil even alleen zijn, zich opsluiten in haar eigen hoofd zoals ze dat altijd zo goed kan te midden van zo veel mensen.

Ze haalt een script vol ezelsoren uit haar tas en doet net of ze leest, hoewel de woorden voor haar ogen dansen. In werkelijkheid denkt ze aan opa, aan wat hij zou doen als hij in haar schoenen zou staan, en aan de belofte die ze zojuist heeft gedaan. En als ze heel eerlijk is, denkt ze ook aan Willem zelf. Het beeld van hem in zijn mooie pak staat op haar netvlies gebrand. In gedachten stelt ze zich voor hoe opa hem het pak aanmat en waar ze het dan over hadden. Het Nederlandse verzet of de snit van het pak? Ze voelt een kleine steek van afgunst als ze aan dat moment denkt: aan de intimiteit tussen een man en zijn kleermaker, tussen strijders in een heimelijke communicatieoorlog.

Nu ze zo over de zee van bekende BBC-gezichten uitkijkt, bekruipt haar een vreemd gevoel. Dit zijn mensen met wie ze al jarenlang samenwerkt, met wie ze dag en soms ook nacht intensief heeft samengewerkt onder zeer stressvolle omstandigheden. Allemaal mensen met wie ze een band heeft. Ze hebben geen idee van de nieuwe richting die ze in- slaat en als ze haar werk voor Willem goed doet, zal niemand er ooit achter komen. Het is haar geheim, een geheim zoals ze dat nog nooit gehad heeft.

En met die gedachte gaat er een huivering door het lichaam van pro- ductieassistente Marnie Fern, een huivering waar het effect van de thee van Miss Roach of de driedubbele cognac van Langham niet aan kan tippen. Ze is er dronken van.

10

Bij de radio

8 oktober 1940, Londen

Marnie

Willem houdt woord en stuurt binnen een paar dagen een briefje naar de zesde verdieping van Broadcasting House. Een week na hun privé-herdenking bij Lyons op The Strand wacht hij Marnie buiten haar flat op River Park Road op in een auto. Ze heeft te horen gekregen dat ze voor een week spullen moet inpakken en heeft direct vijf dagen vrij gevraagd 'om haar ouders te bezoeken'. Dit is de eerste keer dat ze tegen Raymond heeft gelogen, maar Willem stond erop dat dit voorwendsel noodzakelijk was, en afgaande op de blik die hij haar toezond toen ze elkaar kort ontmoetten in een café op Oxford Circus om de nodige zaken te bespreken, was het duidelijk dat ze daar maar beter aan kon wennen.

Het is donker als ze achter in de kleine zwarte auto stapt, naast Willem. De auto wordt bestuurd door een chauffeur die geen uniform draagt, maar er wel uitziet als een militair.

'Ben je er klaar voor?' vraagt Willem.

'Ik geloof het wel,' antwoordt ze met een gevoel van spanning en angst. En een beetje opwinding.

'Maak het je maar gemakkelijk, want het is een uur rijden,' zegt hij. 'Humphries kent de weg, maar door de verduistering gaat het altijd langzamer.'

'Het heeft zeker geen zin om te vragen waar we naartoe gaan?' Het enige wat Willem tot nu toe heeft prijsgegeven, is dat het 'ergens buiten Londen' is.

Bij wijze van antwoord kijkt hij haar half geamuseerd, half spottend aan.

'Dat dacht ik al,' zegt ze. 'Dan zal ik je maar gewoon moeten vertrouwen, hè?'

Ze klinkt plagerig, maar zijn gezicht staat somber. 'In dit geval wel, ja. Maar Marnie?'

'Ja?'

'Vertrouwen is veel waard. Wees voorzichtig aan wie je dat schenkt.'

Ze wil hem vragen wat hij bedoelt, waar dat plotselinge cynisme vandaan komt, maar ze dwaalt af – letterlijk – als de auto een ruk naar links maakt.

'Sorry, meneer,' zegt Humphries verontschuldigend terwijl hij de auto weer de weg op stuurt. 'Krater in de weg. Die zag ik niet aankomen.'

Zodra ze de bekende straten van Noord-Londen achter zich hebben gelaten, staakt Marnie haar pogingen om te achterhalen waar ze naartoe rijden, aangezien de stad niets meer wegheeft van het Londen van vroeger. Gebouwen die ze vroeger als herkenningsteken gebruikte, zijn niet meer te onderscheiden nu hele huizenrijen vergaan zijn tot grote hopen as en puin. Als er geen gaten meer in de weg zitten en de auto harder gaat rijden, beginnen de eerste sirenes van die avond. Marnie voelt dat de gepokte straten van Londen nu achter hen liggen en ze de strakke, zwarte buitenwegen bereikt hebben, en niet meer dan een uur later is het geluid van de bommenwerpers niets meer dan een vaag gezoem in de verte. Voor de eerste keer in een maand heeft ze niet het gevoel dat ze direct wordt bedreigd door Hitlers dodelijke lading. Wat haar ook te wachten staat, er bestaat een kans dat ze een hele nacht in een heus bed kan slapen, en dat is deze zenuwentoestand meer dan waard.

Onderweg heeft Willem haar al op de hoogte gebracht van alles wat ze weten moet, waarna de rest van de rit in stilte plaatsvond. Ze kan niet bepalen of zijn eerdere vriendelijkheid een lokmiddel was en hij, nu ze gehapt heeft, haar niet meer hoeft in te palmen, of dat hij in gedachten met belangrijker zaken bezig is. Ze kan niet veel meer doen dan uit het raam naar het gitzwarte landschap kijken.

Als ze eenmaal hun eindbestemming bereiken, komen de wielen van de auto knarsend tot stilstand op een grindpad voor een imposant huis, voor zover Marnie in het flauwe schijnsel van de maan kan zien. En alsof het allemaal nog niet surrealistisch genoeg is, klinkt het gekras van een uil door de stille avondlucht.

'Tot volgende week,' zegt Willem terwijl ze de deur opendoet.

Verschrikt kijkt ze naar hem om. 'Ga je niet mee naar binnen?'

'Nee, maar maak je geen zorgen, ze verwachten je al. En ik heb alle vertrouwen.'

'Waarin?' De moed die Marnie zo zorgvuldig had opgespaard voor dit soort gelegenheden zakt haar razendsnel in de schoenen. *Waar ben je in godsnaam mee bezig, Marnie Fern?*

'Dat je gehakt van ze maakt.' Glimlachend leunt hij weer achterover op de leren zitting. 'Ik zie je weer in Londen. O, en vergeet niet dat je hier een valse naam hebt.'

Als de deur eenmaal dichtvalt, zit er niets anders op dan dit nieuwe scenario onder ogen te zien, want Humphries kart alweer het donker in en Marnie kan alleen vooruit, de open deur door.

'Goedenavond, Miss Desmond. We verwachtten u al.'

In het nieuwe daglicht blijkt het tijdelijke onderkomen van haar alter ego, ene Miss Diana Desmond, er behoorlijk statig uit te zien. Of dat is het in elk geval ooit geweest – een oud landhuis, van steen en licht vervallen, dat nu beheerd wordt door een geheime tak van het leger. Er lopen mensen in groene, grijze en marineblauwe uniformen rond, maar ook veel in burger, zoals zij. De barakachtige hut die ze gisteravond toebedeeld kreeg was warm, het bed comfortabel, en ze had tot haar verbazing in weken niet zo lekker geslapen – ongestoord en zonder bang te hoeven zijn voor luchtaanvallen.

Om acht uur 's ochtends wordt 'Diana' in de chique voormalige eet-kamer van het hoofdgebouw voorgesteld aan Nancy, Edith en Ivy, en hoewel niemand de nepperij erkent, is het duidelijk dat ieder van hen buiten deze vreemde wereld een heel andere identiteit heeft. Na deze week zullen ze elkaar waarschijnlijk nooit meer zien.

'Zo lekker heb ik al heel lang niet ontbeten.' Nancy staart verwon-derd naar de drie plakjes bacon op haar bord. 'Ik wil hier best de hele oorlog blijven.'

'Zelfs de eieren zijn zacht,' zegt Ivy, even blij verrast. 'Ik voel me net de vrouw des huizes. Straks komt er nog een lakei om me te bedienen. Knijp me eens!'

Hoewel ze tijdens het ontbijt het onderwerp van hun eigen identiteit en voormalige levens handig omzeilen, voelt Marnie al gauw een kame-raadschap met de anderen, een gezamenlijke band door wat ze in de toekomst misschien kunnen bereiken. De mogelijkheden die in het ver-schiet liggen. De enige vriendschap die ze ooit heeft gehad is met Ray-mond, en een beetje met Miss Roach. Geleidelijk aan begint haar angst plaats te maken voor een gevoel van vastbeslotenheid.

Houdt ze zichzelf nu voor de gek, of begint het er echt op te lijken dat ze de juiste keuze heeft gemaakt?

Veel tijd om erover na te denken heeft ze echter niet. Na het ontbijt worden ze alle vier naar een kamer beneden geleid, samen met een an-der groepje van vier. En dan begint het harde werk. Ter 'opwarming' krijgen ze een kruiswoordraadsel dat lastiger is dan de moeilijkste puz-zel uit *The Times*, gevolgd door een les in morsecode, een toets, op-nieuw stampen en dan weer van voren af aan. En dit alles voor elf uur. Ze moet haar gedachten er goed bij houden, maar het verbaast Marnie hoe snel deze vreemde taal weer boven komt drijven. Het stelt haar ook gerust. Ook de herinneringen komen terug – aan de nachten die ze bij opa doorbracht, aan het avondeten, en dan die maffe conversaties in morse en lachen om zijn twijfelachtige spelling. Sommige herinnerin-gen laat ze toe, andere stopt ze doelbewust weg omdat ze te rauw zijn en haar te veel afleiden van haar belangrijke werk.

Tijdens de pauze komen de gesprekken weer op gang. 'Volgens mij staan mijn hersens in brand,' jammert Edith, hoewel haar gezicht straalt. 'Wanneer zouden we ons mogen uitleven op de radio's?'

Na de lunch worden ze alle acht naar een ruimte gebracht die vol staat met zendontvangers zoals die in opa's kelder. Marnie zet de hoofdtelefoon op, iets wat ze normaal bijna dagelijks op haar werk doet, maar dit apparaat voelt op elke mogelijke manier gewichtiger, strakker; het gezoem weerklinkt al in haar oren voordat de eerste geluiden doorkomen.

Eerst gaat het langzaam, maar al snel wordt het tempo opgevoerd – eindeloze punten en strepen die kinderversjes vormen, of citaten van één zin van Shakespeare, makkelijk te raden, zelfs als je soms een letter verkeerd hoort. Dan vormt Marnie een team met Nancy. Ze gaan tegenover elkaar zitten en wisselen roddels uit in morsecode, eerst in basaal Engels, daarna in een simpele code, almaar met hun potloden krassend tot de gecodeerde tekst, hun woorden en hun gedachten één grote brei lijken. Na een uur heeft ze het gevoel dat haar hele lichaam uit telegraaflijnen bestaat, met berichten die dwars door haar ledematen naar haar hersenpan lopen en daar op felle toon weerklinken.

'Dit is wel genoeg voor vandaag,' zegt de instructeur eindelijk.

De groep trekt zich terug in een weelderige salon waar het heerlijk stil is en het haardvuur brandt. Niemand zegt het eerste half uur iets, en Marnie doet, met haar hoofd achterovergeleund, hard haar best om de piepjes te verdrijven.

De volgende dag gaat het precies hetzelfde, en de dag daarna ook, afgewisseld met uitstapjes naar de plaatselijke pub. Ze worden een hecht clubje: Nancy, Edith, Ivy en Diana. Marnie vermoedt dat ze ergens in Oxfordshire zijn, maar zonder wegwijzers of andere duidelijke aanwijzingen weet ze het niet zeker. En eerlijk gezegd kan het haar ook niet schelen. 's Nachts slaapt ze als een roos in haar hut, geestelijk uitgeput van het harde werken en het concentreren, en lichamelijk uitgeput door de drukte om haar heen. In de zitkamer wordt vaak een grammofoonplaat opgezet en dan is er wel eens een man die haar bij de hand neemt terwijl de Andrews Sisters 'Oh Johnny, Oh Johnny' zingen. En hoewel de dans, de avond en zelfs het leven duidelijk vergankelijk zijn, vermaakt Diana Desmond zich opperbest. Ook is er, zoals altijd, dat vleugje schuldgevoel omdat er blijkbaar iets is aan deze oorlog waar Marnie Fern van kan genieten.

Maar dan wordt het menens. Op dag vier begint de instructeur ineens over 'de vijand': woorden als Gestapo, ss en Abwehr vormen plotseling een onderdeel van het curriculum, net als het vermijden van ontdekking, met spoed de zendontvanger opruimen en de uitzendtijd tot luttele minuten beperken. Terwijl hij aan het woord is, dwalen acht paar ogen in het rond, en Marnie weet precies dat elk van de acht vrouwen zich afvraagt wie dit advies het hardst nodig zal hebben: wie van hun kleine groepje wordt het veld in gestuurd, vijandelijk gebied in, om te seinen terwijl de Gestapo er rondhangt? Ze is eeuwig dankbaar dat zij het niet zal zijn. Dit is misschien een heel andere wereld dan Broadcasting House, maar ze heeft er geen enkele behoefte aan om op het randje van de afgrond te leven, en dat is ook niet wat Willem heeft voorgesteld. Zij komt gewoon achter een radio te zitten, net als Gilbert Cooper, met misschien een kans op een verdwaalde bom, maar niet op achtervolging door de Gestapo. Maar als zij het niet is, wie dan wel? Zelfs na dit korte samenzijn kan ze de gedachte niet aan dat het een van hun vieren zal zijn.

'Dat was ineens intens.' Nancy steekt een sigaret op en blaast de rook langs haar zorgvuldig geëpileerde opgetrokken wenkbrauwen omhoog. 'Ze winden er geen doekjes om, hè?'

'Heeft er al iemand spijt?' onderbreekt Ivy de ongebruikelijke stilte die tussen hen hangt. Zelfs de theekopjes blijven onaangeroerd.

'Ik niet,' zegt Edith gedecideerd. 'Alles is beter dan de hel die ik heb achtergelaten.'

Ze kijken haar allemaal aan, maar niemand vraagt verder.

'Diana?' zegt Nancy nu. 'Doe jij nog mee?'

'Ja, natuurlijk,' zegt Marnie, verbaasd om haar zelfverzekerde, snelle bevestiging. Ze heeft natuurlijk de luxe dat Willem haar een belofte heeft gedaan; Hitler komt elke avond misschien langs in het luchtruim boven Londen, maar de RAF heeft een beschermend net over Groot-Brittannië geplaatst. En hoewel Winston in zijn radioboodschappen waarschuwt voor 'lange, donkere maanden vol rampspoed en beproeving', klikken de Duitsers nog niet binnen gehoorsafstand met de hakken tegen elkaar.

Er is nog een reden, een dringende reden om door te gaan. Marnie is misschien niet spiritueel aangelegd, maar de laatste paar dagen voelt ze Gilbert Coopers energie in de lucht, een aanhoudende doordrongenheid van zijn prachtige leven om haar heen. En in die gewaarwording ziet ze een doel. Een taak die ze naar behoren kan volbrengen, een echte bijdrage die ze kan leveren.

Of niet?

11

Een boodschap van Will

13 oktober 1940, Amsterdam

Corrie

De ranzige geur van rottende kool prikt in haar neus en ze glibbert uit over de afgevallen bladeren die slijmerig zijn geworden door de regen, maar Corrie heeft wel smeriger dingen geroken dan de groentemarkt in het zuiden van de stad. Ze trekt haar cape wat steviger om haar hals en kijkt behoedzaam naar links en rechts terwijl ze naar het pakhuis loopt. Het is acht uur 's avonds, de straten zijn donker en vrijwel verlaten, maar over een paar uur is het hier weer een drukte van belang als de markt begint. De aangelegenheden binnen zijn hoe dan ook goed verborgen voor de buitenwereld.

Ze klopt vier keer op het raam, wacht even en klopt dan nog twee keer. Dan wordt het stil. Of bijna stil. Ze kan de spanning aan de andere kant van de gammele deur bijna horen, van iemand die, net als zij, met ingehouden adem staat te luisteren. Ongetwijfeld om te horen of er gevaar dreigt. Ze vraagt zich af of Duitse soldaten of de Gestapo anders ademhalen. Harder, wellicht? Of scheiden ze een bepaalde geur af als ze op jacht zijn, als een stel wilde dieren?

Eindelijk hoort ze dat de schuif opzijgeschoven wordt en dan gaat de deur voorzichtig een paar centimeter open.

'Zeeza, ik ben het,' fluistert ze tegen het wantrouwige gezicht, en de jonge vrouw aan de andere kant van de deur ontspant zichtbaar. Ze glimlacht vaag.

Corrie wordt door het hoge, zo goed als lege pakhuis geleid naar een kantoortje achterin, waarvan de ramen verduisterd zijn. Binnen zitten twee mannen te roken aan een tafel waarop halflege glazen bier en kopjes koffie staan. Haar neus prikt weer van de bedompte, dikke lucht die ze nog smeriger vindt dan die van de verrotte kool buiten.

Zoals gebruikelijk worden er geen begroetingen uitgewisseld. Zeeza is al van kleins af aan de beste vriendin van haar geliefde dochter, hoewel ze minder vaak op bezoek komt nu Kees in Den Haag voor het verzet werkt. Dirk heeft ze pas een keer of twee ontmoet sinds het begin van de oorlog, maar Rudy is al jaren bevriend met Willem; ze voelt een steek in haar hart nu ze hem zo ziet, alsof hij een surrogaatzoon is en die ze zou kunnen knuffelen, alleen maar om Willem dichter bij zich te voelen. Maar ze zijn hier voor zaken.

'Ik hoorde dat je een bericht voor me hebt?' zegt ze terwijl ze haar capuchon losmaakt, maar niet haar cape.

'Via de zeeroute binnengekomen,' zegt Rudy afstandelijk. 'We denken dat het echt is. Maar jij moet het verifiëren.'

'Wat moet ik verifiëren?'

'Dat het zijn handschrift is. Dat van Willem.'

Even heeft Corrie het gevoel dat ze moet gaan zitten, zo warm voelt het hier opeens, maar ze zet alleen haar hand op tafel. Zijn handschrift. Iets van hem. Het is pas drie maanden, maar door alle onzekerheid voelt het als jaren.

Ze duwen haar een verfrommeld servetje onder haar neus met het vervaagde logo van Lyons Corner House erop. Het schrift eronder is wiebelig vanwege de zachte ondergrond, maar de boodschap is duidelijk.

Gatsby dood. Snel een nieuw contact voor D. Hervat midden vd maand. ws.

'Dat is 'm,' zegt ze mat. Ze moet haar uiterste best doen om haar emoties te onderdrukken. 'Wanneer is dit verstuurd?'

'We denken vorige week,' zegt Dirk. 'Weet je het heel zeker? Het is echt iets voor de nazi's om zoiets de wereld in te sturen. Het servetje komt zeker uit Londen, maar de vijfde colonne verspreidt vaak dit soort dingen. Om de indruk te wekken dat het echt is.'

'Ik weet zeker dat dit van hem is,' bevestigt Corrie weer.

'Hoe weet je dat zo zeker?' Zeeza houdt haar hoofd scheef, ze fronst en kijkt heel ernstig.

Corrie stelt vast dat Zeeza voor haar leeftijd – ze is nog geen vijfentwintig – haar onschuld verloren heeft in de laatste paar maanden. Ze is niet langer het vrolijke meisje met de sproetjes en de vlechten dat ze altijd gekend heeft, het schoolmeisje wier gelach met Kees altijd zo door het trapgat aan de Prinsengracht schalde. Maar ja, is iedereen inmiddels niet gehard? Je kunt niet anders. Onschuld kan het verzet niet gebruiken.

'Hij heeft het ondertekend met "ws",' zegt Corrie. 'Dat is iets persoonlijks tussen Willem en mij.'

Rudy staart haar afwachtend aan. Hij wil details, voor de zekerheid. Want iedereen is verdacht. Zelfs zij.

'Het staat voor Will Scarlet. Gewoon een gekkigheidje tussen ons twee.' Daar moet hij het maar mee doen, want ze gaat geen persoonlijke details onthullen van hoe ze Willem voor het slapengaan altijd verhaaltjes over Robin Hood voorlas – zij was Lady Marian, had hij haar op zijn zevende eens gezegd, en hij had de rol aangenomen van de jonge maar dappere Will.

Rudy knikt. Hij heeft vrede met haar uitleg en kijkt een stuk vriendelijker als hij zijn biertje pakt voor een slok. Hij kijkt haar over de rand van zijn glas aan. 'Dan lijkt het erop dat we weer aan het werk gaan. Ga je tovervinger maar weer opwarmen, Daisy.'

'Corrie,' zegt ze streng. 'Daisy bestaat alleen in de ether.'

'Het zal wel.' Nonchalant wuift hij haar woorden weg. 'Maar die informatiestroom van Willem hebben we echt nodig. En snel.'

Als ze het pakhuis uit loopt, gaan er heel wat tegenstrijdige gevoelens schuil onder haar wollen cape. Willem is in leven, in elk geval vorige week nog, en dat maakt haar dolgelukkig; ze is zeer nauw betrokken bij het verzet, bij het gevecht voor Nederland, maar ze blijft vooral moeder. Dat is toch geen misdaad?

Helaas betekent het bericht ook dat wat ze al vreesde de waarheid is: Gatsby is dood. Iemand die ze alleen kende via de radiogolven, van het ritme van zijn hand, maar toch iemand met wie ze een ware band voelde. Ze had nooit kunnen ontdekken of Gatsby een man of een vrouw was, maar zelf had ze het gevoel dat haar tegenhanger een man was. Een vriendelijke man, afgaande op de kleine opmerkingen die hij aan het eind van een bericht wel eens doorzond. *Het beste. We leven mee. Hou vol.* Het was natuurlijk heel ongebruikelijk dat een eenvoudige telegrafist zelf iets aan een bericht toevoegde, maar er werden nou geen strikte geheimen gedeeld. In het ergste geval brachten de toevoegingen de Abwehr of de Gestapo in verwarring, omdat ze misschien dachten dat er een dubbele betekenis achter zat, terwijl het niets anders was dan een uitwisseling tussen twee vreemden. Twee mensen.

Na verloop van tijd begon ze te antwoorden. *We vechten door. Nederland is sterk.* Dat is nu allemaal weg, net als Gatsby.

Ik kan er maar beter aan wennen, denkt ze bij zichzelf terwijl ze achter zich op de kasseien de zware voetstappen van een aantal leden van de Wehrmacht hoort. Ze zal nog wel meer kwijtraken in deze akelige wereld. In de tussentijd moet ze de radio maar weer aanzwengelen en het stille, slapende deel van haar tot leven wekken.

Daisy is weer in de lucht.

12

Aangevallen

15 oktober 1940, buiten Londen

Marnie

Bij het ontbijt nemen de vier afscheid van elkaar, en ze wensen elkaar succes. Geen tranen, want ze wisten allemaal wat hun te wachten stond, net zoals ze nu precies weten wat er de komende maanden allemaal op het spel staat. Toch vindt Marnie het jammer dat er een eind komt aan de kameraadschap. Ze weet zeker dat minstens een van hen in Londen geplaatst zal worden en het zou leuk zijn om elkaar af en toe eens te ontmoeten, om een vriendin te hebben met eenzelfde soort geheim. En dat is natuurlijk precies de reden dat het niet kan, en waarom dit een definitief afscheid is.

'Diana, steek een van die vlugge vingers van je maar mooi op naar Herr Hitler,' zegt Nancy ten afscheid.

Marnie knikt, en ze meent het nog ook. Alle vier zijn ze in de afgelopen week gegroeid; in zelfvertrouwen en vaardigheid, maar ook als vrouwen die hun steentje kunnen bijdragen. Vanaf het begin van de oorlog wordt haar al ingeprent dat haar werk voor de BBC van het grootste belang is – voor de informatievoorziening, voor het moreel en voor de taak van 'tante Beeb' om het leven zo normaal mogelijk te houden en uitzendingen te maken die het volk rust en kalmte brengen. Daar heeft ze ook altijd oprecht in geloofd, zelfs tijdens de lastigste afleveringen van *The Kitchen Front*. Ze gelooft er nog steeds in. Maar bij het verlaten van het naamloze huis in Oxfordshire dat officieel misschien niet eens bestaat, is er iets anders.

Hoewel ze dagelijks met scripts en teksten werkt, kan ze dit nieuwe gevoel moeilijk onder woorden brengen. Het voelt als een golf van trots en ook van opwinding dat ze zo'n geheim met zich meedraagt. Het voegt ook een scherp randje toe. En het geloof dat de betrouwbare, standvastige, onveranderlijke Miss Marnie Fern in staat is om iets te doen wat helemaal niets voor haar is.

Het verbaast haar niet dat Humphries buiten op haar staat te wachten in een stationair draaiende auto, maar ze schrikt als ze op de achterbank glijdt en Willem daar aantreft. 'O, ik had geen welkomstcomité verwacht.'

'Waarom niet?' vraagt hij. 'Vanaf nu ben jij mijn sterseiner.'

'Echt? Ik denk dat je me een beetje overschat.'

'Als ik de berichten mag geloven niet.' Zijn wenkbrauwen gaan veelbetekenend omhoog en zijn ogen glinsteren tegen het zwarte leer van de bank. 'Die klinken erg veelbelovend.'

'Dan maar hopen dat ik niet teleurstel.'

Willem wil graag horen wat ze de afgelopen week heeft gedaan, dus neemt Marnie met hem door wat ze over codering heeft geleerd en welke apparatuur ze hebben gebruikt.

'Daisy maakt je wel wegwijs,' stelt hij zelfverzekerd. 'We zijn nog zo'n kleine organisatie, en strikt genomen zijn we zelfvoorzienend. Dat heeft zo z'n voordelen.' Zwijgend kijkt hij haar aan. 'Denk je dat je meteen kunt beginnen? Voor zover ik heb begrepen ben je er klaar voor en we moeten... nou ja, het zou fijn zijn als we direct aan de slag kunnen. Toch?'

'Ik heb Raymond beloofd dat ik straks op kantoor zou zijn, maar daarna kan ik wel,' antwoordt ze. Wat moet ze anders? Willem heeft gelijk: er is geen reden om dit uit te stellen en oefening baart kunst. Als ze dan moet samenwerken met deze 'Daisy', kunnen ze daar maar beter zo snel mogelijk mee beginnen. Met vallen en opstaan.

Hij kijkt enthousiast, maar dan betrekt zijn gezicht en staart hij uit het raam. 'Heb je het andere nieuws gehoord?'

'Over Balham en Bounds Green bedoel je?' Daar heeft ze inderdaad over gehoord, via de radio en de berichten van anderen. Het herinnerde haar er op een pijnlijke manier aan dat terwijl zij op het platteland lol aan het maken was, haar stadgenoten onveranderlijk leden onder de gruwel van de Blitz. Negentien doden op metrostation Bounds Green doordat de metrotunnel instortte na een enkele bominslag; Marnie huivert als ze bedenkt dat dit wel heel dichtbij komt, want dit is het station na Wood Green en ze komt er regelmatig. En een dag later was er aan de zuidkant van de rivier bij station Balham een stadsbus in een enorme krater gereden, vlak naast de hoofdwaterleiding, waardoor het station – dat vol zat met mensen die schuilden voor de bommen – volliep met water. In totaal waren er meer dan zestig mensen verdronken. Het is inmiddels dagen later en ze zijn nog lichamen aan het tellen.

'Verschrikkelijk tragisch,' zegt Marnie.

'Het heeft me wel aan het denken gezet,' zegt Willem en hij draait zich naar haar toe. 'Ben je erg gehecht aan je huis?'

'Niet speciaal.' Ze denkt aan de nachten die ze in de concertzaal van de BBC heeft doorgebracht, en aan de keren dat ze alleen in haar zielloze flatje lag te woelen. Ondanks de drukte en het gebrek aan privacy in Broadcasting House weet ze wel waar ze liever is.

'Zou het niet beter zijn als je op loopafstand van de BBC woonde?' zegt Willem. 'Ik bedoel, de gebeurtenissen van de afgelopen week hebben wel aangetoond dat het nergens veilig is. Zelfs niet in de buitenwijken. Je hebt een basis nodig om te kunnen overseinen, en soms is er haast bij geboden, wat weer lastig is als je overwerkt.'

In eerste instantie vindt ze hem wat aanmatigend, maar dan voelt ze zich opgelucht. Tegenwoordig wisselt iedereen om de haverklap van kamer of flat en ze wilde sowieso verhuizen, maar had het altijd te druk om iets anders te zoeken. Is dit soms weer zo'n duwtje in de rug dat ze wel vaker nodig heeft?

'Heb je iets in gedachten?'

Humphries brengt hen direct naar het volumineuze edwardiaanse Bedford College, waar Willem haar een ruime kamer op de eerste verdieping laat zien met een kleine gootsteen en een fornuis, en een grotere, gezamenlijke keuken verderop in de gang. Het is er schoon en fris, met uitzicht op het prachtige Regent's Park – heel wat beter dan de busremise van Wood Green.

Marnie draait langzaam een rondje in de grote kamer. Haar mond valt open als ze in een hoek de geliefde Oscar ziet staan. 'Ik zie dat je er vrij zeker van was dat ik je aanbod zou accepteren,' zegt ze, met een gebaar naar de half geklede paspop.

'Hmm, ik dacht dat die ouwe jongen een mooie plek verdiende en dat jij wel een huisgenoot zou weten te waarderen die erg meegaand is,' zegt Willem glimlachend. 'Het is maar twintig minuten lopen naar Broadcasting House. Het college verhuurt deze ruimte en er zitten hier heel wat Nederlanders – de Engelandvaarders.'

'Sorry?'

'Engelandvaarders, net als ik. Mensen die na de bezetting zijn gevlucht en van een afstand iets nuttigs proberen te doen voordat we weer naar huis kunnen.'

Als hij er het zwijgen toe doet, telt Marnie de seconden waarin hij heel ergens anders lijkt te vertoeven; aan de andere kant van de Noordzee, in Amsterdam misschien.

Uiteindelijk schudt hij met zijn hoofd en keert hij bij haar terug. 'Verder is hier een kelder. Genoeg ruimte om te kunnen seinen, met een fatsoenlijke antenne. En belangrijker nog: wij hebben de enige sleutel.'

'Kan ik hier dan meteen intrekken?' Ze is expres vrolijk en enthousiast. Deze herboren Marnie Fern moet zichzelf eraan herinneren om de koe bij de horens te vatten. Elke plek – groots of goor – is overgeleverd aan de nukken van Hitler, en het zou zonde zijn om deze mogelijkheid te laten glippen.

Tegen de tijd dat ze bij Broadcasting House aankomt, is de ochtend bijna voorbij. Ze heeft haar koffertje uitgepakt in het college en heeft nog net wat tijd gehad om wat kleren uit te spoelen. Raymond begroet haar met een vaderlijke knuffel en verholen enthousiasme, en als hij zegt dat hij haar gemist heeft, dan klinkt hij oprecht.

'Hoe was de reis? Hoe ging het met je ouders?' vraagt hij. 'Voor iemand die zo lang in de trein heeft gezeten zie je er helemaal niet gekreukeld uit.'

Marnie antwoordt ontwijkend. 'O, het was helemaal niet druk in de trein en ik heb nog wat geslapen', maar het voelt precies zoals het is: dat ze liegt. En dat is een rotgevoel, vooral tegen Raymond. 'Ik werk vandaag wel langer door om de tijd in te halen,' biedt ze aan.

'Dat hoeft niet, hoor. Om zes uur hebben we een uitzending en als we daarmee klaar zijn, trakteer ik je op een drankje in het Langham. Om je thuiskomst te vieren,' zegt hij.

Hij zendt haar een warme, welgemeende glimlach toe waardoor ze zich nog waardelozer voelt dat ze zo moet liegen. Het enige wat ze kan doen is hem bedanken, en in gedachten uitrekenen hoe laat ze dan weg moet om haar belofte aan Willem na te komen – ze hebben afgesproken dat ze om half elf terug is op Bedford College zodat hij haar voor de eerste keer kan helpen met seinen.

Dit is van nu af aan je leven, Marnie Fern. Wie A zegt moet ook B zeggen, zoals het gezegde nu eenmaal luidt.

De uitzending van zes uur verloopt op rolletjes. Het is heerlijk om weer met Raymond in de studio te werken, en als ze in de geluidsstudio zijn voor de daadwerkelijke opname kijkt ze met andere ogen naar het technische aspect van radiowerk. Aandachtig observeert ze hoe de geluidstechnici met de knoppen schuiven, ze bijna strelen, zo vertrouwd zijn ze ermee. Haar eigen vingers beginnen ervan te jeuken.

'Ik denk dat we wel een dubbele jenever verdiend hebben, vind je ook niet?' zegt Raymond verlekkerd zodra ze de drukke bar van het Langham in lopen.

Het luchtalarm is al gegaan, maar de klanten lijken niet veel zin te hebben om naar de kelder of terug naar Broadcasting House te gaan. Ze hebben goede moed dankzij de alcohol.

'Een enkele voor mij, alsjeblieft,' zegt Marnie. Ze moet tenslotte helder blijven voor Willem.

Raymond is in vorm, vrolijker dan ze hem in tijden heeft gezien. Hij vertelt dat hij zich heeft aangesloten bij een nieuwe sociëteit, 'met een restaurant in de kelder, dus we kunnen in elk geval ons eten opeten!'

Marnie vraagt zich af of hij misschien een vrouw heeft ontmoet, iemand om de eenzaamheid te verdrijven die hij op zijn werk altijd verborgen probeert te houden, maar die ze toch vaak genoeg bij hem opmerkt. Ze hoopt het maar voor hem.

Ze genieten van hun drankje en kletsen wat. Op de achtergrond horen ze af en toe een doffe dreun buiten de dikke muren van het Langham, maar binnen lijkt het wel of ze in een veilige cocon zitten en of men misschien zelfs een beetje immuun is voor Hitlers bezoekjes. Tegen negenen zet iemand de radio naast de open haard aan om naar het nieuws te luisteren, waarop het geroezemoes wat verstomt. De negen slagen van de Big Ben klinken door de luidspreker, gevolgd door de rustgevende stem van Bruce Belfrage: 'U luistert naar de BBC. Dit is het nieuws.' Op dat moment lijkt er een deken van troost over de luisteraars in de bar neer te dalen.

De uitzending is nog maar net begonnen als er behalve de stem een doffe klap op de achtergrond te horen is – in de bar lijkt die in stereo te klinken: buiten klinkt een donderend geraas dat een fractie van een seconde later op de radio doorkomt. Het Langham trilt rondom hen op zijn grondvesten.

'Wat was dat in hemelsnaam?' schreeuwt iemand, maar er zijn genoeg geluidstechnici aanwezig die zich realiseren wat er is gebeurd – en wat de gevolgen ervan zijn. Ze rennen en masse naar de deur, op de voet gevolgd door Raymond en Marnie.

Buiten in de smeulende lucht zien de gasten van het Langham welke ramp zich heeft voltrokken: er prijkt een groot, gapend gat in de muur van Broadcasting House. Op de vijfde verdieping woedt een enorme brand. Het is chaos ten top als de eerste mensen uit het gebouw komen strompelen, zwart van het roet en hoestend, te midden van een wolk aan paperassen die in het rond dwarrelen. Marnie rent naar de ingang, waar ze een paniekerige vrouw ziet die ze herkent van haar nachten in de concertzaal. Ze slaat haar arm stevig om haar schouders om het onbeheersbare trillen wat tegen te gaan en neemt haar mee naar de stoeprand, waar ze haar neerzet.

'Ik hoorde eerder een klap, en toen zeiden ze dat we moesten evacueren,' vertelt de vrouw, happend naar adem. 'Het duurde even voordat-ie ontplofte. Is iedereen buiten? Zeg alsjeblieft dat iedereen buiten is.'

De schok komt nu pas echt binnen en ze begint te huilen. Het feit dat ze een diepe, bloederige wond op haar arm heeft dringt nauwelijks tot haar door. Marnie verbindt haar arm met haar zijden sjaal en ziet de stof rood kleuren. Ze is opgelucht als ze haar al snel kan overdragen aan een ambulanceverpleegkundige die zich door de menigte heeft kunnen wurmen, en verlangt opeens hevig naar Miss Roach en haar vertrouwde theepot.

De tijd kruipt voorbij terwijl er steeds meer mensen uit het bbc-gebouw tevoorschijn komen. Hoestend en proestend van de giftige dampen wankelen ze naar buiten, en Marnie loopt van de een naar de ander. Ze verbindt bloedende wonden en deelt water uit aan de slachtoffers, mensen met clownachtig witte gezichten van de kalk en anderen juist roetzwart, maar allemaal met een droge tong doordat ze happen puin hebben binnengekregen. Van zo dichtbij voelt de verwoesting immens.

Uiteindelijk doet ze een stap achteruit en staart vol ongeloof naar de flikkerende, demonische gloed tegen het albasten wit van het gebouw: haar veilige heenkomen, een permanent toevluchtsoord dat ze in gedachten tot luchtkasteel had verheven, was aangevallen, letterlijk neergehaald. Ze voelt de tranen achter haar ogen branden, maar slikt ze woedend in. *Hoe durft die schoft?* Hoe durft Herr Hitler de fundamenten van haar leven binnen te dringen en het op zijn kop te zetten? Eerst opa en nu dit. *Klootzak.*

Raymond weet haar te midden van de chaos te vinden. Zijn donkere pak is bedekt met een witte laag en zijn wangen en voorhoofd zien rood van de hitte. 'Het was een tijdbom,' vertelt hij. 'Ingeslagen op de zevende verdieping en toen omlaaggestort naar de vijfde – de muziekbiblio-theek schijnt het zwaarst getroffen te zijn.' Zijn ernstige blik spreekt boekdelen. 'Er zijn waarschijnlijk een aantal doden en mensen die nog vastzitten.' Treurig schudt hij zijn hoofd. 'Zo onnodig allemaal.'

'Wat kan ik doen, Raymond? Er is vast iets wat ik kan doen.'

'Je kunt het beste naar huis gaan,' zegt hij. 'Ik weet dat je ongedeerd bent, en morgenochtend hebben we iedereen nodig om te helpen met puinruimen.'

Dit geeft haar het gevoel dat ze overbodig is, maar ze weet dat hij gelijk heeft. Nu het ergste gebeurd is en de reddingsdiensten ter plaatse zijn, moeten de experts zo veel mogelijk orde scheppen in de chaos. Bovendien ziet Marnie op haar horloge dat het al half tien is, en hoewel de taak die op Bedford College op haar wacht niet heel dringend is, is er toch iemand op de wereld die er op zit te wachten. Of het nu hier is of daar, redeneert ze, ze voeren allemaal hetzelfde gevecht tegen dit bloe-derige, monsterlijke fascisme.

13

Een belangrijke schakel

15 oktober 1940, Londen

Marnie

'Godzijdank, je bent veilig,' zegt Willem zodra ze hijgend de lobby van het college binnen komt vallen. Hij kijkt vreselijk bezorgd en neemt haar onderzoekend van top tot teen op om te zien of er onder de dikke laag stof wonden te bespeuren zijn. Buiten klinken de inslagen en het is duidelijk dat Marnie een hindernisbaan van bommen, valkuilen en kraters heeft getrotseerd om op tijd te komen. 'Ik hoorde dat de BBC geraakt is.'

'Met mij gaat het goed,' verzekert ze hem terwijl ze het stof uit haar ogen wrijft. 'Ik zat veilig in het Langham toen de bom afging, dus ik heb geluk gehad.'

Hij kijkt naar de manier waarop ze onbewust haar handen samenknijpt om het trillen van haar vingers tegen te gaan.

'Dat is de schok,' zegt ze. Ze herinnert zich nog goed dat Raymond dat tegen haar zei toen hij haar een kop thee gaf. Jammer genoeg heeft ze nu geen troostrijk drankje, alleen een taak die ze moet volbrengen. 'Het gaat zo wel weer.'

'Weet je het zeker? We kunnen het uitstellen, hoor.'

'Nee, we moeten dit doen.' Zíj moet dit doen, om de herinnering te onderdrukken aan de gewonden die uit Broadcasting House kwamen strompelen, en om het gevoel te hebben dat ze meer doet dan alleen maar vluchten.

Willem neemt haar mee naar de andere kant van de lobby, naar een gangetje waar zwabbers, bezems en emmers staan. Achterin is een deur die hij van het slot haalt en daarachter een gitzwarte ruimte, totdat hij een lichtje aandoet en met een geruststellende blik naar beneden gebaart. Dit is de tweede keer dat ze achter hem aan afdaalt naar een donkere kelder, maar deze keer staat ze in alle opzichten een stuk steviger in haar schoenen. Beneden hangt er een dompige, onderaardse geur, maar vergeleken met de andere schuilkelders waar ze heeft verbleven ruikt het een stuk minder ranzig.

Achterin op een plank staat de radio die Willem heeft meegenomen uit Orange Street; de vingerafdrukken van opa zitten er vast nog op, maar daar had Marnie zich al op voorbereid. In tijden van oorlog is apparatuur kostbaar en heeft persoonlijk verdriet geen waarde. 'Aan het werk,' zou Winston met zijn sigaar in zijn mond zeggen als hij nu naast haar stond. Ze voelt Willems ogen op zich gericht als ze plaatsneemt op de stoel achter het bureautje. Ze zet de radio aan, wacht op de vonk van energie in het toestel en in zichzelf.

Hij haalt een stopwatch tevoorschijn en legt die naast het potlood en de lege blocnote op het bureautje. 'Denk erom: niet langer dan twee minuten – je kunt er maar beter meteen aan wennen,' zegt hij. 'Daisy houdt zich er ook aan.'

Dat is ook wat Marnie al die tijd heeft geoefend, in Oxfordshire, en nu in Londen. Stiekem onder haar sjaal onophoudelijk tikkend met haar linkerhand om de bewegingen niet kwijt te raken en haar vingers soepel te houden. Voor haar is dit slechts een oefening, maar voor Daisy is de timing essentieel, misschien wel van levensbelang. Een geval van gepakt worden of niet.

Marnie probeert rustig te blijven ademen ondanks de opwinding en angst, en kijkt op naar Willem. 'Zal ze er zijn?'

'Als ze de boodschap heeft gekregen dat ze weer met seinen moet beginnen wel. En dan houdt ze zich aan het tijdsschema dat ze met Gatsby had.' Hij kijkt meer hoopvol dan zelfverzekerd. 'Laten we maar eenvoudig beginnen.'

Marnie zet de hoofdtelefoon op, plugt het zendkristal in en draait aan de knop. Met gesloten ogen luistert ze naar het gepiep en gekraak, tot ze de juiste frequentie vindt. Voorzichtig trekt ze de seinsleutel naar zich toe, met haar vinger boven de morse-knop. Ze voelt de spanning ook van Willem afstralen.

Waag die sprong.

Tot haar grote opluchting komt alles terug zodra ze begint; alles wat ze geleerd heeft, zowel vroeger als onlangs, en er gaat een huivering door haar hele lichaam die ze tot in haar tenen voelt. Opa spoort haar aan, zijn stem klinkt door de hoofdtelefoon: 'Toe maar, lieverd. Je kunt het. Jij kunt alles, Marnie.' Had hij dat niet altijd tegen haar gezegd? En toch is dit pas de eerste keer dat ze het gevoel heeft dat ze er iets mee doet, dat ze zichzelf dwingt om door te gaan, de grens over.

De paspop is herrezen, seint ze in morse, zoals Willem voor haar op een briefje heeft gekrabbeld. *Beantwoord ws.*

Ze wacht dertig seconden en tikt de boodschap nog een keer. Willem pakt een tweede hoofdtelefoon en houdt een van de luidsprekers tegen zijn oor gedrukt. Marnie hoort hem iets in het Nederlands mompelen en hoewel ze de taal niet spreekt, klinkt het als een smeekbede.

Al wachtend houdt ze haar blik op de stopwatch gericht; er gaat een hele minuut voorbij waarin alleen zacht gekraak klinkt. Net zoals tijdens de opleiding doet ze haar ogen dicht om zich beter te kunnen concentreren en ze merkt dat het puntje van haar tong tussen haar lippen uit komt. Opa deed dat ook vaak als ze hun communicatiespelletje deden. Maar dit hoeft Willem niet te zien, dus perst ze haar lippen stevig op elkaar, met haar tong gortdroog tegen haar gehemelte aan.

Met een oog kijkt ze weer op de stopwatch. Eén minuut en vijftig seconden.

'Probeer het nog eens,' zegt Willem, moedeloos zuchtend.

De wijzer tikt luidruchtig verder. Marnie houdt haar vinger gereed, maar dan hoort ze het. Daar is het, heel zwakjes: een reeks punten en strepen in de ruimte. Haar blik vliegt naar Willem, die haar opgelucht aankijkt. Hij heeft het ook gehoord. Met haar potlood in de aanslag wacht ze tot de boodschap is afgelopen en dan weer opnieuw begint. Hij klinkt niet hard, maar duidelijk genoeg om de tekst op te kunnen schrijven: *Daisy antwoordt. Paspop nieuwe code, oude raster. Stop.* LM.

Met een vragende blik geeft Marnie het bericht aan Willem.

'Dat is haar,' zegt hij.

'Weet je het zeker?' Ze vraagt het omdat zíj het zeker moet weten als ze zonder twijfel kan uitgaan van de handtekening van Daisy als telegrafist. Alleen dan kan Marnie in de toekomst eventuele veranderingen opmerken, bijvoorbeeld in het geval dat Daisy ooit gepakt wordt en de Abwehr zich gaat voordoen als haar.

'Ja, ze beëindigt berichten voor mij altijd met LM,' zegt hij beslist. 'Voor niemand anders. Je kunt haar je nieuwe zendercode geven, maar ze wil werken volgens het oude raster van haar en Gilbert – de boeken. Vanwege de snelheid en de geheimhouding.'

Marnie zet haar vinger weer aan het werk. *Paspop hier. Zendercode Lizzy. Oude raster intact. Welkom terug, Daisy.*

Over een toepasselijke zendercode had ze niet lang hoeven nadenken, vooral niet met het oog op het thema van opa's boekenverzameling. Zij had gekozen voor Elizabeth Bennet – oftewel Lizzy, haar favoriete personage van Jane Austen, de vrouw die ze graag wilde zijn van achter de veilige bladzijden van *Trots en vooroordeel*. Iemand die meer van het leven wil. Meer opwinding. En ook liefde.

Binnen dertig seconden volgt een antwoord. *Hallo, Lizzy. Prettig samen te werken. Genoeg voor nu.*

Willem kijkt over Marnies schouder mee als ze de laatste boodschap op papier zet. Ze ruikt zijn zeep, vermengd met de geur van de smeulende straten van Londen.

Terwijl hij rechtop gaat staan, slaakt hij een enorme zucht van verlichting. 'Mooi. Echt heel mooi.' Dan draait hij zich abrupt om. Zijn houding is een en al opluchting, hij houdt zijn handen ineengestrengeld achter zijn hoofd en ijsbeert even in het rond. Zelfs vanaf haar plek achter het bureau voelt Marnie zijn onderdrukte emoties. Als hij zich eindelijk omdraait, glinsteren zijn ogen in de duisternis en vraagt ze zich af waar deze heftige reactie vandaan komt. Komt het alleen doordat het contact is hersteld, of ook door het feit dat het Daisy is aan de andere kant van het toestel?

Het is Marnie wel duidelijk dat hij en Daisy een band met elkaar hebben en dat ze hem heel na aan het hart ligt. Dat hij haar in zijn hart meedraagt, als ze hem goed inschat.

'Een toost op ons succes?' vraagt Willem uiteindelijk, nadat hij eens flink heeft geslikt en een geoefende glimlach op zijn gezicht plakt.

'Ja, maar ik ga niet nog een keer naar buiten.' Marnie gebaart naar de wereld boven, waarop hij een flesje cognac uit zijn zak haalt.

'Ik had al het idee dat we dat nodig zouden hebben.'

'Ik was nog bezig mijn spullen op te ruimen, maar als je geen moeite hebt met rommel dan kunnen we naar mijn kamer gaan. Ik heb wel even genoeg van rondhangen in kelders.'

Willem knikt. 'Anders ik wel. En Oscar kan dienstdoen als... chaperon.'

'Ik weet niet of hij daar geschikt voor is, maar hij doet vast zijn best.'

Ze zetten de apparatuur uit, sluiten de kelder af en lopen naar boven. Het gebouw is vrijwel verlaten, maar achter een enkele deur klinkt geluid van degenen die zich niet laten weerhouden door Hitlers dreigementen. Zodra Marnie haar kamer binnenkomt, haalt ze met een zwaai haar drogende ondergoed bij de gaskachel vandaan.

'Maak je maar niet druk, ik heb alleen oog voor deze cognac,' zegt Willem met zijn gebruikelijke talent om haar op haar gemak te stellen.

Ze drinken in stilte, terwijl ze luisteren naar hoe de aanval langzaam ten einde loopt.

'Als je de komende dagen de spullen in je oude flat inpakt, zorg ik dat Humphries ze hiernaartoe brengt,' zegt Willem. Zijn stem klinkt laag en melodieus van de cognac.

Marnie kijkt haar nieuwe lege kamer rond en laat haar hoofd loom op de rugleuning van haar stoel rusten. 'Weet je, ik ben bijna geneigd om het allemaal daar te laten. Ik leef al een week uit een koffer, en eerlijk gezegd voelt dat als een opluchting. Dat er niets te kiezen is. En het is ook een goede oefening, mocht er iets gebeuren. Niet geheel ondenkbaar tegenwoordig, want voor je het weet ben je dakloos en gaan al je bezittingen in rook op.'

'Hmm,' mompelt hij instemmend. 'Ik weet wat je bedoelt. Toen ik in Engeland aankwam, had ik alleen de smerige kleren die ik aanhad. Buiten mijn ARP-uniform en een goed pak – met dank aan je grootvader – heb ik niet veel, en dat voelt op de een of andere manier bevrijdend.'

Haar hoofd veert omhoog en verbaasd kijkt ze naar zijn lange gestalte. 'Had je niet eens een tas bij je?'

Marnie had uit Willems informatie opgemaakt dat hij Nederland weliswaar in allerijl had moeten verlaten, maar dat hij genoeg tijd had gehad om een trein te pakken of over land naar Gibraltar was gereisd, langs de vluchtroutes door de Pyreneeën die de politieke types bij de BBC altijd zo onvoorzichtig in de kantine bespraken.

'Nee, alleen ik en een vriend,' zegt hij. 'Geen plek voor iets anders.'

'Hoe ben je hier dan naartoe gekomen? Als je me dat tenminste mag vertellen.'

Met een kwajongensachtige lach kijkt hij haar aan. 'Je gelooft het toch niet als ik het je vertel.'

'Probeer maar.'

'Oké. Ik ben in een kajak naar Engeland gepeddeld.'

'Nee!' roept ze volkomen verbluft. 'Dus je maakte geen grapje? Je bent letterlijk een Engelandvaarder?'

Hij grijnst naar haar, blijkbaar blij met haar reactie.

'Was het erg gevaarlijk?' wil Marnie weten. De Noordzee staat bekend als een ruwe, barre zee, dus ze twijfelt er niet aan dat de reis op zijn minst hachelijk was. En dodelijk vermoeiend. Maar moest hij echt zijn leven op het spel zetten om weg te komen?

'Het kon niet anders,' zegt Willem eenvoudig. 'De nazi's waren het niet eens met waar we mee bezig waren.'

'En dat was?'

'Net na de inval werd er even buiten Amsterdam gevochten. We hebben drie dagen keihard gevochten om stand te houden, voordat de Luftwaffe Rotterdam platgooide en met meer geweld dreigde. Gek genoeg was ik daarna niet zo populair meer bij onze Duitse gasten.'

'Denk je dat je ooit teruggaat? Nu Nederland volledig bezet is en de oorlog voortduurt?'

Hij zucht diep en neemt een laatste grote slok cognac. 'Ik wil wel. Je kunt je niet voorstellen hoe erg het is om je zo hulpeloos te voelen, om dit leven te leiden – een vrij leven, geloof het of niet – terwijl zo veel vrienden aan de andere kant al die ellende moeten doorstaan.'

'Je familie ook?'

Vliegensvlug kijkt hij haar aan, met een harde uitdrukking op zijn gezicht. 'Iedereen daar is nu familie.'

Zijn reactie is een waarschuwing waar Marnie gehoor aan geeft: zijn familie is duidelijk verboden terrein. 'Maar vanuit hier kun je ook iets doen. Je werk voor de ARP, bijvoorbeeld,' gaat ze verder. 'En ik heb gehoord dat er Nederlandse piloten in opleiding zijn voor de RAF. Kun je goed tegen hoogten?'

Hij perst zijn lippen op elkaar, misschien een beetje beschaamd om zijn uitval. 'Ik zou graag willen vliegen. Maar ik heb orders om me alleen hiermee bezig te houden. Van het hoogste gezag.'

Marnies ogen worden groot. 'Het hoogste?'

'De koningin zelf.'

'Koningin Wilhelmina?' Voor de zoveelste keer brengt de man tegenover haar, tot een paar weken geleden een vreemde, haar in een staat van opperste verbazing. *Queen W*, zoals ze binnen de BBC genoemd wordt, heeft het voorkomen van een douairière, met de bijpassende ontzagwekkende uitstraling. In eigen land wordt ze vereerd, door de Britse regering gerespecteerd en op de BBC heeft ze regelmatig zendtijd voor de uitzendingen van *Radio Oranje*. Marnie zelf heeft haar wel eens in de gangen van de BBC gezien; haar gejaagde, ronde figuur omringd door een grote entourage. 'En jouw koningin heeft een zekere interesse in je?' Haar stem klinkt plagerig.

Hij kijkt haar pretentieloos aan. 'Ze mag me erg graag. Ik doe haar blijkbaar denken aan een verre achterneef van haar.'

'Ik zal de volgende keer naar je buigen.'

'Ik vrees dat het alleen betekent dat ik me behoorlijk moet bewijzen, en dat ons werk hier dus...' hij knikt naar beneden, in de richting van de kelder, '... cruciaal is. Dankzij jou ging het vanavond goed. Ik weet zeker dat jij en Daisy goed kunnen samenwerken.'

'O ja?' Marnie hoopt dat hij hier wat over uitweidt, dat hij wat opener wordt. Vanavond heeft ze een glimp van zijn gevoel voor humor gezien, van zijn luchtigere kant. En hij weet zo veel van haar eigen achtergrond. Niet alles, geeft ze toe, maar toch. Sommige dingen kan ze nu eenmaal beter verborgen houden achter de koele 'Miss Fern', maar ze weet zeker dat er nog heel wat meer achter Willem zit.

Hij hapt echter niet, maar draait zijn hoofd naar het raam, waar de sirenes van de reddingsdiensten het inmiddels hebben overgenomen van het geraas van bommen. Ze zijn zich er allebei van bewust dat Londen nu een nieuwe fase ingaat die tot in de vroege uurtjes zal duren – het vaststellen van de schade die de ramp heeft aangericht, het blussen van het vuur en het zoeken naar de slachtoffers in het puin. Ze weten ook dat de Londenaren, als ze niet elke dag en elke nacht doordrongen zijn van wat er gebeurt, de verwoesting straks als een routine gaan zien.

'Ik ga maar eens.' Willem staat op, rekt zich uit en wrijft over zijn gezicht. 'Ik wil even langs het depot van de ARP om te zien hoe het daar gaat. Morgenavond is het mijn beurt.'

Marnie laat hem uit. 'Wees voorzichtig,' zegt ze, voordat ze er erg in heeft.

Hij draait zich naar haar om en kijkt haar doordringend aan. 'Tegenwoordig moet je wel. Tot ziens, Marnie. Als ik een bericht heb, hoor je van me.'

In haar nieuwe bed ligt Marnie te luisteren naar de opruimwerkzaamheden die hoorbaar zijn vanaf de andere kant van Regent's Park en ze denkt na over de afgelopen dag. Net als de BBC begeeft ze zich op nieuw terrein. Officieel maakt ze nu deel uit van het verzet – of dat het Nederlandse of Britse verzet is weet ze niet, maar wel dat ze aan de goede kant staat.

Tegelijkertijd is haar geliefde BBC slachtoffer geworden, het veiligheidsschild is doorbroken, ook al was het slechts een kwestie van tijd, aangezien het spierwitte gebouw natuurlijk al wekenlang het doelwit van bommenwerpers was.

Terwijl ze naar de sierlijke fitting aan het plafond staart – en niet naar het peertje aan het dunne, gescheurde pleisterwerk van haar oude kamer –, kan Marnie niet ontkennen dat de grootste verandering in haar binnenste heeft plaatsgevonden. De BBC, Raymond, Miss Roach en alles daaromheen was niets meer dan een beschermingslaag, en ze heeft zich er lang genoeg uit vrije wil onder verborgen gehouden. Na vanavond voelt het alsof alles anders is. Ze is een minuscule schakel in de gigantische strijd, maar wel een functionerende schakel.

Ze trekt de dekens op tot haar kin en wiebelt met haar tenen om ze op te warmen. En dan valt Marnie al snel in een rustige, voldane slaap.

14

Nieuw verzet

15 oktober 1940, Amsterdam

Corrie

Corrie zet de hoofdtelefoon af en slaat haar armen om haar middel. Ze draait met haar stoel, grijnzend in het niets.

Er is daar iemand. De communicatielijnen zijn weer geopend en als Daisy kan ze weer het beste uit zichzelf halen, het verzet nog meer op weg helpen. Ze knijpt zichzelf nog als ze aan hem denkt, waarna ze onbewust haar handen op haar buik legt. Hij is daar, veilig en wel; dat moet ze geloven. Dat is het enige waar ze de afgelopen paar weken van heeft gedroomd. Ze krijgt regelmatig bericht dat Hendrik veilig en wel in de dierentuin zit, de enige brief die ze van Kees heeft, heeft ze stukgelezen en de anderen maken deel uit van hun ondergrondse kringetje. Maar een levensteken van haar jongen was zo lang uitgebleven dat ze elke avond de vreselijkste dingen voor zich zag als ze in bed lag te woelen. Dan beurde ze zichzelf op met de gedachte dat hij een doordouwer is, prima in staat om zichzelf te redden. Maar het is oorlog, en de wreedheden die ze dagelijks op straat ziet van de nazi's, hun zogenaamde beschermers, maken de angst alleen maar groter. Straatventers worden bedreigd als ze zich niet aanpassen, Joodse families worden bespot terwijl ze over straat lopen. Zelfredzaam of niet, iedereen kan ten prooi vallen aan het kwaad dat zich als een plaag door Europa verspreidt. Inclusief Willem.

Voor nu weet ze in elk geval dat hij er is, zij het aan de andere kant van een grote zee. Haar hart gaat tekeer van het goede nieuws en als het niet al zo laat was zou ze op zoek gaan naar Dirk, Rudy en Zeeza om het te delen. Niemand heeft Willem zo lief als zij, natuurlijk, maar voor de uitbreiding van het verzet hebben ze hem net zo hard nodig. Zonder de middelen die hij tot zijn beschikking heeft en de hulp van de SOE – onderdeel van de Britse geheime dienst – kan de strijd zich niet uitbreiden.

Corrie knipt het licht van het zwakke peertje uit en loopt de trap op. Om het te vieren zet ze een kop warme chocola, ook al zijn het de laatste kostbare korreltjes goede cacao die erin gaan. De onrust die ze voelt verdwijnt met de eerste slok van het zoete goedje. Voordat ze naar bed gaat loopt ze nog een rondje door de winkel, zoals ze elke avond doet.

Overdag houdt de drukte in de boekwinkel haar op de been, hoewel het rustiger wordt naarmate de oorlog vordert en geld voor 'luxeartikelen' schaarser is. Ze vindt het vreselijk om te moeten toegeven dat het voortbestaan van de winkel nu vooral afhangt van de Duitse klandizie. 's Avonds is het juist de stilte die er tussen de boeken hangt die haar kalmeert – Corrie slaapt onrustig, maar ze zou misschien helemaal geen oog dichtdoen als ze haar avondritueel niet had, als ze de kasten niet langs zou lopen om te zien of alle boeken op hun plek staan. Het geschreven woord kan een boel ellende veroorzaken, en heeft dat in de loop der eeuwen ook zeker gedaan, maar vaker nog biedt het troost. En boeken bijten niet terug, denkt ze, terwijl ze haar vingers langs de ruggen laat glijden van de boeken die ze, nu het steeds rustiger wordt, dagelijks doorbladert.

Na haar gebruikelijke rondje loopt Corrie naar de deur van de gang. Sinds Kees is vertrokken, is ze alleen in het grote huis. Ze is zo gewend geraakt aan de stilte dat het lichtste geruis haar al opvalt. Ze hoort zacht gescharrel in de stilte van de winkel. Corrie spitst haar oren en staat stokstijf stil. Is dat een muis, of erger nog, een rat? Ze doet de grootst mogelijke moeite om ongedierte tegen te gaan, aangezien dat – letterlijk – haar kleine beetje geld kan opvreten.

Daar hoort ze het weer. Maar nu ze beter luistert, klinkt het meer als gezucht, als lucht die ergens uit ontsnapt. Haar koppigheid wint het van de angst; ze doet haar sloffen uit en sluipt terug de winkel in, voorzichtig voor de krakende plank bij de kassa. Weer dat geluid. Het is het gehijg van een mens, een noodgedwongen ademhaling. Haar enige geruststellende gedachte is dat geen enkele nazi zich schuil zou houden; die zou gewoon de deur inrammen.

Hoe dichterbij ze komt, hoe hoger het gehijg klinkt, totdat ze een schaduw ziet onder een tafeltje waar boeken op liggen, en een ineengedoken hoopje mens eronder. Even blijft ze stilstaan, en ze voelt de vloer onder haar kousenvoeten heel licht trillen. Er blijft niets anders over dan naar de gestalte te graaien, de losse kleding vast te grijpen en onder de tafel vandaan te trekken terwijl hij een gil slaakt. Op het kleine gezicht staat duidelijk te lezen dat het jongetje banger is dan zij. Hij is niet ouder dan tien jaar. Hij zucht diep, waarbij de adem in zijn pijnlijk magere borst ratelt.

'Wat moet dat hier?' foetert ze, vooral van schrik. 'Mijn voorraad jatten? Stelen van je eigen volk?'

Hij kijkt doodsbang en zo uitgeput dat Corrie direct weet: hij is moe van het strijden.

'Niet waar!' protesteert hij met een iel kinderstemmetje. 'Echt niet. Ik wilde alleen slapen, een paar uurtjes maar, tot morgenochtend. Tot ik…'

Ze is zich rot geschrokken van hem en heeft helemaal geen zin in smoesjes, maar hij is nog maar een kind. 'Hoe ben je binnengekomen?' vraagt ze, deze keer zonder dreiging in haar stem.

'Door het raam van de bijkeuken,' antwoordt hij, waarna hij snel verder gaat: 'Ik heb een bericht voor u. Voor de boekenmevrouw. Een dringend bericht, van een dame met een grote hoed.'

Corrie laat de jongen meteen los, waarop zijn dunne lichaam op de grond neerzakt. 'Laat maar zien dan.' Woede maakt plaats voor angst. Elk bericht dat via de vrouw met de grote hoed komt is zorgelijk, aangezien het vanuit het ministerie zelf komt – een patriot die als typiste voor de naziregering werkt en doorgeeft wat ze kan. Informatie van haar wil zeggen dat er gevaar dreigt voor iemand in haar kringetje.

Met trillende handen geeft hij haar een ongeadresseerde envelop, die ze direct openscheurt. Dan loopt ze naar de keuken, waar het licht genoeg is om te kunnen lezen.

Komende drie dagen inspectie verwacht in Artis.
Waarschijnlijk grondig.

Corrie draait zich om naar het kind, dat vlak achter haar staat. 'Wanneer heb je dit gekregen?'

'Een uur geleden,' stamelt hij. 'Ze zeiden dat ik het morgenochtend mocht afleveren, maar ik ben meteen gekomen. En toen ik geen licht zag…' Zijn stemmetje sterft weg.

'Moet je niet naar huis? Naar je ouders?' Aan zijn kapotte kleren en zijn magere lijf te zien heeft hij die niet.

Hij bevestigt het door even met zijn hoofd te schudden en hij ziet eruit alsof hij elk moment kan gaan huilen. 'Waar is je familie?' vraagt Corrie.

'Rotterdam,' mompelt hij.

Dood, dus. In het puin van een platgegooide stad. De verwoesting die het bombardement van de nazi's had aangericht was enorm, en dit jongetje zou hier niet zijn als hij niet gevlucht was voor zijn leven.

'Kom, dan krijg je wat te eten.' Ze gebaart dat hij aan de keukentafel moet gaan zitten en hij loopt er snel naartoe.

Hij valt op zijn boterham met kaas aan als een wild dier, zijn ogen glanzend van verrukking.

Ondertussen denkt Corrie over het bericht na. Ze twijfelt er niet aan dat het echt is. Hun contact bij het ministerie heeft het bevel tot huiszoeking waarschijnlijk zelf getypt – een bevel dat nu ergens in een postvak op accordering ligt te wachten. Als de nazi's of de SD – de inlichtingendienst – daadwerkelijk dachten dat de dierentuin een schuilplaats was, dan zouden ze geen huiszoeking plannen. Die zouden ze gewoon doen, zonder aankondiging. Luidruchtig en met geweld. Amsterdammers zijn inmiddels wel gewend aan troepen die routinematig overheidsgebouwen uitkammen om hun dominantie te doen gelden, die angst en wantrouwen verspreiden en altijd op zoek zijn naar informanten die met bewijs van verzet op de proppen kunnen komen.

Ze heeft geen zin om zo laat nog naar Café Eijlders bij het Leidseplein te gaan om deze informatie te delen, en Corrie besluit dat het wel tot morgenochtend kan wachten. Bovendien heeft ze nu dit jongetje in huis. Als ze zo naar zijn vieze lijf en vermoeide ogen kijkt, vindt ze het onmenselijk om hem eruit te gooien. Aan de andere kant: totdat ze zeker weet dat hij geen sluwe dief is die haar huis leegrooft, durft ze hem niet alleen te laten.

'Hoe heet je?'

'Felix,' zegt hij met zijn mond vol.

'Nou Felix, je mag vannacht hier blijven, maar voordat je in de buurt van mijn schone lakens komt, moet je eerst in bad.'

15

Groeten aan Darcy

16 oktober 1940, Londen

Marnie

De volgende ochtend ziet de schade er ernstiger uit. Nu de vlammen in Broadcasting House gedoofd zijn en de rook is verdreven lijkt het gat in de muur veel groter en scherper omlijnd, net een opengesperde bek van een brullend monster. Er zijn nog wat reddingsploegen aanwezig, bijvoorbeeld om de muren te stutten, maar er zijn vooral opruimingswerkzaamheden gaande. Marnie blijft even stilstaan ter nagedachtenis aan het gebouw zoals het vroeger was en vraagt zich andermaal af waarom dit haar zo raakt. Het zijn maar stenen met cement, probeert ze zichzelf voor te houden.

Binnen krijgt ze het akelige nieuws dat er zes doden zijn gevallen en er iemand zo ernstig gewond is geraakt dat die mogelijk ook nog bezwijkt. Ze kende geen van de slachtoffers goed, maar het waren collega's en dat is een grotere klap voor de BBC dan de bominslag zelf.

'Boven is het chaos,' vertelt Raymond als hij hun kantoor komt binnenvallen, dat gelukkig niet heeft geleden onder de inslag. 'Het bestuur is bijeen en er is nauwelijks telefoonverkeer mogelijk, dus we werken vandaag in het luchtledige.'

Miss Roach kijkt ernstig en houdt het theewater constant op temperatuur. 'Zinloos,' mompelt ze vanachter haar typmachine. 'Volkomen zinloos.'

Marnie neemt aan dat ze het over de oorlog heeft – waar anders over? – maar kan het moeilijk peilen als ze naar de opeengeperste ceriserode lippen kijkt.

Ze proberen de hele dag om er het beste van te maken, mijden de vijfde en zevende etage en negeren de herrie die de werklieden maken bij het uitvoeren van de broodnodige reparaties. Erger is de sfeer die in de kantine hangt; het luidruchtige vrolijke geklets heeft plaatsgemaakt voor eerbiedig geroezemoes en er hangt een treurige stemming. Als Marnie in de rij staat voor haar lunch valt haar oog op een lepeltje dat met een touwtje en plakband bevestigd is aan de balie, weer een teken van de schaarste en hoe daarmee omgegaan wordt. Voor ze er erg in heeft, rent ze naar het toilet en sluit zich op. Ze huilt, en ze weet niet eens waarom.

Een medewerkster van de typekamer klopt op de deur. 'Zo voelen we ons allemaal,' zegt ze meelevend, maar Marnie wil niet toegeven dat ze haar zelfbeheersing verloor door een achterlijk theelepeltje

'Ik kan je gerust laten overplaatsen naar een BBC-afdeling buiten Londen,' zegt Raymond als ze weer in het kantoor is, met een blik op haar roodomrande ogen. 'Daar zou ik volledig achter staan.'

'Waarom zou ik dat in vredesnaam willen?' vraagt Marnie enigszins gekwetst, hoewel ze begrijpt dat hij het alleen aanbiedt omdat hij om haar geeft. 'Jij gaat duidelijk nergens anders heen, Raymond, dus ik ook niet. We hebben hier ons werk. Samen.'

Wat ze natuurlijk niet met hem kan delen is dat ze nog een andere reden heeft om in de hoofdstad te blijven.

'Ik hoopte al dat je dat zou zeggen,' zegt hij. 'Maar we moeten wel voorzichtig zijn. Geen late avondjes meer in het Langham. Je kunt beter ergens veilig in een schuilkelder gaan zitten kaarten.'

Je moest eens weten, denkt ze. *Je moest eens weten.*

Ondanks haar tranen heeft de aanslag op haar werkplek een vreemd, dubbel effect op Marnie. Als die avond de onvermijdelijke sirenes de BBC-menigte naar de schuilkelder roepen, voelt ze zich om onverklaarbare redenen geroepen om juist de andere kant op te gaan: het dak van Broadcasting House op. Eenmaal boven kijkt ze vol ontzetting naar de lucht die al oranje kleurt en warm aanvoelt van de vurige vernietiging. Het lijkt wel of Hitler een hele doos vuurwerk heeft aangestoken en die lukraak boven Londen heeft uitgeschud – met het rode licht van de lichtspoormunitie uit het luchtafweergeschut en de ronddansende oranje vonken van een exploderende bom, blauwgroene lichtpuntjes die als vuurvliegjes tussen het puin scharrelen, veroorzaakt door de inslagen in de gasleidingen beneden. Het is een ware regenboog van vernieling, kleurrijk en grotesk tegelijk.

Vol verwondering en opwinding kijkt Marnie naar het indrukwekkende schouwspel van al deze vuurkracht. Zouden de gevechtspiloten daarboven zelf dat gevoel ook hebben? Van verschrikking en opwinding in deze dodelijke maar betoverende maalstroom?

Ze is hier niet eens alleen. Precies op de rand van het dak staat, met een microfoon in de hand, Ed Murrow, een van de opkomende radiosterren die binnen Broadcasting House een ware legende begint te worden. Waar het gewone volk – en een groot deel van de pers – zich verre houdt van de luchtaanvallen, heeft deze jonge knappe Amerikaanse verslaggever zich onderscheiden door verslag te doen vanaf de daken en de straten, steevast gekleed in een maatpak van Savile Row, met een stalen helm op zijn hoofd. Zijn beeldende reportages te midden van de aanvallen, de nabijheid en de chaos ervan, zijn onweerstaanbaar gebleken voor het Britse publiek. Aan zijn postzak te zien houdt hij zowel Europese als Amerikaanse luisteraars in de ban met zijn uitvoerige, onbevangen reportages.

Nu staat de gebruikelijke brandwacht van de BBC naast Murrow terwijl hij een uitzending maakt. Een week geleden zou Marnie hem ontweken hebben en gevlucht zijn. Maar ze ziet de vaste geluidstechnicus, Douglas, bij elke plof en dreun ineenkrimpen, dus tikt ze hem op de schouder en neemt zijn geluidsapparatuur over, terwijl ze naar hem gebaart dat hij naar beneden moet gaan. Hij is te getraumatiseerd om te protesteren dat het geen pas geeft voor een vrouw om zijn werk over te nemen, wetende dat ze genoeg kennis heeft om de laatste paar minuten op te kunnen nemen.

'Dit is Edward Murrow in Londen,' eindigt de verslaggever, maar hij wendt zich niet af van het brandende panorama. In plaats daarvan ademt hij de verstikkende cordietlucht in. Zijn schouders bewegen rustig naar boven en beneden, meer geïntrigeerd dan geschokt. Als hij zich eindelijk omdraait, ziet hij Marnie de geluidsapparatuur uitschakelen en inpakken.

'O, waar is Douglas? Is er iets met hem?' vraagt hij bezorgd, met een duidelijk Amerikaans accent.

'Hij had alleen behoefte aan een kop thee,' antwoordt ze.

'En jij vindt het niet erg om in te vallen?' vraagt hij, verward en tegelijk licht spottend.

'Het heeft wel iets, hè?' Hier op de rand van het dak komt Marnies stem nauwelijks boven de sirenes en het knetterende vuur in de gebouwen om hen heen uit. 'Hierop uitkijken vanaf deze hoogte. Ik vind het hier eerlijk gezegd minder eng dan beneden.'

'Daar kom ik net vandaan, en ik moet zeggen dat ik het met je eens ben,' zegt hij. 'En toch mag ik hopen dat iedereen die zoiets nog nooit heeft gezien doodsbang zou zijn.'

'Hoe bedoel je?'

'Als de president van de Verenigde Staten hier nu was, denk ik dat hij niet zou aarzelen om mee te gaan vechten tegen Hitler.' Murrow wordt onderbroken door een harde explosie, die hen allebei ineen doet krimpen. 'We hebben wel genoeg heldendaden verricht vandaag,' gaat hij verder. 'Kom, voordat er iets ergers gebeurt.'

Ze lopen naar de begane grond, waar ze zich fatsoenlijk aan elkaar voorstellen, en gaan dan via de studio naar de schuilkelder.

'Dank je wel, Miss Fern,' zegt Murrow als ze afscheid van elkaar nemen bij de ingang van de concertzaal. 'Ik ben dankbaar voor iedere dappere ziel die achter deze idioot aan de afgrond in wil lopen.'

'Nou ja, als je nog eens een productieassistent nodig hebt...' zegt ze. Het is zo'n losse opmerking die mensen maken om stilte op te vullen, maar in Marnies huidige gemoedstoestand meent ze haar ergens serieus.

De dagen na de begrafenis van Marnies opa waren voor haar gevoel voorbijgekropen, maar de daaropvolgende weken lijken wel een wervelwind. Waar ze eerst het nieuws op de voet volgde, zowel op de radio als in de krant, staat haar eigen wereld nu centraal. In de wandelgangen van de BBC hoort ze over Duitse troepen die Roemenië bezetten, en Italianen die Griekenland binnenvallen, maar het lijkt allemaal zo ver verwijderd van de nachtelijke bombardementen op Londen en andere Britse steden. Marnies gedachten zijn vooral gericht op de ruimte tussen Londen en Amsterdam.

Zoals Willem heeft opgedragen haalt ze elke dag op weg naar haar werk bij dezelfde kiosk de *Daily Mirror*. Zo'n twee keer per week zit er een kleine envelop tussen de pagina's van het sportkatern, met daarin een notitie vol met in potlood geschreven onsamenhangende letterreeksen. De kioskhouder lacht haar altijd op dezelfde manier vriendelijk toe, zonder enig blijk te geven van de uitwisseling. Op de afgesproken dagen gebruikt ze haar sleutel om de kelder van Bedford College open te maken. Ze heeft opa's kleine boekenverzameling, plus een uitzendrooster dat Daisy ook aanhoudt en dat er op het eerste gezicht onsamenhangend uitziet, maar in werkelijkheid een zorgvuldig uitgewerkt patroon is om te voorkomen dat de Abwehr hun tijden kan voorspellen. Soms is dat om negen uur 's avonds, andere keren om twee uur 's nachts, maar Marnie is toch wel wakker vanwege de bombardementen. Het is sowieso wel eens goed om in haar persoonlijke bunker te zitten; naast de nachten in de concertzaal van de BBC en de hectische werkdagen is het aangenaam toeven in de eenzame kelder.

Zelfs als ze de oorspronkelijke boodschap heeft ontcijferd met behulp van de bladzijden uit de romans (en ze glimlacht als ze ontdekt dat alle gebruikte romans verboden zijn door de nazi's), kan ze er nog steeds geen touw aan vastknopen; informatie over agenten of bevoorradingen. Dan hercodeert ze het bericht naar een wirwar van letters en stuurt die door naar Daisy. Hun uitwisselingen verlopen al snel zo voorspoedig dat er tijd overblijft op de stopwatch en ze langzaamaan een woord extra toevoegen voordat ze afsluiten: *Wees voorzichtig*, tikt Marnie. *Hou vol.* Ze let er goed op dat ze de oorspronkelijke betekenis van het belangrijke bericht niet verandert, maar weet zeker dat Daisy begrijpt dat deze boodschap voor haar alleen bestemd is en niet doorgegeven moet worden. Marnie voelt het aan haar water – voor zover je iemands menselijkheid kunt aanvoelen door het gekraak heen van de apparatuur en de afstand over zee. Marnie voelt een zekere zachtheid door de radiogolven en de korte, puntige zending heen zweven.

Daisy antwoordt op haar beurt met haar eigen gedachten: *We leven met jullie mee: we zullen overwinnen.* Dat is natuurlijk makkelijk gezegd, en hoewel de onstuitbare premier van Groot-Brittannië dezelfde woorden bezigt tijdens zijn toespraken voor de radio, doen ze haar meer nu ze afkomstig zijn van een vrouw die driehonderd kilometer verderop waarschijnlijk ook ergens eenzaam in een kelder of op zolder zit en op een andere manier bedreigd wordt.

Dan opeens, als ze helemaal aan elkaar gewend zijn en Marnie Daisy's 'handtekening' in de eerste seconden van een uitwisseling al kan herkennen, voegt haar tegenhanger uit Amsterdam iets nieuws toe: *Groeten aan Darcy.*

Marnie is verbijsterd en vraagt zich af of ze het wel goed gehoord heeft. Is dit toeval? Een Darcy in dezelfde cirkel als haar Lizzy? Ze schuift ongemakkelijk heen en weer.

Doe ik, schrijft ze uiteindelijk terug.

In de eerste week van november laat Willem weten dat hij haar wil spreken. Marnie heeft hun korte contacten gemist, dus ze kijkt uit naar hun afspraak. Totdat ze een onrustig gevoel krijgt. Weet hij soms van de extra boodschappen? Strikt genomen zijn die niet volgens het voorschrift en als deze hele regeling officieel was geweest, zouden ze onderschept zijn door het Britse radioverkeer. Is Willem erachter gekomen en wil hij dat zij en Daisy onmiddellijk ophouden met hun vriendschappelijke terzijdes?

Ze wacht op hem bij Demos, de broodjeszaak bij Broadcasting House. Ze is al aan haar tweede kop thee begonnen en zou eigenlijk willen dat ze rookte, gewoon om de zenuwen te onderdrukken. 'Belachelijk!' zegt ze in zichzelf. 'Ik ben verdomme tweeëndertig jaar, geen schoolmeisje. En ik doe dit nog vrijwillig ook!' moppert ze voor zich uit. 'Het is niet alsof hij me kan ontslaan.'

'Sorry, zei je iets?' Willem staat, met een theekop in zijn hand, voor haar neus. Hij draagt opa's donkerblauwe pak en, belangrijker nog, toont een glimlach en geen frons.

'Nee hoor. Eh, ga zitten. Ik heb een plaatsje voor je vrijgehouden.'

Zoals altijd kijkt hij eerst om zich heen totdat hij zeker weet dat er genoeg herrie is om onopvallend te kunnen praten. 'Ik heb broodjes bacon voor ons besteld,' zegt hij. 'Ik hoop dat je dat goed vindt. Het is zonde om het niet te doen, nu alles steeds schaarser wordt.'

'Ja, lekker. Ik heb nog niet gegeten.'

'Hoe gaat het met je?' begint hij zodra de broodjes worden gebracht. Hij stopt zijn neus zowat in het broodje om de heerlijke geur van de goed doorbakken bacon op te snuiven en neemt een hap. 'Gaan de uitwisselingen voorspoedig?'

'Jazeker. Tenminste, volgens mij wel.' Ze vraagt zich af of hij haar stiekem op de proef stelt en doet haar best om haar onrust te verbergen. 'Is er soms een probleem?'

Willem houdt op met kauwen en kijkt haar vragend aan. 'Nee. Moet dat dan?'

'Nee, helemaal niet. Ik neem aan dat jij of jouw mensen chocola kunnen maken van de antwoorden?'

Hij verslikt zich bijna in zijn thee van het lachen.

'Wat is daar zo grappig aan?' vraagt ze.

'De manier waarop je het over "mijn mensen" hebt, alsof ik het hoofd van een hele afdeling ben. Ik ben het maar, plus een handjevol anderen. In Nederland heb je wat kleine groepjes, maar er bestaat geen groot netwerk. Nog niet. Het is daar vooral een kwestie van over-leven.'

'Maar dit helpt toch?' Het verbaast Marnie zelf dat ze zo graag wil dat haar werk nut heeft. Niet voor haar eigen roem en genoegdoening, maar gewoon omdat ze iets wil 'doen'.

Hij knikt overtuigd. 'Ja, Marnie. Jij en Daisy zijn onze oren. Ik ben heel blij dat ik jou gevonden heb.'

Dan is dit het goede moment om gebruik te maken van zijn opge-wekte humeur en volle maag, denkt ze. 'Ik heb een vraag. Weet jij wie Darcy is? Ik hoef natuurlijk geen naam, maar ik neem aan dat je een bericht aan hem kunt overbrengen?'

Hij verstart, probeert zijn verbazing voor haar te verbergen, maar iets in zijn ogen zegt haar dat hij precies weet wie Darcy is.

'Waarom vraag je dat?'

'Daisy vroeg alleen of ik hem de groeten wilde doen,' zegt ze terwijl ze de laatste hap van haar broodje neemt. 'Onofficieel.'

Even is ze bang dat hij boos of geïrriteerd zal zijn vanwege deze on-geoorloofde uitwisseling, maar hij lijkt eerder sprakeloos. 'Ik ben het,' zegt hij uiteindelijk. 'Ik ben Darcy.'

'O. Aha. Nou ja, je kunt me vertrouwen,' hakkelt ze. 'Ik zou nooit…' Vanbinnen schaamt ze zich rot. Hij Darcy, zij Lizzy. O hemel, hij zal toch niet denken dat ze die zendercode expres heeft gekozen? Nee, dat kan natuurlijk niet. Ze wist helemaal niets van een Darcy, kón er niets van weten. Maar toch… wat moet hij niet van haar denken? En Daisy ook, aangezien zij zo duidelijk een hechte band met hem heeft? Een in-tieme band misschien. *Lieve hemel, Marnie.*

'Hé,' onderbreekt hij haar gedachtestroom. Hij neemt een laatste slok thee. 'Zullen we buiten verder praten?'

Goed ingepakt tegen de novemberkou zoeken ze ergens een bankje. Ze vegen er een dikke laag roet af en gaan zitten.

'Ik heb bedacht dat het misschien een goed idee is om de radio uit de kelder van het college te halen en ergens anders te gaan werken, ter af-wisseling,' begint Willem. 'Ik heb ergens een lichtere zendontvanger gevonden; eentje die we in het veld gebruiken en die heel weinig weegt en draagbaar is, en ik ben bezig wat alternatieve locaties te onderzoeken.'

Marnie kijkt hem scherp aan, met onverholen wantrouwen. Waarom? Daisy is juist degene die voorzichtig moet zijn, met de Abwehr op haar hielen, niet Marnie in Londen. Toch?

Ze verwoordt haar bedenkingen en Willem schuift ongemakkelijk heen en weer. 'Ik wil alleen voorzichtig zijn, meer niet.'

Marnie blijft hem aankijken. 'Als er iets is, moet je het me vertellen. Alsjeblieft. Ik heb het recht om het te weten.'

'De Britse inlichtingendienst heeft gewaarschuwd dat een groep vijfde-colonnisten mogelijk radioberichten volgen. Maar het is maar een gerucht.'

'En wat houdt dat precies in?'

'Waarschijnlijk niets.' Willem blaast zijn handen warm en leunt voorover. 'Laten we wel wezen, vergeleken met Frankrijk staat het Nederlandse verzet niet hoog op het prioriteitenlijstje van de Duitsers. Zoals ik al zei, ik wil alleen voorzichtig zijn.'

'Maar het is zorgelijk genoeg om me te verhuizen?' Marnie is niet overtuigd – ze voelt het in haar buik. Er zijn gegronde redenen om aan te nemen dat er een 'vijfde colonne' van nazisympathisanten door Groot-Brittannië verspreid zit, maar niemand weet echt wat voor impact ze hebben, behalve dan wat verspreiding van propaganda.

'Het is gewoon een voorzorgsmaatregel en die geldt voor elke telegrafist,' houdt Willem vol.

'Maar je hebt mijn opa ook niet verplaatst, voor zover ik weet,' dringt ze aan.

'Bij hem was het anders,' reageert Willem fel. 'Ik kon moeilijk een oude man door Londen met een radio laten rondsjouwen, hoe goed hij ook was.'

'Is mijn opa ooit in gevaar geweest vanwege die vijfde colonne?'

'Néé!' Willem schrikt van zijn eigen reactie, vooral omdat er net een vrouw met een kinderwagen langsloopt. 'Ik verzeker je dat dat niet zo was, Marnie. Maar jij weet als geen ander dat de strijd aan het escaleren is en dat de strategie – als de geallieerden die al hebben – elke dag verandert. Ze zeggen het nooit hardop, maar waar ik werk is het duidelijk dat Duitsland dolgraag betrouwbare spionnen in Groot-Brittannië wil plaatsen. Van verdere details ben ik niet op de hoogte – ik ben veel te onbeduidend; mij wordt niets met zo veel woorden verteld. Ik neem aan dat er Duitse spionnen zijn opgepakt die het een en ander onthuld hebben en dat dat gevolgen heeft voor mensen in het veld. In sommige opzichten weet ik net zo weinig als jij.'

'Toch wel íéts meer.' Ze baalt er zelf van dat ze zo twistziek is, maar ze kan het niet helpen. De woorden floepen eruit en ze voelt zich net Miss Roach als die een slechte dag heeft.

Zwijgend kijken ze naar een dubbeldekker die voorzichtig om een grote kloof in de weg heen rijdt. De passagiers kijken gespannen vanaf de bovenste verdieping naar beneden.

'Je kunt elk moment stoppen met de uitzendingen,' zegt hij zachtjes. 'We dwingen je niet om ermee door te gaan. Dat zouden we nooit doen.'

'En wat zijn dan de gevolgen voor jou? En dat na al die training?'

Hij leunt achterover, haalt zijn schouders op en knijpt zijn ogen tot spleetjes.

'Dan zit ik in de puree, en goed ook. Maar voor jou is het zeker een optie.'

Ze antwoordt weer voordat ze er erg in heeft. 'Dat zou ik nooit doen. Dat zou ik jou niet aandoen, en de mensen die jij steunt ook niet. Ik wil alleen dat je eerlijk tegen me bent, Willem. Ik ben maar een eenvoudig mens, niks bijzonders of ingewikkelds. Ik wil alleen de simpele waarheid.'

'Afgesproken. Eerlijkheid. En dat geldt voor beide kanten.' Abrupt staat hij op en hij strijkt zijn jasje glad. 'Maar ik geloof niet dat er ook maar iets eenvoudigs aan jou is, Marnie Fern. Integendeel.'

Voor zijn woorden tot haar doordringen, is hij verdwenen.

16

De bankdirecteur

7 december 1940, Londen

Marnie

Rond vijf uur 's middags komt Marnie uit een bioscoop aan Leicester Square en verwisselt ze het flikkerende licht van de film in de donkere zaal voor een ander soort duisternis. Twee uur lang zijn de romantiek en het drama van *Our Town* een welkome afwisseling gebleken, het dorpsleven in Amerika een fel contrast met de realiteit van Londen in hartje winter.

Ze knoopt haar sjaal stevig om haar hals en knippert even naar de donkerblauwe lucht. In gedachten gaat ze terug naar hoe het vroeger was, vóór dit alles, toen er feestverlichting hing door het hele West End als een zwerm vuurvliegjes boven de stad. Hoewel ze nooit veel om Kerstmis had gegeven, stemde de verlichting Marnie toch altijd vrolijk. Zou de Luftwaffe daar niet blij mee zijn – een felverlicht doel om op te schieten? Vandaar ook dat het plein nu in duisternis is gehuld en de bioscoopgangers voorzichtig, arm in arm, hun weg zoeken naar de metro.

Ze werpt een blik op haar horloge, maar alleen omdat dat haar de kans geeft om ongemerkt van links naar rechts te kijken, alsof ze op een vriend staat te wachten. In werkelijkheid speurt ze naar mensen die eventueel onder de luifel van de bioscoop rondhangen nu de rest van het plein nagenoeg verlaten is. Ondanks Willems pogingen om haar gerust te stellen is Marnies voorzichtigheid naadloos overgegaan in paranoia. Soms, denkt ze, is daar reden genoeg voor.

Ze legt haar hand op de tas die nonchalant over haar rechterschouder hangt en met haar vingers voelt ze de rand van de metalen houder ter grootte van een kinderschoenendoos. De scherpe rand wordt verzacht door het stugge inpakpapier van Selfridges dat eromheen zit, voor het geval er iemand in haar tas zou kijken. Dan lijkt het net of ze kerstinkopen heeft gedaan en ziet niemand dat ze eigenlijk een miniatuurradio van een geheime dienst bij zich heeft, die ze gebruikt om contact te maken met het verzet in een land dat bezet wordt door de vijand. Zo bizar voelt haar leven tegenwoordig. Toch kan Marnie niet ontkennen dat ze ook een zweempje opwinding voelt, vooral als ze niet continu op één plek zit: de ene avond zit ze in een flat op de begane grond in Soho, de andere keer in een verlaten winkelpand ten zuiden van de rivier waar ze haar apparatuur snel en efficiënt opzet – maar altijd met gespitste oren voor het geval er een ARP'er of een plunderaar rondloopt. Daisy is er altijd om haar te begroeten, een aanwezigheid die door de radiogol-ven heen de paniek in haar binnenste weet te sussen. Ze wisselen be-richten en wensen uit. Binnen een paar minuten heeft ze haar boeltje weer gepakt en is ze weg, loopt ze behoedzaam over puin en de resten van iemands leven.

Afgelopen week nog klopte ze aan bij een groot, duur huis in Hamp-stead. Zonder commentaar werd ze naar een grote, nette kelder geleid en alleen gelaten. Na haar uitzending was de luchtaanval zo heftig dat Marnie van de huiseigenaar en haar familie moest blijven. Iedereen kwam in de kelder zitten, gezellig aan de thee en koekjes. Het was ont-zettend fijn – geen gepraat over trouw en connecties, alleen maar een glimp van het dagelijks leven van een gezin.

Dat zijn de momenten die Marnie eraan helpen herinneren wat voor risico's ze neemt en waarom, voor de mensen hier en overzee. Voor haar is het een noodzakelijke drijfveer, vooral nu de rantsoenering echt gaat nijpen, de mensen chagrijnig worden en de Londenaren zich zowel opgelucht als schuldig voelen dat Hitler zijn blitzkrieg heeft uitgebreid naar andere Britse steden: Birmingham, Manchester, Bristol, Cardiff en Coventry worden nu dagelijks bestookt. De Blitz in Londen gaat onverminderd voort, maar is het niet verkeerd om opgelucht te zijn dat de verwoesting zich heeft verspreid?

En dan vanavond. Marnie heeft al een week sterk het gevoel dat ze in de gaten wordt gehouden, misschien zelfs wordt gevolgd, vanaf het moment dat ze Broadcasting House verlaat. Er is geen bepaald gezicht dat ze herkent – ze werken vast in groepjes van twee of drie, concludeert ze als haar verbeelding met haar aan de haal gaat. Hoeveel cafés ze ook in gaat en hoeveel sloten thee ze drinkt, hoeveel steegjes ze ook in sluipt, ze kan zich niet aan de indruk onttrekken dat er ogen op haar gericht zijn. Hoewel ze Raymond graag in vertrouwen zou nemen en hij haar al meer dan eens heeft gevraagd of ze zich wel goed voelt, kan dat natuurlijk niet. Willem is uiteraard de meest voor de hand liggende persoon om haar zorgen mee te delen, als hij er tenminste was. Ze heeft één manier om met hem in contact te komen en dat is via de kioskhouder, maar haar verzoek om een ontmoeting wordt al dagenlang beantwoord met een haastig geschreven *Niet beschikbaar*. Waar is die man? Ontwijkt hij haar of is hij naar Nederland vertrokken? Tegen wil en dank voelt Marnie zich wantrouwig en verlaten, eenzaam en alleen in de drieëntwintig uur en zesenvijftig minuten dat ze niet met Daisy in de lucht is.

Maar vanavond is ze overtuigd. Als 'Darcy' er niet is om te helpen, doet Lizzy het wel alleen: ze moet en zal die ongrijpbare schim onthullen. Toen ze eerder die middag de bioscoop binnen kwam, zag ze tot haar teleurstelling dat de achterste rijen al bezet waren door knuffelende paartjes, dus moest ze vier rijen daarvoor plaatsnemen, waar ze al snel merkte dat er iemand in de rij achter haar ging zitten. En ja, natuurlijk komen er vaak mensen de bioscoop binnen terwijl het bioscoopjournaal al begonnen is, maar dit voelde anders. Achter haar linkeroor hoorde ze dat er een lucifer werd aangestoken, gevolgd door de onmiskenbare geur van een Turkse sigaret en het gevoel dat er een man continu met zijn warme adem de woorden 'ik ben hier' in haar nek zat te hijgen, hoewel dat laatste ongetwijfeld een verzinsel was dat voortkwam uit paranoia. Hoe dan ook huiverde ze, ondanks haar mooie wollen pakje.

Vastbesloten om haar bedenkingen op de proef te stellen wilde ze vertrekken, maar Marnie zat vast tussen een dikke dame, die zich met veel bombarie rechts van haar had geïnstalleerd, en een man die slechtziend leek te zijn en helemaal opging in de dialoog. Toen de film was afgelopen stond ze snel op om achter zich te kijken, maar de rij achter haar was leeg. Ze hing even rond in de damestoiletten, en ging uiteindelijk naar buiten.

Nu stellen Marnies ogen vast dat ze alleen onder de luifel van de bioscoop staat, maar haar radar zegt van niet. Doelgericht loopt ze naar links, in de richting van Tottenham Court Road en het doolhof aan straten rond Soho; met een beetje geluk komt ze de club tegen waar Willem haar die eerste avond mee naartoe had genomen en kan ze daar ongemerkt naar beneden. In het ergste geval kan ze een schuilkelder in gaan en opgaan in de menigte. Toch twijfelt ze, want ze wil ook graag weten wie haar achternazit, om de intimidatie die ze voelt een gezicht te kunnen geven. Het is al erg genoeg dat Hitler haar iedere nacht uit haar slaap houdt met zijn niet-aflatende bombardementen; waarom zou ze het beetje nachtrust dat ze heeft laten verstoren door angst? Er zit niets anders op dan te achterhalen wie haar dwarszit of -zitten, maar waar ze de moed vandaan moet halen om dat te ontdekken weet ze niet precies.

Eén stap tegelijk, Marnie.

Na twintig minuten puin en gaten in de stoep ontweken te hebben, is Marnie kapot. Met de verduistering heeft ze haar ogen hard nodig om te zien waar ze loopt, dus heeft ze alleen haar gehoor om te bepalen of er zich iets verdachts om haar heen bevindt. Het is natuurlijk ook goed mogelijk dat haar fantasie in deze onzekere wereld met haar op de loop is gegaan.

Vermoeid stapt ze op de eerste bus die langsrijdt en klimt naar het bovendek, waar ze voorzichtig in het vage blauwe licht over de vettige natte vloer naar een plaatsje loopt. Nu ze uit het raam naar de motregen zit te staren, voelt ze zich ongewoon veilig in deze bewegende metalen doos die in het donker om de gaten in de weg heen manoeuvreert, in een stad die elk moment het doelwit van vernietiging kan zijn. Hier heeft ze een vertrouwd gevoel, iets van vroeger, toen ze samen met haar moeder in de bus zat, boven op hun kleine wereld. Buiten bereik. Koningin van haar eigen rijdende kasteel.

Verdwaald in nostalgische gedachten ziet Marnie een man naar boven komen die bijna tegenover haar in een stoel ploft als de bus optrekt. Misschien is hij dronken. Hij glimlacht en klemt zijn paraplu tussen zijn knieën. Hij heeft een beige regenjas met een ceintuur aan en een zwarte bolhoed boven een rond gezicht, met op zijn neus een ronde, metalen bril. Type bankdirecteur, denkt ze, en daarna, vluchtig: het is zaterdag en dus weekend voor de financiële sector. Marnie denkt ook dat zijn glimlach bedoeld is voor iemand die achter haar zit, een jonge vrouw misschien, met wat rode lippenstift op haar volle lippen en gestileerde krullen. Maar de plaatsen achter haar zijn leeg, dus is de lach voor haar bestemd. De oorlog en de Blitz hebben de mensen goedgunstiger gestemd, ze glimlachen en groeten elkaar meer. De man is alleen beleefd. Ze dwingt als reactie haar mondhoeken omhoog en laat zich weer wegdrijven op haar herinneringen.

Een seconde later wordt ze uit haar trance gerukt door een scherp, scheurend geluid, zo schril dat ze bang is dat er een luchtaanval begint. Maar nee, haar blik schiet naar de brandende lucifer die de man gebruikt om een sigaret aan te steken, en de karakteristieke geur van Turkse tabak dringt haar neusgaten binnen. Dezelfde geur als in de bioscoop. Ze springt van haar stoel en vliegt wankelend de trap af terwijl de bus door de straat kronkelt. De bus rijdt gestaag door, maar Marnie weet dat ze de kans moet wagen: ze drukt de tas met haar kostbare radio tegen zich aan en springt van het open plateau terwijl de conducteur roept: 'Wacht! Stop!'

Ze belandt met haar voet in een gat in het natte wegdek, voelt haar enkel pijnlijk dubbelklappen en kan maar net voorkomen dat zij en de tas tegen het beton knalt. Er doemt een gestalte op uit de duisternis die haar overeind helpt. Dan ziet ze nog net hoe de conducteur de bankdirecteur ervan weerhoudt om dezelfde sprong te maken. Zijn zwarte hoed verdwijnt in de verte terwijl ze de nacht in strompelt en voor het eerst deze oorlog dankbaar is voor de verduistering.

17

Vermist

Corrie

Corrie draait het bordje om naar GESLOTEN en doet de winkel op slot. Ze kijkt naar de strakke zwarte lijnen tegen de witte achtergrond, net een foto van een stil winterlandschap, en zucht. In vredestijd kunnen Amsterdammers prima omgaan met dit weer, ze zorgen gewoon dat ze genoeg eten en brandstof in huis hebben om te kunnen overleven als ze ingesneeuwd raken. Nu vormt de dikke witte deken tegelijk een beschermingslaag én een hindernis voor het verzetswerk: aan de ene kant verhult hij haar activiteiten in de stad, maar aan de andere kant bemoeilijkt de sneeuw het overbrengen van berichten naar plaatsen buiten Amsterdam, aangezien ze vaak alleen op de fiets naar de partizanen in Haarlem kunnen, zo'n twintig kilometer verderop. Om nog maar te zwijgen van de lage temperaturen die de onderduikers in kelders, bijgebouwen en ijzige zolders het leven zuur maken.

Ze is nog het meest bezorgd om Hendrik, die nu achtenzestig is en steeds zwakker wordt. Sinds een paar weken heeft hij last van een luchtweginfectie die de medewerkers van de dierentuin zorgen baart, zowel vanwege zijn gezondheid als de veiligheid van anderen. Met zijn constante gehoest brengt hij iedereen die in Artis ondergedoken zit in gevaar.

De eerste uittocht van onderduikers, nu een paar weken geleden, was lastig genoeg, en die was nog wel nadat ze van tevoren gewaarschuwd waren dat er een huiszoeking gedaan zou worden. De onderduikers werden 's nachts over de lege paden van de dierentuin geleid, met een boel onrustige dieren tot gevolg waar de verzorgers hun handen vol aan hadden. Maar toch hadden de ongeveer vijftig menselijke 'bewoners' naar verschillende onderduikadressen kunnen vluchten, onder luid geroep van vogels en apen en peinzende blikken vanuit de leeuwenkooi.

Het onderzoek duurde vier dagen en gedurende die tijd kon Corrie op bezoek bij haar oom die bij een oudere dame op een zolderkamer zat, vlak bij het Centraal Station. Ze gaf hem te eten, hielp hem zijn verslapte spieren te gebruiken en praatte eindeloos met hem, in een poging Hendriks werkeloze hersenen op te peppen. Maar hij leek afwezig, opgesloten in zijn eigen wereldje, en het respijt was veel te kort. Net als veel andere Nederlandse patriotten vond de oudere dame het te gevaarlijk om een gezocht man onder te brengen en dus gingen ze allemaal weer terug naar de dierentuin. Corrie vond het destijds net een wrede parodie op de Ark van Noach, een vaartuig gedoemd om in een droogdok te staan, en God wist voor hoelang.

Artis is nog steeds de veiligste plek, vooral nu de dierentuin zo grondig is doorzocht en de nazi's waarschijnlijk niet snel terug zullen komen. Een tweede meevaller is dat Hendrik na de doorzoeking een plek toegewezen heeft gekregen boven de Fazanterie. Daar is het iets beter geïsoleerd, maar het is nog steeds zaak om overdag het geluid tot een minimum te beperken, vanwege de bezoekers beneden. Ze levert vaak medicijnen af voor zijn luchtwegen, maar eerlijk gezegd heeft hij een dokter nodig.

Berustend in de weersomstandigheden draait Corrie zich om en roept de gang in: 'Felix, trek je laarzen eens aan. We gaan.'

Er klinken voetstappen op de houten vloer en dan verschijnt zijn gezicht in de deuropening, roze, een beetje dikker en een stuk minder vermoeid nu hij wekenlang het gezondste eten heeft gekregen dat ze kon koken en heeft geslapen in een warm bed. Iedere keer als hij lacht – en dat doet hij de hele dag door – is Corrie blij dat hij er is, blij dat ze het niet over haar hart had kunnen verkrijgen om hem eruit te zetten nadat hij had ingebroken. Het is heerlijk om hem in huis te hebben, hij werkt hard en is een snelle, betrouwbare koerier. Felix is ook niet van zijn verzetswerk af te brengen; de oorlog heeft hem vroeg volwassen gemaakt, en veel wijzer dan je zou verwachten van een jongen van tien.

Niettemin is hij in Corries ogen een kind dat een moeder nodig heeft, en ze kan niet ontkennen dat zij een moeder is die een kind nodig heeft. Door voor hem te zorgen verlangt ze iets minder naar haar eigen geliefde paardenbloempluisjes die verspreid zijn over de stad, het land en de wereld. Onafgebroken in haar gedachten, maar altijd buiten bereik. Ze heeft al een tijdje niets directs van Willem en Kees gehoord, dus ze kan alleen maar hopen.

Automatisch helpt Felix haar als ze haar cape aantrekt. Hij stopt mooi verspreid de pakjes in de speciale zakken en vult zijn eigen zakken met kleinere pakjes. Hij is nog steeds zo mager dat de pakjes niet opvallen.

'Klaar?' vraagt Corrie terwijl ze een oude wollen muts over zijn dikke blonde krullen trekt.

Hij knikt gretig. Wat het ook voor weer is, ze weet dat hij altijd uitkijkt naar dit moment van de dag, naar het ontwijken van de patrouilles en het neppen van de nazi's die een wees van hem hebben gemaakt.

Het is pas vijf uur 's middags, maar het is al donker. De witte gloed van de sneeuw verlicht hun pad langs de Prinsengracht en de ring van grachten waar hun weg vandaag naartoe leidt. Felix duwt zijn hand in de hare, niet alleen vanwege het effect, maar ook omdat hij het graag wil, denkt ze; met haar mand aan de arm en hun sjaals stevig voor hun mond getrokken tegen de kou kunnen ze makkelijk doorgaan voor moeder en kind. Ze komen niet snel vooruit op de ijzige stoep, maar ze zullen zo veel mogelijk berichten en pakjes afleveren, de belangrijkste eerst.

De eerste wachtpost vormt geen probleem. Het zijn jonge mannen van de Wehrmacht die het te koud hebben om door te vragen of grondig te inspecteren. Ze stampen met hun zware laarzen op de grond tegen de kou. Felix werpt hun een stralende lach toe, waarop er een in het Duits iets van 'lieve jongen' mompelt terwijl ze voorbijlopen.

'Stommelingen,' zegt Felix grinnikend, en Corrie geeft hem een rukje aan zijn hand, precies zoals zijn eigen moeder waarschijnlijk gedaan zou hebben.

Ze lopen in noordelijke richting naar de Herengracht, waar de tweede wachtpost een stuk humeuriger is en een minder onder de indruk van Felix' ondeugende koppie. 'Waar gaan jullie heen?' blaft hij terwijl hij een stap naar achteren doet om hen van top tot teen te kunnen bekijken.

Corrie schuifelt wat heen en weer in de sneeuw en probeert de inhoud van haar cape niet te laten doorschemeren in haar gezichtsuitdrukking, hoewel ze de angst vanuit haar tenen voelt opkomen. 'De oostkant van de Amstel,' zegt ze. 'Ik heb een boekwinkel en ik bezorg wat boeken.'

Hij tuurt in haar mand, rommelt wat rond en gromt naar de boeken die ze voor de goede orde allemaal heeft ingepakt in bruin pakpapier. 'Laat zien.'

Corrie knikt gelaten; als ze te gewillig overkomt, wordt hij geheid ook wantrouwig. Terwijl ze de mand neerzet en het touwtje van een pakketje losmaakt, voelt ze Felix naast haar, en wordt ze dezelfde huivering gewaar die ze die eerste avond via de vloer van de winkel voelde. Deze keer voelt ze het door de sneeuw heen. Felix is heel verantwoordelijk en betrouwbaar, maar met alle trauma's die hij heeft meegemaakt is hij in staat om op de vlucht te slaan als hij bedreigd wordt door een nazi. Hij kan de dik ingepakte luie wachtposten er makkelijk uit rennen, maar Corrie maakt geen schijn van kans met al dat ijs.

Ze kijkt naar het gezichtje naast haar en werpt hem een waarschuwende blik toe. *Blijven staan. Niet wegrennen.*

De sneeuwlaag piept onder zijn zenuwachtige voetjes. De soldaat bladert met zijn grote onhandige handen door een boek, met zijn handschoenen aan. *Schiet nou op, schiet nou op*, zegt Corrie in gedachten. Felix staat op hete kolen. Als hij alleen was geweest, was hij al halverwege de straat geweest en zouden de kogels om zijn enkels dansen.

'Jullie kunnen gaan,' gromt de soldaat eindelijk. 'Maar kijk uit waar je naartoe gaat.'

'Dat zullen we doen,' zegt Corrie met hoge stem en ze trekt Felix aan de hand mee. 'Grote jongen,' zegt ze, als ze eenmaal buiten gehoorsafstand zijn.

'Ik vind het niet fijn als ze zo praten,' moppert hij. 'Ons altijd maar vertellen wat we moeten doen. Ik haat ze, Corrie. Ik háát ze.' Hij heeft misschien een iel stemmetje, maar wat hij zegt geeft het gevoel van het hele volk weer.

'Ik weet het,' zegt ze. 'Bedenk maar dat we in stilte terugvechten, voorlopig tenminste. In het openbaar moet je beleefd zijn, maar vanbinnen mag je lachen tot je er pijn in je zij van krijgt om wat we achter hun rug om doen.'

Met zijn magere, pezige handje knijpt hij in de hare. 'Op een dag zullen we heel hard lachen, hè Corrie? Hardop. Dan lachen we tot we er misselijk van zijn.'

'Ja Felix, dat doen we.'

Ze vermijden meer wachtposten door in oostelijke richting de kleinere straten te volgen. Felix neemt haar aan de hand mee de steegjes in waar hij ongetwijfeld veel vaker geweest is. Ze leveren berichten af bij een stuk of vier binnenvaartschepen langs de grachtengordel die er van buiten koud en ongezellig uitzien, maar die achter de verduisterde ramen gloeien van warmte en geuren naar de belofte van surrogaatkoffie.

Het laatste vrachtje moet naar een huis iets verderop en Felix huppelt vrolijk kletsend met Corrie mee – tot ze hem weer een ruk aan zijn hand geeft om hem tot stilte te manen. In de smalle straat is niemand te zien, maar opeens voelt Corrie een dreiging die ze niet kan duiden. Haar zenuwuiteinden tintelen als ze Felix in een steegje tegenover het huis trekt. Ze houdt haar blik strak gericht op het huis waar de laatste levering verwacht wordt. De plant in de vensterbank is het teken dat alles veilig is. Alles wijst erop dat het veilig is. En toch is het te stil – geen mens te bekennen.

Na tien minuten voelt ze haar tenen niet meer, na een kwartier is

Felix' gezicht spierwit en verkleumd, maar Corrie voelt er niets voor om tevoorschijn te komen. Het onbestendige gevoel blijft hangen als een dichte mist. Na twintig minuten begint ze zich af te vragen of haar angst misschien overdreven is. Totdat er aan de overkant iets gebeurt: de deur gaat open en er komen twee mannen naar buiten die goed om zich heen kijken. Ze zijn in burger, maar elk vezeltje aan de mannen schreeuwt dat het Duitsers zijn. Hoewel het te donker is om hun gezichten te zien, valt Corrie wel op dat ze een militaire, overmoedige manier van lopen hebben. Of het Gestapo of Abwehr is kan ze niet onderscheiden, maar het is hoe dan ook niet pluis.

Het is duidelijk geen veilig pand meer. Iemand heeft gepraat. Zou het iemand van binnen het verzet kunnen zijn?

Corrie wacht nog eens tien minuten voordat ze in beweging komt. Ze wil dolgraag naar haar veilige haven aan de Prinsengracht, maar ze moeten nog één bezoek afleggen, misschien nu nog wel belangrijker dan eerst. De oude verffabriek staat aan het uiteinde van de Singel, de oudste gracht van Amsterdam. Het is een hoog, donker gebouw dat uitzicht biedt op het glinsterende water. Op de vijfde verdieping wordt ze opgewacht door Rudy en Dirk, maar vanavond niet door Zeeza. Corrie heeft geen zin om te blijven hangen: ze wil zo snel mogelijk vertellen wat ze heeft ontdekt, haar berichten voor Londen ophalen, gauw naar huis voor een warm drankje en dan naar bed.

'En behalve die twee mannen heb je verder niets gezien?' vraagt Rudy.

'Nee.'

'Dus je weet niet zeker of het Duitsers waren?'

'Jawel!' Het irriteert Corrie mateloos dat juist Rudy twijfelt aan haar vermogen om gevaar te bespeuren, alsof zij niet degene is die al bijna haar hele leven haar kroost probeert te beschermen. 'Het staat voor mij als een paal boven water dat iemand gelekt heeft. Wat zouden ze daar anders doen?'

'Nou ja, we gooien het in de groep en dan zien we wel,' zegt Dirk nors. 'Geef dat bericht dat je daar moest afleveren maar aan mij.'

Corrie heeft het onaangename gevoel dat ze niet meer vertrouwen op haar intuïtie, dat ze vinden dat haar emoties haar betrouwbaarheid in gevaar brengen. Terwijl ze wacht op haar eigen berichten, vangt ze een veelbetekenende blik op tussen de twee mannen. Paranoïde of niet, het is duidelijk dat ze iets verborgen houden.

'Wat is er gebeurd?' vraagt ze snel, met toenemende paniek. 'Is er iets met Hendrik? Gaat het niet goed met hem?'

'Met Hendrik gaat het hetzelfde,' zegt Rudy. Weer kijkt hij Dirk aan, die op zijn beurt knikt. 'Het is Kees.'

Haar knieën dreigen het te begeven. Rudy duwt een stoel onder haar en Felix gaat dicht tegen haar aan staan wanneer hij voelt hoe ze er aan toe is. Ze slikt. Haar mond is gortdroog. 'Is ze…'

'Nee,' zegt Dirk snel. 'Tenminste, niet dat we weten,' verduidelijkt hij. 'Alleen dat ze vermist wordt.'

Vermist. In tijden van oorlog verdwijnen er om de haverklap mensen van de radar, zegt Corrie tegen zichzelf. Soms voor altijd, maar er komen er altijd weer veel boven water, toch? Kijk maar eens naar dat jongetje naast haar dat die vuurstorm heeft overleefd. Er heerst complete chaos op de wereld, dus het is goed mogelijk dat Kees daar gewoon in verdwaald is. Niet dan?

Het alternatief is voor Corrie volstrekt ondenkbaar; een van haar dierbare paardenbloempluisjes. Het is al erg genoeg als ze rondvliegen, maar als ze voor altijd weggeblazen worden… niet die mooie, vurige Kees, die nog zo'n rijk leven voor zich heeft.

'Volgens de laatste berichten was ze nog in Den Haag inlichtingen aan het verzamelen met een kleine groep anderen.'

'Maar ik dacht dat ze in de scheepswerven bezig was om sabotages uit te voeren?' zegt Corrie. Dat hadden ze tenminste vernomen van de partizanen die Amsterdam binnenkwamen – staalwerkers die vochten voor een vrij Nederland kortten scheepsschroeven in en elektriciens draaiden expres de schroefjes wat losser. Allemaal kleine aanpassingen die er toch voor zorgden dat de Duitse schepen niet zeewaardig meer waren. Schepen die konden verwonden en doden en tot een nazi-overwinning zouden kunnen leiden. En Kees was hun coördinator. Vorige maand had haar laatste, persoonlijke brief aan Corrie nog positief geklonken. 'Ik lééf', had Kees geschreven. 'En dat wil heel wat zeggen in deze oorlog.'

De werkelijke boodschap was: *ik vecht tegen deze klootzakken.* Ze had ook een foto meegestuurd, een kiekje van haar met haar donkere, dikke haar weer kortgeknipt en haar grote bruine ogen recht in de camera gericht. Prachtig mooi, en altijd met die spottende glimlach. Van kinds af aan had Kees haar natuurlijke schoonheid verworpen en volgehouden dat het leven om meer draaide dan uiterlijk. 'Het is mijn verpakking maar,' had ze in dezelfde brief geschreven. 'Ik kan gebruikmaken van mijn uiterlijk, maar ik kóm er steeds meer achter dat het je kern is waar het om draait.'

Die brief was van begin november. Er kon in die tijd heel wat gebeurd zijn.

'Is er nog iets?' dringt Corrie aan.

Rudy en Dirk wisselen weer een korte blik, maar Corrie merkt de ernst ervan op.

'Wat?' vraagt ze dwingend. 'Vertel op!'

Rudy haalt zijn schouders op. 'We weten niet of het betrouwbaar is, maar het gerucht gaat dat ze banden heeft met een officier. Hier in Amsterdam.'

De manier waarop hij het zegt laat niets te raden over. Een naziofficier. Maar Kees toch niet? Dat zou ze nooit doen. Maar ja, doen ze niet allemaal dingen waar ze in vredestijd niet over zouden piekeren?

Ik kan gebruikmaken van mijn uiterlijk, had ze geschreven.

'En verder?' vraagt Corrie weer.

'Abwehr, denken we,' gromt Dirk.

Ze huivert in haar cape. Alleen de gedachte aan die lui bezorgt haar al rillingen. Hetzelfde geldt voor de ss, maar de Duitse geheime dienst is de tak waar je tegenwoordig het bangst voor moet zijn. Dat weet iedere telegrafist in Europa die bevreesd is voor hun opsporingsmiddelen en hun vermogen om uitzendingen heel nauwkeurig te achterhalen. De ambitie van de Abwehr om mee te doen met de nazi-elite betekent een groot gevaar voor het verzet. De vraag is of het al gevaarlijk is gebleken voor haar lieve Kees.

'Au!' Felix wriemelt zijn hand los uit Corries angstige, ijzeren greep.

'Sorry, Felix. Sorry.' Ze steekt vergoelijkend haar andere hand naar hem uit. 'Kom, dan breng ik je veilig naar huis.'

Ze trekt hem snel mee langs de grachten, maar vraagt zich af of thuis tegenwoordig wel echt veiligheid kan bieden. Eerst die boodschap die ze niet kon afleveren, en nu Kees. Het lijkt allemaal niet toevallig. Meer alsof ze een mol in hun midden hebben. Maar als Rudy en Dirk niet naar haar willen luisteren, aan wie moet ze het dan vertellen?

18

Een hevige storm

8 december 1940, Londen

Marnie

Marnie kan haar draai niet vinden. Ze had nauwelijks geslapen vanwege een luchtaanval, angstige gedachten aan haar vreemde volger en haar verzwikte enkel, die tot diep in de nacht pijnlijk had geklopt. Ze had niet de moed gehad om naar een schuilkelder te gaan, dus had ze de luchtaanval in bed uitgezeten met een kop thee, twee aspirientjes en een warme kruik tegen haar enkel, terwijl ze heel kinderachtig hardop had gemopperd dat Hitler haar maar moest komen halen als hij durfde. Nu het weer licht is loopt ze nog steeds een beetje mank en voelt ze zich rusteloos. Het is zondag en de kiosk is dicht, dus ze kan geen dringend bericht achterlaten voor Willem, en met die rotenkel kan ze ook niet gaan wandelen. Ze wast wat kleren, eet een armzalige lunch en neemt de bus naar haar nicht Susie op Bounds Green Road, waar ze onaangekondigd voor de deur staat met een vreemdsoortige verzameling boodschappen die ze onderweg bij elkaar heeft kunnen scharrelen.

'Wat fijn dat je thee hebt meegenomen,' is het eerste wat een gejaagde Susie tegen haar zegt terwijl ze haar door de voordeur het kleine rijtjeshuis binnenlaat. 'We hadden nog net een lepeltje over.'

'Ik heb jou ook gemist, Susie.'

Haar nicht laat zich in de keuken met een theedoek in haar hand op een stoel zakken. 'Sorry, Marn, ik bedoel het niet lomp. Het is ook zo'n chaos als de kinderen hier zijn. Maar als Arthurs moeder aandringt dat we evacueren, moet ik daar niet aan denken. Ik weet echt niet waar we goed aan doen.'

Ze ziet er moe uit en opeens ouder dan haar achtentwintig jaar, maar ze verdrijft haar zorgen naar de achtergrond. 'Maar goed, wat heb jij allemaal uitgespookt? En wat is er met je voet gebeurd?'

Marnie weet niet waar ze moet beginnen. Ze zou liever haar geheimen met Susie delen dan haar dagelijkse leventje, maar dat kan niet. Wat zou ze ook moeten zeggen? *Ik verstuur geheime informatie voor de Nederlandse regering in ballingschap, voor een man die ik nauwelijks ken, en ik word gevolgd door een vreemd type. Twee klontjes, graag.*

Susie zou er waarschijnlijk hartelijk om lachen, en die lach kan ze goed gebruiken, maar dat doet niets af aan het feit dat Marnie het gevoel heeft dat ze in het duister tast.

Laat in de middag vertrekt ze weer, na sloten thee en spelletjes met de kinderen, zodat Susie haar klusjes kon doen. Zoals altijd komt Marnie met ernstige twijfels bij Susie vandaan: ze droomt van een levenspartner en een gezellig thuis, maar het moederschap lijkt haar zo zwaar. Is het wel goed, of normaal dat ze zulke twijfels heeft?

'O, hoe is het trouwens met die man die op Gilberts begrafenis was?' vraagt Susie terloops terwijl ze afscheid nemen. 'Heb je hem nog gezien?'

Marnie schrikt ervan. 'O, nee. We hebben alleen een kleine herdenking gehouden bij Lyons,' liegt ze. Het is gewoon te ingewikkeld om hier op de stoep gauw even op in te gaan. Sinds opa's begrafenis is ze zo weinig over Willem te weten gekomen – afgezien van het voor de hand liggende – dat er niets te melden valt. Ze geeft Susie een kus op haar wang. 'Tot volgende week misschien?'

Instinctief zet Marnie koers naar Broadcasting House. Sinds haar ouders verhuisd zijn, zijn haar weekends lang en leeg, en je kunt niet naar het café of de bioscoop blijven gaan – bovendien kan ze die voorlopig sowieso beter mijden na wat er gisteren is gebeurd. De vier of vijf vriendinnen die ze bij de BBC had en met wie ze vaak afsprak, zijn allemaal overgeplaatst naar buitenposten. En vanavond kan ze zich niet eens verheugen op Daisy. Dus gaat ze maar weer aan het werk. Op zondag draait de kantine op halve toeren, maar hij is tenminste geopend, en er ligt nog een hele stapel scripts te schreeuwen om aandacht.

Als ze rond zes uur op kantoor aankomt, heerst er een vreemde stilte, hoewel de deur niet op slot zit. Het is niets voor Miss Roach om de deur open te laten, maar misschien is Raymond vergeten hem op slot te doen. Ze zet thee met het zakje dat ze van Susie vandaan heeft meegenomen, want ze weet dat Miss Roach haar eigen voorraad met argusogen in de gaten houdt.

Eenmaal achter haar bureau valt haar oog op een kleine envelop die onder de stapel manuscripten uitsteekt, met daarop *Aan Miss M. Fern* getypt. Verbaasd fronst ze haar voorhoofd. De postkamer bezorgt op vrijdagochtend altijd de laatste zending van de week en ze had alle post direct afgehandeld. Marnie denkt dat ze deze envelop over het hoofd moet hebben gezien – totdat ze het briefje dat erin zit openvouwt en bijna haar thee eroverheen gooit als ze het volgende leest:

Sommige mensen zijn niet zoals ze zich voordoen. Pas op voor mensen
die iets van je willen. Anderen kunnen je toekomst veiligstellen.
Dinsdagavond 7 uur. Hungaria. Een bezorgde vriend.

Het is geschreven op blanco schrijfpapier en de envelop komt niet van de BBC. Ze leest de niet bepaald aanlokkelijke uitnodiging steeds opnieuw, tot ze er misselijk van wordt. *Mensen die iets van je willen.* Vermoeden ze slechts wat er gaande is, of weten ze het zeker? Hoe dan ook, dit briefje bevestigt Marnies gevoel dat ze gevolgd wordt. Maar door wie? Een vijfde-colonnist – sympathisant van de nazi's – of erger nog, een heuse Duitse spion? Het is zeker geen vriend. En nu moet ze écht Willem te pakken zien te krijgen. Maar wanneer… en waar hangt hij in hemelsnaam uit?

Het daaropvolgende uur schieten haar gedachten alle kanten op en krijgt ze vrijwel niets voor elkaar. Rond zeven uur klinkt het luchtalarm, maar als het nieuwe interne waarschuwingssysteem aangeeft dat de situatie niet dreigend is – met andere woorden, als de brandwacht op het dak van het BBC-gebouw bepaalt dat er geen direct gevaar is voor een luchtaanval – gaat Marnie naar de kantine om te zien of er nog iets te eten is. Ondanks de afgelopen weken en het gapende gat in de zijkant van het gebouw heerst er nog steeds een gevoel van veiligheid in Broadcasting House.

'Ah, jou moest ik net hebben!'

Marnie kijkt op van haar verlepte sandwich en daar staat Ed Murrow naar haar te stralen, met zijn stalen helm onder zijn arm geklemd en de schouders van zijn pak van Savile Row bedekt met een laagje grijs stof. 'O, hallo. Je bent toch niet weer het dak op geweest?'

'Nee, ik ben op pad geweest,' zegt hij, 'maar toevallig kan ik je hulp wel gebruiken. Ik hoop dat ik je niet lastigval, maar heb jij misschien een uurtje voor me?'

Afleiding en een doel? Dat is twee vliegen in één klap, en meer dan ze had durven hopen. Murrow wil onvoorbereid een uitzending opnemen en heeft daar beneden in de studio een productieassistent voor nodig, en haar gedachten moeten dringend worden afgeleid van de vreemde die haar kantoor is binnengeslopen en het briefje achtergelaten. De timing is perfect.

Natuurlijk neemt het langer dan een uur in beslag, maar de tijd vliegt voorbij. Murrow is gepassioneerd en perfectionistisch, waardoor het uiteindelijke programma ongetwijfeld impact zal hebben. De wereld die niet in deze oorlog is meegesleurd moet weten hoe het voelt om in het oog van de storm te zitten, en als Amerikaan zal Murrow aan de andere kant van de Atlantische Oceaan zeker zendtijd krijgen.

De ironie wil dat tegen kwart voor elf, als ze klaar zijn met het programma, het heftigste deel van de luchtaanval achter de rug is, hoewel het eindsignaal nog niet heeft geklonken. Marnie heeft behoefte aan frisse lucht om te bedenken of ze vanavond de weg naar huis wil trotseren of de snurksymfonie bij de veilige BBC verkiest. Vaak is de schuilkelder hier precies wat ze nodig heeft, maar vanavond heeft ze vooral behoefte aan haar eigen gezelschap. Ze wil de boodschap op het briefje en haar reactie erop verwerken.

In de frisse, heldere buitenlucht knoopt Marnie haar wollen sjaal stevig om haar nek.

'Goedenavond, miss,' zegt Ralph Palmer, een van de vaste portiers.

'Wat denkt u, Mr Palmer, heb ik genoeg tijd om door Regent's Park te sprinten?' Dan denkt ze aan haar enkel, die weliswaar een stuk minder pijnlijk is maar een sprint onmogelijk maakt. Het zou meer haastig gehinkel worden.

'Als u snel bent misschien, miss.' Hij snuift in de lucht als ware hij een volleerd weerman. 'De eerste lading is op weg naar huis om te gaan slapen. Maar je weet nooit of Adolf vanavond nog een tweede ploeg stuurt.'

'Ik denk dat ik het er maar op waag.'

Ze blijven even stil naast elkaar staan turen naar de donkere sluier boven hun hoofd. In de verte klinken wat doffe knallen, maar in het Langham aan de overkant is het ongewoon stil.

'Dan hebt u een goeie zaklamp nodig...' Palmer rommelt wat in een doos die achter de zandzakken staat. 'Binnen ligt er een. Ogenblikje, Miss Fern.'

Marnie blijft alleen achter, nog steeds starend in het niets, totdat ze vanuit haar ooghoek iets naar beneden ziet dwarrelen. Het lijkt op een zeil van een meter of zes dat van de zijkant van het gebouw naar beneden komt. Met een zachte plof komt het op een lantaarnpaal tussen de BBC en het Langham terecht – het lijkt net of ze naar een sierlijke landing van een speelgoedparachute staat te kijken. Voorzichtig loopt ze de stoep op, met haar blik omhoog. Dat zeil moet van de vijfde verdieping gekomen zijn, waar zware doeken de herstelwerkzaamheden aan Broadcasting House aan het zicht onttrekken. Het is moeilijk te zien tegen het huidige grijs van de muur – pas geschilderd om een volgende aanslag te voorkomen – maar de doeken lijken daarboven allemaal stevig vast te zitten.

Marnie is toch al wantrouwig gestemd, dus ze haalt zich direct van alles in haar hoofd. Bijvoorbeeld dat het echt een parachutist is – een Duitse bommenwerperpiloot die is neergehaald door het luchtafweergeschut en zichzelf in veiligheid heeft gebracht. Moet ze gaan kijken? En waar is Ed Murrow nu er zich misschien vlak voor hun neus een ware primeur afspeelt? Of een politieagent? Ralph Palmer? Of wie dan ook?

Voortgedreven door domheid of brandende nieuwsgierigheid loopt Marnie voorzichtig naar het zacht wiegende zeil. Vlak voor de lantaarnpaal staat een auto geparkeerd. Ze heeft pas een paar stappen gezet als ze het geluid van een lucifer hoort die wordt afgestreken, gevolgd door een zwavelgeur, maar deze keer is het geen sigaretje – het klinkt meer als een gigantische lont. Het geluid komt van een mens, maar zeker niet van een piloot. Het sist in de stille lucht. Ze draait zich vliegensvlug om en ziet Ralph verwoed naar haar zwaaien. Wat hij zegt kan ze niet horen, maar het lijkt op 'Kom terug' en 'Duik vlug' tegelijk.

Wat is het nou?

De doordringende herrie bereikt een hoogtepunt als ze zich omkeert, haar verstuikte enkel verdraait en hard op haar knieën op de grond valt. Instinctief krult ze zich op tot ze zo klein mogelijk is, als een of ander exotisch insect.

Met haar volgende ademtocht implodeert de wereld voor Broadcasting House.

Als Marnie een blik waagt vanonder haar arm ziet ze een verblindend wit licht en twee felle paarse kringen helemaal tot boven de lantaarnpaal reiken. Op dat moment klinkt er een enorm, griezelig gejank dat haar trommelvliezen lijkt te doorboren, waarna er een tornado van puin en stof op haar lichaam neerhagelt; meedogenloze, eindeloze brokken die in haar rug en armen worden geboord. Ze wil zich beschermen tegen de intense pijn en druk in haar oren, haar handen voor haar oren slaan, maar iets in haar zegt haar dat ze haar kruin moet beschermen.

Ergens in de hagelbui klinkt vaag een stem die volhardend roept: 'Blijf liggen, hou vol. Hou vol.' Misschien is het Palmer, maar het is ook opa, vanuit een heel ander universum. Wie het ook is, het feit dat Marnie de stem hoort betekent dat ze nog leeft en niet bezig is in de hel af te dalen, wat haar de moed geeft om stug te blijven liggen en zich niet door deze brute kracht in de straten van Londen te laten verscheuren. Ze heeft een visioen dat ze door de wind wordt voort gezwiept en in een wervelwind van dikke zwarte wolken terechtkomt, precies zoals in een kinderboek dat ze ooit had gelezen, maar het beeld verdwijnt als ze een verscheurende pijn in haar rug voelt. *Hou vol, Marnie.*

De explosie komt in golven waar geen eind aan lijkt te komen, tot uiteindelijk de druk afneemt en er alleen nog een hele tijd puin en stof op haar neerdalen, als grote dikke hagelstenen. De stenen gaan over in druppels en pas als iemand aan haar arm rukt, durft ze uit haar foetus-houding te komen.

'Nu! Nú!' schreeuwt iemand tegen haar, hoewel de stem van heel ver lijkt te komen.

Marnie weet zich half kruipend naar de ingang van de BBC te slepen, weg van de auto die in een oranje bol is veranderd en in een wijde cirkel metaal om zich heen spuugt. De stank van brandende benzine verstikt de lucht.

Ze kan niet horen wat ze precies tegen haar zeggen, maar iemand helpt haar de deur door de lobby in, legt haar neer op de plavuizen en pas dan ziet ze dat het Ed Murrow is, die nu nog meer Londens puin op zijn Savile Row-schouders heeft.

'Marnie. Marnie!' Hij schreeuwt om haar aandacht te trekken. 'Ben je erg gewond?'

Zijn stem klinkt zwak, alsof hij vanaf het andere eind van een lange tunnel komt, en ze vraagt zich af of hij ook in de explosie terecht is ge-komen, maar ze ziet geen bloed op zijn gezicht als hij zich over haar heen buigt. Zij heeft wel bloed, op haar handen. Die zien helemaal rood en zitten vol gaten met kleine, glinsterende scherven. Ze kan alleen haar hoofd schudden.

'Haal eens een deken voor haar,' hoort ze hem zeggen. 'Ze is half-naakt.'

Wie? Wie is er halfnaakt? Wat heb ik gemist?

Net zoals bij de vorige aanslag op de BBC arriveren de ambulances in een mum van tijd. Een vrouw verzekert haar vlak bij haar oor: 'Geen zorgen. Wij zorgen voor je', en dat is alles wat Marnie wil horen.

Ze merkt dat ze onderzocht wordt onder de deken, dat ze betast wordt; ze krimpt ineen als ze een scherpe pijn voelt en denkt even dat ze kan vliegen als ze wordt opgetild – alsof het de wind weer is die haar van de grond probeert te rapen. Maar eenmaal in de lucht voelt het meer alsof ze zweeft en niet alsof ze afgeranseld wordt.

Marnie doet haar ogen dicht en geeft zich over, aan het noodlot, aan de dood of aan het leven. Als de deuren van de ambulance dichtgaan denkt ze nog één ding: dat het haar niet uitmaakt welke van de drie het gaat winnen.

19

Een pantser

9 december 1940, Londen

Marnie

Bij het gloren van een nieuwe dag is Marnie blij dat het leven uiteindelijk gewonnen heeft, hoewel het alternatief misschien minder pijnlijk zou zijn geweest. Marnie was heel vroeg wakker geworden van een vaag schijnsel boven haar hoofd. Het duurde een paar minuten voordat ze, nadat er wat gehoest door de weergalmende ruimte had geklonken, doorhad dat ze op een ziekenzaal lag. Er verscheen een gezicht in haar blikveld dat vroeg hoe het met haar ging, en even dacht ze dat ze engelenvleugels zag, maar het bleek het mutsje van een verpleegster. Dat was het eerste teken dat het leven haar bij de kladden had gegrepen en haar stevig had vastgehouden. Nu ze wist dat ze niet dood was, vielen haar ogen weer dicht.

De volgende ochtend gaat ze met veel moeite rechtop in bed zitten. Heel voorzichtig schuift ze over de schone lakens naar boven om de ruim twintig sneeën in haar rug en armen te ontzien, waarvan er maar vijf diep genoeg waren om gehecht te worden, zoals haar is verteld.

Net als ze naar haar verbonden handen zit te kijken, komt de arts langs. 'U hebt veel geluk gehad, Miss Fern,' zegt hij. 'We hebben wat grote granaatscherven uit uw rug gehaald. Het is maar goed dat u zich zo klein mogelijk hebt gemaakt, maar wat u echt heeft gered zijn uw wollen mantelpak en uw sjaal. Die hebben als harnas gefungeerd.'

Op de stoel naast haar bed ligt het mantelpakje. De aanblik onderstreept zijn woorden en de ernst van de explosie, want de donkerrode stof ligt compleet aan flarden, alsof hij te grazen is genomen door een enorme grizzlybeer of een hongerige tijger. Ze kan haar tranen niet bedwingen, niet vanwege de pijn of de shock, maar omdat het een creatie was van Gilbert Cooper, meesterkleermaker. Speciaal voor haar op maat gemaakt van de mooiste wol die hij kon vinden, om haar warm te houden en te beschermen tegen de elementen. 'Prachtig,' had hij blij gekird toen hij de stof tussen zijn vingers voelde voordat hij de eerste knip zette. 'Hiermee, mijn lieve Marnie, raakt niemand over je uitgepraat en ziet niemand je over het hoofd.'

Opa had niet voorspeld dat het haar leven zou redden, maar nu blijkt maar weer dat opa over haar waakt. Altijd.

'Miss Fern, u hebt bezoek.' De verpleegster steekt haar hoofd tussen de gordijnen. 'Voelt u zich daar goed genoeg voor?'

'Ja, natuurlijk.'

Ze weet niet wie het kan zijn, aangezien Raymond vanmorgen vroeg al was langs geweest met een bos bloemen. Toen hij wegging had hij beloofd haar niet op de hoogte te brengen, dus waarschijnlijk was het Susie.

Raymond had zich uitgeput in medeleven en bezorgdheid en had verteld dat Ralph Palmer gelukkig ongedeerd was gebleven en als held uit de strijd was gekomen. 'De slachtoffers vallen mee,' had Raymond verteld, zonder in detail te treden. 'Er is wel ontzettend veel schade. Het was een landmijn met een timer, echt levensgevaarlijk. Door de explosie is de waterleiding geraakt, dus Broadcasting House staat blank en we repeteren nu in de kelder van het Langham. Ik hoorde dat er aan de andere kant van de straat een man stond van wie de broek letterlijk van het lijf geblazen is. Ze zeggen dat hij zich rot schaamde, maar hij heeft tenminste allebei zijn benen nog.'

Op dat moment begreep ze opeens waarom Ed Murrow had gezegd dat ze 'halfnaakt' was.

Als het gordijn weer beweegt, neemt Marnie meteen het woord. 'Het is niet zo erg als het eruitziet, Susie…'

'Ze hadden al verteld dat je oren hadden geleden, maar je ogen dus ook.' Willem komt lachend tussen de gordijnen door, met een klein bruin pakje in zijn hand. Zodra hij haar gezicht ziet vertrekt zijn mond, want hoewel ze haar hoofd tegen de grond gedrukt had gehouden lijkt dat nu net een landkaart met al die krassen.

Ze brengt haar ingepakte handen naar haar beschadigde wangen. 'Ik heb nog niet in de spiegel gekeken, maar het ziet er vast niet mooi uit.'

'Je ziet er prima uit als je bedenkt dat je bijna bent opgeblazen door een landmijn. En over schoonheid valt niet te twisten, zoals men zegt.'

'Over smaak valt niet te twisten,' verbetert ze hem, en heeft direct spijt van haar woorden.

'Sorry, over smaak valt niet te twisten,' zegt hij lachend terwijl hij over haar heen leunt. 'Dat herinnert mij eraan dat ik als Hollander nooit typische gezegden in de mond moet nemen, vooral niet als ik probeer geruisloos op te gaan in de samenleving.'

Nu het ijs gebroken is, houdt hij het pakje omhoog. 'Dit zijn de enige chocolaatjes die ik kon vinden, ben ik bang. Van Selfridges. Ik weet niet of ze lekker zijn.'

'Ik weet bijna zeker van wel,' zegt Marnie, die verlekkerd naar het dure Franse merk kijkt als ze de verpakking openmaakt. 'Dat is die explosie bijna waard.'

'Dat is dan mooi.' Hij aarzelt. 'Nee, ik bedoel niet dat het mooi is dat jij... god, ik maak er echt een zootje van, hè? Ik kwam alleen kijken of het goed met je gaat.'

Willem lijkt heel iemand anders dan de dreigende man die ze boven aan de trap van opa's kleermakerij ontmoette. Hij lijkt zachter, kwetsbaarder.

'Hoe wist je dat ik hier was?' Marnie is nieuwsgierig en verheugd, maar ze blijft achterdochtig. Nu haar gehoor en geheugen hersteld zijn, herinnert ze zich de getypte boodschap die ergens onder in haar inmiddels vernielde handtas gepropt zit. *Sommige mensen zijn niet zoals ze zich voordoen.* Willem laat nu misschien een zachtere kant van zichzelf zien, maar van wederzijds vertrouwen is nog geen sprake, en ze heeft meer tijd nodig om in haar eentje over het bericht na te denken.

'Ik kreeg pas gisteravond laat via de kioskhouder het bericht dat je me wilde ontmoeten,' legt hij uit. 'Toen je niet thuis bleek te zijn, heb ik de BBC gebeld.'

Ze steekt haar ingezwachtelde handen uit en wiebelt met de vingers van haar linkerhand die uit het verband steken. 'Gelukkig is deze er niet zo erg aan toe als de rechter.' Ze laat haar stem zakken, voor het geval het gordijn om haar bed niet genoeg bescherming biedt. 'Maak je maar geen zorgen, ik weet zeker dat ik morgen weer "aan het werk" kan. Maar misschien kan ik deze keer wat dichter bij huis blijven?'

Beledigd kijkt hij haar aan. 'Marnie, ik ben hier niet om te kijken of je je werk wel kunt doen,' zegt hij kortaf. Hij trekt met zijn mond en zijn ogen zijn groot, en ze ziet de rimpeltjes in zijn ooghoeken. 'Ik ben hier alleen als bezorgde vriend, om te kijken hoe het gaat. Meer niet.'

Ze zegt niets. Eerlijk gezegd weet ze niet hoe ze moet reageren. Susie is bezorgd, Raymond is bezorgd. Van een afstand leven haar ouders ook mee. Maar Marnie Fern is niet aan de aandacht van anderen gewend. Nu ze hier zo zit, kaarsrecht om haar rug te ontzien, realiseert ze zich dat ze door de jaren heen bijzonder afstandelijk is geworden. Hard en onbuigzaam. Als een oude vrijster in wording.

'Sorry,' zegt ze dan. 'Ik dacht alleen, nou ja… je hebt het ook zo druk.'

'Ik hoop dat ik het nooit te druk heb om met iemand mee te leven,' reageert hij. 'Om menselijk te zijn. Niet alleen een Nederlander die hulp nodig heeft.'

'Je hebt gelijk. Het spijt me. Ik ben blij dat je bent gekomen, echt waar.'

In de pijnlijke stilte die dan valt komt net de verpleegster langs met een wagentje vol schone verbanden. 'Het spijt me,' zegt ze tegen Willem. 'Het is tijd voor Miss Ferns behandeling.'

'Ja, natuurlijk. Ik zal jullie alleen laten. Tot morgen misschien?' vraagt hij voorzichtig met opgetrokken wenkbrauwen terwijl hij de gordijnen uit elkaar schuift.

'Ja, ze zeggen dat ik vanmiddag ontslagen word, dus tegen het avond-eten ben ik wel thuis.'

'Aardige man,' zegt de verpleegster als ze de verbanden in gereedheid brengt. 'Knap, ook. Zijn jullie al lang samen?'

'O nee. Nee… ik bedoel, we zijn niet…' stamelt Marnie. 'We zijn gewoon bevriend.'

'Fijn om zulke vrienden te hebben,' kletst de verpleegster voort ter-wijl ze werkt. 'Vooral nu. Wat zouden we zonder moeten?'

20

Een schaduw in de kelder

10 december 1940, Londen

Marnie

Marnie maakt het verband rond haar linkerhand los en buigt haar vingers een voor een om de stijfheid eruit te werken. Voorzichtig smeert ze er een dikke laag zalf op en masseert ze haar 'belangrijkste pianist', oftewel de wijsvinger die de snelheid van haar seinen bepaalt. Zou hij het nog doen? Of is de snelheid eruit en is ze zo langzaam dat Daisy straks denkt dat er een bedrieger aan de andere kant zit?

Zonder de seinsleutel aan te sluiten probeert ze een aantal berichten uit om haar eigen duidelijkheid te testen en haar ritme te vinden.

Pa's wijze lynx bezag vroom het fikse aquaduct. Het klinkt wat sloom, in haar oren.

Leentje leerde Lotje lopen langs de lange Lindelaan. Dat is beter. De l'en zullen in elk geval goed doorkomen.

Gedeeld geheim, verloren geheim. We zullen vechten op de stranden. Marnie moet heimelijk lachen om al die zinnen die in haar hoofd rondtollen. Ze blijft oefenen tot het bijna tijd is om te seinen. Haar rug doet er zeer van, omdat ze zo geconcentreerd ineengedoken heeft gezeten boven het bureau.

Het is vanavond ongewoon vochtig in de kelder van het college en ze heeft een beetje spijt dat ze het ziekenhuis al verlaten heeft. De arts had aanbevolen om nog een nacht te blijven, maar ze wilde absoluut de afspraak met Daisy niet missen. *Anderen hebben het veel zwaarder*, had ze zichzelf ingeprent. *Ik neem wel wat extra pijnstillers.*

Dat helpt wel iets, maar het voelt hier leger dan normaal. Kaler. In het ziekenhuis had Willem laten doorschemeren dat hij aanwezig zou zijn, maar hij had een handgeschreven bericht laten sturen per koerier. *Sorry, vertraagd. Gebruik kelder is oké. Morgen praten we verder.*

Voor de zoveelste keer weet ze niet hoe ze moet reageren. Marnie twijfelt of ze het briefje moet negeren of overpeinzen, ze weet niet of Willem wel is zoals hij zich voordoet en toch mist ze zijn gezelschap. Waar moet ze naar luisteren, naar haar hoofd of haar hart? En hebben die eigenlijk wel gelijk? Zoals altijd maakt Daisy een einde aan haar ongerustheid. De eerste seinen die doorkomen stellen Marnie direct op haar gemak, en al gauw gaat ze op in haar taak. Als de berichten eenmaal uitgewisseld zijn, komt het deel waar ze altijd het meest naar uitkijkt: de extra boodschap van Daisy, die paar woorden die haar het gevoel geven verbonden te zijn met een wereld die heel ver van haar kelder verwijderd is. Tot haar verbazing is de extra boodschap echter gecodeerd. Waarom is dat? Is het geen onschuldige losse opmerking die ze altijd tegen elkaar maken? Is het een bericht dat de Duitsers zeker niet mogen horen?

Daisy seint 'AVW' door, en Marnie grijpt meteen naar opa's verouderde *Afscheid van de wapenen* – een boek dat ze nog niet eerder hebben gebruikt voor een versleuteling – en pluist de wirwar aan letters uit.

Darcy moet contact opnemen. Dringend. Alsjeblieft Lizzy. We zijn misschien in gevaar.

Het is een directe boodschap, en de toon van het bericht is bijzonder dwingend.

Hun tijd zit er bijna op, maar Marnie weet vliegensvlug een nieuw bericht te coderen en sturen: *Is Darcy in gevaar? Wie zijn we?*

De seconden tikken voorbij en Marnie is er bijna van overtuigd dat een reactie uit zal blijven. Is het gevaar zo dichtbij? Staat de Abwehr bij Daisy op de stoep? Marnie heeft geen flauw idee in wat voor situatie haar tegenhanger zit, maar ze voelt de nood. Ze voelt de wanhoop.

Net als ze wil opgeven wordt de lijn weer geactiveerd. Marnie krabbelt de vertaling op haar blocnote en herhaalt de woorden die verschijnen keer op keer, huiverend van top tot teen.

Wij allemaal. Mogelijke verrader in ons midden. Let op julliezelf.

Nu weet Marnie het zeker. Gezien haar wankele staat was ze niet van plan geweest om te gaan, maar nu lijkt het van het allergrootste belang om op het mysterieuze briefje in te gaan en om zeven uur bij restaurant Hungaria te zijn. Het kan natuurlijk toeval zijn, dat briefje aan haar en het bericht van Daisy, maar stel dat het niet zo is? Ze wijzen beide op overlopers en verraad. Haar gezonde verstand zegt dat ze het er niet op moet wagen; ten eerste omdat ze niet weet wie de afzender is, en ten tweede omdat ze zich niet kan bewegen zonder dat er minstens één lichaamsdeel protesteert. Maar sinds wanneer is er in deze oorlog sprake van gezond verstand? Inmiddels was ze wel drie keer met de schrik vrijgekomen. Er moest haast wel een reden zijn waarom ze nog leefde. Een doel.

En het draaide allemaal om Willem. Wat moest ze daarvan denken?

Als hij vanavond hier was geweest, had Marnie hem vast en zeker Daisy's boodschap laten lezen. Maar nu was ze daar niet meer van overtuigd. Niets is meer zeker, de fundering is weggeslagen, van zowel de stad als van haar eigen leven, met als gevolg dat ze niemand meer vertrouwt, inclusief degenen die beweren dat ze hen willen helpen om deze rotoorlog te winnen.

En dus neemt Marnie nog twee aspirines in en gaat op pad, gewapend met handtas en gasmasker.

Het is meteen duidelijk waarom haar anonieme briefschrijver het Hungaria heeft uitgekozen. Tussen alle uitgeblazen ramen langs Regent Street valt de aanbeveling die bij de ingang hangt extra op: SCHUILKELDER VOOR GASTEN, staat erop, en de kelder is ook inderdaad de plek waar de eetzaal zich bevindt. Hitler en zijn gevolg zullen in de avonduren géén roet in het eten gooien van deze vastberaden fijnproevers.

Marnie is blij dat er veel tafeltjes bezet zijn in de rijk ingerichte eetzaal. Obers lopen af en aan om de goedgeklede mensen te bedienen die vanuit hun met chintz bekleden stoelen al kletsend genieten van het jazzorkestje op een klein podium in de hoek. Na een snelle blik door de zaal blijkt dat er niemand alleen aan een tafel zit, dus kiest ze een tafeltje uit met uitzicht op de trap en zegt ze tegen een ober dat ze op een vriend wacht.

Een vriend. Dat stond tenminste op het briefje, maar of het waar is moet nog blijken.

'Iets te drinken, mevrouw?'

'Een gin en vermouth, alstublieft.' Waarschijnlijk geen verstandige keuze, vooral niet na die pijnstillers, maar onder de omstandigheden kan het even niet anders.

Haar drankje arriveert en de minuten kruipen voorbij – vijf over, dan tien over. Hoe langer het duurt, hoe meer Marnie het gevoel krijgt dat ze een grote fout heeft begaan. Na nog een nerveus slokje van haar drankje maakt Marnie een afspraak met zichzelf, alsof ze een kind is met een zak snoep dat over de voegen tussen stoeptegels springt: 'Nog tien en dan mag ik een snoepje.' Als er hierna nog iemand langs mijn tafeltje loopt, ga ik weg, bedenkt ze. Niks aan de hand, alleen gekrenkte trots.

Vanuit haar ooghoek ziet ze de medelijdende blik van de ober terwijl ze haar blik strak op de trap gericht houdt. Wist hij maar hoe dolgraag ze wil dat er niemand komt opdagen. Er komt een paar zwarte veterschoenen in het zicht. Marnie kijkt naar de schoenen, het loopje – duidelijk een man – en dan naar de lichte aarzeling waarmee de persoon in de richting van de tafels loopt.

Loop door, loop door, loop door. Ze drinkt haar laatste beetje gin op. *Loop door, dan kan ik naar huis en net doen of deze hele toestand niet gebeurd is.*

'Miss Fern?'

'Ja?'

'Mag ik?'

Hij is zo iemand die je honderd keer op straat voorbij kunt lopen en dan nog niet goed kunt omschrijven. Niet lang en niet klein, een ronde, hoornen bril op de neus, een licht rond gezicht en als hij zijn hoed afzet gaat er kalend, peper-en-zoutkleurig haar onder schuil. Alles aan hem is nietszeggend en onopvallend. Type bankdirecteur. Ze kijkt onderzoekend naar hem. Een andere bril, maar het is zeker dé bankdirecteur, haar voormalige schaduw.

'Wilt u nog iets drinken?' Hij gebaart naar haar lege glas.

'Nee, dank u.' Ze wendt haar blik af. 'Ik weet niet eens of het een goed idee is om hier te zijn.'

'Maar u bent er toch.' Weer die onbeduidende glimlach. 'Dat zegt toch wel iets.'

Zijn zelfingenomenheid irriteert haar. 'Wat zegt dat dan, Mr...'

'Smith.'

Natuurlijk heet hij Mr Smith.

'Daar maak ik uit op dat u nieuwsgierig bent,' gaat hij verder. 'Naar wat wij te bieden hebben.'

'Wij? Wie zijn "wij"?'

De ober komt langs en 'Mr Smith' bestelt een sherry terwijl hij zijn blik door de ruimte laat gaan op dezelfde manier als Willem als ze elkaar in het openbaar ontmoeten. Hij verstrengelt zijn korte, mollige vingers en laat zijn handen op tafel rusten. Hij glimlacht zijn kleine tanden bloot.

'U hebt precies één minuut om me te vertellen wat we hier doen,' zegt Marnie met een overtuiging die ze zeker niet vanbinnen voelt. Maar ze is absoluut geïrriteerd, woedend zelfs, omdat 'ze' juist haar moeten hebben, Miss Fern die zo lekker makkelijk over te halen is. Miss Fern van de BBC, die altijd braaf doet wat mensen van haar willen. Ziet ze er dan zó eenzaam en kwetsbaar uit?

Hij neemt een slokje van de sherry die net voor hem is neergezet. 'Er zijn mensen die, laten we zeggen, een andere visie hebben op het debacle dat zich hierbuiten afspeelt,' – hij gebaart naar boven, naar de sirene die weer net begonnen is met loeien – 'en er graag een eind aan willen maken. Snel ook, voordat andere delen van het land ook te lijden krijgen.'

'Hoe ziet u dat voor zich?' Marnie heeft een vermoeden, maar ze wil dat hij het haarfijn uitlegt nu haar verstand wat wazig is van de pijnstillers en de alcohol, om nog maar te zwijgen van de gevolgen van dat akkefietje met die landmijn, nog geen achtenveertig uur geleden.

Zijn mondhoeken gaan omhoog, zijn stem daalt. 'Wat Hitler opwerpt is niet zo heel anders dan wat veel mensen in dit land ook willen. Een goed, welvarend leven, in vrede.'

'Overgeven, bedoelt u? Capituleren en onder díe man leven?' Marnies bloed begint te kolken en haar huid prikkelt onder haar littekens. Ze buigt zo diep over de tafel dat ze haar eigen warme adem voelt als ze gromt: 'En u denkt dat ik een van die mensen ben? Iemand die een valse vrede wil terwijl andere mensen op zo'n afschuwelijke manier vervolgd worden?'

Mr Smith, of wie hij ook mag zijn, lijkt haar ergernis niet te begrijpen. 'Het gaat hoe dan ook gebeuren, Miss Fern, vergis u niet,' zegt hij kalmpjes. 'En snel ook. De geallieerden zijn op de knieën gebracht, en als het eenmaal zover is zal zich een aantal groeperingen aandienen. Als u bij een van die groepen hoort, zou dat een voordeel voor u zijn. Bovendien zijn uw eigen mensen niet onfeilbaar.'

'Ik ben geen vijfde-colonnist,' zegt ze beslist.

De man deinst voor de eerste keer terug voor haar woorden. Hij kijkt snel rond of hij geen ober ziet rondhangen. 'Dat soort termen gebruiken we niet, Miss Fern. Maar goed, als u het zo wilt noemen, dan ja… de opvattingen vertonen overeenkomsten. We beweren niet dat dat niet zo is.'

'En wat heb ik gedaan of gezegd waardoor u denkt dat ik me zou willen aansluiten bij uw groepje verraders? Wie heeft ook maar geopperd dat ik er misschien dezelfde denkbeelden op na houd als u?' Ze zou het wel uit willen schreeuwen, totdat ze het zich opeens realiseert: de misselijkmakende, duizelingwekkende waarheid is dat het niet om háár draait. Hoe heeft ze zo dom kunnen zijn? Het gaat er niet om dat ze Marnie Fern, de persoon, willen. Haar gedachten en ideeën – mocht Hitler al geïnteresseerd zijn in individuele denkbeelden – doen er helemaal niet toe. Het gaat om Marnie Fern, de voorbeeldige werknemer, en haar toegang tot de BBC, de spreekbuis van Groot-Brittannië. De oren van Engeland.

Wat nóg erger is, is het verwoestende besef dat daarna doordringt: *Ik kan de enige niet zijn.*

'En hoeveel mensen hebt u nog meer in het vizier bij de BBC?' Ze kijkt door de weerspiegeling van zijn bril heen, recht in zijn kraalogen.

'We hebben vrienden.'

Zijn vlakke stem doet niets af aan de snijdende woorden. Ze voelt een onmiddellijke, hartgrondige haat voor zijn stille, stuitend arrogante overtuiging dat mensen zoals zij zo weinig waardevols in hun leven hebben dat ze makkelijk overgehaald kunnen worden met valse beloften, ervan uitgaand dat mensen in wezen egoïstisch zijn. En dat allemaal onder het mom van een vaste frase: 'in het algemeen belang'. Hoe kunnen oorlog of overheersing of moord ooit in het 'belang' zijn van wie dan ook?

Marnie heeft een gruwelijke hekel aan dit soort types en zou dit exemplaar het liefst een klap in zijn dikke gezicht geven en de aandacht van de chique gasten op hem richten. Dat doet ze natuurlijk niet, want ze is Miss Marnie Fern, min of meer modelwerknemer van de British Broadcasting Corporation. In plaats daarvan staat ze zwaar beledigd op, zodanig dat ze toch de aandacht weet te trekken.

'Hoe durft u!' roept Marnie hardop. 'Wie denkt u wel dat ik ben?' Een ober schiet haar te hulp. Ze pakt haar handschoenen en leunt dan voorover om ter afscheid in Mr Smiths oor te sissen: 'En waag het niet om me te volgen.'

Vliegensvlug als een hagedissentong steekt hij zijn hand uit en klampt hij zich met zijn warme, vochtige vingers vast. 'Wees voorzichtig, Miss Fern. Pas op dat u niet met uw Nederlandse vriendje achter het net vist als Hitler eenmaal de grens over is. En dat is alleen maar een kwestie van tijd.' Zijn arrogante lachje verandert op slag in een sinistere grijns, en de temperatuur in de eetzaal daalt naar het nulpunt.

buiten is de aanval in volle gang, weer een dodelijke vuurwerkshow waar Londen aan wordt onderworpen. Marnie is al buiten adem doordat ze de trap van het Hungaria op is gehold, en even overweegt ze om naar de schuilkelder van metrostation Oxford Circus te rennen. Maar de gedachte aan de muffe lucht daar en de onvermijdelijke muur van herrie bezorgt haar, naast haar gehijg, ook nog hartkloppingen. Er zijn al tientallen brandbommen op straat neergekomen en op het trottoir branden vuurtjes waar ze omheen moet zigzaggen. Achter zich hoort ze iemand 'Zoek dekking, mens!' gillen, maar ze struikelt voort. Meer dan ooit wil Marnie naar huis, om zichzelf in te graven in de kelder van het college of onder haar eigen dekens. Het is natuurlijk roekeloos, maar hoeveel kan de Führer haar nu nog doen? In haar eigen holletje vóélt ze zich in elk geval veilig, ook al is ze dat niet.

De hitte van de vuurstorm boven haar hoofd is verschrikkelijk en begint door haar dikke jas heen te dringen, waardoor haar toch al beschadigde huid aanvoelt alsof die opnieuw verschroeit.

Gewoon doorlopen, zegt de stem in haar hoofd.

En dat doet ze dus ook, zonder ver vooruit te kunnen kijken, maar afgaande op de bekende winkels met hun uithangborden – alles om maar zo snel mogelijk bij Mr Smith uit de buurt te komen. Achter haar klinkt plotseling geraas en Marnie duikt meteen een portiek in, waar ze zich meteen zo klein mogelijk maakt. In een oogwenk is ze terug op Portland Place, waar de wereld om haar heen in elkaar stort en op haar neerregent, en waar ze alleen het lawaai van Ralph Palmer en de onderwereld hoort. Zo intens.

Als ze een paar minuten later weer gaat staan, zijn haar wangen nat van de tranen. Ze kan nu niet meer terug, maar als ze een paar meter verder strompelt, herkent ze de gevel waar ze staat niet meer, noch de huizen en kantoren aan weerszijden die schuilgaan achter houten planken om ze te stutten nadat ze al een keer gebombardeerd waren. Verblind van verwarring heeft Marnie ergens een verkeerde afslag genomen en nu staat ze ergens op een pleintje, met aan drie kanten verduisterde ramen en aan een kant metselwerk dat steunt en kreunt onder de felle brand die op de bovenste etages woedt, met vlammen die als slangentongen aan de avondhemel likken. Ze deinst terug van de hitte, een hoek in waar ze veilig is voor het vuur, maar die zo donker is dat ze geen hand voor ogen ziet. Als de stenen om haar oren naar beneden komen, heeft ze geen andere keus dan het plein weer op te struikelen, waar haar moed al snel plaatsmaakt voor doodsangst. De oranje gloed werpt dreigende schaduwen op de muur – van een lopende man met een scherp afgetekende hoed. Een bolhoed. Jezus, wat ís dat voor bankdirecteur? Een meesterspion of een spook dat dwars door de muren kan? Hoe kan hij haar in godsnaam hiernaartoe gevolgd zijn?

Marnie duikt helemaal ineen en blijft doodstil zitten, maar het heeft geen zin. Als ze omkijkt ziet ze haar eigen silhouet op de stenen muur, alsof ze de hoofdpersoon is in een enorm schimmenspel en de sluwe slechterik gevaarlijk dichtbij komt. De schaduw van de hoed nadert gestaag, de rand vervaagt naarmate de schaduw groter wordt. Hij is nu bijna boven haar. Niet in staat om nog langer ineengedoken te zitten wachten tot de vijfde colonne haar te grazen neemt, springt Marnie omhoog en struikelt over een paar gevallen stenen, slaakt een schrille kreet die tussen de muren echoot.

'Hé, is daar iemand? Gaat het?' Het is een stem die ze kent, zowel uit het dagelijks leven als via de radio. Dat specifieke accent. De rand van de hoed tekent zich weer scherp af – die van een stalen helm, met daaronder een gezicht dat zwart ziet van het roet.

Marnie schiet in een hysterische lach. 'Dit is nu de tweede keer dat je me te hulp schiet. Een heuse ridder op het witte paard.'

'Zoals koning Arthur of Lancelot, bedoel je?' zegt Ed Murrow geamuseerd terwijl hij haar overeind helpt. 'Dat moet je eens tegen mijn vrouw zeggen. Zij denkt dat ik lekker de bloemetjes buitenzet in Londen.'

Marnie komt moeizaam overeind. Elke wond en verstuiking doet pijn.

'Kom,' zegt hij. 'Jij moet duidelijk ergens gaan liggen. Ik neem je mee naar de schuilkelder van de BBC.'

'Ik wil naar mijn eigen bed,' protesteert ze. 'Het is niet ver. Als je het niet erg vindt. Alsjeblieft?' Marnie hoort zichzelf smeken. Het is misschien onbezonnen en gevaarlijk, maar ze verlangt zo vreselijk naar haar eenzame plekje.

Ed Murrow kijkt in de lucht; behalve de vlammen zijn er alleen nog lichtspoorkogels te zien. Er komt ongetwijfeld snel een tweede lading Luftwaffe, maar voorlopig zijn ze even veilig. 'Geef me je arm maar, dan gaan we,' zegt hij.

Ze lopen de verwoeste straten in en blijven even verwonderd staan kijken naar de brandweerlieden die als mieren door elkaar lopen, naar de dunne, wiebelende ladders die honderden meters de lucht in gaan en de waterboog die gebruikt wordt om het inferno te bestrijden. Hoe kan de mens het ooit winnen van deze natuurkracht, veroorzaakt door de woede van een ander mens?

'Kom,' zegt Ed weer. 'We kunnen hier verder toch niets, behalve een beeld vormen voor het radiopubliek.'

'Als jij nu wilt opnemen, kan ik het wel alleen af, hoor,' zegt Marnie, naar ze hoopt overtuigend. 'Ik kom wel thuis.'

'Geen punt, ik heb vanavond al opgenomen, net voordat ik jou vond. Ik monteer het later wel. Wat doe jij hier trouwens?'

'Lang verhaal.'

In Regent's Park voelt ze een tweede golf van rust, en een derde als ze in Marnies keuken whisky staan te drinken.

'Dank je. Ik had niet door hoeveel behoefte ik hier aan had,' zegt Ed. 'Weet je wel zeker dat je hier veilig bent? Het eindsignaal heeft nog niet geklonken.'

'Ik zit hier goed,' verzekert ze hem. 'En is er nog wel ergens een plek waar je veilig bent? Jij bent degene die nog naar buiten moet.'

'Ja, maar ik heb deze...' Hij tikt tegen zijn stalen helm. 'Volledig bommenproof. Tot nu toe heeft-ie me goed beschermd.'

'Dat is precies hoe ik over mijn dekbed denk. Als Hitler me vanavond zoekt, verwijs hem dan maar naar mijn bed.'

Nadat Murrow weg is laat ze zich langzaam op haar matras zakken,

dankbaar voor het appartement, waar het bed zachter is dan de ondergrond in Wood Green en de lakens niet te hard langs haar rauwe rug
schuren. Zacht kreunend gaat ze verliggen tot ze een houding heeft gevonden waarin ze het minst voelt, om daarna eens goed na te denken.

Willem. Hoeveel van wat er vanavond is gebeurd heeft ze aan zichzelf te wijten, en hoeveel hangt er samen met haar betrokkenheid met
de Nederlander van wie ze zo weinig weet? Iemand die heel attent is als
hij aanwezig is, maar verder vooral onzichtbaar blijft. Tot nu toe was ze
ervan uitgegaan dat zijn loyaliteit heel duidelijk bij Daisy en Nederland
lag. Maar nu… wat had die vreselijke man ook alweer gezegd? *Bovendien zijn uw eigen mensen niet onfeilbaar.*

Een eenvoudig antwoord is er niet. Niet voordat ze Willem eens goed
aan de tand kan voelen. Ze voelt zich verplicht om hem over Daisy's
waarschuwing in te lichten – die voor hen allemaal consequenties kan
hebben – maar ze is ook benieuwd naar de manier waarop hij zal reageren. Ze hoopt vooral dat hij oprecht geschokt zal zijn als hij hoort dat er
mogelijk een mol is. Ze wenst van harte dat hij hier geen aandeel in
heeft. Maar in deze oorlog weet je het nooit. Je bent nergens meer zeker
van.

In de tussentijd zwelt het gebrom van een tweede golf bommenwerpers weer aan. Marnie zet zich schrap en stelt zich hoopvol voor dat de
zachte vezels van haar dekbed als stalen harnas fungeren.

21

Spionnen zoals wij

11 december 1940, Londen

Marnie

De volgende dag is Broadcasting House sinds de ontploffing van de landmijn voor het eerst weer helemaal open, hoewel de schade aan Portland Place nog goed zichtbaar is: de lantaarnpaal staat er scheef en verwrongen bij als een grotesk kunstwerk en de krater staat vol vuil water. Marnie blijft een tijdje op de rand staan kijken om zich te vermannen, uit het zicht van de hoofdingang. Na die afschuwelijke avond is ze vastbesloten om alle herinneringen eraan uit haar gedachten te bannen – het witte licht en het helse lawaai die haar mee leken te zuigen. Ze weigert zich erdoor te laten tekenen of achtervolgen. Er zijn families wier hele huis onder hen weg is gebombardeerd en die nu moeten schuilen onder een schamele trap, heeft ze zichzelf ingeprent. Die mensen gaan ook door, die gaan gewoon terug naar hun werk en naar school, en voor haar is het niet anders.

Haar benen zijn alleen nog niet zo ver, want die trillen bij elke stap die ze naar de ingang neemt. Er liggen inmiddels nieuwe zandzakken, en daar, fier rechtop met zijn gebruikelijke vrolijke glimlach, staat Ralph Palmer. Hij heeft een grote pleister op zijn voorhoofd.

'Ik ben blij dat u er weer bent, Miss Fern,' zegt hij. 'Dat was op het nippertje, hè, een paar avonden geleden.'

'Als u er niet was geweest, was het minder goed afgelopen, Mr Palmer,' zegt ze. Alleen al het feit dat hij er is stelt haar enigszins gerust. 'Dank u wel.'

'Graag gedaan, Miss Fern.'

Raymonds verbazing dat ze al terug is, uit zich in veel bezorgd ge-fladder om haar heen, dus is Marnie opgelucht, en een tikje beschaamd, als hij naar een vergadering moet. Miss Roach neemt direct zijn plaats in en gebruikt het hele dagrantsoen thee om een kop thee voor haar te zetten, of tenminste, zo smaakt het oranjebruine brouwsel. Zoals altijd is ze ontzettend dankbaar voor hun bezorgdheid en goede zorgen.

Aangezien Marnie dol is op haar werk heeft ze nog nooit op de klok hoeven kijken of het eindelijk vijf uur was, maar vandaag is dat precies wat ze doet. De tijd kruipt voorbij terwijl zij zich van studio naar studio haast, altijd in de weer, maar steeds met een oog op de klok. Op weg naar Broadcasting House had ze een dringend bericht achtergelaten bij de kiosk, deze keer in een code waarvan ze zeker is dat alleen Willem die kan ontcijferen. *Langham bar, 17.10 u. Dringend. Daisy heeft je nodig.*

Wat ze eigenlijk bedoelt is dat zíj hem nodig heeft, maar die smeek-bede heeft tot nu toe nooit iets opgeleverd. Als Marnie het goed heeft, zal de naam Daisy Willem zeker overtuigen om te komen.

Net na vijf uur zit Marnie met een tonic in de hand aan een tafeltje in de hoek dat goed uitzicht biedt op de ingang. Het opengeslagen boek op tafel is een hint voor haar collega's dat ze graag alleen wil zitten en op deze manier ziet ze Willem zodra hij binnen komt waaien.

Eerst kijkt hij zorgvuldig om zich heen. 'Gaat het?' vraagt hij daarna hijgend. Het gezicht boven het donkerblauwe pak is rood aangelopen, alsof hij net door half Londen is gesprint.

'Ja, met mij gaat het goed. Haal maar wat te drinken voor jezelf, want we hebben het een en ander te bespreken.'

'En?' vraagt Willem zodra hij zijn bier op tafel heeft gezet en naast haar gaat zitten. 'Je zei dat het dringend was. Iets over Daisy.' Hij klinkt gespannen en verontrust en kan niet verhullen dat hij bezorgd is om een dierbare.

Marnie brengt de boodschap uit Amsterdam over, zo gedetailleerd als maar kan aan de hand van die twee korte zinnen.

Willem trekt wit weg. 'En je weet echt heel zeker dat het Daisy was?'

Ze knikt. 'Er was verder niets vreemds aan de uitzending. Behalve dan dat... nou ja, het klinkt misschien gek...'

'Wat?'

'Ik kon haar radeloosheid bijna horen.'

Hij zakt achterover op zijn stoel en ademt zwaar uit.

'Willem? Weet jij wat dit allemaal te betekenen heeft? Is er misschien een mol?'

Er komt een luidruchtig groepje mannen binnen dat Willems aandacht direct afleidt van Marnie. Zoals altijd geeft hij zijn ogen goed de kost, waarna hij zijn bier neerzet en naar haar toe leunt 'Ken jij die man in dat tweedjasje, die met dat donkere krullende haar?' vraagt hij in haar oor.

'Eh, Burgess misschien?' mompelt Marnie terug. 'Guy Burgess, volgens mij. Raymond heeft het wel eens over hem gehad. Hij werkte hier vroeger.'

Willem gromt iets. 'Zullen we ergens anders verder praten?' zegt hij en staat meteen op.

Ze lopen een paar honderd meter naar Chandos Street, waar ze een café in duiken dat nog open is. Binnen gaan ze op een bank aan een klein tafeltje zitten, met hun rug naar de sissende theepot.

'Waar was dat nou goed voor?' vraagt Marnie.

'Ik ben alleen voorzichtig,' zegt Willem. 'Die Burgess komt me bekend voor. Volgens mij heb ik hem wel eens op mijn werk gezien.'

'Wil je zeggen dat hij een spion is?' vraagt Marnie ademloos. 'Maar als hij dat is, dan staat hij toch aan onze kant?'

Willem haalt zijn schouders op. 'Dat weet je tegenwoordig nooit. Vertrouwen is schaars.'

Marnie laat de cynische woorden van zich af glijden. 'Maar hoe zit het nu met Daisy en die verrader? Wat ga je eraan doen? Wat kún je eraan doen?' Ze kijkt hem onderzoekend aan als hij haast verslagen zijn hoofd schudt.

'Ik weet het niet. We denken al een tijdje dat er iemand in Amsterdam informatie doorsluist naar de Abwehr, misschien zelfs iemand vanuit onze groep.'

'Enig idee wie?'

'Nee. En zelfs al had ik dat, dan ik er van hieruit toch niets aan doen. De informatie die de lijnen – jullie lijnen – uitwisselen is zo belangrijk voor het algemene verzet dat we geen tijd hebben om dat uit te zoeken. En al helemaal niet vanaf de andere kant van de Noordzee.'

Hij klinkt zo oprecht gefrustreerd dat Marnie zich afvraagt of het wel zo handig is om een favoriet van de Nederlandse koninklijke familie en hun land te zijn. Niet dat hij daar ooit voor had gekozen, zoals hij haar een keer had verteld op een avond na een uitzending. Maar toen hij op het Nederlandse consulaat in Londen was aangekomen, was hij vanzelf in die rol terechtgekomen. 'Er zijn er hier maar zo weinig van ons, en ze hadden dringend behoefte aan agenten,' had hij verteld. 'En aangezien ik hiervoor ingenieur was, werd ik blijkbaar geschikt geacht.'

Nu Willem zo duidelijk in zak en as zit, vindt Marnie het vervelend om over haar eigen besognes van de laatste paar dagen te vertellen, maar ze is te radeloos om ze voor zich te houden.

Tot haar verrassing doet Willem behoorlijk nonchalant over het nieuws van het briefje, Hungaria en de mysterieuze Mr Smith. 'En hij heeft niets losgelaten over wat hij van je wil?' vraagt hij alleen.

'Nee, alleen dat hij – dat zij – mensen van de BBC willen aantrekken. Daardoor ben ik nu extra voorzichtig als ik met iemand praat.'

'En terecht,' zegt Willem. 'Ik weet zeker dat je omringd wordt door honderden goede mensen, echte patriotten, maar je hebt er maar een of twee nodig om potentieel gevaarlijke ideeën te verspreiden. Voor de nazi's is radiopropaganda van het allergrootste belang en het is een van Hitlers hoofddoelen om de ether te beheersen. Maar we weten ook dat de vijfde colonne er vooral op uit is om informatie te kapen en zich niet focust op lichamelijke bedreigingen.'

'Wat een opluchting. Ik zal het onthouden.' Marnies sarcasme druipt ervanaf.

Willem fronst zijn voorhoofd. 'Je moet gewoon met iedereen om je heen heel voorzichtig zijn, net als eerst.'

Zwijgend staren ze allebei te lang in hun thee. Moet ze nog meer onthullen? Dat andere zinnetje uit het briefje? *Nu of nooit, Marnie.*

'Dat is gek genoeg min of meer hetzelfde als wat er op het briefje stond, maar dan over jou,' voegt ze er zachtjes aan toe.

'Hoe bedoel je?'

'Dat ik de mensen die me lijken te willen helpen niet moet vertrouwen.'

'En jij denkt dat ze míj bedoelen?' vraagt hij vol verachting, hoewel hij ook beledigd klinkt.

'Ik neem aan van wel. Voor zover ik weet ben jij de enige spion die ik ken. Alleen...' hakkelt ze, maar ze herpakt zich, '... jij vertrouwt me nooit iets toe. Ik ben verhuisd, ik ben achtervolgd, heb mijn veiligheid op het spel gezet, maar ik kan geen hoogte van je krijgen. Ik krijg alleen af en toe een bedankje.'

'Wat wil je dan nog meer?' vraagt Willem dwingend. De spieren in zijn nek zijn gespannen. 'Wat kan ik je nog meer geven, Miss Fern?'

'Iets van jezelf!' flapt ze eruit, en wel zo hard dat de serveerster opkijkt van het tafeltje dat ze aan het afvegen is. 'Ik moet maar van alles opgeven voor iemand die me zo om de tuin kan leiden. Ik wil je echt vertrouwen, maar ik weet niet wie je bent, Willem. Ik weet je achternaam niet eens. Toen je me in dienst nam, was er geen sprake van gevaar – je wist me in elk geval te overtuigen dat mijn opa nooit gevaar had gelopen. En nu word ik door allerlei vage figuren achtervolgd en geronseld.' Ze houdt even in en merkt dan dat haar neusvleugels heen en weer gaan. 'Als ik eerlijk ben, voel ik me bedreigd. Wat moet ik nou geloven?'

Hij haalt snel en diep adem, duidelijk aan het denken gezet. 'Je hebt gelijk,' zegt hij. 'Ik vraag inderdaad veel van je. En dat spijt me.' Hij pakt zijn theekopje en duwt hard met zijn vinger tegen een barst in de rand.

'Willem, ik wil me echt nergens mee bemoeien, en ik hoef ook geen gedetailleerd verslag van wat je doet of waar je uithangt. Maar ik kan pas over iemand oordelen als ik diegene een beetje ken. Dat is mijn barometer, zeg maar.'

Ze wil het graag wat beter uitleggen, hem vertellen dat dat is wat mensen doen als ze alleenstaand zijn en dat misschien hun hele leven blijven. Als je niemand hebt om je beslommeringen mee te delen onder het avondeten, of geen klankbord hebt voordat je je dag begint, dan is het logisch dat je meer informatie nodig hebt voordat je een mening kunt vormen. Voor Marnie is dat een kwestie van overleven en nu het oorlog is, is ze nog veel voorzichtiger.

'Ben je morgenavond vrij?' vraagt hij opeens. 'Ik wil je graag aan iemand voorstellen – iemand die voor me instaat. Hopelijk.'

'Dat zou ik fijn vinden,' zegt Marnie. 'En Daisy's waarschuwing? Wat doe je daarmee?'

Zijn gezicht wordt donker terwijl hij zijn kopje leegdrinkt. 'Daar ga ik voorlopig alleen over nadenken.' Hij legt wat muntgeld neer voor de serveerster en aan tafel nemen ze afscheid. Het lijkt Willem beter dat ze apart vertrekken.

'Het is trouwens Bakker,' zegt hij als hij opstaat.

'Wat?'

'Mijn achternaam. Die vind je waarschijnlijk niet in het telefoon-boek, maar ik garandeer je dat hij echt is.'

22

Nieuws

Corrie

Corrie heeft niets meer over Kees gehoord en ze dwingt zichzelf om bij Rudy en Dirk uit de buurt te blijven, omdat ze bang is dat ze anders misschien de veiligheid van hun verzetscel in gevaar brengt. Het is niet makkelijk, want haar maag zit in de knoop en haar hoofd bonst dag en nacht van de zorgen. Het is al erg genoeg dat haar zoon op de vlucht is, maar Willem is in elk geval voorlopig uit de vuurlinie van de nazi's. Haar dochter daarentegen zou net zo goed in een godverlaten kamp kunnen zitten, misschien zelfs maar een paar kilometer verderop, in de nazigevangenis bij het Leidseplein. Of ze wordt verwend in Hotel American, als gast van een naziofficier, een idee waar Corrie bijna letterlijk van over haar nek gaat; Kees als iemands maîtresse, gewillig of niet, is te gruwelijk om over na te denken. De term 'in verband gebracht' is ook zo flexibel – je kunt er alle kanten mee op en alle kanten die Corrie zich voor de geest haalt, eindigen in een gewelddadige dood. Of ze is medeplichtig om haar eigen hachje te redden. Corrie wordt verscheurd: leden van het verzet wordt geleerd om koste wat het kost hun geheimen te bewaren, zelfs al betekent dat de dood. Maar in haar hart wil ze alleen dat Kees het overleeft. Koste wat het kost.

De koude winterdagen gaan tergend langzaam voorbij. Ze verdient maar net genoeg met de winkel om twee kamers van het huis te verwarmen – zij en Felix leven in de keuken en één slaapkamer, waar ze elke avond tegen elkaar aan kruipen onder alle dekens die ze hebben en zich warmen aan de kachel en aan elkaar.

Deze middag heeft ze slechts twee boeken verkocht en er zijn de hele dag maar drie mensen komen rondsnuffelen. Allemaal Duitsers. En hoewel ze zichzelf bezig probeert te houden met opruimen en rangschikken, dwalen haar gedachten onvermijdelijk af in duistere richtingen.

Halverwege de middag houdt Corrie het niet meer uit. Felix is buiten bezig en gaat straks naar Zeeza, die hem af en toe bijles geef nu hij niet naar school gaat. Ze draait het bordje voor de deur om naar GESLOTEN, trekt haar cape aan en bindt twee sjaals om: een om haar hoofd en een om haar nek, waarna ze zich wit Amsterdam in waagt.

De Rozengracht is veranderd in een ijsbaan door de platgetrapte sneeuw, dus glibbert Corrie naar de hoek waar Loeki's Bodega zit, waar ze opgelucht de warme mensenmassa in duikt. Voor een woensdagmiddag is het erg druk, vooral met de vele werklozen waar Amsterdam tegenwoordig mee te kampen heeft. En met verzetslieden.

Het café voelt meteen veilig. Hier kwam ze vaak met haar vader toen hij net de boekwinkel had geopend en af en toe een borreltje kwam drinken met schrijvers die hij steunde en van wie hij de boeken verkocht. Nu, jaren later, voelt Corrie zich helemaal thuis in het bruine café, ook al komen er weinig vrouwen en staat Loeki, de vrouw van de eigenaar, meestal in de keuken. Belangrijker nog: er komen hier geen Duitsers, tenzij spionnen van de ss of de Abwehr zich tussen de slonzige clientèle durven vertonen.

Ze herkent wel een paar gezichten van schrijvers wier boeken bij haar op de plank staan, plus een aantal van wie het werk al lang niet meer herdrukt worden. Ze knikken naar haar terwijl ze door de rokerige ruimte naar achteren loopt. Daar, aan een hoektafeltje, zit Dirk. Hoopvol kijkt Corrie het etablissement rond, op zoek naar Rudy, maar ze ziet hem niet. Misschien zit hij in een andere ruimte achter gesloten deuren een complot te smeden?

Dirk, toch al niet de vriendelijkste van de twee, lijkt niet erg blij om haar te zien.

'Hé, wat doe jij hier?' vraagt hij geërgerd. 'Ik heb vandaag geen berichten.'

Maar Corrie is te ongerust om zich te laten afschrikken door zijn knorrige begroeting. 'Dat weet ik. Ik vroeg me alleen af… of je al iets gehoord hebt… van…'

Dirks uitdrukking wordt wat zachter. 'Ga zitten,' zegt hij. 'Jij kunt wel een biertje gebruiken, zo te zien.' Hij gebaart naar de bar om bier, dat binnen een paar tellen op tafel staat, schuimend en wel.

'Rudy heeft navraag gedaan,' zegt hij zachtjes in haar oor. Hij stinkt naar café en tabak, als iemand die op de grond slaapt en geen thuis heeft. 'Onze man bij de Haagse scheepswerf zegt dat Kees daar al drie maanden niet meer werkt…'

'Drie maanden!' Corrie kan haar schok maar nauwelijks onderdrukken. Dat komt helemaal niet overeen met de brief die ze vier weken geleden nog had gekregen, hoewel Kees nooit het risico zou nemen om over haar verblijfplaats te schrijven. 'Waar is ze dan al die tijd geweest? Wisten jullie er helemaal niets van?'

Dirk neemt een slok van zijn bier. 'We zijn haar oppas niet. En waar ze ook mee bezig is, het is niet goedgekeurd. In elk geval niet door ons.'

'Wat is dat dan?' Corrie begint in paniek te raken. Haar onbestemde voorgevoel maakt haar misselijk van ellende.

'Het enige wat we met Kees in verband kunnen brengen is een naam,' voegt hij eraan toe.

'Wie dan?'

'Je zult er niet blij mee zijn.'

'Vertel op, Dirk!' Ze kookt zowat over in de beklemmende ruimte die eerst zo uitnodigend leek.

Hij zucht. 'Selig. Hij is van de Abwehr, en zoals we al dachten zit hij in Amsterdam. Een officier die blijkbaar graag hogerop wil komen. Dat is alles wat we weten.'

Het moet wel heel erg zijn, denkt ze, want Dirk kijkt haar zowaar medelevend aan.

Corrie vliegt het café uit om buiten naar adem te happen. Ze buigt voorover, maar kan gelukkig nog net haar middageten binnen houden. Een bepaalde regel uit Kees' laatste brief danst voor haar ogen, elke zwarte letter in het opvallende handschrift: 'Ik heb eindelijk het gevoel dat ik iets belangrijks doe.'

O Kees, wat heb je voor onze beweging gedaan – en met wie?

23

Mijn goede vriend Gus

12 december 1940, Londen

Marnie

Om zes uur 's avonds, precies op de afgesproken tijd, staat Willem te wachten op Shaftesbury Avenue, voor het enorme Palace Theatre.

'Ik zie dat je inkopen hebt gedaan,' zegt Marnie, gebarend naar zijn zwarte broek en tweedjasje die ze allebei niet eerder heeft gezien. Onder het jasje draagt hij een grijze wollen trui met daaronder een wit overhemd waarvan de kraag te zien is.

'Met tegenzin,' antwoordt hij. 'Ik kwam tot de conclusie dat ik niet overal in mijn ARP-pak kan blijven opduiken.'

Dat breekt het ijs en het laatste beetje wrok dat ze had overgehouden aan gisteravond verdwijnt. Ze lopen een paar minuten naar Macclesfield Street, waar Willem haar naar een oude pub leidt met daarboven een groot, tot nog toe onbeschadigd uithangbord; DE HEMS, staat erop.

'Welkom in mijn wereld,' zegt Willem als hij de deur voor haar openhoudt, 'en mijn kantoor.'

Zodra hij binnenkomt, wordt hij begroet door de paar mensen die aan de lange houten bar hangen. Marnie heeft zich nooit echt op haar gemak gevoeld als ze een pub in liep, vooral omdat het tot de oorlog begon niet gepast was om als vrouw alleen een dergelijke plek te betreden. Tegenwoordig zou ze zonder problemen overal naar binnen kunnen, simpelweg omdat men het sinds de oorlog niet meer zo nauw neemt met hoe dingen 'horen'. Toch is Marnie nog niet op haar gemak, hoewel ze blij is dat het interieur en de sfeer van De Hems meer weghebben van een bar op het continent, zoals eentje die ze ooit met veel plezier in Parijs had bezocht tijdens haar enige reis naar het buitenland.

'Hou je van bier?' Willem leunt tegen de glimmend opgepoetste bar. Achter hem glinsteren de kleurrijke flesjes. 'Als je op Nederlandse bodem bent – en dat ben je hier – stel ik een Amstel voor.'

'Dat is prima.'

Als Marnie haar eerste slok van het goudkleurige goedje neemt, ziet Willem iemand bij de ingang en verschijnt er een brede lach op zijn gezicht. Hij trekt de lange, goedgeklede man er direct bij, met een arm om zijn gespierde schouders.

'Daar is hij dan,' kondigt Willem aan. 'Miss Fern – Marnie – ik wil je graag voorstellen aan mijn goede vriend Gus. Mijn béste vriend.'

Gus steekt een lange, sterke hand uit. 'Prettig kennis te maken, Miss Fern.' Zijn witblonde haar valt over zijn voorhoofd, zodat hij er iets jonger uitziet dan Willem, maar hij heeft de diepe, volwassen stem van een oudere man. 'Leuk om een van onze virtuoze pianisten te ontmoeten.'

Hij is dus een van hen, denkt ze. *Een van ons.*

'Willem noemt me alleen zijn vriend omdat ik de enige was die zo stom was om met hem hiernaartoe te reizen,' voegt Gus er lachend aan toe.

'Ah, dus jij was de andere roeier in de kajak?' vraagt Marnie, maar niet voordat ze eerst om zich heen heeft gekeken, een instinct dat ze in de laatste paar weken heeft ontwikkeld. Inmiddels zijn ze vlak bij de bar aan een tafeltje gaan zitten, maar toch: gedeeld geheim, verloren geheim, zoals de posters waarschuwen, en niet voor niets.

'Het is al goed,' stelt Willem haar gerust. 'De kleine garde van het Nederlandse verzet in Londen zit waarschijnlijk hier. We zijn hier onder vrienden.'

'En ja, om je vraag te beantwoorden: ik was de ongelukkige winnaar van Bakkers eersteklaskaartje naar Engeland,' zegt Gus.

'Hoe was het?' Marnie is reuzebenieuwd; het idee dat je tijdens een oorlog met wat voor vaartuig dan ook reist is al eng genoeg, met al die vijandelijke onderzeeërs en gevaarlijke golven, maar in een gammele kajak?

'Het was lang en nat, en hij hield niet op met klagen,' zegt Gus.

Willem verslikt zich bijna in zijn bier. 'Zegt de man die weigerde nog één slag te peddelen zolang ik kajak niet leeg hoosde. Met een conservenblikje!'

Omdat Marnie erbij is, zetten ze het uitwisselen van halfhartige beledigingen wat dik aan, maar ze kan goed geloven dat deze twee al sinds hun schooltijd dikke vrienden zijn.

Gus leunt samenzweerderig naar haar toe. 'Ik raad je niet aan om voor Bakker te werken. Waarom kom je niet voor mijn afdeling werken? Wij zijn veel aardiger.'

'Laat dat, Vander!' zegt Willem quasi beledigd. 'Je mag mijn beste pianiste niet afpakken. Wij zijn een team, toch, Marnie?'

Een team? Misschien. Of komt het door het bier of het effect van De Hems dat Willem opeens zo toegeeflijk is? Ze glimlacht, voelt zich gevleid door de aandacht, maar blijft op haar hoede. Dat is hoe Marnie Fern het doet en dat zal misschien ook nooit veranderen.

Willem staat erop dat ze bij De Hems eten omdat het eten daar zo heerlijk is. Hij blijkt helemaal gelijk te hebben, want de stamppot die ze uit een zware, gietijzeren pan krijgt zit boordevol echte kip en groenten. Hemels.

'Ik hoop dat het kan tippen aan jullie geliefde Lyons,' zegt Gus tegen Marnie als hij tegen achten zijn mond afveegt en opstaat. 'Sorry, maar ik heb een vergadering.'

'Werk of ontspanning?' vraagt Willem met een kwajongensachtige ondertoon.

'Allebei, toevallig,' zegt Gus. Dan schudt hij Marnie de hand, knijpt hij even in Willems schouder, en is hij weg.

De barman ruimt hun tafeltje af en als hij zich eenmaal omdraait, blijft er niets anders over dan een lege tafel en het gebabbel van anderen.

'Ik moet er ook vandoor,' zegt Marnie. 'Jij hebt vast ook nog werk of een afspraak of zo.'

Willem schudt zijn hoofd. 'Toevallig niet. Vrij als een vogel vanavond. En aangezien Hitler nog niet langs is geweest, breng ik je naar huis. Als je dat tenminste goed vindt.'

'Dat is echt niet nodig...' Marnie dreigt overspoeld te worden door dat welbekende gevoel dat ze te veel is, het vijfde wiel aan de wagen, precies zoals ze zich vroeger ook altijd voelde. Het meisje dat eenzaam aan de rand van de dansvloer overblijft. Toen voelde het net zo ongemakkelijk als nu.

'Maar ik wil het graag.'

Zijn openhartigheid maakt een einde aan Marnies bedenkingen. 'En als we het per se zakelijk moeten houden, dan kunnen we over het werk praten.'

'Heb jij het niet koud?' vraagt Marnie als ze al een eind op weg zijn naar Regent's Park. Willem heeft zijn tweedjasje wel aan, maar geen overjas, en de wind zwiept tussen de gapende gaten van de gebombardeerde gebouwen.

Hij schudt zijn hoofd. 'Volgens mij heeft dat tripje in de kajak me daar voorgoed van genezen – Gus en ik waren zo doorweekt en hadden het zo vreselijk koud toen we aankwamen, dat sinds die tijd alles tropisch aandoet.'

'Dit? Tropisch?' Marnie staart in de zwaarbewolkte donkere lucht waar elk moment sneeuw uit kan vallen.

'Je snapt wel wat ik bedoel. Het is allemaal relatief, toch? Nog niet zo lang geleden voelde een burenruzie nog als oorlog, of dachten we dat een gammele trap gevaarlijk was. En toch las ik pas dat er meer mensen op straat omkomen als gevolg van de verduistering dan van de bombardementen.'

'Dat moeten we dan maar niet aan Hitler vertellen,' stelt Marnie voor. 'Anders denkt hij nog dat hij beter zijn best moet gaan doen.'

Zwijgend lopen ze langs een groepje mensen die op weg zijn naar de schuilkelder van station Great Portland Street, en verder naar het park waar een paar stelletjes gebruikmaken van de – tot nog toe – rustige avond.

'Heb je al over je reactie nagedacht?' vraagt Marnie na een tijd. 'Ik ga morgen seinen.'

'Naar Daisy?'

'Ja.' Naar wie anders? Tot haar verbazing heeft hij het er de hele avond niet over gehad. Waarom is hij zo terughoudend? Of is zij gewoon overgevoelig?

'Heeft Daisy de laatste tijd nog iets extra's gezegd?' vraagt hij in plaats daarvan nieuwsgierig – en niet beschuldigend.

Door de duisternis kan Marnie zijn gezicht niet lezen. 'Zoals wat bijvoorbeeld?' Tot nu toe dacht ze altijd dat de uitwisselingen tussen haar en Daisy onschuldig waren, alsof je met iemand een praatje maakt bij de bushalte. Misschien niet toegestaan, maar desalniettemin onschuldig.

'Over mensen om haar heen?' dringt hij aan. 'Over mij?'

'Ze vroeg alleen of ik dit bericht aan je wilde doorgeven. Aan Darcy. Verder niet.'

Hij ademt diep in, naar ze aanneemt van opluchting.

'We hebben al een tijdje het vermoeden dat er een lek is, en Daisy bevestigde dat met haar bericht. En voordat we weten wie het lek is, is geen enkele agent daar veilig. We proberen een basis voor het verzet te leggen, en nu blijkt dat iemand de fundering aan het slopen is.'

'Betekent dat dat je terug moet?'

'Dat zou ik heel graag willen, geloof me maar,' zegt Willem. 'Maar ik zit hier in feite vast. Ik heb geen toestemming, en ik bevind me nog niet in de positie dat ik agenten kan parachuteren. Het land is te dichtbevolkt en de Duitsers hebben een goed geplaatste luchtverdediging op de grond.'

'Je kunt altijd nog je kajak uit de mottenballen halen…'

'Ha! Ja, daar zeg je wat.' Glimlachend kijkt hij haar aan. 'Ik hou echt van mijn land, Marnie, maar zelfs ik waag het er liever op met de Gestapo dan met een paar roeispanen.'

'Dus… wat moet ik haar seinen?' vist Marnie weer. Waarom vertelt hij haar nou niet gewoon over Daisy? Hij heeft Gus, zijn beste vriend en vertrouweling, nu aan haar voorgesteld en langzaam maar zeker stelt hij zich wat meer voor haar open, dus waarom niet over de vrouw wier belangstelling door de radiogolven heen klinkt?

'Morgenochtend zal ik iets voor je klaarleggen, op de gebruikelijke plek,' zegt hij droog, waarna hij opeens doodstil blijft staan terwijl hij opkijkt naar Marnies raam in Bedford College. 'Marnie, heb je een gast?'

Ze volgt zijn blik naar boven, naar een lange gestalte die aan de zijkant van het raam op de eerste verdieping half schuilgaat achter het gordijn. 'O, dat is Oscar maar die zijn steentje bijdraagt.'

Verward kijkt Willem haar aan.

'Ik dacht dat hij een goed afschrikmiddel zou zijn voor ongewenste bezoekers zoals Mr Smith,' legt ze uit, maar realiseert zich dan hoe vreemd dat eigenlijk klinkt en hoe houterig Oscar eruitziet, met zijn pet op zijn kale hoofd. 'Maar misschien ga ik er te zeer van uit dat alle Duitse spionnen bijziend zijn?'

'Nou ja, ik moest echt wel even goed kijken,' geeft Willem toe. 'Oscar lijkt me voorlopig een prima logé. En Marnie?' voegt hij eraan toe terwijl ze haar sleutel in het slot steekt.

'Ja?'

'Denk je… heb je na vanavond wat meer hoogte van me kunnen krijgen?'

'Ja.'

Ze zegt het wel, maar meent ze het ook? Behoedzaamheid is Marnies leus. Meer dan ooit is Marnie Fern gedwongen om behoedzaam te zijn.

24

Het wroetende beest

13 *december 1940, Londen*

Marnie

Oscar wordt niet verplaatst. Marnie wordt een keer midden in de nacht wakker en een keer 's ochtends vroeg, en beide keren schrikt ze er niet van dat er een mannenfiguur achter haar gordijn rondhangt, maar stelt het haar gerust.

'Opa zei altijd al dat je goed kon luisteren,' mompelt ze tegen hem als ze aan haar schaarse ontbijt van oud brood en slappe thee zit.

Onderweg naar Broadcasting House schenkt de kioskhouder haar zijn gebruikelijke glimlach en houdt de *Daily Mirror* naar haar uitgestoken, die stijf aanvoelt door het pakketje dat erin gestoken is. Het liefst zou ze terug naar huis rennen om Willems berichten te ontcijferen, om uit te zoeken wat hij naar Daisy doorstuurt, maar ze weet dat ze een drukke dag voor de boeg heeft. Bovendien wachten Miss Roach en haar theepot op haar, en totdat Marnie handiger wordt met haar distributie-kaart is de betrouwbare secretaresse de kortste route naar een stevig bakje en een helder hoofd.

'Goeiemorgen,' zingt ze op de zesde verdieping.

Stilte. De kleine ketel voelt warm aan, maar het kantoor is leeg, totdat Raymond binnen komt waaien, op de voet gevolgd door Miss Roach die een stapel paperassen vasthoudt.

'Jij ziet er een stuk beter uit,' zegt Raymond. 'Hoe voel je je?'

'Ik voel me prima. Ik neem nog maar één aspirientje per dag.' Marnie vergeet soms zelf dat het pas vijf dagen geleden is dat ze ineengedoken op straat had gelegen en net zo goed dood had kunnen zijn. Haar slaap wordt echter verstoord door luchtaanvallen en niet door haar verwondingen, en haar gedachten zijn ook op heel iets anders gericht, maar dat hoeft Raymond niet te weten. 'En? Wat gaan we vandaag allemaal doen?'

De ochtend in de studio vliegt voorbij en ze heeft alleen tijd om snel in haar eentje te lunchen in de kantine. Ze pakt *The Spectator* erbij en buigt haar hoofd over de radioprogrammering terwijl ze haar ogen over de andere rijen met aanwezigen laat dwalen: producenten, secretaresses, programmaregisseurs en jongens van de postkamer.

Ze vraag zich af wie er nog meer is uitgekozen of benaderd door Mr Smith en kornuiten en hoeveel van hen er dezelfde ideeën op na houden, klaar om het Reich te dienen mocht de gevreesde invasie een feit worden. Niemand ziet eruit alsof hij zomaar zijn vaderland zou verraden, dus hoe zou je dat moeten weten?

Marnie krijgt bijna een hartstilstand als ze bij terugkomst weer een envelop op haar typemachine ziet staan. Haar oog wordt er direct naartoe getrokken, alsof het een lichtbaken is.

Hoewel de brief geadresseerd en gefrankeerd is, scheurt ze hem zo wild en geërgerd open dat Miss Roach haar verbaasd aankijkt. Dan blaast ze haar adem uit en kan ze weer normaal ademen: de brief is van Susie die haar uitnodigt voor Kerstmis.

Ik neem aan dat je niet naar Edinburgh gaat, schrijft haar nichtje. *Dus ben je hier op eerste kerstdag van harte welkom. De kinderen zijn ook nog thuis, en we willen je allemaal dolgraag zien.*

Kerstmis. Daar heeft Marnie nog helemaal niet bij stilgestaan. De winkels in het West End zijn allemaal zo goed en zo kwaad als het gaat versierd, maar doordat er zo veel winkelruiten zijn gesneuveld hebben de bomen en lichtjes toch een minder feestelijk effect. Dit is de tweede kerst in oorlogstijd en het is maar de vraag of Hitler, na de relatieve rust van Kerstmis '39, een opschorting inlast. Het is net zo goed mogelijk dat de brandweer en de ARP op eerste kerstdag weer op zoek moeten naar slachtoffers onder nieuwe puinlagen. Toch is ze blij met de uitnodiging en dat ze nu ergens naartoe kan. Blij ook dat Susie aan haar denkt en zo'n lieve vriendin is. Snel schrijft ze een briefje terug waarin ze de uitnodiging accepteert en dan werkt ze hard verder tot de werkdag er weer op zit.

Eenmaal thuis leest ze in Willems aanwijzingen dat ze naar een adres moet dat met de bus niet ver bij haar vandaan is en dat ze alleen nog tijd heeft om haar 'gereedschap' bijeen te scharrelen: haar kleine zendontvanger, een van de voorgeschreven boeken uit opa's kleine verzameling die zij en Daisy afwisselen, en natuurlijk de berichten zelf, die ze achter de tailleband van haar rok onder haar bloesje stopt. Die krijgt geen vijfde-colonnist te pakken.

In Islington doet een oudere vrouw de voordeur van een klein rijtjeshuis voor haar open en brengt haar tot haar vreugde niet naar een tochtige kelder, maar naar een achterkamer waar de haard brandt. Met een accent dat Marnie aan dat van Willem doet denken, vraagt de vrouw of ze thee lust. Ze schenkt een kop voor haar in en doet vervolgens zonder nog iets te zeggen de deur achter zich dicht.

Zelfs voordat het bericht gecodeerd is, is het een cryptische wirwar aan mededelingen: *De bloemen worden rond middernacht bezorgd*, of *De koffie zit in de derde thermos van rechts*. Het is een puzzel binnen een puzzel, maar ze neemt aan dat het iemand aan de andere kant wel iets zal zeggen. Alleen de laatste vermelding valt haar echt op: LM. *Hou je koest voor het wroetende beest. Zal proberen verdelgingsmiddel te sturen.* WS.

Opa was beter in de cryptogrammen die ze altijd samen probeerden op te lossen, maar er is niet veel fantasie voor nodig om te raden wat dit betekent: de mol. Maar ze ziet geen blijk van enige persoonlijke betekenis, geen woord rechtstreeks van Darcy aan Daisy, behalve het gebruik van LM en WS. Hun eigen geheim. Maar geen echte beloften. Ze probeert zich Daisy's reactie voor te stellen, dat ze zich vastklampt aan elk bericht dat ze krijgt. Voor een teken van hem.

Marnie weet dat ze veel te emotioneel betrokken is bij dit proces en dat dat niets voor haar is. De ongepolijste berichten zijn noodgedwongen kortaf om zo veel mogelijk de geheimhouding en de veiligheid van alle betrokkenen te waarborgen. Net zoals in zaken is er in tijden van oorlog geen ruimte voor emoties en ze probeert te veel op te maken uit het gekraak van de radiofrequentie en de stiltes. Misschien geeft Willem zo veel om Daisy dat hij haar pertinent op geen enkele manier in gevaar wil brengen? Alle voorzichtigheid betrachten voor iemand van wie je zielsveel houdt en die je tegen elke prijs wilt beschermen.

Dit is waar ze over peinst terwijl ze haar apparatuur installeert: het idee dat er misschien ooit op een dag ook iemand is die zo over haar denkt.

Terwijl ze wacht tot het tijd is zet ze de boodschappen over met behulp van de speciale bladzijden in *Northanger Abbey*, waarna ze op zoek gaat naar de juiste frequentie. Ze bereidt haar pianovinger voor en begint. Nadat ze de berichten van Nederlandse kant heeft ontvangen, volgen de paar kostbare seconden voordat ze het contact moeten verbreken. Marnie zit klaar om te seinen wat ze denkt dat Daisy zou willen horen, namelijk dat haar naam op Willems lippen ligt en dat ze in zijn gedachten is.

Zal ze het bericht mooier maken dan het is? Mag ze dat? Heeft zij dat recht? De stilte in haar oren maakt herrie.

Hoop dat je genoeg hebt voor een mooie kerst, seint ze in plaats daarvan.

Jij ook, luidt het morse-antwoord. *Warmte gewenst.*

Marnie verbreekt het contact en terwijl in de kamer ernaast de oudere vrouw het nieuws van de BBC aanzet, probeert zij weer te landen in Londen, in Engeland, en in de oorlog.

25

Het paleis van licht en donker

14 december 1940, Amsterdam

Corrie

Er is bijna geen nieuws van hem. Haar teleurstelling dat ze maar zo weinig contact met Willem heeft, verandert in de loop van de nacht in boosheid dat hij zo onpersoonlijk en kortaf reageerde op haar waarschuwing. 'Hou je koest' was het enige dat hij te melden had. Moet ze misschien toch weer haar zorgen voorleggen aan Rudy en Dirk en onderstrepen dat het belangrijk is? Wat haar tegenhoudt is dat instinct van haar dat haar dierbaren ten koste van alles wil beschermen. Diep vanbinnen weet ze dat het Kees zou kunnen zijn – haar eigen vlees en bloed – die tussen de lakens de geheimen lekt. Alleen al het idee dat haar eigen dochter hun beweging verraden zou kunnen hebben, al dan niet opzettelijk, doet haar huiveren onder haar dikke cape.

Sinds de uitwisseling van gisteravond doet Corrie haar uiterste best om te begrijpen dat Willem waarschijnlijk niets mag of kan doen van Londen. En hij weet natuurlijk niet dat Kees verdwenen is. Als ze dat zou vertellen, zou hij midden in de winter in de Noordzee springen en terug naar Nederland zwemmen om zijn zus te gaan zoeken. Kan Corrie hem dat aandoen? Hem de stuipen op het lijf jagen zonder dat hij in staat is te helpen uitzoeken wat er gebeurd is of Kees' veiligheid te garanderen?

Ook al kan ze het zich niet veroorloven om de inkomsten van ook maar één boek te missen, heeft ze de winkel weer gesloten en gaat ze nu alle cafés en winkels in hun kring van patriotten langs om navraag te doen naar haar vermiste dochter. Er zijn er maar weinig die haar hebben gezien en áls dat zo is, dan weten ze niet meer precies wanneer.

'Alsjeblieft,' smeekte Corrie steeds. 'Was het voor het ging sneeuwen of erna?' Maar de oorlog is allesoverheersend, het dagelijks leven dodelijk vermoeiend en wie let er nou op één bepaalde jonge vrouw? Corrie brengt spullen naar Hendrik in de dierentuin en struint dan naar de rosse buurt waar ze een paar vriendelijke avances moet afslaan voordat ze bij Café 't Mandje aankomt, een plek waar Kees vroeger vaak kwam. Vanwege de openlijk homoseksuele clientèle mag de gewone Wehrmacht hier niet komen, maar gek genoeg zitten er vaak officieren te drinken. En dat is precies waar Corrie zich zorgen om maakt.

'Ja, die heb ik wel gezien,' zegt de flamboyante eigenaresse van het café. 'Maar dat is al een paar maanden geleden.'

'Weet je zeker dat het al zo lang geleden is?' Corrie kan er niet bij dat haar dochter al zo lang in Amsterdam is en niet een keer naar huis is gekomen. 'Ging het goed met haar?' vraagt ze verder.

'Ja… maar ook weer niet,' zegt de barvrouw. 'Ik vond het vreemd dat ze met een naziofficier zat te flirten. Ik bedoel, die mogen hier wel komen – we hebben weinig keus – maar ze was óf dronken óf ze deed net of ze dronken was.'

Corrie verstijft. 'Was ze met iemand in het bijzonder? Iemand die je kende?' vraagt ze met verstikte stem.

Het gezicht van de barvrouw betrekt. 'Abwehr,' zegt ze, het woord vol afkeer uitspuwend. 'Blond. Zwaargebouwd. Sommigen zijn beleefd, maar hij is een vuilbek. En schreeuwerig.'

'Weet je misschien hoe hij heet?'

'Nee, sorry. Ik doe net alsof ik niks zie. Maar ik denk dat hij vaak in Café Americain komt, want hij bleef maar zeiken dat de drank daar lekkerder was. Dat-ie daar blijft, dan.'

Het feit dat Kees is gezien stelt Corrie enigszins gerust, maar de rest van wat ze heeft gehoord baart haar nieuwe zorgen. Waarom was Kees niet bij haar eigen moeder op bezoek geweest na terugkeer uit Den

Haag? Omwille van geheimhouding? Als ze op een missie was om een groep te infiltreren moest ze zich natuurlijk te allen tijde gedeisd houden. Of de andere mogelijkheid? Er is een doorslaggevend gevoel dat mensen die van elkaar houden uit elkaar drijft: schaamte.

Het is al donker als Corrie het café verlaat en de tram naar het Leidseplein neemt. Voor het majestueuze American Hotel blijft ze staan. Ze weet nog hoe het gebouw leek te schitteren, tot de oorlog het prachtige en levendige centrum van Amsterdam platlegde. Jarenlang werkte het grote bloemrijke American met zijn schitterende kamers als magneet voor rijke toeristen die graag kwamen dineren in de beroemde art-deco-bar vol spiegels en lichtjes en champagne schenkende obers in witte pakken. Nu trekt het naziofficieren plus – zo heeft ze zich laten vertellen – een groot aantal andere klanten van twijfelachtig allooi en is het de perfecte plek voor geheim agenten en spionnen om leugens en levens uit te wisselen. Een broeinest van spionage.

Maar Corrie wil daar niets mee te maken hebben. Eerlijk gezegd weet ze niet eens precies wat ze komt doen, behalve dan dat het hotel ook als een magneet op haar werkt. Kees is hier misschien geweest, en ze moet het proberen. Haar kleren zijn niet chic genoeg om naast de fraai uitgedoste dames in Café Americain te gaan zitten, maar haar vertrouwde zwarte cape is een handige dekmantel en verleent haar, naar ze hoopt, een mystiek air. Het moet er maar mee door. Voordat ze naar de ingang loopt, fatsoeneert Corrie haar blonde lokken en schraapt ze wat muntstukken bij elkaar om een kop koffie te kunnen bestellen. Dan strijkt ze haar wollen cape glad en loopt ze, midden in haar eigen stad, een volkomen vreemde wereld in.

Binnen bevindt ze zich direct in een decor van scherpe strakke lijnen, met overal glas dat de sprankelende lichten reflecteert maar toch zo subtiel is dat elk tafeltje privé lijkt. De hele ruimte schittert en gonst van levendig gelach en gepraat. Het is redelijk druk en Corrie kijkt naar de verschillende groepjes van mensen onder het hoge gewelfde plafond; naar het grijsgroen van de Wehrmacht en de Abwehr en het staalgrijs van de ss dat zich vermengt met het rood en turkoois van de dames in hun mooiste vooroorlogse kleding. Het zangerige gegiechel van de vrouwen en de diepe lach van de mannen stijgen als rook op van de tafels en getuigen van onbeschaamd geflirt.

Is dit waarvoor je hiernaartoe kwam, lieve schat?

'Eén persoon, mevrouw?' Een ober in een wit jasje loopt op Corrie af en lijkt met één blik te bepalen dat ze hier niet thuishoort, hoewel hij genoeg ervaring heeft om dat te verhullen met een glimlach.

'Ja, een tafeltje voor één persoon, alstublieft.'

Ze wordt naar een tafeltje in een nis geleid dat waarschijnlijk leeg is omdat het uit de loop ligt van de chique bups, en waarvandaan ze een goed uitzicht heeft op bijna elke tafel. Ze slaat de menukaart af en bestelt een kop koffie – waarmee ze direct door haar contante geld heen is. Nu maar hopen dat het de lekkerste koffie is die ze de afgelopen week gedronken heeft.

Corrie bladert lusteloos door de laatste *Libelle* die bij de ingang lag, zodat ze tersluiks het schouwspel kan gadeslaan. Wat moet ze nu? Ze heeft de wens noch de hoop om bij de tafel vol Duitse officieren in het gevlij te komen, dus blijft het personeel over: dat ziet en hoort alles en hoewel het gerucht gaat dat een aantal van hen samenspant met de Duitse inlichtingendienst, moet ze er maar van uitgaan dat er nog wat bedienend personeel rondloopt dat trouw is aan Nederland.

De ober zet haar koffie met zo veel zorg neer dat ze daar iets uit op meent te maken.

Hij draalt even en vraagt dan: 'Kan ik misschien nog iets voor u doen, mevrouw?'

Zijn vriendelijke manier van doen en zijn doordringende blik zenden een bepaalde boodschap. Wie weet heeft ze geluk.

'Ik ben op zoek naar iemand,' begint ze voorzichtig.

'Kan ik u daar misschien bij helpen?'

Corrie haalt de laatste foto van Kees, die met het korte koppie, tussen de bladzijden van het tijdschrift vandaan en schuift die naar de ober toe. Met half toegeknepen ogen buigt hij zich over de foto heen. Terwijl ze zijn gezicht afzoekt naar een blijk van herkenning kan ze zijn hersenen bijna horen kraken. *Alsjeblieft. Wat dan ook.*

'Volgens mij...' begint hij.

'Ja?' *Alsjeblieft.*

'Ik weet zeker dat ze hier een paar keer geweest is,' zegt hij. 'Ja,' voegt hij er overtuigder aan toe. 'Haar haar zat anders, dat was langer. Maar ik herken haar gezicht. Heel mooi. Dat was, eh... even denken... vorige week, geloof ik. Maar daarna niet meer.'

Vorige week! Carries hart maakt een sprongetje. Zo kort geleden had niemand haar gezien. 'Was ze hier samen met iemand?'

Zijn blik wordt donker en hij laat zijn stem dalen totdat hij tussen opeengeklemde kaken en met een nepglimlach fluistert: 'Kijk eens achter me. Aan een van de middelste tafels, een beetje naar rechts, zit een man. Samen met twee andere officieren en drie dames. Blond. Ziet u?'

Corrie tuurt de zaal in. De meerderheid van de mannen is natuurlijk blond: perfecte Duitse exemplaren met een scherpe kaaklijn en een witte, innemende lach.

'Die brede,' verduidelijkt de ober. 'Die met die grote mond.'

Nu ziet ze hem. Hij overheerst in een groepje van zes, dringt zich op, blaast sigarenrook de lucht in terwijl hij zijn hoofd in zijn nek legt en lacht – brutaal, luidruchtig en erg overtuigd van zijn eigen aantrekkelijkheid. De vrouwen giechelen om hem en versterken daarmee de aura van macht die hem omringt.

'Weet u wie hij is?' vraagt Corrie, die voelt dat de ober graag weg wil. Als hij te lang blijft rondhangen, komt hij misschien in de problemen.

'Abwehr.'

Ze had zich er al op voorbereid, maar toch voelt ze een steek in haar hart. 'Een naam?'

'Selig. Lothar Selig. Vaste gast hier.'

De steek verandert in een ijzeren greep om haar borstkas die haar een paar ogenblikken de adem beneemt, tot de ober zachtjes kucht.

'O, het spijt me,' zegt ze. 'Ik heb wel genoeg voor de koffie, maar niet voor...'

'Nee, ik hoef geen geld. Ik ben blij dat ik kon helpen, maar ik denk dat u beter snel kunt gaan.' Hij schudt even met zijn hoofd wanneer ze haar portemonnee pakt om de koffie te betalen. 'Beschouw het maar als een geschenk voor Nederland.'

'Dank u. Heel hartelijk dank.'

'Ik hoop dat u haar vindt,' zegt hij, en hij pakt het lege kopje van tafel. 'Ze was altijd heel vriendelijk en beleefd. Ik had het gevoel dat ze zich hier nooit echt thuis voelde.'

Corrie staat op, opgelucht dat er nieuws was, maar terneergeslagen om de mogelijke consequenties voor haar dierbare dochter en voor het verzet.

'Kijk uit voor hem, hoor,' voegt de ober er nog aan toe voordat hij zich omdraait. 'Het is geen aardige man. Absoluut niet.'

Eenmaal buiten in de zwart-witte wereld haalt Corrie diep adem in de hoop dat de vrieslucht haar onrust wegvaagt. Er dendert een Duitse militaire vrachtwagen voorbij die grijze uitlaatgassen de witte wereld in spuugt en dan dringt de bittere waarheid tot haar door: geen mens wordt tegen zijn zin naar het Americain gesleept. Het kan niet anders dan dat Kees een van die vrouwen was die Seligs ego streelden met valse aanbidding, die hem naar de arische mond praatten. Wat was precies haar plan?

Corrie herinnert zich Dirks ernstige blik en zijn bewering dat het verzet Kees geen toestemming had gegeven om naar Amsterdam te gaan.

Dus wat had ze zich nu precies op de hals gehaald? Belangrijker nog, als Selig hier zo pontificaal zit, waar is Kees nu dan?

En wat kan ze er in vredesnaam aan doen nu Willem er niet is?

26

Kies kaas met kerst

Eerste kerstdag 1940, Londen

Marnie

Ze zitten – of liever, zoals gebruikelijk op een normale eerste kerstdag: hangen – rond de radio terwijl Susies kinderen aan hun voeten spelen met hun schamele nieuwe speeltjes. Koning George doet zijn best om op ongemakkelijke, stijve toon de koninklijke kerstboodschap over te brengen en heeft het over ontberingen en degenen die niet thuis zijn, over de gehavende dorpen en steden in heel Groot-Brittannië en de massa-evacuatie van kinderen, waarop Susie meteen begint te kreunen.

'… bewandelen wij het pad naar de overwinning, en met Gods hulp zullen we onze weg naar rechtvaardigheid en vrede vinden,' eindigt de koning.

'Wat moet hij anders?' mompelt Susie met haar hoofd op Arthurs schouder. 'Hij moet toch iets bemoedigends zeggen.'

Ze zijn allemaal moe en een tikje humeurig na kerstavond in een schuilkelder doorgebracht te hebben in de volle overtuiging dat Hitler langs zou komen, terwijl de Kerstman in de lucht de bommen ontweek en trouw zijn pakjes bezorgde bij al die opgewonden kinderen. Londen ontsnapte aan een pak rammel terwijl Manchester de meeste ongevraagde cadeaus van de Luftwaffe kreeg, maar toch werd er niet veel geslapen. En in tegenstelling tot het jaar daarvoor, toen er nog meer dan genoeg voedsel en cadeautjes waren, leek alles deze keer maar magertjes. Cadeaus uit de winkel waren bijna allemaal gemaakt van papier, dus had Susie de oude naaimachine van haar moeder tevoorschijn gehaald om een lappenpop voor Elsie te maken – of iets wat daarvoor moest doorgaan – en een soldaat voor Michael.

'Ze hebben ook een eng gezicht,' jammert Susie met een zucht wanneer de kinderen de poppen opzijgooien en met de papieren cadeaus verder spelen. 'Ik wilde dat ik iets van het talent van oom Gilbert had – die wist altijd wel raad met dit soort toestanden.' Ze realiseert zich te laat dat haar woorden pijn doen en wrijft meelevend over Marnies rug, terwijl ze haar met de andere hand een zakdoek aanreikt. 'Joost mag weten wat ik moet doen als straks kleding op de bon gaat. Dan lopen we allemaal rond in mijn zelfgemaakte vodden.'

De gedachte aan Susies zelfmaakmode maakt iedereen aan het lachen en doet Marnie even vergeten dat dit de eerste kerst zonder haar opa is. In plaats daarvan herinnert ze zich zijn gezicht zoals hij elk jaar met kerst aan tafel zat en aan iedereen zijn met de hand genaaide cadeaus uitdeelde.

Tot laat in de middag houdt Marnie een hand tegen haar bolle buik, want ondanks de rantsoenering en het gebrek aan enige vorm van gevogelte (te laat in de rij bij de slager om ook maar het kleinste kippetje te bemachtigen), hebben zij en Susie de tafel toch vol doen lijken, met dank aan de tips die ze heeft opgepikt tijdens al die uren bij *The Kitchen Front*. Marnie moest denken aan de 'Kies kaas!'-reclame in de bioscoop, dus hadden ze bloemkool met kaassaus gemaakt in plaats van het gebruikelijke gebraad en ontzettende lol gehad. Arthur had nog wat worstvlees op de kop weten te tikken, waar ze een aardige vulling van hadden gemaakt. Marnie had de winkels afgeschuimd om sinaasappels voor de kinderen te zoeken, alleen Michael moest het doen met een grapefruit. Het is niet perfect, maar zeker goed genoeg. Al was het alleen maar omdat ze in elk geval samen zijn.

Marnie heeft aangeboden om de volgende dag te werken – samen met wat anderen die geen man of vrouw hebben en de bbc draaiende willen houden – dus is ze nu extra gemotiveerd om plezier te maken en van haar familie te genieten. 'Is er nog sherry, Susie?'

Naarmate de dag vordert, dwalen haar gedachten af naar Willem en naar wat hij aan het doen is. Ze hoopt dat hij kerst viert met Gus en met de andere Engelandvaarders bij De Hems om het gemis van thuis en zijn familie te verzachten. Als hij die tenminste heeft. Degenen over wie hij niet wil praten.

Tweede kerstdag in Broadcasting House is wisselend druk en varieert van bezigheden in de studio tot urenlang gehuld in een winterjas administratie doorploegen in een leeg kantoor. In de gangen en sommige kantoren is het ijzig koud omdat er nog steeds gewerkt wordt om het vlaggenschip van de BBC te herstellen, maar gelukkig zijn de bommenwerpers de vorige avond weggebleven en heeft de hele familie in hun eigen bed kunnen slapen.

Nu ze hier zo in de stilte zit, vraagt Marnie zich af met wie Miss Roach haar kerst doorbrengt. Raymond had gezegd dat hij bij 'vrienden' op bezoek ging, maar in het verleden bood Miss Roach ook altijd aan om met kerst te werken. Zou zij ook een nieuwe vriend hebben? Marnie vraagt zich wat harteloos af of dit voor haar een teken is dat ze de rol van oude vrijster nu maar officieel op zich moet nemen. Ze heeft meteen een hekel aan zichzelf dat ze zoiets kan denken.

Daarom concentreert ze zich maar op het positieve: morgenavond heeft ze contact met Daisy. Het vooruitzicht van meer menselijke warmte helpt haar door het gevoel van eenzaamheid heen.

Ze is er niet.

Het is de avond van de zevenentwintigste – een dag die geen betekenis heeft rond Kerstmis – als Marnie een aantal keren van en naar de juiste frequentie draait, met haar ogen op de wijzer en haar oren gespitst. Behalve het onontkoombare gekraak hoort ze niets. Ze leest de berichten nog eens door die ze had opgehaald bij een afgesproken veilige plek vlak bij de gesloten krantenkiosk; het is de juiste dag en in de instructies stond niets over een onderbreking in verband met kerst, aangezien de oorlog en de bezetting in Nederland ook niet onderbroken worden.

Ze controleert de batterijen van de radio, precies zoals ze tijdens haar opleiding heeft geleerd. Die doen het goed en ze pikt inderdaad flarden op van contacten op andere frequenties. Wat is er dan aan de hand? Waar is Daisy, haar tegenhanger, haar link met iets belangrijks buiten haar belevingswereld?

Marnie voelt haar hart samenknijpen terwijl ze zich de gekste dingen in haar hoofd haalt en zichzelf maar ternauwernood kan geruststellen: Daisy is gewoon een beetje laat. Ze wordt opgehouden. Zij heeft ook een leven naast de radio. Ja, dat zal het zijn. Ze zit bij familie en is de tijd vergeten. Het is dan wel oorlog, maar dat wil niet zeggen dat mensen zich niet kunnen vermaken, toch?

Het is ijskoud in de kelder van Bedford College – Willem had voorgesteld om tot het nieuwe jaar vanuit het college te seinen, mogelijk met de gedachte dat zelfs fervente vijfde-colonnisten vast iets te vieren hebben – maar ze blijft het elke vijf minuten proberen, diep weggedoken in haar jas en sjaal. Na een uur zijn Marnies vingers zo stijf van de kou dat ze nauwelijks nog aan de afstemknop kan draaien, laat staan een bericht uittikken.

Nog steeds geen bericht. Daisy zwijgt – of is tot zwijgen gebracht. Welke van de twee zou het zijn?

Ze pakt haar zendontvanger in en kruipt boven haar bed in. Tegen tienen is het duidelijk dat Hitler Londen vanavond weer ontziet. Toch hangt de hoeveelheid slaap die Marnie krijgt niet af van de Führer, maar van de vraag of ze Daisy's verdwijning uit haar gedachten kan zetten.

27

Lieve schat

27 december 1940, Amsterdam

Corrie

Later kwam Corrie erachter dat de politieagent heel wat moeite had gedaan om haar en Felix te vinden. Ze zaten twee deuren verder bij de familie Meijer, waar ze al hun eten en brandstof hadden verzameld om een enigszins fatsoenlijke warme maaltijd in elkaar te flansen met een beetje luxe. Vooral Felix wilde ze een klein beetje verwennen omdat dit de eerste kerst zonder zijn ouders was, maar dat was een hele klus, aangezien ze elk beetje extra naar Hendrik en de anderen in de dierentuin had moeten brengen. De agent bleef stug bij alle buurtbewoners aankloppen totdat hij haar gevonden had, en Corrie wist precies waarom zodra ze zijn sombere uitdrukking zag.

'Het spijt me, maar u moet het lichaam identificeren. Nu, graag.'

In het mortuarium is het niet zo koud als op straat, maar toch ziet Corrie haar eigen adem wit afsteken tegen de tegels, die gelig zijn van de chemische reinigingsmiddelen. De geur die er hangt kan ze niet omschrijven, maar als 'troosteloos' een geur heeft, ruikt het zo. Elke vezel van haar lichaam is strakgespannen van gruwel, haar mond dichtgeperst. Dan ontsnapt haar tussen opeengeklemde tanden door een jammerlijk gekreun, als een giftig miasma, onbeheerst en vol pijn.

Ze ziet er net zo mooi uit als zevenentwintig jaar geleden, toen ze voor de kachel in de keuken uit Corrie kwam, roze en prachtig met haar donkere bolletje. Zo'n veelbelovend nieuw leven – zo'n vreselijk contrast met het voldongen feit van de dood. Het korte haar is langer en haar huid ziet bleek, een beetje viezig, maar het valt niet te ontkennen dat Kees een schoonheid is, met die grote donkere ogen en de lange zwarte wimpers. Opeens bedenkt Corrie dat haar schitterende dochter nu nooit oud zal worden en geen rimpels zal krijgen, en dat dat eigenlijk maar goed is. Die rustgevende gedachte is maar van korte duur, want ze raakt de kleine hand aan met de afgekloven nagels en voelt hoe ruw ze zijn geworden sinds ze die de laatste keer vast hield. IJskoud ook. Dan echoot haar gepijnigde gehuil tussen de muren van het mortuarium terwijl de oververmoeide en overwerkte lijkbezorger daar maar staat te wachten tot Corries uitingen van rouw zijn overgegaan in schor gefluister.

'Weet u zeker dat het zelfmoord was?' vraagt ze zodra het haar lukt om woorden te vormen.

De lijkbezorger knikt. 'Ze is gevonden in een verlaten winkelpand,' zegt hij. 'Eerst dacht men dat ze aan de kou was overleden, maar er lagen lege flessen om haar heen en ze had geen verwondingen.' Hij hoeft niet uit te weiden over de inhoud van de flessen. 'Er is ook een briefje gevonden,' voegt hij er schaapachtig aan toe.

'Mag ik het zien?'

'Weet u het zeker?'

'Heel zeker,' zegt ze beslist.

Natuurlijk wil ze de laatste wanhopige gedachten van haar dochter niet lezen, van een vrouw die zo van streek is dat de dood haar enige optie is. Maar Corrie heeft een verklaring nodig. Een reden voor dit verlies.

Haar handen verstijven als ze het grove bruine papiertje aanpakt dat vol vlekken zit en verkreukeld is. Ze kan zich er nauwelijks op concentreren, maar het is duidelijk Kees' handschrift, met grote, ronde klinkers die beverig opgeschreven zijn.

Het spijt me. Ik kan de schaamte niet verdragen, niet verdragen dat ik jullie allemaal heb teleurgesteld. Ik heb geprobeerd te helpen – dat zweer ik. Maar ik was naïef en sommige mensen zo wreed. Ik kan anderen niet nog meer voor me laten opofferen. Vergeef me alsjeblieft.

Corrie drukt het tegen haar borst aan, haar gezicht nat van stil verdriet. Het enige geluid is dat van de tranen die op de vloer vallen. De lijkbezorger schuifelt ongemakkelijk heen en weer, alsof hij nog iets afschuwelijks te melden heeft. Arme man, denkt Corrie als ze naar hem kijkt. Wat vreselijk om dit dag in, dag uit te moeten aanzien. Het is duidelijk dat hij het briefje heeft gelezen en dat haar vrienden en familie antwoorden nodig hebben in deze tijden van onzekerheid.

'Was... was ze getrouwd?' vraagt hij voorzichtig.

'Nee. Waarom?'

Hij is zichtbaar niet op zijn gemak. 'Nou ja, het feit wil...'

'Ze was zwanger.' Corrie verlost hem uit zijn lijden en hoort zijn zucht van opluchting in de ruimte weerklinken. Haar moederinstinct zegt het haar.

'Ja,' zegt hij. 'Maar niet lang. Nog geen drie maanden.'

Corrie is geschokt, en ook weer niet. Het verklaart een hoop: Kees' vertrek uit Den Haag, het feit dat ze niet naar huis was gekomen, haar brieven. *Ik heb een doel in deze ellendige oorlog,* had ze geschreven. Op dat moment was het te vroeg geweest om te weten dat zich diep vanbinnen een baby had genesteld, om te bemerken dat er misschien wel een duistere schaduw in haar zat. Het kan niet lang daarna geweest zijn dat ze het ontdekt had. *Ik kan de schaamte niet verdragen.*

Is dat alle schande waar ze op doelde? En was Selig de vader? Wás – want er is nu geen hoop of leven meer dat hieruit voort kan komen. Geen adem van Kees om het kleine wezentje te voeden. Geen schaamte die aan het licht komt.

Corrie knerpt over de stoepen vol platgetrapte sneeuw naar huis. Het pure wit is grijze smurrie geworden en daarna weer bevroren zodat er een smerige harde laag overblijft. *Alles in deze wereld is smerig,* denkt ze.

Vuil. Ze ziet vreselijk op tegen de nacht omdat ze weet dat haar hoofd de meest wanhopige, dromerige plaatjes van Kees zal ophalen die haar tot de vroege uurtjes op de rand tussen waken en slapen zullen houden. Ze moet openlijk rouwen. Ze moet het delen. Meer nog dan dat moet ze het Willem vertellen en hem naast zich voelen.

Ze dwingt zichzelf om bij haar positieven te komen en ziet dat ze haar seintijd met Lizzy heeft gemist, maar zelfs Daisy kan haar verdriet niet in morsecode duiden. Corrie heeft nog een mogelijkheid, een laatste redmiddel om in geval van nood contact te maken met Engeland en hem hiernaartoe te laten komen. En als dit geen noodgeval is, weet ze niet wat dat wel zou moeten zijn. Zijn zus is niet alleen dood, ze was ook een pion die voordat ze stierf mogelijk geheimen heeft gelekt aan de vijand van Nederland. Corrie slikt de harde werkelijkheid over haar dochter in, maar zelfs door haar grenzeloze verdriet heen weet ze dat het niet meer om haar of om Kees gaat, maar om hen allemaal. Om Nederland en het Nederlandse volk. Kees heeft de ultieme prijs betaald en Corrie moet zich vastklampen aan het idee dat zij net zo goed het slachtoffer is geworden van deze oorlog als iemand die door een bom getroffen wordt.

Wat Kees ook voor schade heeft aangericht, ze moeten er iets aan doen. En daarvoor hebben ze Willem nodig.

En Corrie zelf ook.

28

Terug in de kelder

28 december 1940, Londen

Marnie

Zelfs Raymonds nasudderende kerststemming maakt Marnies eindeloze dag niet korter. Om het kwartier, of korter nog, kijkt ze op de klok. 'Is er iets?' vraagt hij. 'Je kunt vandaag geen rust vinden, hè?'

'Ach, die arme Susie moet snel een besluit nemen over de evacuatie van haar kinderen,' liegt ze. Het is niet helemaal gelogen, maar het lijkt al een hele tijd geleden sinds ze Raymond de waarheid over iets heeft verteld.

'Ik zou iets met je gaan drinken als ik geen andere afspraak had na het werk,' zegt hij.

'Ik heb ook een afspraak. Maar lief dat je aan me denkt.'

Ondeugend trekt hij zijn wenkbrauwen op.

'Nee, zo zit het niet. Het is gewoon een vriend,' zegt ze.

In het donker is het best moeilijk om de gevel van De Hems te herkennen. Alleen het geroezemoes dat door de dikke houten deuren heen komt wijst erop dat Marnie op de goede plek is aangekomen. Aangezien ze geen woon- of werkadres van Willem heeft, is dit de meest logische plek om haar zoektocht naar hem te beginnen. Zodra ze binnenkomt, voelt ze de warmte en gezelligheid over zich heen spoelen. Met haar ogen zoekt ze de menigte aan de bar af naar een opvallende gouden bos. Alleen zijn bijna alle mannen hier lang en blond, met die typisch noordelijke uitstraling; Willem noemt dit terecht een ontmoetingsplaats voor ontheemde Nederlanders.

Als ze een heel lichte kop met haar boven de anderen ziet uitsteken, loopt ze ernaartoe. Gelukkig herkent Gus haar als ze zich bij zijn kleine groepje aansluit.

'Marnie,' zegt hij, duidelijk verbaasd. 'Hallo. Kan ik je iets te drinken aanbieden?'

'Nee, dank je wel.' Haar ogen dwalen door de ruimte. 'Ik ben op zoek naar Willem. Heb jij hem gezien?'

'Sorry, maar je hebt hem net gemist. Hij is zo'n tien minuten geleden weggegaan.'

Verdomme! 'Weet jij waar ik hem kan vinden?' vraagt ze dwingend.

Gus neemt haar bij de arm en trekt haar een eindje bij zijn groep vandaan. 'Is er iets?' fluistert hij in haar oor.

Moet ze het hem vertellen? Willem staat er altijd op dat ze geheimhouding betrachten. 'Vertrouw niemand' lijkt zijn levensmotto te zijn. Maar dit is Gus, zijn beste vriend. Hij en Willem werken misschien niet voor dezelfde afdeling, maar hij is wel een Nederlander. En van het verzet. Marnie daarentegen is in haar eentje, voelt zich alleen en heeft dringend een medestander nodig.

'Ik zou gisteravond met Daisy seinen,' begint ze.

Gus knikt, alsof hij de naam kent en misschien zelfs weet wie er achter die naam zit.

'Ze was er niet.'

Hij kijkt haar met een nietsziende blik aan. 'Nou en? Ik begrijp het niet.'

'Ze is er altíjd,' benadrukt Marnie. 'Ze is altijd op tijd. Ze laat ons nooit zitten.'

'Maar je weet toch – je kunt je toch voorstellen – hoe het daar nu is,' zegt Gus zachtjes. 'Er kunnen zo veel redenen zijn waarom ze jullie afgesproken tijd gemist heeft.'

'Ja, dat weet ik wel, maar…' Hoe moet Marnie nu in vredesnaam hun band uitleggen? Hún band, waarvan Marnie niet eens weet of Daisy die ook wel voelt maar die ondanks de vele kilometers afstand toch duidelijk en krachtig overkomt. Ze kan toch moeilijk verwachten dat Gus daar iets van begrijpt?

'Ik wil alleen dat Willem het weet,' zegt Marnie in plaats daarvan. 'Ik moet het hem zo snel mogelijk vertellen. Ik bedoel, ik heb het gevoel dat ze iets speciaals hebben, dat Daisy…'

Net als Gus zijn mond opendoet om iets te zeggen, wordt hij onderbroken door een enorm lachsalvo dat afkomstig is uit de menigte. Precies op het moment dat Marnie dacht eindelijk iets te weten te komen.

De herrie ebt weg en Gus' uitdrukking wordt ernstiger. 'Hij ging er wel vrij snel vandoor,' zegt hij. 'Iemand van zijn werk kwam hem een briefje brengen. Hij keek niet echt geschokt, maar zeker niet blij.'

'Zei hij nog iets?'

'Volgens mij hoorde ik hem zeggen dat hij naar Regent Street ging.'

'Een speciale plek?'

Gus schudt zijn hoofd. 'Dat zei hij niet, maar hij gaat daar af en toe naar een restaurant. We zijn allemaal heel voorzichtig met onze contacten, vooral Willem. Maar ik weet wel dat het in een kelder is.'

Kelder. Regent Street. Marnie doet snel een puzzeltje in haar hoofd en komt tot een nare conclusie. Het zal toch niet? De plek waar ze die vijfde-colonnist had ontmoet?

'Hungaria bedoel je?' vraagt Marnie.

Met zijn ogen tot spleetjes geknepen denkt Gus even na. 'De naam klinkt bekend. Ik ben er zelf nog nooit geweest, dus misschien heeft hij het wel een keer genoemd.'

'Dank je. Je hebt me enorm geholpen.'

Gus draait zich om om naar zijn groepje terug te lopen, maar bedenkt zich dan. 'Zal ik met je meegaan? Ik kan makkelijk…'

'Nee hoor, dat hoeft niet, dank je wel. Zoals je al zei maak ik me waarschijnlijk veel te druk.'

Toch kan Marnie zich niet van het gevoel ontdoen dat ze zich terecht zorgen maakt, en dat iemand zich wel degelijk heel druk moet maken om de oorverdovende stilte.

Na een korte wandeling, waarbij Marnie maar één keer over wat puin struikelt, ziet ze dat de ramen er bij Hungaria nog steeds in zitten en dat de reclame voor een bomvrije omgeving er ook nog steeds hangt. Stressvrij is wat Marnie het liefst wil, maar die luxe is achter deze deur voor haar ver te zoeken.

Het is zaterdagavond en dus een stuk drukker dan de vorige keer dat ze hier was. De kerstversiering maakt de hele aankleding van het restaurant nog opzichtiger dan die al was. Zo te zien zijn alle tafels bezet en is er van Willem geen enkel spoor.

'Goedenavond mevrouw, wacht u op iemand?' vraagt een ober.

'Ja, maar bij de bar.'

'Prima. Deze kant op, graag.'

Ze bestelt een gin-tonic – 'met veel tonic, alstublieft' – en doet net alsof het voor haar de normaalste zaak van de wereld is om op een man te wachten die beslist zal komen opdagen, met een bloemetje en een verontschuldigende zoen. In werkelijkheid heeft ze het gevoel dat er insecten onder haar huid rondkruipen en de gin smaakt naar zuur vergif.

Marnie doet een half uur met haar drankje, waar ze af en toe van nipt terwijl ze doet alsof ze druk met haar zakagenda in de weer is. Maar het is wel duidelijk dat ze zich heeft vergist. Hoe vaak ze ook voorzichtig de zaak af speurt, Willem is er niet. En dat terwijl ze net, bij De Hems, zo zeker was geweest van haar intuïtie. Achteraf gezien was het ook wat vergezocht: er zijn wel meer clubs in de buurt in kelders gevestigd. Misschien moet ze het spioneren maar aan de experts overlaten.

Ontmoedigd en te moe om haar zoektocht voort te zetten, besluit ze om een dringende boodschap bij de kiosk achter te laten en een tweede bezoek aan De Hems te wagen.

'Nog iets te drinken, mevrouw?' onderbreekt de ober haar gedachten met een medelijdende klank in zijn stem die hij waarschijnlijk bewaart voor teleurgestelde dames.

'Nee, dank u. Ik ga net weg. Hij zal wel opgehouden zijn.'

Hij knikt weinig overtuigd.

Als Marnie van de barkruk glijdt, valt haar oog op het 'slaapgedeelte' achter een discreet scherm – het is Hungaria's welbekende ruimte voor mensen die het niet erg vinden om na het diner te betalen voor een slaapplaats waar ze in alle comfort de luchtaanvallen kunnen uitzitten. Het is een schril contrast met de harde betonnen vloer van station Aldwych. Gelukkig komen beide schuilkelders vandaag niet in aanmerking aangezien het boven op straat stil is.

Dan valt haar oog op een deur achter het slaapgedeelte, die op dat moment opengaat. En daar is hij.

Hij staat voorovergebogen te praten met een man die aan een tafeltje zit en Willem ziet haar niet. Ze ziet beide heren vanaf de zijkant, maar pas als Willem in een stoel naast zijn gesprekspartner gaat zitten, komen beide gezichten duidelijk in beeld. De gelaatstrekken van de andere man kent ze maar al te goed, altijd open en behulpzaam. Ze kan de vertrouwde geur van tabak en haarolie bijna hier ruiken. Alleen kijkt hij gespannen en ernstig.

Wat doet Raymond hier? Afgezonderd in een achterkamer, op een plek waar ze al eerder een vijfde-colonnist had moeten afweren toen hij probeerde haar bij de BBC weg te kapen. En nog wel met Willem, een spion voor het Nederlandse verzet. Als hij dat tenminste is. En wat is Raymond dan?

Het duizelt Marnie en ze moet zich aan de barkruk vasthouden om op de been te blijven, terwijl ze in haar geheugen graaft om een plausibele verklaring te vinden voor dit bizarre schouwspel. Had Raymond haar niet ooit verteld dat hij in een restaurant in een kelder ging eten? Misschien is hij hier al eerder geweest. En wat kan ze daar dan uit opmaken? Tegelijkertijd verklaart dat niet waarom Willem hier is of wat de band tussen de twee mannen is. Zou Raymond al met valse beloftes van vrijheid overgehaald zijn? Dat idee is al erg genoeg, maar heeft ze soms ook haar vertrouwen in de verkeerde Nederlander gesteld, precies zoals Mr Smith een paar weken geleden al had geïmpliceerd? En wordt Marnie Fern ongemerkt omringd door vijfde-colonnisten?

Vol argwaan probeert Marnie te doorgronden wat ze voor zich ziet gebeuren, maar dan gaat de deur dicht. Heel even denkt ze erover om aan te kloppen of gewoon binnen te vallen, maar wat moet ze zeggen? Wat heeft het voor zin om hen hier en nu te confronteren? Bovendien lijken haar voeten in de grond verzonken en het kleurrijke tapijt golft voor haar ogen op en neer.

'Wilt u misschien wat water?' vraagt de barman. 'U ziet zo bleek.'

'Nee, dank u. Het gaat zo wel weer.'

Ze moet hier weg, naar boven, naar de buitenlucht om de slechte gedachten die ze heeft uit haar hoofd te laten waaien. Maar de trap kan ze niet aan en haar blik glijdt naar het damestoilet. De deur van de achterkamer gaat weer open en er komen twee fraai geklede dames naar buiten die naar het toilet lopen. Willem en Raymond ziet ze niet.

Plotseling voelt ze de dringende behoefte om water in haar gezicht te plenzen, dus loopt Marnie achter de vrouwen aan. Ze wacht een halve minuut voordat ze de deur van het toilet heel zachtjes opendoet en naar binnen sluipt – alsof ze weet dat ze zo stil mogelijk moet zijn. Ze verstijft als ze uit een van de drie hokjes gemompel hoort. De andere hokjes lijken leeg. Het gesprek stokt als er een lucifer wordt afgestreken. Er verschijnt rook boven de deur van het hokje en daarna wordt de conversatie hervat – in het Duits.

Aangezien Marnie talen heeft gestudeerd herkent ze de schraperige klanken, maar doordat er gefluisterd wordt verstaat ze alleen 'nein', en 'Berlin'. Het is irritant dat ze niet weet wat ze zeggen, daar verstopt in dat kleine hokje. Duidelijk of niet, die Duitse woorden zijn hoe dan ook weer een lelijke toevoeging aan deze moeilijke puzzel: Willem, Raymond, de taal van hun vijand en de vijfde colonne, allemaal samen op één plek. Hoe kan dat en waarom?

Wat zegt Willem altijd zelf? *Vertrouw niemand.*

Misschien heeft hij een goede reden om zo heilig in deze leus te geloven.

De deur van het damestoilet gaat weer open en er komt nogal luidruchtig een andere vrouw binnen, een gast die aan een van de tafels in het restaurant zat. Het Duitse gesprek stopt abrupt, waarop de deur van het slot wordt gehaald. Marnie kan zich net op tijd omdraaien en zich met hernieuwde energie naar de straat haasten. Om te ontsnappen. Om alles te verwerken. Om te bedenken wat ze in hemelsnaam nu moet doen en wie ze kan vertrouwen.

Wanneer ze Oscar thuis voor haar slaapkamerraam aantreft, bedenkt ze dat hij waarschijnlijk de enige vertrouweling is die ze heeft. Hij heeft misschien geen antwoorden, maar hij zal haar in elk geval nooit verraden of veroordelen.

Een paspop is waarschijnlijk de beste medestander die ze zich kan wensen.

29

Vrienden of vijanden?

Marnie

Die nacht hoort ze elke tik van haar wekker, totdat ze het om drie uur opgeeft een beker slappe thee zet, waarna ze het uurwerk in een la stopt zodat het eindeloze ritme van haar slapeloosheid gedempt wordt door haar truien. Ze dut weer wat in, maar om zeven uur is Marnie wakker en aangekleed, zij het een beetje suf van het slaapgebrek. Urenlang heeft ze liggen piekeren zonder op een conclusie of goede verklaring uit te komen. Heel vroeg in de ochtend had ze zichzelf wijsgemaakt dat Raymond en Willem elkaar puur bij toeval hadden ontmoet en alleen een potje zaten te kaarten. Was Raymond daarom de laatste tijd zo vrolijk? Maar als ze dieper in haar geheugen graaft, kan Marnie zich niet herinneren dat ze speelkaarten op het tafeltje van de twee mannen had gezien.

Niet lang daarna had ze zich plechtig voorgenomen om per direct alle contact met Willem te verbreken. Haar leven op het spel zetten voor mensen en volken die ze niet kende, dát kon ze er helemaal niet bij hebben. Weer een uur later worstelde ze als gevolg daarvan met een enorm gevoel van schaamte: met je kop in het zand steken won je de oorlog niet, en ook niet met lafheid. En hoe zit het met Raymond? Ze kan toch niet negeren wat ze heeft gezien? Ze moet weten of het echt verraad is.

Een blik in de spiegel in de badkamer vertelt haar dat ze er net zo uitziet als ze zich voelt: leeg en terneergeslagen, als een treurige sperballon die de geest heeft gegeven en over een platgebombardeerde ruïne hangt. Ze doet het laatste beetje van haar lippenstift op om haar mond op te fleuren. Aan haar ingevallen wangen en ogen kan ze niets doen.

'Wat denk je ervan, Oscar? Zie ik er in elk geval beter uit dan een zombie?'

Zoals altijd doet hij er wijselijk het zwijgen toe.

Na een bezoekje aan de kiosk, waar ze een bericht voor Willem achterlaat dat niets te raden overlaat – *MOET JE NU SPREKEN! ZOEK ME ZSM OP! NIET WACHTEN* – voelt Marnie er niets voor om terug naar huis te gaan, of om de zondag in Broadcasting House uit te zitten, voor het geval Raymond komt opdagen. Ze is er nog niet aan toe om hem te confronteren. Verder weet ze dat Susie vandaag naar haar schoonmoeder moet om te verdedigen waarom haar kinderen nog niet geëvacueerd zijn. De Hems gaat vanavond pas open, dus blijft er niet veel anders over dan Lyons. Net als opa vroeger vindt ook zij dat de perfecte plek om rond te hangen, vooral wanneer haar eigen voorraadkast leeg is.

Opgelucht neemt Marnie plaats aan een hoektafeltje op de tweede verdieping van Lyons op The Strand, met een tijdschrift en, helaas, ook haar hardnekkige complottheorieën als gezelschap. Wat zou het heerlijk zijn om echte afleiding te hebben.

Ze bebotert juist een scone als er een schaduw over haar tafeltje valt. Tenzij het een Nippy is die dertig centimeter gegroeid is, is het niet haar serveerster die een tweede pot thee komt brengen.

'Marnie, godzijdank dat ik je gevonden heb,' zegt een hijgende stem. 'Ik geloof dat ik elke Lyons in Londen heb gehad.'

'Gus! Wat doe jij nou hier?' Verbaasd gebaart ze dat hij moet gaan zitten. 'Sorry, dat klonk botter dan ik bedoelde. Het is alleen zo onverwacht.'

Met een rood gezicht laat hij zich op een stoel naast haar zakken, waarna hij een serveerster wegwuift. Voor plichtplegingen heeft hij geen tijd. 'Heb je hem gisteravond nog gevonden?' vraagt Gus dwingend. 'Willem?'

'Eh, ja,' begint ze. 'En nee. Hoezo?'

Gus haalt zijn slanke hand door zijn haar en veegt met zijn handpalm over zijn gezicht, maar de zorgelijke uitdrukking wrijft hij er niet mee weg. 'Ik weet niet wat ik moet denken... of moet vertellen...'

'Wat is er, Gus?' Marnies ongerustheid neemt snel toe. 'Zeg het me alsjeblieft.'

'Ik denk dat hij weg is. Willem is verdwenen.'

'Sinds wanneer? Waarom denk je dat?'

Hij zucht vanuit zijn tenen en leunt achterover op zijn stoel. 'We zouden vanmorgen samen ontbijten en dan een wandeling maken door Hyde Park om het werk te bespreken. Toen hij niet bij mij kwam opdagen, ben ik naar hem toe gegaan.'

'En?'

'Nou ja, hij heeft erg weinig spullen dus het is moeilijk te peilen of hij de tent heeft leeggeruimd, maar volgens mij is hij weg.'

'Hoe weet je dat zo zeker?'

'Hij had een kleine familiefoto naast zijn bed staan. Die is verdwenen.'

'O.' Een aantal ontbrekende puzzelstukjes vallen op hun plaats. 'Ik denk dat ik weet waarom. Of in elk geval gedeeltelijk.'

'Willem een spion? Een sympathisant van de nazi's? Daar geloof ik niets van.' Gus schudt verwoed zijn hoofd. 'Dat is onmogelijk.'

Zijn pas hapert even en zijn jeugdige gezicht betrekt terwijl deze mogelijkheid tot hem doordringt. Dan loopt hij stevig door over The Strand. Ze laten Lyons achter zich, nemen een zijstraat naar het Savoy Hotel en gaan dan verder naar de kade langs de rivier. Het duurt even voordat Marnie hem heeft bijgebeend. Gus staat met zijn gezicht naar de bruine modderige Theems toe die in de wind tegen de houten damwand beukt. Ze begrijpt hoe gekwetst hij zich moet voelen nu de herinnering aan hun vriendschap zo'n wrange bijsmaak heeft gekregen.

'Misschien was er wel een andere reden waarom hij bij Hungaria was,' begint ze, in de hoop dat Gus zal bevestigen dat Willem inderdaad undercover was en probeerde de vijand in de smiezen te houden. Dat het allemaal onderdeel is van het plan van de geallieerden.

Maar dat doet hij niet. 'Zoals wat, bijvoorbeeld?' snauwt hij verbitterd. 'Zoiets belangrijks had hij me absoluut verteld. Dat had hij nooit zomaar voor me achtergehouden.'

'Maar jullie werken toch voor verschillende afdelingen?' probeert Marnie, want ze weet dat Gus hier net zo onder lijdt als zij onder het mogelijke verraad van Raymond.

'Jawel, maar we werken allebei voor het verzet, we werken allebei voor Nederland. Dit soort geheimen hadden we niet. Nooit.' Gus draait zich naar haar toe, met zijn ogen vochtig van de storm. En van Willem.

Op dat moment kan ze maar aan één woord denken: vertrouwen. Of het gebrek daaraan. Willem Bakker lijkt niemand te vertrouwen.

'Denk je dat het misschien iets met Daisy te maken heeft?' vraagt Marnie.

De uitdrukking in zijn blauwe ogen verhardt. 'Waarom zeg je dat?'

'Omdat ze niet in de lucht is. Het voelde... voelt... niet goed. Ik kan het niet uitleggen, Gus.'

Hij tuurt in het water, waarna hij zich plotseling omdraait alsof hij weg wil lopen. Misschien vindt hij haar belachelijk, een dwaze fantast. Een onbeduidende pianiste die veel te veel achter een gemiste sessie zoekt.

Ze pakt hem bij zijn mouw. 'Waar ga je naartoe, Gus?'

'Ik moet hem zoeken.'

'Waar dan? Waar ga je zoeken?'

'Thuis. Hij moet naar Nederland gegaan zijn,' zegt hij. 'Als je inderdaad gelijk hebt, dan gaat hij Daisy zoeken. Ik ken hem. En God mag weten hoever hij gaat om haar te vinden.'

'Dan ga ik met je mee.' Ze zegt het voordat ze er erg in heeft, maar met volle overtuiging. Marnie Fern heeft er genoeg van om met de stroom mee te gaan, om altijd aan de zijlijn te staan. Het is natuurlijk volkomen waanzin – ze heeft geen idee welke gevaren of ontberingen er bij een dergelijke reis komen kijken – maar eerlijk gezegd kan dat haar niet schelen. Waar ze wél om geeft, zijn mensen. Daisy en, hoe hard ze er sinds gisteravond ook tegen vecht, ook Willem. Het is goed mogelijk dat hij betrokken is bij dit vreselijke verraad, maar dat wil ze dan van hem horen, in eigen persoon. Ze wil weten waaróm. En als het nodig is, wil ze zelf Daisy waarschuwen voor zijn verraad. Meer dan ooit is Marnie ervan doordrongen dat ze niet in een bunker wil blijven zitten wachten tot Hitler haar voor de vierde keer te grazen neemt.

En ze is nog nooit in haar leven zo zeker van haar zaak geweest.

De pauze van het Derde Rijk is blijkbaar voorbij. Die avond krijgt Londen een schrobbering zoals het in lange tijd niet gehad heeft. Als een armada komt de Luftwaffe aanzeilen om hun eigen feestverlichting voor oud en nieuw te leveren. Marnie kan het vanuit de cocon van de concertzaal horen. Daar is ze naartoe gegaan nadat ze afscheid had genomen van Gus en in de ijskoude kelder van Bedford College nog had geprobeerd contact te maken met Daisy. Ze hadden geen afspraak vandaag, maar ze moest het proberen, voor het geval Daisy aan het luisteren was. In nood was. Ze zijn nu eenmaal partners, en ze weet zeker dat Daisy voor haar hetzelfde zou doen.

Maar het bleef stil in haar hoofdtelefoon. Een stilte die onderbroken werd door het luchtalarm en de lage trilling van de zwerm bommenwerpers die ze beneden in de kelder kon voelen. Of het aan de gebeurtenissen van de dag lag of aan Marnies slechte humeur wist ze niet, maar de sirene klonk vandaag jammerlijker dan normaal. In werkelijkheid was het natuurlijk hetzelfde geloei als altijd dat de bewoners van de stad in hun holletjes jaagt en een nieuw Blitz-jaar voorspelt. De ondergrondse had ze ontweken en ze was in plaats daarvan naar de concertzaal van de BBC gerend omdat ze een dringende behoefte had aan bekende gezichten. Misschien wel voor de laatste keer?

Marnie slaapt onrustig. Ze wordt vaak wakker en wacht dan tevergeefs tot eindelijk het vaste ritme van gesnuif, gekuch en gesnurk begint. In deze dagen na kerst is het niet zo druk als anders, maar heeft ze wel zo veel mensen om zich heen dat ze zich beschermd voelt tegen het geweld buiten. Op zeker moment gaat het gerucht door de zaal dat St Paul's Cathedral geraakt is.

'Niet de koepel en niet de kerk – tot nu toe,' fluistert iemand in haar buurt, maar de volgende grote klap doet alle aanwezigen huiveren.

Voor het eerst in lange tijd, misschien wel sinds de dood van opa, is Marnie doodsbang dat ze precies onder zo'n bom terechtkomt. Dat idiote, zelfverzekerde gevoel dat haar niets kan gebeuren, heeft plaatsgemaakt voor de angst dat ze in het puin zal eindigen voordat ze de kans heeft gekregen om echt te leven.

30

Voorwaarts

Corrie

'Corrie? Corrie, word wakker. Ben je ziek? Word nou alsjeblieft wakker.' Er wordt voorzichtig aan haar schouder geschud en dan verschijnt Felix' magere gezicht boven de lakens. Met tegenzin dwingt Corrie zichzelf haar ogen te openen. Haar blik valt op een kringeltje stoom dat boven een beker uit komt. Deze lieve jongen die te volwassen is voor zijn leeftijd heeft iets te drinken voor haar klaargemaakt, hoewel het gissen is naar wat de slappe bruine vloeistof werkelijk is: thee, koffie of een ander vaag brouwsel. Toch neemt ze een slok en de bittere smaak brengt haar direct bij haar positieven.

'Corrie, zal ik buurvrouw Heuvel om hulp gaan vragen?'

'Nee,' zegt ze schor. 'Het gaat wel. Ik ben alleen wat verkouden, Felix. Maak je maar geen zorgen. Over een paar dagen ben ik weer beter.'

Het is geen verkoudheid en over een paar dagen is ze zeker niet beter. Want verdriet knauwt veel dieper dan een koutje; het grijpt zich vast aan elke ader en elk orgaan, en het vermorzelt je levenskracht tot je zelf het gevoel hebt dat je dood bent. Drie dagen lang, sinds die eerste koude, grimmige blik op Kees' dode lichaam, is de deur van de winkel dicht gebleven, branden er geen kachels, is de zendontvanger stil en bevindt Corrie zich in een maalstroom van dromen, herinneringen en slaapverlamming, niet in staat te eten of te praten, laat staan om iets anders te doen.

Nu ze het onzekere maar o zo liefdevolle gezichtje van Felix ziet, voelt ze zich schuldig: ze moet zorgen voor dit mannetje dat zo veel meer verloren heeft dan zij – zijn hele toekomst, bijna. Maar nee hoor, hij zorgt juist voor haar.

Het is genoeg geweest. Dat zou Kees ook tegen haar zeggen. Haar eigen dochter zou zich rot ergeren aan dit zelfmedelijden, aan het feit dat haar moeder alles en iedereen waar ze om geeft in de steek laat.

Haar schuldgevoel wordt er niet minder op als ze door het ijskoude huis loopt en ziet dat er bijna geen hout meer is, en dat ook de voorraadkast zo goed als leeg is.

'Ik zorg wel voor het hout,' zegt Felix gretig. 'Op de Noorderstraat staat een kar waar het wiel van afgebroken is. Ik neem de bijl mee, en dan ben ik zo weer terug.'

Als goede wil en enthousiasme spieren waren, was Felix een beer van een vent, maar in werkelijkheid kan hij met zijn magere armpjes nauwelijks de bijl optillen.

'Nee, ik ga wel,' zegt ze. 'Schil jij de laatste paar aardappelen maar, dan ga ik kijken of ik ergens groenten kan vinden. Misschien zelfs wel een stukje kaas. Wat vind je daarvan?'

Hij knikt enthousiast, altijd blij met het kleinste beetje eten en gezelschap. Corrie trekt haar cape aan, waarbij ze merkt dat er nog twee pakketjes in zitten: een boek dat ze beloofd had te zullen afgeven en een dunner pakje met bruin papier eromheen waar valse papieren in zitten, voor iemand die op een binnenvaartschip aan de Amstel woont. Dat had ze twee dagen geleden al moeten afleveren, bedenkt ze vol wroeging. Dan moet de kaas maar wachten.

'Felix, ik moet een pakje afleveren. Als het erg laat wordt, moet je maar naar hiernaast gaan, daar is het warmer dan hier.' Dan geeft ze hem een kus op zijn blonde bol.

Het is na vijven en dus al donker. Terwijl zij onder haar eigen deken lag, is er buiten een nieuwe laag sneeuw bij gekomen. De ijzige wind snijdt in Corries wangen als ze de grachtengordel afloopt, zigzaggend over de ijzeren bruggen om de nieuwe controleposten te ontwijken.

Onderweg koopt ze wat wortelen en uien, waarna ze zich haast om zo snel mogelijk de valse papieren af te leveren. Die lijken om onverklaarbare redenen een gat in haar cape te branden. Tijdens haar wandeling haalt haar geest de schade van de gemiste dagen in. Ze piekert over de gemiste leveringen en zendtijden, over de vraag of haar bericht via een diplomatiek contact Willem inmiddels heeft bereikt. Misschien is hij wel onderweg, via de landroute of via de Noordzee. Heeft ze er goed aan gedaan om contact met hem te zoeken? Rudy en Dirk zullen zeker zeggen van niet, en misschien Zeeza ook, maar haar moederinstinct is het daar niet mee eens. Hij moet het weten. Bovendien blijft de vraag wat voor schade Kees mogelijk heeft aangericht, en dat is iets wat ze met niemand anders in hun verzetscel kan delen.

Corrie voelt ook dat Lizzy zich waarschijnlijk zorgen maakt, net zoals zij zou doen als de situatie omgedraaid was. Vanavond zal ze de lucht in gaan. Het is dan wel niet hun afgesproken dag, maar ze zal van zeven tot tien ieder uur op het hele uur een paar minuten proberen contact te maken. Het is een riskante bedoening nu de Abwehr zo alert is, maar Lizzy zou het ook doen, dat weet ze zeker.

Eenmaal bij het juiste adres dwingt ze zichzelf om op haar hoede te zijn, precies zoals haar is geleerd. Het binnenvaartschip ligt strak langs de kade van de brede Amstel en is volledig in duisternis gehuld, hoewel de rook die uit de kleine metalen schoorsteen komt erop duidt dat er iemand aanwezig is. Ze kijkt nog eens goed, op zoek naar een belangrijker teken – een cactus op de vensterbank voor het verduisteringsgordijn, ten teken dat de kust veilig is. Die staat er, dus klopt ze acht keer aan in een bepaald ritme, waarna ze toegang krijgt tot het oranje warme binnenste van het schip. Het is zo warm dat haar adem stokt en haar bevroren vingers pijn doen. Een stel van middelbare leeftijd verwelkomt haar zonder enige vorm van wantrouwen – het is wel duidelijk dat ze aan dit ritueel gewend zijn.

'Ga zitten, mens, je bent bevroren!' zegt de vrouw zorgelijk.

Deze mensen heeft ze nog nooit ontmoet, maar ze onthalen haar alsof ze oude buren zijn, duwen een beker warme thee in haar handen en geven haar brood, misschien wel het enige brood dat ze in huis hebben. Zij haalt op haar beurt het bruine pakje uit haar cape en legt het in de uitgestrekte handen van de man, wiens vingers permanent onder de zwarte inktvlekken zitten. Ergens achter in zijn schuit moet hij een heel bedrijfje runnen waarmee hij nieuwe levens creëert voor mensen die afstand moeten doen van hun oude identiteit met papieren, paspoorten en distributiebonnen. Met zijn zwarte vingers is hij een ware mensenredder.

'Ik moet er weer vandoor.' Corrie drinkt haar beker leeg en staat op.

'Wacht even,' zegt de vrouw terwijl ze achter een tussengordijn duikt en verder de boot in loopt.

'O, ik heb niet begrepen dat ik ook iets moet ophalen,' hakkelt Corrie. De regels van het verzet zijn heel duidelijk: alleen de afgesproken uitwisselingen en niets anders.

'Nee, nee,' roept de vrouw vanachter het gordijn. 'Dit is voor jou. Waar heb ik het nou gelaten? Ik had het net nog…'

'Ik moet nu echt weg,' stamelt Corrie. 'Ik moet naar hu–' De haren in haar nek staan rechtovereind.

'Ah, hier is het!' zegt de vrouw triomfantelijk, en ze komt weer tevoorschijn met een brede lach en een rechthoekig pakje. 'Een goede ziel heeft ons een enorm stuk kaas gegeven, maar het is veel te groot voor ons. Hier, voor jou.'

Kaas! Daar zal Felix blij mee zijn! Het betekent ook dat Corrie op weg naar huis nu snel dat boek kan afleveren en dan gauw naar Felix kan, zonder nog langer in de sneeuw te hoeven rondstappen. Een klein beetje vriendelijkheid wordt zo een enorme gunst.

Corrie drukt het pakje tegen haar borst. De bedwelmende, nootachtige geur stijgt uit het papier omhoog en ze denkt aan thuis, aan Felix die met een grijns zo breed als zijn bord tegenover haar zit. Met alle afleiding hoort ze de stampende laarzen pas op het laatste moment op de besneeuwde gracht en meteen daarna op de steiger van het schip. De ongebreidelde angst op de gezichten van het echtpaar wijst erop dat dit geen valstrik is, geen verraad van hun kant. Ze doen geen enkele poging om iets te verstoppen of om te vluchten, want waar moeten ze heen? De inktzwarte gracht op, om vervolgens gedood te worden door kogels die de ijslaag op het water doorboren? In plaats daarvan pakt de vrouw heel rustig een footootje van de haard – een oud, beduimeld plaatje van twee kinderen – en schuift dat onder haar kleren tegen haar borst. Ze draait zich naar de man toe en fluistert: 'Ik hou van je,' en hoewel die woorden niet voor Corrie bestemd zijn, is ze toch dankbaar dat deze woorden er zijn en geuit worden en niet ten onder gaan in het gebrul van militairen, die slechts een paar seconden later de ruimte binnenvallen.

31

Betrapt

31 december 1940, Londen

Marnie

Met verkleumde vingers doorzoekt Marnie de archiefkast, terwijl de wind door de kapotte ramen van Broadcasting House in haar gezicht waait. De bittere kou vormt een scherp contrast met het zweet dat achter haar linkeroor naar beneden druipt. Elke keer als ze een geluid op de gang hoort, kijkt ze met ingehouden adem naar de deur en ademt ze pas weer uit als het gesprek wegebt. Ze heeft oudejaarsdag uitgekozen om de lege kantoren van de administratie binnen te sluipen omdat de secretaresses allemaal vakantie hebben. Toch schrikt ze zich om de paar minuten een ongeluk van al die mensen die door het gebouw dwalen. Er kan ieder moment iemand binnenkomen en haar betrappen tijdens haar duistere – en illegale – praktijken.

Eindelijk! Ze heeft het gele dossier gevonden waar de documenten in zitten die zij en Gus nodig hebben om het land te ontvluchten. Snel plukt ze er twee uit en stopt ze in de zak van haar overjas die tegenwoordig bij het dagelijkse uniform hoort, dankzij de ijzige temperaturen in de meeste vertrekken. Marnies hart klopt in haar keel als ze de gang in tuurt. Hoe doen inbrekers dit toch zonder hun gezondheid ernstige schade toe te brengen? Hebben die gewoon een sterker gestel of minder te vrezen? Nu moet Marnie alleen nog de schuldbewuste uitdrukking van haar gezicht halen en haar gebruikelijke vrolijke masker opzetten.

'Hé, hallo. Wat doe jij zo ver boven?'

O jezus.

Als Marnie zich omdraait ziet ze Raymond zijn best doen om haar in te halen met een stapel scripts onder zijn arm.

'O, ik kom alleen maar even iets naar personeelszaken brengen.' Opeens kijkt Raymond ernstig. 'Toch geen verzoek om overplaatsing, hoop ik?'

'Nee, nee.' Ze stamelt. Heel treurig. Ze moet zich weer helemaal herpakken – gezichtsuitdrukking, vastberadenheid, moed. Het is nu of nooit. 'Raymond, kan ik je even spreken? Het is vertrouwelijk.'

'Miss Roach is lunchen,' stelt hij haar gerust als ze hun eigen veilige kantoor binnenlopen, waar hij zijn pijp neerlegt. Zijn stem klinkt wat bezorgd.

Heeft hij soms geraden dat ze hem verdenkt van verraad?

Ze haalt diep adem en begint. 'Ik heb je gezien, Raymond. Bij Hungaria.'

'O.' Hij wendt zijn gezicht af en laat zijn schouders zakken.

'Is dat alles wat je te zeggen hebt?'

'Het is niet wat je denkt, Marnie.'

'Wat is het dan wel?' Ze hoort haar eigen stem omhooggaan van emotie. 'Vertel me alsjeblieft niet dat het toeval is, want ik ben daar door een verrader aangesproken die me voor zijn karretje wilde spannen, en in het damestoilet wordt Duits gesproken.' De woorden floepen eruit. Ze is zo boos dat ze haar tranen maar net kan bedwingen.

Raymond laat zich als een lappenpop op een stoel vallen, met zijn gezicht naar de grond. Hij duwt een hand door de paar haren die hij heeft en even denkt ze dat hij huilt, totdat hij langzaam opkijkt. Ze ziet geen woede, bitterheid of wilskracht in de trekken boven zijn dubbele kin. Alleen verdriet.

'O Marnie, ik wilde alleen…'

Ze kijken vliegensvlug om naar de deur en de politieagenten die er met grote snelheid en kracht door naar binnen komen, met ernstige blikken in hun ogen die duiden op stellige vastberadenheid. Marnie verstijft: heel even, één misselijkmakende seconde, denkt ze dat ze voor haar gekomen zijn.

'Mr Bladon? Mr Raymond Blandon?' zegt de leider beslist.

Hij knikt en krimpt tegelijk ineen. Bijna opgelucht, denkt Marnie.

'Wilt u met ons meegaan.'

Bij wijze van formaliteit geven ze de reden voor zijn arrestatie – 'samenzwering tot verraad in oorlogstijd' of woorden van gelijke strekking. De exacte formulering ontgaat Marnie wanneer ze bedroefd toekijkt hoe haar baas, haar mentor en held, in de boeien geslagen wordt en wordt meegevoerd, zijn hoofd gebogen van schaamte.

'Moet dat nou... met die handboeien?' vraagt ze smekend aan de agenten. 'Hij doet echt niets. Ik ken hem.'

Tenminste, dat dacht ik.

'Dat zijn de regels, mevrouw,' zegt de ondergeschikte agent oprecht spijtig.

Tegen de tijd dat Raymond bij de deur is, heeft hij al de tred aangenomen van een ervaren gedetineerde. Een schuldige. Dan aarzelt hij even en draait zijn hoofd om naar Marnie om haar recht in haar ogen te kijken. 'Sorry,' vormt hij met zijn mond. 'Het spijt me echt.'

Terwijl ze daar zo staat in dat lege kantoor, met de ketel die veel te stil is, vraagt ze zich onwillekeurig af: wat heb ik hier nu nog?

32

Het huis van bewaring

31 december 1940, Amsterdam

Corrie

Het is ijskoud, muf en vochtig in de cel en Corrie trekt haar trui over haar knieën terwijl ze opgekruld op een flinterdun matras op een houten bedplank ligt. Geen deken en geen toilet, alleen een smerige po in de hoek, plus een gat in het kleine raampje bij het plafond waardoor constant ijzige kou naar binnen waait. Ze hebben haar cape natuurlijk afgepakt, hoewel er niets meer in verstopt zat behalve het boek dat ze nog moest afgeven. Maar alleen al het feit dat er zakken in de voering genaaid zijn en dat ze gepakt is in de aanwezigheid van een verdachte vervalser zal haar nog wel even hier houden. In het beste geval viert Corrie oud en nieuw achter de tralies. In het ergste geval is er geen garantie dat ze het jaar 1941 levend doorkomt, of dat Daisy ooit nog in de lucht zal zijn.

Na Kees heeft ze geen tranen meer over. Bovendien schiet ze niets op met huilen, behalve dan de kortdurende warmte van de tranen die vervolgens koud op haar wangen opdrogen. Gek genoeg is ze niet bang voor zichzelf en is ze alleen bedrukt door een gevoel van onontkoombaarheid. Haar grootste zorg is Felix, wiens ernstige gezichtje steeds maar voor haar geestesoog opdoemt. Buurvrouw Heuvel zal vanavond wel voor hem zorgen, en hij is slim genoeg om morgen naar Zeeza toe te gaan en haar te waarschuwen. Maar verder...

De kern van hun groepje – Zeeza, Rudy en Dirk – vermoedt misschien al waar ze is. Niet dat ze er dan verder iets aan kunnen doen. Deze stinkende cel kan zich wel in elke nazigevangenis bevinden, maar toevallig weet Corrie precies waar ze haar naartoe hebben gebracht. 'Breng haar maar naar het Huis,' had ze de officier horen zeggen die haar gearresteerd had en de korte rit achter in de militaire vrachtwagen had haar vermoeden bevestigd. Het is bijna grappig, zo ironisch, denkt Corrie; het beruchte Huis van Bewaring ligt op een steenworp afstand van het luxueuze American Hotel aan het Leidseplein. Heel handig voor de officieren om zich voor het verhoren van die smerige verzetslui nog even tegoed te doen aan goede wijn en sigaren. Het is ook niet ver, gokt ze, van de plaats waar Kees waarschijnlijk haar eigen lot had bezegeld.

Haar enige troost is dat Kees hen vanavond niet verraden kan hebben; dat ze niet, zoals Corrie in haar bangste momenten had bedacht, de mol was. Het afdwingen van geheimen was met haar lieve meisje vergaan en ze had niets geweten van de verblijfplaats van de vervalser. Als Corries huidige omstandigheden haar iets duidelijk maken, dan is het wel dat 'het wroetende beest' nog steeds onder de mensen is.

Corrie begint zowaar van al het bibberen in slaap te vallen. Haar kuiten doen pijn en de uitputting lijkt haar ledematen te verdoven. Terwijl haar ogen dichtvallen, dringt nog een hoopvolle gedachte tot haar door: Willem. Zij mag dan inmiddels een verloren zaak zijn, maar het Amsterdamse verzet heeft hem meer nodig dan ooit tevoren – om zijn leiderschap en zijn doorzettingsvermogen.

Hoop is wat we nodig hebben, denkt ze. *Hoop dat je zult komen.*

DEEL TWEE

33

De sprong in het diepe

4 januari 1941, Lille, Noord-Frankrijk

Marnie

In levenden lijve zien ze er bijna lachwekkend uit, denkt Marnie. Tot nu toe had ze ze alleen op foto's gezien en in beelden op het bioscoopjournaal, dus het is heel surrealistisch om een echte Duitse soldaat te zien; met hun dikke grijsgroene overjassen, hun zware leren laarzen en ronde helmen lijken ze rechtstreeks uit een propagandafilm te komen van het Britse ministerie van Informatie. Ze verwacht dat er ieder moment iemand '*Cut!*' kan roepen en er een groepje acteurs in de richting van de kantine zal rennen.

Pas als een van deze exemplaren salueert of zijn ogen over de mooie vrouwen die voorbijlopen laat glijden of mensen in hard Duits of gebrekkig Frans aanspoort om door te lopen, dringt de realiteit tot haar door. Dit staat haar land ook te wachten als de oorlog verloren wordt, de duistere toekomst die de Britten in de eindeloze nachten van de Blitz zo vrezen. Inmiddels heeft Marnie de bombardementen verruild voor een gedetailleerd beeld van de vijand en hoe zijn ogen dreigend in het rond kijken vanonder de rand van zijn helm.

Gus trekt haar aan de arm. Hij heeft zijn witblonde haar gemillimeterd en lichtbruin geverfd, net als zijn wenkbrauwen, en voor de zekerheid heeft hij ook een slappe vilten hoed op. 'Kom op,' zegt hij. 'Perron drie is deze kant op.'

'Ja, natuurlijk.' Ze dwingt zichzelf om zich te concentreren op wat ze nu moet doen, recht haar rug en plakt een glimlach op haar gezicht, blij dat ze daar zo veel ervaring mee heeft opgedaan bij de BBC.

Ze zijn nu al twee dagen in Lille, hoewel ze van de straten en de mooie bezienswaardigheden niets hebben meegekregen. Het veilige huis waar ze verbleven was een appartement met afbladderend pleisterwerk langs zo'n typische brede verkeersweg net buiten het centrum. De jachtige drukte van het centraal station van Lille en de grote, galmende hal zijn dus een ware aanslag op Marnies zintuigen, en een ontgoocheling gezien de aanwezigheid van de enorme hoeveelheid Duitsers in de stad die ze altijd al zo graag wilde bezoeken. Maar dit is geen illusie – de Wehrmacht zit werkelijk overal: op wacht bij het loket, op het perron om papieren te controleren en alle reizigers met argwaan te bestuderen.

Gus verandert opeens van richting en leidt haar zo net op tijd om een opstootje heen dat juist op het perron losbarst, waar een stel soldaten in het gezicht van een eenzame man staan te brullen en de inhoud van zijn koffer over het beton uitstorten. Zijn tegenwerpingen gaan verloren in het geschreeuw en het gesis van de stoomtrein.

'Dat kunnen we maar beter omzeilen,' mompelt Gus.

Het zou inderdaad vernederend zijn om de inhoud van haar koffertje op het perron te zien liggen, hoewel die inhoud op zich niet genoeg reden is om hen te arresteren. Waar ze het meest bang voor is, is een grondiger zoektocht, waarbij de nazi's ongetwijfeld de kleine onderdelen van haar zendontvanger zouden vinden aan de riem die ze inderhaast gemaakt heeft, en die ze nu rond haar middel onder haar bloesje draagt. Of de radertjes van haar apparatuur die ze in Londen door een handige schoenmaker in de hakken van haar schoenen heeft laten zetten. Gus heeft gelijk – ze moeten hun best doen om niet de aandacht te trekken van een argwanende soldaat.

Ze stappen op de trein naar Amsterdam en zoeken hun plaats in een tweedeklascoupé, zoals het journalisten die zij nu beweren te zijn betaamt. Het is een dekmantel die Marnie nooit voor zichzelf zou hebben bedacht, maar hier zit ze dan toch, honderden kilometers verwijderd van haar geliefde Broadcasting House, een rol te spelen waar ze niet voor heeft kunnen repeteren en die ze niet heeft kunnen regisseren. Een liveoptreden.

Gus knijpt in haar hand en glimlacht naar de oudere vrouw tegenover hen, die duidelijk verguld is met de hartverwarmende aanblik van twee stapelverliefde mensen.

'*Ça va, mon coeur?*' zegt hij in perfect Frans. *Gaat het, lieverd?* Tegen Marnie Fern, nota bene.

Gus had zich in het begin natuurlijk tegen het plan verzet; hij had gezegd dat het gekkenwerk was, dat ze geen spion was en geen ervaring had met spionage. Hij had een hele waslijst aan redenen aangevoerd waarom Marnie niet met hem naar Nederland moest reizen, haar voorgehouden dat ze hem alleen maar zou ophouden en hen allebei in gevaar zou brengen omdat ze geen Nederlands sprak. Zwijgend had ze hem aangehoord, waarna ze hem rustig had uitgelegd waarom ze wél mee moest. Had hij geen telegrafist nodig om elk aspect van de reis makkelijker te maken? En was het niet overtuigender dat een stelletje samen reisde? Wie zou hij op het laatste moment anders kunnen vinden die bereid was om mee te gaan en die ook nog een beetje Frans en redelijk Duits sprak? Oké, hij zag er wat jonger uit dan zij, maar ze hadden net ontdekt dat hij slechts een paar maanden jonger was. Zo onlogisch was het toch niet?

Marnie had hem met haar liefste lach aangekeken. 'Alsjeblieft, Gus. Ik wil het echt. Het is gewoon iets...' Haar stem stierf weg. Opeens wist ze niet precies meer wat ze moest zeggen.

Toen had hij haar een vreemde blik toegeworpen. 'Ik begrijp het. Zo werkt het gewoon met hem,' had hij zonder kwaadwilligheid gezegd.

Marnie keek hem verbaasd aan.

'Willem, bedoel ik,' ging hij verder. 'Hij heeft iets. Hij weet mensen voor zich in te nemen.'

'Nee, ik bedoel niet... Het is niet dat...' Ze maakte haar zin niet af. Want misschien had Gus wel gelijk. Ondanks de liefde die Willem zo overduidelijk voor Daisy voelt, ondanks zijn afstandelijkheid – en het enorme vraagstuk van zijn loyaliteit –, heeft hij Marnie misschien inderdaad gecharmeerd. *Hij Darcy, zij Lizzy.* Alles wat ze sinds die avond bij opa in de kelder heeft gedaan, was omdat ze op zoek was naar iets anders, naar een rol in deze oorlog. Maar in wezen aangedreven door Willem.

Diep vanbinnen weet ze dat ze het nooit tegen Daisy kan opnemen, een liefde waarvoor hij zeeën trotseert en gevangenneming riskeert. Desondanks stond ze erop om mee te gaan. Ze moet het afmaken, ze moet haar vragen omtrent Willem beantwoord zien te krijgen, al was het alleen maar om erachter te komen of haar vertrouwen in hem misplaatst is geweest. Daarnaast zou ze veroordeeld zijn tot het meekrijgen van punten en strepen, terwijl de werkelijkheid zich ergens anders afspeelt. Nu ze opa heeft verloren, en feitelijk ook Raymond, heeft ze eigenlijk niets te verliezen.

Bovendien had ze nog een ander aanbod voor Gus. Toen de Nederlandse krijgsmacht in Engeland te kennen gaf dat een agent – hoe bezorgd ook – niet zomaar achter zijn beste vriend aan kon reizen, besloot Gus om toch te gaan. Een vals paspoort had hij al, plus genoeg contacten om een onopvallend transport te regelen over het Kanaal naar Frankrijk. Hij had alleen geen werkvergunning, aangezien hij geen goedkeuring van zijn regering had. Vandaar Marnies aanbod om te helpen, met de daaropvolgende zenuwslopende tocht naar de afdeling personeelszaken, waarbij ze twee blanco BBC-pasjes wist te bemachtigen. Het verdere werk was binnen een paar dagen gedaan door een briljante vervalser die Gus kende. Met minimale aanpassing van haar eigen paspoort was ze omgetoverd tot Marnie Fernvaal, een Brits-Nederlandse assistente van schrijver en producent Gus. Ze weten allebei dat de perspasjes niet betekenen dat ze nu overal vrij toegang hebben en niet gearresteerd kunnen worden, maar met het papierwerk hebben ze wel een goede reden om naar Amsterdam te reizen. Voor de rest moeten ze gewoon geluk hebben, maar dat is in Londen al maanden zo.

Ze had snel een afscheidsbriefje naar Susie geschreven waarin ze uitlegde dat ze tijdelijk was overgeplaatst naar een regionaal station buiten

Londen en daarna had ze, samen met Gus, de ellende van de bombardementen en de rantsoenering in Londen achtergelaten. Het beeld van
St Paul's Cathedral, zoals die op elke voorpagina stond – fier overeind
tussen de smeulende puinhopen – staat op haar netvlies gebrand. En
Raymond? Aan hem moest ze maar niet denken. Te pijnlijk.

Terwijl Marnie, op weg naar de kust van Frankrijk, aan boord van
een vissersboot de witte kliffen van Dover in de verte zag verdwijnen,
moest ze aan een van opa's motto's denken: *Van de wal in de sloot. Daar
haal je een nat pak mee, lieve kind.*

Allebei levensgevaarlijk, dus wat maakt het uiteindelijk uit waar je
bent?

34

Welkom in Nederland

5 januari 1941, Belgisch-Nederlandse grens

Marnie

Ze wordt wakker van de pijn in haar nek, en van Gus die aan haar arm sjort.

'Marnie, Marnie,' fluistert hij. 'Word wakker. We hebben gezelschap.' Met moeite doet ze haar ogen open en wrijft dan over haar wangen om wakker te worden. De vrouw tegenover hen zit nog steeds te slapen en de rest van de coupé is leeg. Afgaande op het licht buiten is het laat in de middag en zo te zien is de trein gestopt op een klein plattelandsstation. 'Hoe bedoel je?'

'We zijn net de Nederlandse grens over,' zegt Gus. 'Maar er stappen soldaten in. Een stuk of twee, drie, denk ik. Misschien is het beter om ons te verstoppen.'

Samen in een kleine, stinkende wc staan terwijl de Duitsers de hele trein uitkammen is niet iets waar Marnie op zit te wachten, maar het is beter dan hun BBC-pasjes van dichtbij te laten bestuderen. Hoe minder ze die hoeven te gebruiken, hoe beter. Stilletjes halen ze twee kleine koffers uit het bagagerek en lopen naar de achterkant van de wagon, weg van het ongeduldige geroep om papieren dat door de trein weerklinkt. Maar net voordat ze bij het toilet zijn, blijft Gus voor Marnie stilstaan, draait zich snel om en duwt haar een halflege coupé in wanneer een van de leden van de Wehrmacht opduikt en door de gang klost. De andere mensen in de coupé schrikken wel maar zeggen niets als de twee gaan zitten, ieder een boek uit hun zak pakken en daar meteen in verdiept lijken. Marnie staart naar de bladzijden, volgt bewust met haar ogen de regels in het boek hoewel ze geen idee heeft wat ze leest, omdat het in het Nederlands is.

Terwijl de stoomlocomotief sist, gaan haar gedachten met haar op de loop. Wat moet ze doen als iemand haar in zijn eigen taal aanspreekt? Drie dagen blokken op *Snel makkelijk Nederlands spreken*, zoals ze die laatste drie dagen in Londen had gedaan, lijkt nu opeens jammerlijk ontoereikend. Gus voelt het waarschijnlijk ook, want hij neemt haar hand in de zijne die warm maar niet klam aanvoelt. Ze interpreteert zijn gebaar als: blijf zitten, niets zeggen. Hij heeft de situatie in de hand, voor zover dat mogelijk is.

Vijf minuten kruipen voorbij, dan tien. Tijd genoeg om goed te horen hoe de soldaten langzaam maar zeker de trein door werken. Marnie schat met haar geoefende gehoor dat ze nog zo'n drie coupés van hen verwijderd zijn, hoogstens vier. Ze stoot Gus aan en kijkt hem recht in zijn ogen. *Wat nu?*

'Tijd om te gaan.' Hij spreekt de woorden nauwelijks uit, maar de betekenis is luid en duidelijk. Gus zegt iets hardop in het Nederlands, waarbij ze het woord 'ziek' hoort vallen en de andere reizigers Marnie bemoedigend toeknikken. De gang is leeg en alleen aan het eind is een soldaat te zien die daar papieren staat te controleren. Deze keer bereiken ze het toilet wel en legt Gus zijn hand op de deurkruk.

'Halt!'

De instinctieve reactie is om te verstijven en om dan pas te gaan nadenken over vluchten, over de kans om te ontkomen voordat de soldaat zijn pistool kan trekken, de sprong in het onbekende te wagen, ook al staat de trein stil. De afweging tussen leven en gewond raken, of misschien wel sterven, óf geluk hebben en ontkomen. Maar dit is geen film, geen propagandamateriaal. Dit is de bittere werkelijkheid en die kogels op een paar meter afstand zijn dodelijk.

Gus maakt het rekensommetje en draait zich om naar waar de stem vandaan komt. Terwijl hij dat doet, ziet Marnie zijn uitdrukking veranderen naar die van een man die gewoon naar het toilet moest en zonder bezwaar zijn bonafide papieren tevoorschijn haalt.

'Papieren!' blaft de soldaat weer, zijn gezicht strak en vastberaden. Hij ziet er jong uit onder zijn pet. Hij heeft zijn gladde gezicht opengehaald met scheren.

'Ja, natuurlijk,' zegt Gus.

Tijd om het werk van hun vervalser te testen. Gus haalt zijn paspoort uit zijn zak, terwijl Marnie in haar handtas duikt en daarbij opzettelijk haar hand verwondt aan de gesp om het trillen tegen te gaan. De officier knijpt zijn ogen tot spleetjes en tuurt eindeloos naar de papieren, tot Marnie op de vreemde gedachte komt dat zo'n lange stilte bij een uitzending van de BBC nooit door de beugel zou kunnen.

'Deze papieren zijn niet in orde. Jullie komen met mij mee,' gromt de soldaat.

Marnie hoort de mensen in de dichtstbijzijnde coupé collectief naar adem happen – van schrik en mogelijk ook van opluchting dat zij nu niet uitvoerig gecontroleerd zullen worden: als de soldaten genoeg verdachten hebben verzameld, laten ze de rest waarschijnlijk makkelijker gaan.

'Maar, maar... we zijn van de BBC,' stamelt Marnie in haar beste Duits. 'Hier, we hebben...' ze weet het woord voor 'identificatie' niet, maar wappert met haar paspoort voor de ogen van de soldaat heen en weer. 'Hier, kijk maar.'

De soldaat heeft geen zin om te luisteren. Hij heeft zijn quota gehaald en wil weg uit deze verdomde trein. Marnie kijkt smekend naar Gus, maar die schudt haast onmerkbaar met zijn hoofd. *Geen scène maken*, lijkt hij te bedoelen.

Betekent dat dat hij een plan heeft?

Ze voelt de ogen van alle reizigers in haar rug prikken als zij en Gus gedwongen worden om de trap af te lopen, het vlakke, grijze landschap in. Het station bestaat uit niets meer dan een perron en een log vierkant gebouw ten behoeve van de kaartverkoop. Twee andere leden van de

Wehrmacht voegen zich bij hen, waarmee duidelijk wordt dat zij de enige twee zijn die uit de trein zijn gehaald. Nu hun prooi binnen is, staken de soldaten hun doorzoeking van de andere wagons. Wat heeft dat te betekenen?

Marnie vermoedt dat er nu al op hen gejaagd wordt. Zodra ze in het Franse kustdorpje aankwamen, had ze kort geseind en ook in het veilige huis in Lille, op een frequentie die Gus aan iemand anders dan Daisy had gegeven. De cryptische boodschap die ze had uitgezonden klonk bijna als een gedicht: een bericht dat ze via de landroute kwamen, maar zonder verdere details. Het antwoord was een enkel gecodeerd woord: *Ontvangen*. Nu ze onder de microscoop van de nazi's is beland, ziet Marnie continu de dreigende boodschap van Daisy voor haar geestesoog: *Mogelijke verrader in ons midden*.

Als de vijfde-colonnisten van de Duitsers Engeland kunnen infiltreren, dan lukt het ze zeker om een verzetscel binnen te dringen in een land dat openlijk door hen bezet wordt. Zijn zij en Gus al verraden voordat ze zelfs maar hun bestemming konden bereiken?

Angstig loopt Marnie naar de militaire vrachtwagen die buiten het station staat te wachten en bedenkt ondertussen dat ze ook het slachtoffer is van haar eigen geestdrift en domheid – misschien zelfs een dodelijk slachtoffer.

Met verbeten gezichten duwen de twee mannen van de Wehrmacht met hun geweren hun twee gevangenen naar de achterkant van de wagen, waar ze hen dwingen op de harde houten banken te gaan zitten.

Als Marnie de trein hoort vertrekken, heeft ze het gevoel dat alle hoop verloren is. Bij de BBC heeft ze via Oost-Europese persbureaus berichten gehoord van gruwelijkheden die onmogelijk in het toch al angstige Groot-Brittannië uitgezonden kunnen worden – nieuws over onschuldige mensen die naar afgelegen plekken worden gereden, waar ze in koelen bloede doodgeschoten en in massagraven gegooid worden. Ondanks het feit dat de nazi's en de Russen het ontkennen, gebeurt het wel.

Terwijl de vrachtwagen begint te rijden, denkt Marnie aan Londen en aan iedereen die haar lief is: Susie, Arthur en de kinderen, haar dierbare team bij de BBC, en ja: zelfs Raymond. Ze is ook ontzettend bedroefd om Willem en Daisy, en dat ze zal sterven zonder te weten wat er van hen zal worden en het verhaal achter hun liefde te kennen.

Heeft ze er spijt van dat ze zichzelf willens en wetens in het gevaar heeft gestort? Ja natuurlijk, als dit het einde betekent wel. Maar Marnie Fern is slim genoeg om te weten dat als ze nu in een bijna verlaten kantoor in Broadcasting House zat en straks naar haar eenzame appartementje zou gaan, ze het altijd meer zou betreuren dat ze níét was gegaan.

35

In de soep

5 januari 1941, Huis van Bewaring, Amsterdam

Corrie

Ze zit hier nu zes dagen. Dat kan ze opmaken uit haar gekras op de muur, hoewel het soms moeilijk is om dat van haar te onderscheiden van de vele andere turven in het vochtige, afbladderende pleisterwerk. Gedurende die tijd is Corrie twee keer haar cel uit geweest, beide keren om een behoorlijk slappe ondervraging te ondergaan van een luitenant die veel te vriendelijk tegen haar was. Ze liet niets los en hij vertelde wat ze allemaal al van haar weten: waar ze woont en de rol die zij volgens hen in het verzet speelt. Niets over de dierentuin of de verzetsgroep. Corrie concentreerde zich vooral op de blanco uitdrukking op haar gezicht, vooral toen hij vermeldde dat Hendrik iemand is in wie ze 'geïnteresseerd zijn'. Hij zei niets over haar zendontvanger, omdat ze die niet hadden aangetroffen bij het doorzoeken van haar huis en winkel. De familie Heuvel zou daar zeker voor gezorgd hebben zodra ze het vermoeden hadden dat ze misschien gearresteerd was. 'Maak je maar geen zorgen, die verstop ik ergens waar mijn man niet eens zou durven kijken,' had haar oudere buurvrouw haar op het hart gedrukt. 'Onder mijn korsetten – geen enkele jongeling van de Wehrmacht die daarin gaat graaien.'

Corrie denkt dat ze haar in haar eigen sop laten gaarkoken, haar langzaam waanzinnig laten worden in de stank van de pispot. De nazi's weten heel goed hoe ze iemand tot paranoia moeten drijven. Het is duidelijk dat de lichte ondervraging bedoeld is om haar te laten sudderen en dat ze daarna pas echt opgediend wordt. Ze weet ook dat ze iemand anders voor het feestmaal uitnodigen, iemand die hogergeplaatst is, waarschijnlijk. Mogelijk zelfs iemand die ze al eens bij Café Americain heeft gezien, die riekt naar sigarenrook en zelfgenoegzaamheid. De vraag is of er een officier is die zijn handen aan haar vuil wil maken.

Iedere keer als ze de zon door het smerige raam ziet ondergaan, feliciteert ze zichzelf dat er weer een dag voorbij is, uren waarin Zeeza, Rudy, Dirk en de anderen een ander heenkomen hebben kunnen regelen, de weinige wapens hebben kunnen verbergen en de werkplaatsen van de vervalsers hebben kunnen verplaatsen. Ze zal het zo lang mogelijk proberen vol te houden. De mensen in het verzet hebben het over sterven in het harnas, dat je nooit moet zwichten voor de methodes die de nazi's erop na houden (het woord 'martelingen' wordt nauwelijks gebruikt), maar in werkelijkheid weet je dat iedereen op een gegeven moment gaat praten. De enige hoop is dat je de anderen genoeg tijd geeft om te ontkomen voor het te laat is. Dus houdt ze haar geest zo lang mogelijk scherp en bidt dat haar lichaam even weerbarstig is.

Vandaag zou het wel eens de dag van de waarheid kunnen zijn. Als ze niet al gezeten had, was ze vast van haar stokje gegaan van de uitstraling van de officier die nu de verhoorruimte binnenkomt. De stank van zijn eau de cologne die de sigarenrook moet maskeren knijpt haar keel dicht. Het feit dat er een chique geur over de tafel haar kant op walmt, maakt alles erger. Hij is belangrijk; van de ss, de Gestapo of de Abwehr.

Zodra hij om de tafel heen loopt en zijn gezicht in beeld komt, laat ze bijna haar schouders zakken. Het is hem. Selig. De ongelikte Lothar Selig. Is het toeval of opzettelijke wreedheid, vraagt ze zich af. Het zorgt er wel voor dat ze overspoeld wordt door gedachten aan Kees, hetgeen haar haat alleen maar aanwakkert, maar – met een beetje geluk – ook haar wilskracht een zetje geeft.

Op het eerste gezicht zou je hem aantrekkelijk kunnen noemen, met zijn brede gezicht en lange rechte neus en met haar dat er, onder het felle kunstlicht, zandkleurig uitziet. Maar zij weet hoe lelijk hij onder die arische façade is. Wanneer hij eindelijk iets zegt, nadat hij heel lang zwijgend in haar dossier heeft gekeken, lopen de rillingen over haar lichaam. In tegenstelling tot toen in Café Americain hoeft hij hier zijn macht niet te onderstrepen door hard te praten; zijn dreigementen werken hier prima als hij ze fluistert.

'Ik ken u,' zegt hij in staccato Engels met zijn ogen op het dossier gericht. 'Ik ken uw type. Patriotten die denken dat ze net iets beter zijn dan de rest en stiekem ondermijnen wat wij in dit armzalige land proberen te bereiken.'

Corrie kan alleen toekijken, bidden dat ze haar aandacht erbij houdt en niet ineenkrimpt bij de stank van cognac en worst die uit zijn mond komt. Eindelijk kijkt Selig haar aan, en afgaande op zijn grote pupillen is hij aangeschoten en worden zijn vooroordelen nog eens opgestookt door alcohol.

'De Führer heeft een hekel aan vrouwen zoals u, en ik ook,' vaart hij uit. 'Vrouwen die denken dat ze slim zijn en ons kunnen inpalmen, zich ons bed in kunnen slijmen, of proberen spionnetje te spelen met het misplaatste idee dat ze zullen winnen.' Hij lacht en er belandt wat spuug op tafel. 'Winnen van het Derde Rijk. Stel je voor.'

Ze verroert nog steeds geen vin. Vanbinnen kookt ze zowat over.

Maar Selig is nog niet klaar. Hij heeft zich niet van de geneugten van Café Americain laten afleiden om haar alleen een beetje uit te kafferen. Hij heeft wat pittigers in de zin.

Opeens veert hij overeind. 'Dus kwam ik u vragen of u ons wilt helpen,' zegt hij, plotseling heel vriendelijk. 'Ik denk dat u het in overweging zult nemen, want ik weet zeker dat u het leven van uw enig overgebleven kind zult willen redden. Willem laat de groeten doen, natuurlijk…'

Daarmee is haar concentratie verdwenen en kreunt ze spontaan. De stoel lijkt ineens niet stevig genoeg en ze moet alle mogelijke moeite doen om niet op de grond te vallen.

'Denk er maar over na,' rondt Selig af. 'Bedenk maar eens heel goed waar uw loyaliteit werkelijk ligt, Frau Bakker.'

De deur wordt dichtgegooid. De knal heeft de uitwerking van een pistoolschot, want ze laat haar lichaam voorover op tafel vallen, als een speeltje waar de vulling uit is gehaald.

36

Het einde

5 januari 1941, Nederlandse grens

Marnie

De vrachtwagen komt al na luttele minuten piepend tot stilstand. Het zeil wappert omhoog en daarachter ziet Marnie helemaal niets. Geen gebouwen, geen huizen, alleen een vlakke horizon zoals ze die alleen kent uit reisgidsen en boeken. Dit is het dan, denkt ze. Dit is de locatie. Wat haar plotseling het meest irriteert is het feit dat Hitler gewonnen heeft, in elk geval van haar.

De soldaat tegenover hen in de vrachtwagen, ook degene die hen de trein uit heeft gewerkt, staat op en stapt op haar en Gus af. Gus hijst zijn lange, lenige lichaam ook overeind.

Hij voelt het ook. Het einde.

Marnie doet een schietgebedje met haar ogen dicht: laat het alsjeblieft snel gaan.

Als ze een plotseling lachsalvo hoort, vliegen haar ogen weer open, totaal verward door de blije Nederlandse begroetingen die erop volgen en doordat Gus de naziofficier omhelst en hem op zijn rug slaat alsof hij een vriend is die hij jaren niet heeft gezien.

'KAN IEMAND MIJ ALSJEBLIEFT VERTELLEN WAT HIER IN GODSNAAM GEBEURT?' Marnie schreeuwt het uit van angst en frustratie.

In het schemerdonker wendt Gus zijn stralende blik tot Marnie. 'Marnie, dit is mijn goede vriend Rudy. Voorin zitten Jan en Petrus. En we zijn ze een groot glas bier verschuldigd, want ze hebben ons net gered van een échte nazicontrole.'

Een paar kilometer verderop stopt de vrachtwagen weer, deze keer in een schuur die aan een groot huis vastzit en waar ze in een warme keuken onthaald worden door een boer en zijn vrouw. Als Marnie eenmaal aan iedereen is voorgesteld, gaat iedereen over op Engels, hoewel het boerenechtpaar slechts een paar woorden kent. Rudy en zijn vrienden trekken snel hun Wehrmachtuniform uit en Marnie kalmeert een beetje, hoewel de zenuwen haar lichaam nog lang niet uit zijn.

'Het is een prima truc, voor zolang het duurt,' legt Rudy uit, onder het genot van een maaltijd die bestaat uit boterhammen met kaas. 'Een van onze contacten vond toevallig een hele lading naziuniformen en dacht dat het vast niet zou opvallen als er een paar ontbraken. Degenen onder ons die goed genoeg Duits spreken komen er wel mee weg, als de opsporingspatrouille maar klein genoeg is, en niet te dicht in de buurt van Amsterdam.' Dan wrijft hij met een spottende blik over zijn gezicht. 'En dit geprezen Noordse uiterlijk komt natuurlijk ook handig van pas.'

'Hoe wisten jullie dat we in deze trein zaten?' vraagt Gus.

'Dat wisten we niet. Nadat we je bericht hadden ontvangen, dachten we dat je vast de landroute zou riskeren omdat je wel wist hoe streng de Nederlandse havens in de gaten gehouden worden. Verderop langs de spoorlijn richting Amsterdam staat een echt opsporingsteam van de Wehrmacht, dus we hebben de afgelopen twee dagen elke binnenkomende trein uitgekamd om jullie te vinden.'

'En die vrachtwagen? Die ziet er heel echt uit,' gaat Gus verder. Hij bruist merkbaar van opluchting nu hij weer op zijn geboortegrond is.

'Dat is-ie ook,' zegt Rudy trots. 'Onze trouwe monteur doet erg zijn best voor de Duitsers, werkt extra hard om de wagens eerder dan verwacht te repareren, en dan "leent" hij ze uit aan ons, terwijl de Duitsers denken dat ze nog in de garage staan. In Amsterdam rijden er zo veel rond dat ze het niet eens merken.'

Rudy vertelt zijn verhaal met smaak en Gus, die tijdens de reis uit

Engeland in Marnies bijzijn altijd kalm en terughoudend bleef, lijkt zich nu echt te kunnen ontspannen, hoewel hij moeite heeft zijn ogen open te houden na de lange reis en alle stress. Vanavond lijkt hij er alleen maar van te genieten dat hij bij zijn vrienden is zonder continu aan de oorlog te denken. Of de thuiskomst uiteindelijk bitterzoet zou zijn, zou de tijd leren.

Uitgeput als ze zijn, slapen ze die nacht in de boerderij en voor het eerst in dagen zinkt Marnie weg in een diepe slaap. Ze wordt gewekt door de boerin die haar – met behulp van heel gebrekkig Engels en handgebaren – helpt om zich wat Nederlandser te kleden. Tot haar opluchting wordt ze niet uitgedost in een wit kapje en een soort dirndl zoals haar gastvrouw draagt, maar wordt haar haar in korte vlechten opgebonden en bedekt door een baret, en krijgt ze een eenvoudige grijze rok met een trui aan. In de spiegel herkent ze zichzelf nauwelijks. Of is ze nu meer een personage?

Als ze de keuken nadert, hoort Marnie dat de mannen diep in gesprek zijn, in het Engels, mogelijk om de boer en zijn vrouw te beschermen – wat de echtelieden niet weten, kunnen ze ook niet vertellen.

'Ben je hier op bevel van de koningin?' vraagt Rudy ernstig. 'Om een plan voor het importeren van wapens te delen?'

Marnie ziet om het hoekje van de deuropening dat Gus zijn schouders laat zakken.

'Sorry, jongens. Dit is geen officieel bezoek.' Hij klinkt oprecht berouwvol. 'Ik ben puur en alleen voor Willem gekomen. Hebben jullie hem gezien? Weten jullie waar hij is?'

Rudy schudt zijn hoofd. Vanuit haar gezichtspunt kan Marnie zien dat hij gespannen is. 'Nee... We dachten dat hij bij jou zou zijn.' Hij laat zijn stem zakken. 'Toen je met haar aankwam...'

'Marnie,' onderbreekt Gus hem.

'Ja, met Marnie. Nou ja, dat was een totale verrassing. Wij dachten dat jij met Willem zou zijn. Niemand in de groep heeft iets van hem gehoord.'

Gus beukt met zijn vuist op tafel. 'Verdomme! En ik was er nog wel zo zeker van dat hij naar Nederland was gegaan. Marnie vermoedt dat Daisy verdwenen is. Sowieso uit de ether, maar misschien ook in eigen persoon.'

'Daar heeft ze gelijk in,' bevestigt Jan. 'Corrie verdween na een routinelevering, waarschijnlijk een gerichte actie. Voor zover wij kunnen nagaan zit ze in het Huis.'

'Ach jezus,' zegt Gus geschokt. 'Je weet toch wat dat betekent, hè?'

'Willem kennende probeert hij haar eruit te halen,' zegt Rudy zuchtend. 'Stomme zak. Geen wonder dat hij niet naar ons toe is gekomen. Wij hadden hem wel verteld wat een idioot plan dat is.'

Gus haalt zijn hand door zijn korte haar. 'Dan moeten we de boel goed in de gaten houden en kijken wat we kunnen doen.' Over Willems mogelijke verraad wordt niet gesproken. Nog niet, in elk geval.

Marnie ziet Rudy met een moeilijk gezicht naar Gus kijken. 'Er is nog iets.'

'Ja?' Aan zijn stem te horen voelt Gus dat het slecht nieuws is.

'Nog een reden waarom Willem misschien niet helemaal helder denkt.'

'Namelijk?'

'Kees.'

37

Eindelijk in Amsterdam

6 januari 1941, Amsterdam

Marnie

Nederland is een ansichtkaart, een beeld bevroren in de sneeuw en omlijst door Marnies verbeelding. Goed ingepakt in een deken zit ze op de bank achter in de Wehrmachtwagen en ziet het vlakke land, de dijken en een enkele langzaam draaiende windmolen overgaan in de buitenwijken en daarna het centrum van Amsterdam. De huizen met de opvallende gevels – net levensgrote poppenhuizen – staan zij aan zij als lange grashalmen, behulpzaam tegen elkaar aan geleund om de exemplaren die door de eeuwen heen verzakt zijn toch overeind te houden. Aan de drukte op en rond de weidse Theems is ze gewend, maar de grachten en ijzeren bruggetjes hier lijken wel rechtstreeks op het water gedropt, met huizen erop geplant als op een monopolybord.

Voor een bezet land is het erg druk op straat, maar net zoals in Londen in de Blitz gaat het leven hier natuurlijk ook gewoon door, bedenkt Marnie; mensen moeten naar de winkel, eten kopen en geld verdienen. Vooral de vrouwen krioelen met hun rieten mandjes door elkaar, springen op en van de geel met blauwe trams die over de brede bruggen glijden. Er rijden ook veel vrachtwagens, vooral militaire, waardoor hun eigen heimelijk verkregen vervoermiddel met de nazi-insignes ongestoord door de stad kan. Voorin zitten Jan en Petrus in hun Wehrmachtuniform, achterin zit een opgetuigde Rudy die 'de wacht houdt' over Gus en Marnie.

'De garage waarnaar we de vrachtwagen terugbrengen is maar een paar kilometer verderop,' vertelt Rudy. 'Daarna hergroeperen we en brengen we jullie naar je veilige onderkomen.'

Marnie klampt zich vast aan het woord 'veilig', want ondanks de pittoreske bestemming voelt het hier allesbehalve veilig met die honderden geüniformeerde kerels, straatnaamborden in gotisch schrift en het gestamp van laarzen dat ze zelfs boven het geronk van de motor uit hoort. Gus lijkt erg waakzaam, denkt ze als ze naar hem kijkt. Voor zover zij weet zijn hij en Willem een paar weken na de bezetting uit Nederland vertrokken, toen duidelijk werd dat ze gezocht werden. Ze hadden allebei de inval meegemaakt, maar niet de daaropvolgende golf van nazisme die gedurende acht maanden in de fundering van hun stad gesijpeld is. De bommen in Londen zijn al erg genoeg, denkt Marnie, zoals die iedere avond weer een net over de stad uitwerpen, maar ze zijn in elk geval tijdelijk – de RAF boort gaten in het web van de Luftwaffe tot het in rook opgaat. Maar hoe zou zij zich voelen als ze elke ochtend de borden op en rond Broadcasting House in gotisch schrift zou zien en de verraderlijke Lord Haw-Haw zou moeten verwelkomen als de held van de ether? En toch is dat de realiteit voor de Nederlanders, de Fransen, Noren, Denen, Finnen, de Belgen en veel anderen. Hun wordt in hun eigen land verteld wat ze moeten doen en hoe ze het moeten doen – wie ze moeten zijn.

Bij een brug over een gracht worden ze even aangehouden en Marnie verstijft als ze Jan in de cabine hoort praten met de schildwachten, maar gelukkig kijkt er niemand achterin. Pas als de vrachtwagen weer hortend verder rijdt, merkt ze hoe gespannen ze is: spieren, adem, hoop, angst – alles zit vast. Hoelang zal dat duren? Tot ze op het onderduikadres is, of terug op Engelse bodem?

Als de garagedeur eenmaal achter hen gesloten is en de vrachtwagen verscholen, worden zij en Gus naar een achterkamer geleid waar de uniforms worden uitgetrokken en er een korte bespreking volgt.

'Dit probleem is te groot voor ons kleine groepje,' begint Rudy. 'Ik denk dat we contact moeten maken met andere afdelingen, misschien zelfs Londen…'

'Daar help ik wel bij,' zegt Marnie overijverig.

'Ik laat Londen er liever buiten,' zegt Gus. 'Ze sturen echt nog geen agenten deze kant op om ons te helpen, dus het heeft weinig zin. Bovendien staan Willem en ik ondertussen vast te boek als deserteurs. We moeten het doen met de mensen die we hebben. Maar Rudy, laten we de groep zo compact mogelijk houden, oké? Met hoe minder mensen we af kunnen, hoe beter. Hoewel we misschien aan de lui in Haarlem kunnen vragen hoeveel zij weten.'

Rudy knikt. Het wordt niet uitgesproken, maar iedereen weet dat voorzichtigheid geboden is. Gus lijkt te vertrouwen op Rudy's kijk op de situatie, maar het kleine groepje aanwezigen is bedacht op een mogelijk lek in het verzet zelf. De Nederlanders zijn zich te zeer bewust van het aloude fabeltje dat het kleinste gaatje in een dijk zo snel en efficiënt mogelijk gedicht moet worden om een enorme overstroming te vermijden.

'Ik had niet verwacht dat we met de tram zouden gaan,' zegt Marnie zachtjes in Gus' oor, een paar stappen verwijderd van het groepje mensen dat bij de halte staat te wachten.

'Dit is de snelste manier om er te komen en valt het minst op,' antwoordt hij. 'Verborgen in het volle zicht.'

De afspraak is dat hun bagage later gebracht wordt, en zoals ze daar hand in hand staan, verschillen ze niet van elk ander stelletje dat door de stad reist.

'Dus voorlopig zijn we gewone Amsterdammers die hun dagelijkse dingen doen. Ontspan je maar, Marnie. Dit is de beste manier om niet gepakt te worden.'

'Goed, ik zal het proberen.'

'En misschien ook een beetje glimlachen? Dat doen mensen nu eenmaal, ook in oorlogstijd.'

Hoe vaak had ze dat al niet gehoord? Dat ze minder ernstig moest kijken. Bij de BBC moest je je daar echt aan houden, want dat was nu eenmaal beleefd. Maar hier, in bezet Europa, stond er meer op het spel dan uiterlijke schijn.

Eenmaal in de gele tram waant Marnie zich meteen in bus 29 naar Wood Green, met vrouwen die met boodschappentassen op schoot naast elkaar zitten te kletsen, kinderen die uit het raam kijken terwijl hun beentjes boven de vloer bungelen. Heel even voelt Marnie de spanning wegzakken; gewone mensen zijn over de hele wereld hetzelfde. Dat had ze altijd al gehoopt, zelfs als de bommen neerkwamen, en nu ziet ze het bewijs dat het echt zo is. Het neemt haar angst een klein beetje weg en de onzekerheid die ze voelde nadat ze haar eigen veilige wereldje had verlaten.

De rust is helaas maar van korte duur: de sfeer in de tram slaat abrupt om als er twee mannen in uniform opstappen. Niet van de Wehrmacht die je overal ziet, maar militairen gekleed in het staalgrijs van de SS zoals Marnie die alleen van het bioscoopjournaal kent – Himmler en zijn soort. Die lui waar je écht bang voor moet zijn. Het geklets verstomt meteen als een van de officieren door het rijtuig loopt als een conducteur die op zoek is naar zwartrijders. Rudy had al verteld over de Nederlandse persoonsbewijzen die binnenkort verplicht worden, met een speciaal kenmerk voor Joden, maar die zijn nog niet in omloop. Deze nazi is dus gewoonweg op zoek naar mensen die hij kan treiteren.

Marnie voelt de adem van Gus in haar oor. 'Niets zeggen en glimlachen alsof het moet,' fluistert hij nauwelijks hoorbaar.

Ze knippert met haar ogen om zich te herpakken. Binnen een paar tellen verschijnt er een glimmende adelaar en de glans van een zilveren doodskop in haar gezichtsveld. Ze concentreert zich op de donkergrijze wollen stof van zijn uniform, en dat is haar redding. In gedachten ziet ze opa de stof keuren tussen zijn vingers. 'Hm, prachtig weefsel,' zou hij gezegd hebben. Die gedachte houdt haar bij bewustzijn, en Marnie is toch niet iemand die snel instort.

Ze kijkt hem nauwelijks aan en zijn woorden komen niet boven het geruis in haar oren uit nu ze van zo dichtbij geconfronteerd wordt met de ss. Het is al erg genoeg om de Luftwaffe boven je hoofd te horen spoken of in aanraking te komen met een landmijn. Maar dat is niets vergeleken met dit. Dit is werkelijk doodeng.

Aarzelend beantwoordt Gus de ss'er in het Duits, zoals de meesten in de tram, tot ze zich realiseert dat ze het over haar hebben. Gus knijpt in haar hand waarop zij, als de pop van een buikspreker, opveert en ongemakkelijk grijnst terwijl de ss'er haar gezicht afzoekt naar bewijs dat ze een gevaarlijke dissident of Joodse is. De seconden tikken eindeloos voorbij, tot ze het gevoel heeft dat haar mond zo zal blijven staan als hij nog langer naar haar blijft kijken.

Eindelijk trekt de officier een quasitevreden gezicht, draait zich op zijn hakken om en loopt naar een donkerharige vrouw met een kind achter in de tram, de twee ongelukkigen die hij bij de volgende halte zonder pardon naar buiten loodst. De moeder verzet zich niet, protesteert niet en vaart niet tegen hem uit. Ze staat gewoon op en loopt met haar kind achter hem aan. Als ze voorbijloopt ziet Marnie de gelatenheid in haar ogen: *Wat heeft het voor zin? Zij hebben de macht.*

Zodra de officieren uitstappen, zakt de spanning in de tram, hoewel de gesprekken nu op gedempte toon gevoerd worden vanwege de vooruitzichten voor die arme vrouw en haar kind. Is het niet hard dat het leven gewoon weer z'n gangetje gaat? Marnie denkt aan de Londenaren en aan het feit dat zij gewend zijn geraakt aan de lichamen die elke ochtend op straat liggen. Een lijkkleed over een kinderlichaampje is nog steeds een schokkend gezicht voor de groepjes mensen die eromheen staan, maar niet zoals in de begindagen van de Blitz. De overlevenden zijn bedroefd en eerbiedig, maar ze gaan gewoon weer verder om boodschappen te doen of te werken, net als Marnie. Dat heet overleven, en de Nederlanders doen dat op hun eigen manier.

'Wat zei je over mij tegen die ss'er?' vraagt ze aan Gus wanneer ze na nog twee haltes van de tram stappen.

'Dat je net een kies had laten trekken en niet kon praten. Ik denk dat ik daarmee zijn angst voor de tandarts heb aangesproken.'

Ze schiet in de lach, een combinatie van hysterie en diepgevoelde opluchting. 'En hij geloofde je nog ook? Misschien zijn ze toch niet zo slim als ze ons willen doen geloven.'

'Ik zei toch dat je in deze oorlog een eind komt met glimlachen?'

Eenmaal bij het onderduikadres blijkt het niet echt een huis te zijn, maar een zolder onder de dakspanten van een kerk aan de Keizersgracht. Er is geen geestelijke te bekennen, maar wel een vrouw van middelbare leeftijd die in het Nederlands met Gus praat en daarna buiten adem en met moeite de trap achter in de kerk beklimt. Boven is het koud maar niet ijzig, dankzij een houtkachel in de hoek die al aangestoken is. Toch vermoedt Marnie dat ze de komende paar dagen behoorlijk gehecht zal raken aan de wollen overjas die ze van de boerin heeft gekregen. Er liggen twee matrassen die van elkaar gescheiden zijn met een lap stof die over een balk gedrapeerd is. Het is er donker en primitief ingericht, maar schoon.

Nog geen week geleden zou Marnie gegruweld hebben van een scenario waarin ze een kamer moet delen met een man die ze nauwelijks kent. Zelfs in de schuilkelder van de BBC dient iedereen zich met een zekere gepastheid te gedragen en wordt er al gefronst als je je kousen uittrekt. Maar met deze temperaturen verwacht ze dat ze zich alleen zal uitkleden om zich te wassen, en dat dan nog sporadisch.

De hijgende vrouw verlaat de zolder en Gus stookt het vuur op. 'Niet bepaald het Ritz,' zegt hij in een poging het ijs te breken.

'Ik zou het niet weten. Het Ritz is veel te chic voor mij. Dit doet me wel een beetje denken aan mijn oude flat in Wood Green.'

Ze gaan in twee oude leunstoelen zitten die tegenover elkaar bij de kachel staan en dan steekt Marnie van wal met haar vragen. 'Wat gebeurt er nu? Hoe gaan we ze zoeken?'

Hij ziet bleek van vermoeidheid en laat zich achterover in de versleten kussens zakken. 'Eerlijk gezegd heb ik nog geen idee. We moeten eerst onze voelsprieten uitsteken in de stad. Waar ik het meest bang voor ben is dat Willem al in zijn eentje op zoek is gegaan naar Corrie.'

'Maar dat is toch ontzettend roekeloos? Willem is altijd zo voorzichtig met onze uitzendingen, hij stippelt alles precies uit. Hij reageert nooit halsoverkop.'

Gus zucht heel diep. 'Wel als het op Corrie aankomt, vrees ik. Dan kan hij niet meer helder denken. Ik weet zeker dat hij er alles aan heeft gedaan om haar te vinden, en zichzelf waarschijnlijk... nee, ik moet er niet aan denken.'

Ze speculeren niet meer over een mogelijk ander motief dat Willem gehad kan hebben; het nieuws over Corrie en Kees lijkt reden genoeg voor zijn plotselinge vlucht naar Amsterdam. Om Corrie te redden in plaats van haar tot zwijgen te brengen.

In gedachten verzonken laat Gus zijn hoofd tegen de hoofdsteun rusten. Nog geen twee tellen later geeft hij zich over aan de oververmoeidheid. Marnie kruipt nog wat dieper in haar jas en doet ook haar ogen dicht. Vannacht heeft ze goed geslapen, maar ze verlangt naar meer. Jammer genoeg houdt haar brein er andere ideeën op na, want dat blijft maar bezig met vragen en mogelijke antwoorden.

Wat is dat toch met Daisy – of Corrie, zoals ze dus werkelijk heet? Ze heeft duidelijk een bepaalde relatie met Willem, maar er is meer gaande. Het lijkt wel of ze hem in haar macht heeft. Wat maakt haar zo bijzonder dat Willem zijn leven voor haar op het spel zet en de toekomst van het verzet in gevaar brengt?

Uiteindelijk valt ze in een onrustige slaap en droomt ze van een ss'er die conducteur is op bus 29 vanaf Trafalgar Square. In die bijna levensechte droom wordt ze letterlijk uit de bus gegooid omdat ze geen kaartje heeft en lachen de andere reizigers haar vals uit terwijl zij alleen achterblijft, in een regen van granaatscherven, vuur en thee van de wvs.

38

De vulkaan

Corrie

Twee dagen later is hij er weer, net als Corrie de zwakke ochtendzon door het smerige raampje ziet opkomen en ze vecht tegen de verraderlijke sporen van twijfel. Sinds hun laatste ontmoeting hebben de woorden van Lothar Selig in haar hoofd rondgedanst en ziet ze voor zich hoe hij een geweer tegen Willems slaap houdt, hoewel ze weet dat Selig nooit de trekker zal overhalen. Het echt vuile werk laat de elite liever aan anderen over.

Haar verbeelding haalt het niet bij de werkelijkheid: zijn woorden zijn echt en zijn gezicht ook, slechts een paar centimeter van het hare verwijderd en stinkend naar worst en – deze keer – koffie. Hij is minder zelfvoldaan dan de vorige keer. Eigenlijk zou dat een opluchting moeten zijn, ware het niet dat hij in plaats daarvan woedend is. Zijn hals loopt paars aan en daarna zijn brede kaken en vlezige wangen.

'Frau Bakker,' begint hij, als een vulkaan die op uitbarsten staat. 'Ik had gehoopt dat ik u goed nieuws zou kunnen brengen over uw medeverzetslid – iemand die u erg lief is. Dat hij zijn volledige medewerking had verleend in ruil voor uw leven.'

Hij zwijgt even, vermoedelijk om een dramatisch effect te sorteren, maar Corrie kan haar spieren onder controle houden – zij het met moeite. 'Hij zegt niets. Ik ken Willem,' zegt ze uitdrukkingsloos en zonder een vin te verroeren.

'O, ik denk dat hij dat wel had gedaan,' gaat Selig enthousiast verder, 'als hij er niet voor had gekozen om u aan uw lot over te laten en terug te rennen naar zijn vriendjes van het verzet, zonder zich te bekommeren om de mensen die achterblijven.' Weer pauzeert hij. Zijn blik glijdt over haar huid, bedacht op de minste beweging. 'Zijn eigen moeder nog wel.'

'Daar ben ik blij om.' Ze krijgt het net haar strot uit zonder haar lip te laten trillen.

Selig staat snel op. De stoelpoten schrapen over de betonnen vloer waarna hij om haar heen begint te ijsberen. Ze voelt de vlaag van zijn wapperende lange jas rond haar benen.

'O ja? Ben je daar echt blij om, Corrie? Mag ik je Corrie noemen? Want ik heb het gevoel dat we de komende paar dagen best intiem zullen worden. Heel intiem, zelfs. En je zoon weet dat ook. Hij weet het maar al te goed.'

Weer een stilte. Ze slikt het dikke slijm achter in haar keel weg.

'En toch besloot hij om te ontsnappen. Om de spot te drijven met het Derde Rijk. En ook met jou.'

Ze schrikt op als hij plotseling met zijn vuist op tafel beukt, maar dat is de enige reactie die ze geeft. Na een tweede en een derde klap buigt het houten tafelblad door, mogelijk ter illustratie van het geweld waar haar lichaam mee te maken zal krijgen. Al die woede verandert in kracht.

'Wat vind je daarvan, Corrie?' briest hij luidkeels. 'Maakt dat je niet kwaad? Voel je je niet verraden? Want zo zou ik me voelen, als iemand van wie ik hield me aan een erbarmelijk lot zou overlaten. Verraden.'

'Toch ben ik er blij om.'

Hij lacht, weer helemaal zijn zelfgenoegzame zelf. Hij grist zijn leren handschoenen van tafel en loopt zogenaamd stoer naar de deur. En hoewel ze vanbinnen doodsbang is en niet weet hoelang ze het bij hun volgende confrontatie zal uithouden, is Corrie voorlopig opgelucht dat ze deze ronde heeft overleefd.

'Tot morgen, Frau Bakker. Ik kijk ernaar uit. Want als we hem vinden – en ik verzeker u dat we hem zullen vinden – zult u voor een snelle en belangrijke keuze gesteld worden. Een keuze waar het leven van uw zoon van afhangt.' Vanuit de deuropening lacht hij spottend, blijkbaar erg ingenomen met zijn eigen grapje. 'Denkt u vooral na over dat woord "hangt". Probeert u het zich maar heel levendig voor te stellen.'

Ze laten haar weer sudderen, opgekruld in foetushouding in haar cel, omdat dat de enige manier is om een beetje warmte vast te houden en omdat ze zich dan kan voorstellen dat ze iemand in haar armen houdt. Willem en Kees als baby, of het magere lijfje van Felix.

Het is natuurlijk best mogelijk dat Selig liegt. Misschien is Willem helemaal niet ontsnapt zoals die kerel van de Abwehr beweert. Dat hij blufpoker speelt om haar aan het praten te krijgen, een onbedachtzame reactie te ontlokken als gevolg van Willems vermeende verraad. Maar als hij heeft weten te ontsnappen, is dat een wonder en dan zit er een reden achter. Een actie om haar of het verzet te redden, of allebei.

Ze heeft gisteravond geen sirenes of alarmbellen in of rond het complex gehoord, dus Willem werd ergens anders vastgehouden. Misschien in het Oranjehotel? De zwaarbeveiligde gevangenis in Scheveningen die allesbehalve een vakantiebestemming is – zo ver afgelegen aan de kust dat degenen die er in de omringende duinen gefusilleerd worden mogelijk nooit gevonden zullen worden. De laatste tijd zijn er meer dan genoeg verzetsleden terechtgekomen en voor hetzelfde geld ligt Willem al ergens op de zanderige vlakte.

Maar dat kan niet, zegt ze tegen zichzelf, *want als hij dood was, zou ik het weten.* Net zoals ze Lizzy voelt hoewel zij honderden kilometers verderop in Londen zit, zoals haar hart ineenkromp om Kees voordat de politieagent ook maar een woord had gezegd, voelt ze ergens Willems aanwezigheid. Plus zijn doorzettingsvermogen, en daarmee haar eigen vastbeslotenheid om te overleven.

Maar of hij er nu is of niet, de gedachte aan een nieuwe krachtmeting met Herr Selig vervult haar met doodsangst.

39

Nuttig werk

Marnie

Een waterig zonnetje komt tussen de verduisteringsgordijnen voor het raampje van de zolder door. Marnie kijkt voorzichtig door de kier naar buiten. Ze wil vooral niet gezien worden en zo Gus of haar gastvrouw in gevaar brengen, maar het uitzicht is zó betoverend: de bocht in de gracht en de kleurrijke boten die bij de steigers aanleggen, keurig in de rij zoals de bussen in Londen tijdens het spitsuur. Ondanks het zachte geronk van militaire voertuigen lijkt alles zo stil – geen gehamer op en gebeitel aan ingestorte muren of puinhopen die opgeveegd, opgeruimd en vernietigd worden. Ze is hier zeker niet op vakantie, maar Marnie zou dolgraag naar buiten willen en het dagelijkse leven proeven waarvan ze gisteren even iets heeft kunnen meepikken. Maar dan zonder ss, graag.

Toen ze om zeven uur wakker werd, was Gus' bed al leeg. Hij komt natuurlijk veel sneller dingen te weten als hij alleen werkt, maar toch voelt ze zich een beetje in de steek gelaten. Bovendien heeft ze nu tijd om na te denken en dat doet ze liever niet. Na een goede nachtrust wordt ze nu weer geconfronteerd met die slinger van de klok, die ze helemaal vanuit Londen heeft meegenomen: wat kan ze hier in vredesnaam voor nuttigs doen? En erger nog: stel dat ze iemand in gevaar brengt? Ze moet de waarheid onder ogen zien dat Gus akkoord ging met haar plan om mee te gaan omdat zíj zo bleef aandringen. Het was háár diepe drang om iets nuttigs te doen waardoor ze nu hier is. Nu ze gisteren in de tram haar begeleider bijna in de problemen bracht, voelt ze zich alleen maar beschaamd. Als ze een gevaar blijft vormen en echt nutteloos blijkt, besluit ze, snort ze de eerste de beste Britse diplomaat of journalist op om haar naar huis te begeleiden, als dat al mogelijk is.

Op de houten zoldertrap klinkt het ratelende gehijg van de oude huisbewaarder, die zichzelf Ellen noemt. Ze heeft een dienblad met ontbijt bij zich. Marnie haast zich naar haar toe om de last van haar over te nemen en bedankt haar met een mengeling van glimlachen en gebaren. Ellen hijgt alleen maar en kijkt daarna over haar schouder, waar nog een hoofd opduikt. Het is niet Gus, maar ze ziet al gauw dat het ook geen Wehrmacht of ss is. Eerst verschijnt een zwarte pet en daarna het gezicht van een vrouw die eruitziet als een tienerjongen, met veterlaarzen, een broek en een kort wollen jack. Ze heeft een mager, blozend gezicht.

'Zeeza,' kondigt Ellen aan. Daarna speurt ze haar geheugen af naar iets anders in het Engels. 'Vriend. Goed.'

Zeeza stapt om Ellen heen en zet haar pet af, waaronder een kort kapsel en een zacht, vrouwelijk gezicht schuilgingen. Ze lijkt wel een combinatie van een elfje en een dickensiaans straatschoffie.

'Gus heeft me gestuurd,' zegt ze in het Engels, met een Nederlands accent en een verbeten trekje om de mond. Het is duidelijk dat Zeeza hier niet uit vrije wil is, maar voor het verzet.

Ellen daalt langzaam de trap weer af, en Zeeza wuift Marnies aanbod om haar bordje met boterhammen met jam te delen weg.

'Weet je waar hij is?' vraagt Marnie. 'Gus, bedoel ik.'

'Op zoek naar informatie, neem ik aan. De kroegen afzoeken. Later in de middag is hij weer terug.'

Ze brengt het droog en zonder gevoel, waarop Marnie zachtjes op haar boterham kauwt en zichzelf beschimpt omdat ze zo gehecht is geraakt aan Gus, als een kind dat zich wanhopig aan haar moeders rok vastklampt.

'Het leek hem een goed idee als ik je vanochtend wat Nederlands bijbracht,' begint Zeeza. 'Net genoeg dat je je kunt redden, wat basisvragen kunt beantwoorden zonder betrapt te worden. Ik heb gehoord dat je wat Duits en Frans spreekt en dat je goed bent in talen, dus zo moeilijk zal het niet zijn.'

'Daar ben ik je dankbaar voor,' zegt Marnie. 'Echt.'

Het elfje slaat haar grote bruine ogen naar haar op. Ze lijkt niet erg overtuigd.

'Ik wil oprecht graag helpen,' bezweert Marnie. 'Ik weet wat jullie waarschijnlijk denken, maar ik ben meegekomen omdat ik dacht dat het de reis van Gus makkelijker zou maken en dat ik kon doorgaan met uitzenden nu Daisy – Corrie – er niet is.' Ze kletst te veel, en dat weet ze ook.

'Corrie komt wel terug' is de korte reactie. 'Dat weet ik zeker.' Daarna vervolgt Zeeza wat minder kortaf: 'In de tussentijd kunnen we natuurlijk alle hulp gebruiken die we kunnen krijgen.'

Dit voelt als een soort wapenstilstand. En Zeeza blijkt een goede lerares. Ze legt Marnie uit hoe ze haar mond moet bewegen om de juiste klank van de Nederlandse klinkers na te bootsen en ze leert haar eenvoudige zinnetjes, begroetingen en uitspraken die alleen echte Nederlanders kennen, plus antwoorden op Duitse standaardvragen en -opmerkingen waardoor ze langs een schildwacht kan zonder de aandacht te trekken. Marnies hoofd staat op ontploffen, maar ze geniet er ook van. Ze voelt zich precies zoals tijdens die dagen in het landhuis toen ze telegrafie en morse leerde met Nancy en de anderen, en tijdens haar studiejaren – de lol van het studeren en kennis vergaren, van doorzetten.

'Tijd voor een pauze,' zegt Zeeza, 'anders neem je niets meer in je op.' Ze stookt het vuur op en zet weer water op voor slappe thee.

Met haar handen om de warme beker en haar ogen gericht op de vlammen in de houtkachel wacht Marnie het juiste moment af. 'Hoelang kent Willem Corrie eigenlijk?'

Ze probeert nonchalant te klinken, maar Zeeza's ogen schieten heen en weer en haar blik verandert in een oogopslag. 'Laten we maar weer gaan oefenen,' zegt ze. 'Ik moet straks weg.'

Het ongemakkelijke moment wordt doorbroken door het geluid

snelle voetstappen op de trap. Geen gehijg maar een vrolijk 'Hé hallo', en dan verschijnt Gus in beeld. Marnie ziet Zeeza's gezicht oplichten en vraagt zich even af of ze zich stiekem tot hem aangetrokken voelt en daarom misschien jaloers was toen Gus opeens kwam aanzetten met een vreemde vrouw.

'Hoe gaat het hier?' vraagt hij.

'Goed, hoor,' antwoordt Marnie. 'Dankzij Zeeza hoef je je hopelijk geen zorgen meer te maken dat je door mij in het gevang belandt.' Zou ze de ijzige Zeeza met een beetje humor wat kunnen ontdooien?

'Ze is veel te bescheiden, Gus.' Zeeza knikt naar haar zonder te glimlachen. 'De basis beheerst ze al.'

'Dat komt dan goed uit, want ik ga je aan het werk zetten, met je radio,' zegt Gus. 'En daar moeten we voor naar buiten.'

Alsof het een gewoonte is lopen ze als een stelletje hand in hand naar het water toe, maar via een route die de militaire aanwezigheid aan de IJhaven zo veel mogelijk vermijdt. In plaats daarvan neemt Gus haar mee naar de rustiger waterkant links van het station, waar de wind over het water zwiept en ze haar sjaal over haar toch al droge en gebarsten lippen trekt. Zelfs midden in de winter lijkt het in Londen nooit zo koud als het hier nu is.

Gus schudt de hand van een schipper en wisselt een paar woorden, waarna ze in een brede sloep stappen die volgestapeld is met dozen en kisten, en in een wolk van grijze diesel de laagstaande, zwakke zon in varen. Ze vraagt niet waar ze naartoe gaan of naar andere details, want ze vertrouwt Gus zoals ze vroeger ook Willem ooit een tijdje vertrouwde. Volledig en zonder voorbehoud.

De sloep vaart over het donkere water naar het noordwesten. De boeg deint op en neer door het andere scheepsverkeer dat heen en weer vaart tussen de twee stadsdelen. Marnie zit op een harde houten bank tussen de kisten, verscholen tegen de kou en verborgen voor de Duitse patrouilleboot die nadert, hoewel hun schipper alleen maar zelfverzekerd zwaait als die voorbijvaart.

'Deze kant op,' zegt Gus als ze op de schamele kade aan de andere kant aankomen, waarna hij haar meeneemt naar een reeks kleine... nou ja, gebouwen kun je ze niet noemen. Het zijn meer hutten, allemaal van hout en duidelijk met de hand gemaakt van restanten van planken en pallets, die iets weg hebben van de schuurtjes in de volkstuintjes thuis, maar dan omringd door bossen met onkruid in plaats van vertroetelde tuinen. In de schemering ziet het er allemaal erg troosteloos uit. Is dit soms hun nieuwe onderduikadres?

Een oudere man doet de deur open van het enige huisje waar rook uit de schoorsteen komt, en tot Marnies opluchting voelt ze zich bij binnenkomst meteen omringd door een behaaglijke warmte.

'Dit is Jacobus,' stelt Gus de man voor. 'Je kunt meteen je Nederlands oefenen, want hij spreekt geen Engels.'

Volgens haar gaat het best aardig – de gebruikelijke kleinigheidjes en veel glimlachen en knikken. De oude man zet thee die meer weg heeft van heet water maar desalniettemin dankbaar genuttigd wordt, terwijl zij en Gus de zendontvanger in elkaar zetten en hij een tijdelijk antenne op het tinnen dak takelt.

Zodra alles in elkaar zit, haalt Gus een vel blanco papier tevoorschijn en een beduimelde Nederlandse tekst die ze nooit zou kunnen vertalen, behalve dan in code. Gus krabbelt zijn boodschap neer en als Marnie die eenmaal heeft gecodeerd en de onsamenhangende letterreeksen seint, voelt ze zich weer helemaal in haar element. Het alfabet blijft hetzelfde en dat is alles wat ze nodig heeft. Terwijl zij werkt, houdt Gus de tijd in de gaten. Het voelt heerlijk om weer te werken, om nuttig bezig te zijn.

Dan begint het wachten. De oude man zit stilletjes in zijn hoekje te lezen alsof hij het gewend is dat zijn nederige huis gebruikt wordt voor verzetswerk, terwijl zij en Gus gespannen de seconden tellen.

'Waar gaat dit naartoe?' vraagt Marnie.

'Haarlem, zo'n twintig kilometer richting de kust,' antwoordt hij. 'Normaal sturen we handgeschreven berichten die met de fiets worden gebracht, maar met dit weer is dat bijna geen doen. De helft van onze fietsen heeft niet eens banden.'

'En daar heb je vrienden?'

Gus knikt. 'Een uitmuntende delegatie patriotten. Zij hebben contacten bij het Oranjehotel en weten misschien of Willem daar is.' Zijn gezicht betrekt. 'Of is geweest.'

'Een hotel?'

Gus wil net de weerzinwekkende ironie van de benaming uitleggen als Marnie gekraak hoort in haar hoofdtelefoon en direct aan het werk gaat. Samen decoderen ze de wirwar aan letters weer in het Nederlands. 'Sluit maar af,' zegt Gus dan. 'De tijd is om. We kunnen niet het risico nemen dat de Abwehr het radioverkeer onderschept, ook al zitten we hier afgelegen.'

Nu het buiten donker wordt komt de oude man met een kaars aan zodat Gus het bericht kan lezen.

'Godver!' Ze heeft geen uitleg nodig om te raden wat hij zegt. Zijn stem en de uitdrukking op zijn gezicht zeggen genoeg. 'Ze weten inderdaad waar Willem is.'

'In de gevangenis? Dat hotel waar je het over had?'

'Gelukkig niet.' Maar Gus kijkt niet blij. Verre van.

'Waar dan?' Marnie kan de spanning nauwelijks aan en heel even vraagt ze zich af waarom. Waarom kan het haar zo veel schelen?

'Hij zit niet in het Oranjehotel,' verduidelijkt Gus. 'Niet meer. Maar het klinkt alsof hij wel in een ziekenhuis zou moeten liggen.'

40

Reparatiewerkzaamheden

8 januari 1941, ergens buiten Amsterdam

Marnie

Vanonder het ruwe zeil kijkt Marnie naar de hoge bergen sneeuw aan weerszijden van de smalle weg, en naar de opkomende waterige zon. Ze vraagt zich af of ze het hele Nederlandse platteland soms te zien krijgt met een smerig zeildoek als omlijsting, hoewel het prettiger is om achter in een oplegger van een tractor tussen de aardappelen te zitten dan in een vrachtwagen van de Wehrmacht op weg naar een enkele kogel en een eenzame dood.

'Gaat het?' vraagt Gus terwijl de tractor over de harde grond hobbelt en de oplegger – en zij – hevig door elkaar worden geschud. 'Een stuk minder comfortabel dan een Londense schuilkelder, hè?'

'Dat wel, maar het ruikt hier beter.' Ze is hem maar wat dankbaar dat hij de conversatie licht en luchtig probeert te houden, vooral omdat ze weet hoe bezorgd hij is sinds hij het bericht over Willem kreeg.

In plaats van terug te gaan naar het centrum van Amsterdam, zoals eerst de bedoeling was, hadden ze de nacht in de hut doorgebracht. Zij in de leunstoel en Gus op de grond. Ze hadden allebei maar weinig geslapen. Maar de oude man bleek pittiger dan hij eruitzag, was al vroeg de deur uit en kwam terug met een plan voor de terugtocht naar het zuidelijke stadsdeel en de gegevens van een boer die zijn vracht moest vervoeren. Het voornaamste is dat er op deze route geen Wehrmacht is die de boel in de gaten houdt.

'Weet je zeker dat je mee wilt?' had Gus gevraagd toen ze zich klaarmaakten voor vertrek. 'Zo te horen is Willem er slecht aan toe. Ik kan ervoor zorgen dat Zeeza je naar het onderduikadres brengt.'

'Ik wil mee,' had Marnie geantwoord, met hernieuwde zelfverzekerdheid. 'Ik ben geen arts of verpleegster, maar bij de BBC was ik wel EHBO'er, dus misschien kan ik iets doen.'

Ze wil vooral Willem in levenden lijve zien, ook al is het niet heelhuids, en het gevoel van rust ervaren dat hij altijd bij haar op wist te roepen. Bovendien heeft hij antwoorden en verklaringen waar zij sinds Londen al op wacht en die het bewijs moeten leveren dat ze niet dom en naïef is. Dat Willem Bakker inderdaad de man is die ze denkt – en hoopt – dat hij is.

De tractor stopt bij boerderij vlak aan de kust. De wind zwiept de zilte lucht over de lege vlakte.

'Haarlem is maar drie kilometer verderop,' zegt de boer.

Hij haalt twee fietsen uit zijn schuur. Er zitten banden op, van elke fiets is er één lek en er is geen materiaal om de banden te plakken, maar ze zijn er erg dankbaar voor. Ze drinken gauw een warme beker surrogaatkoffie en als ze afscheid nemen en de boer ze uitzwaait, schieten zijn ogen heen en weer over het landschap, altijd bedacht op Duitsers in de buurt.

'Blijf op de paden en de dijken, want die zijn te smal voor militaire vrachtwagens,' waarschuwt hij, en dan gaan ze op weg.

Het fietsen is ontzettend zwaar op het met sneeuw bedekte puinpad en het duurt niet lang voordat Marnie zit te zweten onder haar dikke jas, met brandende kuiten en pijn in haar longen, die wel een blaasbalg lijken in deze ijzige lucht. Ze is gewend aan de trappen naar de zesde verdieping van Broadcasting House, maar dat blijkt niet genoeg oefening. Af en toe rijdt ze onverhoeds over een steentje en belandt ze bijna in de greppel.

'Zit je nog overeind?' roept Gus over zijn schouder als hij haar gilletjes en gekreun hoort. Ook zijn gezicht ziet rood van de inspanning.

'Ja, het gaat prima,' bromt ze. Het gaat helemáál niet, maar iedereen brengt offers en daarbij vergeleken stelt dit niets voor.

Bijna een uur later zien ze in de verte een stadje opdoemen met een hoge kerktoren die hen als een baken aanspoort om harder door te trappen. Hoewel Marnie in gedachten vooral bezig is met Willem, kijkt ze vol verwondering om zich heen. Alles ziet er zo typisch Nederlands uit dat het rechtstreeks uit een geschiedenisboek lijkt te komen. Een riviertje kronkelt tussen een wirwar van middeleeuwse huizen door – huizen van rode baksteen, sommige smal en hoog, andere laag en breed, en allemaal met opvallende gevels. Ze rijden over het marktplein langs de kerk met de hoge toren. Er lopen een paar vrouwen met witte kapjes en Marnie verwacht half dat ze zo de schandpaal zal zien en dat er uit een van de steegjes een soort Robin Hood zal verschijnen. Volgens Gus is Haarlem inmiddels een goede schuilplaats voor dissidenten en Marnie begrijpt precies waarom. Met al die hoekjes en gaatjes in de straten van de stad kan ze zich indenken wat voor kelders en zolders er achter die gevels schuilgaan, wat voor gangenstelsels en holle schoorstenen. In welk huis zou Willem onderdak hebben gevonden?

Nadat ze hun fietsen hebben neergezet, leidt Gus haar te voet door een doolhof van straatjes naar de deur van een gesloten tabakszaak. Boven horen ze een raam opengaan en ze kijken op, maar het raam wordt alweer gesloten. Even later gaat de deur open en worden ze door een vrouw binnengelaten in een donkere gang.

Marnie vangt iets op van wat ze in het Nederlands tegen elkaar zeggen.

'Hoe gaat het met hem, Diet?' vraagt Gus ongeduldig.

De uitdrukking op het gezicht van de vrouw spreekt boekdelen. De zon schijnt door de kleine raampjes in het trapgat als ze de klim naar de derde of vierde verdieping beginnen. Daar opent Diet een deur naar een kamer die in halfduister gehuld is.

Tegenwoordig schrikt Marnie niet meer zo snel, maar haar handen vliegen naar haar gezicht zodra ze hem ziet, terwijl Gus kreunt van ellende. Willems gezicht zit vol sneeën en ziet pimpelpaars en zijn mond en een oog lijken tot moes geslagen. En dat is alleen maar wat er boven de lakens uit komt. Ze vraagt zich af of het voor Willem net zo'n schok was om haar in haar ziekenhuisbed te zien, die dag na de landmijn, hoewel ze daar in elk geval in een schoon bed lag in een steriele omgeving, omringd door verpleegsters die zich geluidloos door de lichte, grote zaal bewogen.

Gus haast zich naar het bed waar hij neerknielt en zijn gezicht in de dekens begraaft, terwijl Willem zijn hand uitsteekt. Gus mompelt iets in het Nederlands – opgelucht dat zijn beste vriend in elk geval in leven is, maar volkomen van streek door hoe ernstig hij toegetakeld is.

Vanuit de deuropening ziet Marnie dat Willem met het oog dat niet dichtzit naar haar kijkt en zijn hoofd even optilt.

'Het gaat wel, Gus,' probeert hij hem tussen zijn verwrongen lippen door gerust te stellen. 'Echt. Het ziet er erger uit dan het is.'

Hij liegt dat hij barst natuurlijk, maar Marnie heeft het gevoel dat Willem ontzettend opgelucht is om hen allebei te zien. In een oogwenk is de band tussen de twee mannen hechter dan die tussen broers.

Met veel pijn en moeite werkt Willem zich omhoog om een slokje water te drinken dat uit zijn gezwollen mond over zijn kin druppelt. 'Ik lijk verdorie wel een baby,' mompelt hij.

Diet drentelt wat rond en laat zich niet door humor afleiden van de ernstige toestand waarin Willem verkeert. 'Hij heeft een dokter nodig,' zegt ze in vloeiend Engels. 'Maar de huisarts moest gisteravond naar een bevalling en hij is nog niet terug.'

'Ik kan best wachten,' protesteert Willem.

'Jij misschien wel, maar die wond niet!' snauwt ze terug. 'Dat is een open wond en als die geïnfecteerd raakt, heb je straks gangreen.'

'Laat eens zien,' zegt Marnie. 'Ik kan niets beloven, maar misschien kan ik helpen.'

Willem verwringt zijn mond tot een soort glimlach. 'Van alle markten thuis, nietwaar Miss Fern?'

'Nou ja, ik ben niet helemaal hiernaartoe gekomen om gezellig een praatje te maken, Mr Bakker. Ik vind het alleen jammer dat ik geen chocolaatjes voor je heb.'

'Ik ben al dankbaar voor het goede gezelschap.'

Willems gezicht ziet er al schrikwekkend genoeg uit, maar zodra Marnie de jaap onder zijn linkerschouderblad ziet, krimpt ze zichtbaar ineen. Het is een lange, diepe snee met rafelige randen die een warboel van donkerrode en paarse spieren blootlegt. Om de wond heen valt op zijn brede rug een scala aan misselijkmakend misbruik af te lezen – bont en blauw met groen en paars, Marnie kan de laarsafdrukken bijna zien. Maar de open wond heeft nu het dringendst aandacht nodig, want daar begint het bloed al te stollen en het vlees af te sterven. Gelukkig ruikt het niet alsof er al bacteriën aan het werk zijn, hoewel ze vreest dat dat niet lang meer zal duren.

'Hoe is dit gebeurd?' vraagt ze aan Willem.

'Ik heb geluk gehad. Ik bukte net om over een hek te springen, dus de kogel heeft me alleen maar geschampt. Als ik meer rechtop had gestaan, had ik nu niet met je liggen praten.'

'Je praat misschien wel, maar dit is niet bepaald een schaafwond.' Marnie denkt aan haar eigen verwondingen na de landmijn. De granaatscherven zaten er diep in en hadden flink pijn gedaan en zelfs nu, een maand later, heeft ze nog last van de littekens. Ze draait zich om naar Diet en raapt haar moed bij elkaar. 'Als je wat spullen voor me hebt, kan ik het wel hechten,' zegt ze, niet geheel overtuigd of ze dat echt wel kan. Ze geeft een lijstje op: alcohol, een dunne naald, garen, uitgekookte verbanden, een kleine schaar en kokend water. Ze zegt er maar niet bij dat een flinke dosis zelfvertrouwen ook goed van pas zou komen.

'Diet heeft gelijk,' zegt ze tegen Willem. 'Die wond moet gehecht en wel zo steriel mogelijk. Daar moet ik echt de tijd voor nemen. Kun je dat hebben?'

'Als ik maar een flinke slok van die alcohol krijg. Zaten we maar bij De Hems, hè, met een goed glas cognac bij de hand.' Dan wordt hij ernstig. 'Ik moet het je toch vragen, Marnie... heb je zoiets ooit eerder gedaan? Ik weet dat je snel leert, maar zeg alsjeblieft dat dit niet je eerste poging tot chirurgie is.'

Ze schudt haar hoofd. 'Nee, dit is niet de eerste keer. Bij de BBC heb ik de EHBO-cursus voor gevorderden gedaan en ik heb een keer een afschuwelijke wond aan de vinger van een geluidstechnicus gehecht.'

'Mooi,' zegt hij met een knik. 'Nog één vraag.'

'Ja?' Marnie slikt moeizaam. Nu moet ze misschien opbiechten dat die wond drie keer zo klein was als deze en lang niet zo diep. En dat ze bang is dat ze hier helemaal niet toe in staat is.

'Leeft die geluidstechnicus nog?' Hij klinkt luchtig, maar met een serieuze ondertoon.

'Die is gelukkig springlevend.'

'Ga je gang dan maar, dokter Fern. Naai maar een eind weg.'

Het is in elk geval vooruitgang, denkt ze. Tot op zekere hoogte heeft hij vertrouwen in haar, maar het heeft een prijs. Zou het andersom ook zo werken?

Wanneer Marnie de spullen opbergt, valt Willem in slaap, uitgeput als hij is door de pijn en de flinke slokken cognac die hij opheeft om die te verzachten. Gus had de hele tijd zijn hand vastgehouden en het zweet van zijn gezicht geveegd; ze had Willems gezicht niet kunnen zien, maar had de spanning goed gevoeld als hij zijn tanden op elkaar klemde en zijn spieren vertrokken. Marnie had tijdens de hele 'operatie' het gevoel dat ze in brand stond en dringend water moest drinken, maar ze wilde geen bacteriën aan haar handen, die ze voordat ze was begonnen had gewassen en geboend tot ze rood zagen. Het belangrijkste wat ze tijdens de EHBO-cursus had geleerd was dat de wond gespoeld moest worden en er geen bacteriën bij mochten komen. De alcohol gebruikte ze om de wond mee nat te maken, waarna ze de minuscule metaalsplinters uit zijn vlees pulkte. Met de gesteriliseerde draad naaide ze zijn huid uiteindelijk dicht – en nog netjes ook, dacht Marnie – tot er een langwerpig litteken over was. Al die uren die ze als kind had besteed aan het nabootsen van opa's keurige naaiwerk hadden dan eindelijk hun vruchten afgeworpen. Van een lap stof had ze nooit een kledingstuk kunnen maken, maar blijkbaar werkte het bij mensen toch anders.

Tijdens het hechten had ze zich volledig geconcentreerd op het weefsel. Pas nu ze het bloed van haar handen staat te wassen, denkt ze aan het gevoel van zijn vel onder haar vingers, de spaarzame plekjes ongeschonden gladde huid, en hoe hij leek te ontspannen als ze hem daar aanraakte. Wat ook zo gek is, is dat ze weer moet denken aan die avond dat ze elkaar voor het eerst ontmoetten en ze na het bombardement de neiging moest onderdrukken om een veeg van zijn neus te poetsen. Waar staan ze nu eigenlijk precies, na alles wat er is gebeurd?

Bij Diet in de keuken zit Gus in een kop koffie te staren – de eerste echte koffie die ze in Nederland te drinken krijgen.

'Het is mijn laatste beetje, maar hij ziet eruit alsof hij het wel kan gebruiken,' zegt Diet zacht met een knik naar Gus terwijl ze naast Marnie komt staan bij het fornuis. 'En jij hebt het zeker verdiend.'

Ze vertelt dat Willem buiten Haarlem langs de oever van een kanaal was gevonden door een man uit de buurt. Daar was hij verstopt of gevallen; hij was maar half bij bewustzijn en in een delier. 'Ik heb m'n best gedaan, maar ik ben geen verpleegster en ik heb ook andere mensen om voor te zorgen. Ik denk dat het wel beter met hem zal gaan nu jullie hier zijn – ik heb hem vandaag voor het eerst redelijk normaal horen praten. En grapjes horen maken.'

'We zijn je ontzettend dankbaar,' zegt Gus, 'en ik beloof je dat we hem zo snel mogelijk zullen verplaatsen. Heeft hij aangegeven waar hij is geweest?'

'Nog niet. Aan de staat van zijn lichaam te zien kunnen we er bijna zeker van zijn dat hij werd vastgehouden door de Duitsers, maar God weet hoe hij heeft weten te ontsnappen. In zijn verwarring mompelde hij steeds maar twee namen: "Corrie" en "Kees", soms echt heel erg ontdaan. Ik neem aan dat jullie weten wie dat zijn?'

'Ja,' antwoordt Gus, en daarmee is de zaak afgedaan; Diet wil het niet weten en Gus kan zich er niet toe zetten om erover te beginnen. Alleen Marnie brandt van nieuwsgierigheid.

'Het spijt me, maar ik moet vandaag nog terug naar Amsterdam,' begint Gus, tot overduidelijke teleurstelling van Diet.

'Ik kan wel blijven,' zegt Marnie snel. 'Dan kan ik je helpen met Willem.'

'Meen je dat?' Diets gezicht klaart op. 'Ik durfde hem niet alleen te laten, en ik moet dringend boodschappen doen voor wat oudere mensen. Ik maak een bed voor je op in de kamer hiernaast. Wat fijn om even echt gezelschap te hebben.'

Gus vertrekt laat in de middag. Eerst gaat hij nog even bij Willem langs om te zien hoe het gaat en waarschijnlijk ook om wat informatie los te peuteren, maar hun patiënt is nog steeds buiten westen. 'Maar hij ademt heel regelmatig,' verzekert hij Marnie. 'En hij snurkt. Hij is een taaie.'

Hij laat Marnies radio achter en het codeboek en ze spreken af dat ze de volgende ochtend om negen uur contact zullen maken.

'Als Willem eenmaal wakker is, moet je zo veel mogelijk uit hem proberen te trekken. Als hij enig idee heeft waar Corrie is, moeten we dat direct weten.'

'Begrepen.'

Buiten de deur van de winkel draait Gus zich nog een keer om. Op zijn gezicht is de bezorgdheid om zijn vriend nog duidelijk zichtbaar. 'En bedankt, Marnie. Ik wil best toegeven dat ik eerst mijn twijfels had... dat heb je vast wel gemerkt. Maar je hebt Willem enorm geholpen. En ons ook.'

'Dat is ook alles wat ik wilde,' zegt ze. 'Een bijdrage leveren.'

41

Bluffen

8 januari 1941, Huis van Bewaring, Amsterdam

Corrie

Ze is zo goed als uitgedroogd. Van angst droogt je speeksel op en het kleine beetje water dat ze krijgt is niet genoeg om uitdroging tegen te gaan. Corries huid lijkt wel van krijt en ze heeft een zeurende pijn in haar nieren. Ze voelt zich net een lege huls.

Het maakt vast allemaal onderdeel uit van het plan, denkt ze, evenals het feit dat Selig er vandaag niet is om haar eens lekker te treiteren. Soms is de angst voor pijn erger dan de ervaring zelf, zoals ze zo vaak met haar medeverzetsleden besproken had – hoewel het woord 'marteling' nooit direct was gevallen. *Maar ik kan het*, denkt ze, *ik kan wel tegen die klootzak op*. Ze probeert zich nu al voor te stellen hoe veel pijn het zal doen als ze een paar flinke trappen tegen haar bovenlijf krijgt. Van die gemene trappen, waar echte haat achter zit. Ze concentreert zich op het moment dat die voet haar raakt. Dat is het moment waarop ze zich in gedachten Amsterdam in een voorjaarszonnetje voorstelt, met Hendrik een biertje drinkend aan de gracht voordat de Duitsers kwamen; de eerste keer dat ze van haar vader een boek mocht uitzoeken in de winkel; een eindeloze zomerdag toen de kinderen klein waren. Al die levendige herinneringen kunnen haar door een heleboel ellende en pijn heen helpen – hoopt ze tenminste.

Gisteren hoorde Corrie hem op de gang. Zijn stem weerkaatste tussen de muren terwijl hij met de bewakers praatte. Ongetwijfeld allemaal voor haar in scène gezet.

'Nee, nog geen ondervraging,' had Selig bevolen. 'Niemand komt aan haar zonder dat ik er ben.'

'Maar majoor Weber heeft gezegd...'

'Ík praat wel met majoor Weber,' onderbrak Selig hem giftig. 'Voorlopig wil ik dat ze fit genoeg is om op korte termijn verplaatst te worden. Dit is een zaak van de Abwehr, en ze is nog bruikbaar. Begrepen? Er gebeurt hier niets zonder mij.'

De opluchting over het uitstel maakte al snel plaats voor de doodsangst waar ze nu zo wanhopig tegen vecht. Hoe bedoelt hij 'bruikbaar'? Hij moet toch onderhand weten dat ze niets loslaat over zaken die het verzet kunnen schaden, in elk geval niet vrijwillig of zonder extreme provocatie. En nu kan hij Willem ook niet gebruiken, zo beweert hij tenminste.

Al dat bluffen is waar Corrie vooral zo'n hekel aan heeft, die opeenstapeling van onwaarheden. Dat mensen – Nederlanders, Duitsers, Joden, niet-Joden – er niet meer op kunnen vertrouwen dat ze trouw zijn aan zichzelf of aan de mensen die ze vroeger als vrienden beschouwden. De oorlog heeft zo veel mensen bang gemaakt en daarmee zo gedwee. Maar wat nog erger is, is dat er van het vertrouwen tussen hele culturen niets meer over is.

En wat is een wereld zonder dat vertrouwen?

Dit dus, denkt ze in zichzelf. Een ijzige cel met die mensonterende stank die uit de stenen vloer opstijgt.

Corrie draait zich om op het iele matrasje, trekt haar knieën op naar haar borst en neemt in gedachten een boor ter hand om de muur van haar eigen geest te bewerken. Als je het maar graag genoeg wilt, kun je eindeloos je verlangen naar vrijheid aanboren en je geest verlossen. Ze doet haar ogen dicht; de boeken op de denkbeeldige planken vervoeren haar al snel naar duizend andere werelden, vol leven en liefde.

42

Harde waarheden

8 januari 1941, Haarlem

Marnie

Marnie zit naast Willem te dutten als ze hem onder de dekens hoort bewegen.

'Rustig, rustig,' waarschuwt ze hem. 'Probeer nog maar niet op je rug te liggen.'

'Elke centimeter van mijn lijf staat in brand,' zegt hij met krakende stem terwijl hij ongemakkelijk op zijn zij draait.

'Diet is ergens aspirine halen, dat mag je op rantsoen hebben.'

'Verdorie – spek en eieren, en nu ook pijnstillers. Is er nog iets wat níét op rantsoen is?'

'Medeleven?' oppert Marnie.

'Daar wil ik wel een dosis van, Miss Fern, maar ook niet te veel, anders kom ik nooit dit bed uit.' Voorzichtig betast hij zijn gezicht, de korsten op zijn lippen en het gezwollen oog dat inmiddels gelukkig open is en alleen wat bloeddoorlopen. 'Ben ik nog steeds wel woest aantrekkelijk?'

'Crimineel knap.'

'Dan is het goed. De nazi's mogen gerust een vinger van me, maar zonder mijn knappe uiterlijk kan ik niet.' Hij moet lachen om zijn eigen ijdelheid maar prompt verslikt hij zich. Met een gepijnigd gezicht hoest hij het uit.

Marnie helpt hem snel aan een slok water, met zijn hand om de hare geslagen om het kopje vast te houden. Zijn gezicht is bleek, terwijl het hare pijnlijk rood aanloopt, een reactie die haar het nodige ongemak bezorgt. Gelukkig heeft ze een ernstige kwestie om hem mee af te leiden. 'Er is me opgedragen om je te ondervragen.'

'Nou, je ziet er een stuk beter uit dan de gemiddelde officier van de Abwehr en je hebt geen zware knuppel bij je, dus ga je gang.'

Hoewel Marnie weinig zin heeft om te denken aan de BBC en alles wat die nu bij haar oproept, stelt ze zich dit voor alsof ze aan een script moet werken dat, in Raymonds terminologie, 'nog wat aandacht' nodig heeft – met andere woorden: volledig herschreven moet worden. Als ze één ding heeft geleerd, dan is het dat je bij elke uitdaging bij het begin moet beginnen. De eerste bladzij.

'Goed dan,' zegt ze. 'Die avond dat je bij De Hems vertrok, zei Gus dat je een briefje had gekregen en dat je er daarna snel vandoor was gegaan. Wat stond er in dat briefje?'

Willem doet zijn ogen dicht om zich te concentreren, of om de aanhoudende pijn te temperen. 'Daar stond in dat mijn zusje dood was. Kees. Dat heb je waarschijnlijk wel gehoord.'

'Ja, en ik vind het heel erg voor je.'

'Ik wist dat het van Daisy kwam, omdat het rechtstreeks aan mij geleverd werd. We hadden een diplomatiek contact waar alleen wij tweeen iets van wisten. Daisy zou daar nooit gebruik van hebben gemaakt als het niet heel dringend was, dus ik moest wel gaan.'

'Maar ik begrijp het niet. Als het zó dringend was, waarom ben je die avond dan nog naar Hungaria gegaan?'

Willems ogen worden groot van verbazing.

'Ik heb je daar gezien,' legt ze uit. 'Gus zei dat je het over een restaurant in een kelder had, dus gokte ik dat je daar was.'

'Het is niet wat je denkt, Marnie.'

'Wat is het dan wel, Willem?' Ze moet echt moeite doen om haar frustratie in te slikken. 'Zeg het alsjeblieft, want ik snap niet wat jij daar moest, op die plek waar ik al een vijfde-colonnist van me af had moeten slaan, in een achterkamertje samen met mijn baas. Mijn vriend. De baas die een paar dagen later voor mijn ogen werd afgevoerd op verdenking van verraad.'

Met moeite gaat Willem rechtop zitten. 'Laat het me dan ook uitleggen.'

'Heel graag, Mr Bakker.'

Hij kon pas vroeg in de volgende ochtend weg, vertelt hij Marnie, en hij had nog wat zaken af te handelen. 'Na jouw ontmoeting met die Mr Smith ben ik wat rond gaan vragen,' zegt hij. 'Ik heb een contact bij de Britse veiligheidsdienst gepolst over vermoedelijke infiltratie bij de BBC.'

'En?' Eigenlijk weet Marnie niet of ze het wel wil horen, maar daar is het nu te laat voor.

'Raymond stond al geregistreerd als "verdacht", en mijn contactpersoon noemde het Hungaria als een mogelijke ontmoetingsplaats voor nazisympathisanten.'

'Dus ging je ernaartoe. Om wat te doen?' vraagt ze verder. 'Raymond te arresteren? Bij hem in het gevlij te komen om hem in de val te laten lopen?'

'Nee!' protesteert Willem geschrokken, bijna geïrriteerd. 'Ik heb hem opgezocht om hem te waarschuwen.'

'Waarvoor?'

'Voor jou, Marnie!' Hij laat zich achterover zakken met een hand op zijn pijnlijke beurse buik. 'Ik ben naar hem toe gegaan om hem te waarschuwen dat hij bij je uit de buurt moest blijven. Ja, ik heb net gedaan of ik hun ideeën deelde om toegang te krijgen, maar daarna heb ik hem in heldere bewoordingen te kennen gegeven dat hij je in gevaar bracht. Dat jij in de schijnwerpers zou komen te staan als hij niet wegging bij de BBC.' Willem herpakt zich even. 'Luister, alles wat we deden sinds Gilbert overleed, bleef onder de radar, om het zo maar te zeggen. De Britse veiligheidsdienst liet ons min of meer begaan. En omdat wij een lek binnen het Nederlandse verzet vermoedden, kwam ons dat goed uit. Dus stel je eens voor hoe het was overgekomen als de Britten jou 's avonds met een zendontvanger door Londen hadden zien rennen en overdag nauw zagen samenwerken met een vermoedelijke vijfde-colonnist. Dan was een optelsommetje gauw gemaakt.'

Marnie is volledig uit het veld geslagen. Nog erger dan die dag voordat ze Groot-Brittannië verliet, toen ze Raymond vrijwel gelijktijdig zag blozen en wit zag wegtrekken van angst. Ze snapte dat haar baas de eenzaamheid die hij voelde sinds de dood van zijn vrouw had proberen te verbergen met vrolijkheid. Marnie had het toen een beetje gerechtvaardigd door te denken dat dit waarschijnlijk de manier was waarop dit soort lui te werk gingen – ze hebben het gemunt op mensen die in een gat zijn gevallen als gevolg van de oorlog en andere ellende. Die nazisympathisanten hadden natuurlijk een betere wereld beloofd, precies zoals Hitler dat steeds weer met het Duitse volk doet. Het was fout van Raymond en hij was zwak geweest. Toch kan Marnie hem maar moeilijk veroordelen en houdt ze nog steeds van hem, van zijn vrijgevigheid en zijn vriendelijkheid. Van de Raymond die ze kent.

'Dus heb jij de politie op hem afgestuurd,' veronderstelt Marnie.

'Nee,' zegt Willem. 'Dat had ik moeten doen, maar ik was bang dat het je enorm zou kwetsen. Dus zei ik tegen Raymond dat hij ontslag moest nemen en moest vertrekken en dat ik, als ik merkte dat hij het contact met die verraders niet had verbroken, hem zou aangeven. Hij wist niet dat ik het land uit zou gaan – ik hoopte dat het dreigement hem zo bang zou maken dat hij zou luisteren.'

'Wie heeft hem dan wel aangegeven?'

Willem haalt zijn schouders op. 'Mogelijk de Britse veiligheidsdienst. Ze hadden hem toch al op het oog. Het was een kwestie van tijd.'

'En dat heb je allemaal gedaan om mij te beschermen, terwijl je zelf midden in al die narigheid zat?'

Willem steekt zijn hand uit naar zijn water, met zijn gezicht afgewend. 'Ja. Waarom zou ik dat niet doen?'

Ze hebben even pauze nodig voordat ze verdergaan. Marnie in ieder geval. Ze zet thee voor Willem – een versterkend brouwsel, volgens Diet – maar hij trekt zijn neus op als hij de sterke geur opsnuift.

'Wat is dit in godsnaam?' vraagt hij met een van afkeer vertrokken gezicht.

'Drink nou maar op,' zegt ze stekelig, weer helemaal in de rol van ondervrager. 'Laten we het eens over Daisy hebben. Corrie.'

Hij haalt diep adem. 'Ik kwam totaal oververmoeid en smerig in Amsterdam aan. Ik had natuurlijk naar een onderduikadres moeten gaan en eerst met de verzetscel moeten praten, maar in plaats daarvan ben ik naar ons huis gegaan, zo wanhopig was ik om haar te zien.'

Dat steekt, denkt Marnie – óns huis, zelfs nu ze weet hoeveel hij voor Corrie voelt. Ze doet extra haar best om haar gezicht in de plooi te houden. 'Wat trof je daar aan?'

'Er was niemand, de hele tent was overhoopgehaald en het was er ijskoud. Er was duidelijk al dagen niemand meer geweest. Ik heb me gewassen en ben naar de buren gegaan, die vertelden dat ze om een boodschap was gegaan en nooit was teruggekomen. Er was daar ook een jongetje dat haar vooral erg miste. Felix, heette hij.'

'Wat heb je toen gedaan?'

'Ik ben op zoek gegaan naar informatie. In de kroegen waarvan ik weet dat er flink geroddeld wordt. Het duurde niet lang voor ik erachter kwam dat ze in het Huis van Bewaring zat.'

Marnie ziet zijn gezicht vertrekken bij de herinnering, en de angst die daarmee gepaard gaat.

'Ik dacht niet na, Marnie, dat weet ik nu zelf ook wel. Ik tolde nog van het nieuws over Kees en ik moest er niet aan denken dat er nog iemand van wie ik hou zo'n afschuwelijk lot zou treffen. Bovendien had ik te veel bier gedronken op een lege maag, en dat maakte me roekeloos.'

'Dus je bent doodleuk naar die gevangenis toe gegaan? En jij dacht echt dat je dat zelf wel kon, in je eentje tegen het Derde Rijk?'

Berouwvol kijkt hij haar aan, als een kleine jongen die met zijn hand in de snoeppot wordt betrapt. 'Ik dacht niet na, Marnie, dat is het nu juist. Ik heb van iemand die ik ken een Wehrmachtuniform geleend en heb geprobeerd me naar binnen te kletsen. Ik had geen plan. Ik moest haar alleen koste wat het kost vinden.'

Marnie kijkt hem zwijgend en vol ongeloof aan.

'Precies, ja,' zegt Willem half lachend. 'Ik heb de tweede deur niet eens gehaald. Het is dan ook niet gek dat ik een kamer in het Oranjehotel toebedeeld kreeg. Maar tijdens mijn verblijf bij onze Duitse gasten heb ik wel iets ontdekt. Voor mijn glorieuze ontsnapping.'

'En dat is? Behalve dan dat je niet onsterfelijk bent, Willem Bakker?'

Ondanks de vallende duisternis in de kamer ziet ze zijn gezicht betrekken.

'Er loopt een officier rond met een bepaalde zwakte.'

'Wat voor zwakte?'

'Hij is even vastbesloten om geheimen los te peuteren als wij. En om hoe dan ook te winnen. En ik reken erop dat hij er nu alles aan zal doen om mij te pakken te krijgen.'

Zijn naam is Selig, vertelt Willem haar. Lothar Selig. Hij is zich omhoog aan het werken in de Abwehr. Deze nazi wist maar al te goed dat Corrie betrokken is bij het verzet, en Willem ook. Bovendien kende hij Kees. Van heel dichtbij. En op de een of andere manier wist hij wat het familieverband was, ondanks het feit dat Kees een andere achternaam had aangenomen.

'Hij heeft tot in detail verteld dat Kees met hem had geflirt en hem het hof had gemaakt, maar dat hij vanaf het begin doorhad dat ze een infiltrant was.'

'Geloof je dat?'

Willem schudt verwoed zijn hoofd. 'Dar was Kees veel te goed voor. Ze was maandenlang in Den Haag undercover geweest zonder dat iemand ook maar een vermoeden had, dus iemand moet haar erbij gelapt hebben.' Weer ademt hij diep in en zijn ogen schieten vuur. 'Hij noemde haar een hoer, Marnie. Als mijn handen niet geboeid waren geweest had ik hem de nek omgedraaid, dat zweer ik je.'

'Dan is het maar goed dat je geboeid was. Anders was je nu dood geweest.'

Willem lijkt niet overtuigd.

'En wat nu?' vraagt Marnie. 'Is er een manier om Corrie uit dit... Huis van Bewaring te krijgen?'

'Niet door haar ouderwets te helpen uitbreken – dat is zelfmoord voor het verzet en kost meer levens dan we ons kunnen veroorloven.'

'Wat dan?'

Willem glimlacht met een nieuwe roekeloosheid die Marnie hevig verontrust. 'Ik lok haar naar buiten door zijn ambitie aan te spreken, en zijn ego,' zegt hij vol overtuiging. 'En als het moet geef ik me in ruil voor haar over aan Selig. Hij weet inmiddels wel dat ik in Engeland ben geweest en nauwe banden heb met de regering in ballingschap, dus ben ik een mooie buit voor de Abwehr. En voor hem is dit onderhand een principekwestie geworden.'

Marnie is verbijsterd en maakt daar geen geheim van. 'Dat is gestoord, Willem! Je hebt deze afranseling al nauwelijks doorstaan, en de volgende overleef je zeker niet. Ze weten echt wel informatie uit je los te krijgen, hoe volhardend je ook bent. Ieder mens heeft een breekpunt. Hoe kun je in hemelsnaam denken dat dit iets toevoegt aan de strijd?'

Het verbaast haar niet dat hij zich wil opofferen voor de vrouw van wie hij zo veel houdt, maar een plan dat zo duidelijk gedoemd is te mislukken vervult haar van afschuw. Als je het al een plan kunt noemen. Marnie schrikt ook van haar eigen reactie – een misselijk gevoel, een steek in haar hartstreek. Het is een felle reactie op het idee van een wereld zonder Willem – háár wereld zonder Willem.

Toch is hij vastbesloten. 'Ik heb echt geen zin om een plek in het Oranjehotel te reserveren hoor, geloof me,' zegt hij. 'We gaan de val heel voorzichtig regisseren, in ons voordeel. Een fijn gesponnen web, kun je wel zeggen.'

'En als het misgaat? Stel nou dat ze bij de Abwehr best slim zijn en je motieven in twijfel trekken?' dramt ze door. 'Als deze Selig zich omhoog probeert te werken binnen de Abwehr, dan is hij niet dom.'

'Dan zorgen wij dat we hem twee stappen voor blijven.'

'En als dat niet lukt?' Ze speelt de advocaat van de duivel om zijn leven te redden.

'Dan is het liefste wat ik nog in deze wereld heb in elk geval veilig. Dat is het enige wat telt.'

Als Marnie de volgende ochtend contact opneemt met Gus, bestaat haar bericht uit slechts twee zinnen: *Malloot is herstellende. Kom je vriend tegen zichzelf beschermen.*

43

Het plan

Marnie

Pas de volgende dag is Willem in staat om uit bed te komen en het duurt nog eens vierentwintig uur tot ze hem naar Haarlem kunnen vervoeren, hoewel hij nog steeds krom loopt van de kneuzingen aan zijn bovenlijf. Met de fiets gaan is geen optie en er is geen handig Duits vervoermiddel beschikbaar, dus gebruiken ze wat ze voorhanden hebben.

'Ik hoop maar dat dit geen voorteken is,' zegt Willem als hij in de doodskist onder een lijkkleed gaat liggen. Diet heeft zijn gezicht gepoederd en omgetoverd tot een overtuigend dodenmasker. 'Maar ik moet zeggen dat dit erg lekker ligt. Jammer dat niemand er ooit iets van merkt.'

'Gedraag je nou maar, en hou je mond,' zegt Gus streng alsof hij het tegen zijn kleine broertje heeft. 'Als de schildwacht erop staat dat we de kist openmaken moet je je adem inhouden, dus als ik jou was zou ik dat dood zijn maar alvast gaan oefenen.'

'Ja, meneer.'

Zijn gezicht verdwijnt onder het hout waar heel subtiel luchtgaatjes in gemaakt zijn. Marnie kijkt met een gespannen uitdrukking toe.

'Dit is de enige manier, ben ik bang,' zegt Gus tegen haar. 'Ik zie je in Amsterdam weer. Zeeza zorgt ervoor dat je daar veilig aankomt.'

Die doodskist is maar een truc, zegt ze tegen zichzelf. Het is niet de werkelijkheid. Hoewel ze onderhand niet meer weet wat er verstaan kan worden onder 'werkelijkheid'. Marnie durft al dagen niet te denken aan haar vorige leven, aan haar ouders die nietsvermoedend in Schotland zitten en aan Susie, die zich wel zal afvragen waarom haar nicht niet ten minste een brief heeft gestuurd vanaf haar zogenaamde nieuwe plek bij de BBC op het platteland. Stel nou dat Susie via de BBC contact probeert te maken met Raymond? Aan Britse zijde zullen er dan zeker vragen rijzen. Als Marnie ooit terugkeert, heeft ze heel wat uit te leggen.

Als.

'Als' is nog nooit een vraagteken geweest; ze ging altijd uit van 'wanneer'. Maar hoe meer ze verwikkeld raakt in deze oorlog, hoe groter de kans op haar dood en hoe melodramatischer haar gedachten worden.

Zeeza is in elk geval wat beter geluimd, blijkt als ze elkaar weer zien. Soms is ze zelfs bijna vriendelijk. Aan de keukentafel bij Diet oefent ze met Marnie nog wat scenario's en ze voeren met z'n drieën een gesprek in het Nederlands zoals vrienden dat bijvoorbeeld in een kroeg zouden doen; Marnie zal in elke geval waarschijnlijk niet verstijven als ze in het Nederlands of Duits toegeblaft wordt.

'Na het middageten vertrekken we naar de stad, dan zijn we voor het donker bij Corries huis,' zegt Zeeza.

'Gaan we niet terug naar de zolder van de kerk?'

Zeeza schudt haar hoofd. 'Het huis van Corrie is dagenlang geobserveerd. Het is helemaal doorzocht en de Duitsers hebben er niets meer mee vandoen. Als wij er niet intrekken, doet iemand anders het wel. En we hebben Felix ook nog.'

'Wie is Felix?'

'O, die zul je vast aardig vinden,' zegt Zeeza stellig. 'En hij jou ook.'

Amsterdam komt op Marnie weer ontzettend stil en rustig over, ondanks de trams en bussen, het gesputter van boten in de grachten en de kermismuziek van de draaiorgels op de hoeken van de straten. Nergens herrie van werkzaamheden, en wanneer het donker wordt klinkt er geen sirene en geen gebrom van aanstormend gevaar.

In plaats daarvan ziet ze soldaten nors onder hun helmen vandaan turen of donkerharige vrouwen lastigvallen die zich naar huis haasten om confrontaties juist te vermijden. Net als eerder vervult die militaire aanwezigheid haar met doodsangst, vooral met die zware laarzen die extra hard klinken op de oude kinderkopjes. Marnie vraagt zich af of die zolen soms speciaal door de Duitsers ontworpen zijn om luider te klinken. Dat is het soort psychologische oorlogsvoering waar Hitler zo vaak gebruik van maakt – alsof het volume van het schoeisel opgeschroefd is om angst te zaaien. Precies zoals thuis het vooruitzicht van een luchtaanval de inwoners elke avond naar de schuilkelders doet rennen, is de angst hier net zo effectief als een wapenstok. Hitler mag dan gek zijn, denkt ze, hij weet wel precies wat hij doet.

Eenmaal bij het huis en de winkel aan de Prinsengracht lijkt Zeeza opgelucht dat de ramen en de deur in elk geval nog heel zijn, hoewel het er allemaal wat leeg en troosteloos uitziet. Marnie blikt langs de vier smalle etages omhoog naar de gevel en dan naar de keurige portiek die bekleed is met prachtige donkergroene art-decotegels. Vol nostalgie ziet ze direct de portiekjes in Wood Green voor zich en de trotse vrouwen die elke dag hun eigen stoep schrobben, ondanks de stoffige lucht die als smog door de stad waart. 'Ik zal die Adolf eens een borstel en een emmer geven, dan kan hij dit zelf elke dag komen boenen,' mopperen de vrouwen vanonder hun krullers. 'En anders stuur ik hem de rekening wel.'

Binnen in Corries huis is het leeg en koud; in de woonkamer en keuken zijn alle lades en kasten overhoopgehaald en de boekwinkel is een puinhoop. De Duitsers hebben grondig werk verricht.

Zeeza fronst afkeurend. 'O, wat zou Corrie het erg vinden als ze dit zag.'

Ze beginnen met opruimen: Zeeza in de keuken en de woonkamer en Marnie in de winkel, iets wat ze meer als een plezierig tijdverdrijf ziet dan als een opgave. De boeken zijn met grote halen van de planken geveegd, ongetwijfeld uitgeplozen op zoek naar geheime boodschappen, en ze zijn meer stoffig dan beschadigd. Het zijn vooral Nederlandse boeken en met behulp van haar intuïtie en haar basiskennis weet Marnie ze te ordenen. Ze heeft Corrie nog nooit gezien en heeft nooit een woord met haar gesproken, maar ze voelt haar aanwezigheid in deze ruimte, net zoals opa altijd ergens op de achtergrond rondwaart. Marnie bevoelt de teksten die Corrie heeft uitgekozen om te verkopen en ervaart die band weer, zwevend tussen de stofdeeltjes. Ondanks Willems overtuiging dat zijn strategie zal werken, vraagt Marnie zich af of zij en 'Daisy' ooit nader in elkaars buurt zullen komen dan deze gedeelde woorden en fysieke ruimte.

Het leven voelt heel kwetsbaar hier in Amsterdam als je onderdeel bent van het verzet, erger nog dan in de bommenregen in Londen. Hier wordt de dood niet van bovenaf over iedereen uitgestort, maar word je er recht door in je gezicht getrapt of geknuppeld, getuige Willems verminkte lichaam.

Haar morbide gedachten worden onderbroken door vrolijke stemmen in de gang die Nederlands praten. Als ze de keuken binnenkomt, ziet ze Zeeza druk met een blond jongetje bezig.

'Marnie, ik wil je graag voorstellen aan Felix. Hij woonde hier bij Corrie tot... Nou ja, ik denk dat het tijd is om de verantwoordelijkheid van de buurvrouw te verlichten.' Zeeza gaat over op Nederlands. 'Wat zeg je ervan, Felix? Kom je terug naar huis?'

De jongen – een bonenstaak die op het punt staat uit te schieten – grijnst breeduit en knikt heftig ja.

'O, en hij spreekt geen woord Engels,' voegt Zeeza eraan toe, 'dus je Nederlands zal er wel op vooruitgaan.'

Gedrieën doen ze die middag boodschappen, voor zover ze die kunnen vinden, waarbij Marnie haar Nederlands oefent met een vriendelijke marktkoopman. Hij trekt zijn wenkbrauwen niet vragend op en ze krijgt ook precies mee wat ze bestelt, dus dat is een kleine triomf.

Op weg terug naar huis halen ze hout en daarna gaan ze aan de slag in de slaapkamers boven, die er niet zo erg aan toe zijn als de rest van het huis, maar wel dringend gelucht moeten worden. Tot Marnies verbazing is Felix meteen dol op haar. Hij loopt als een hondje achter haar aan en blijkt een wandelend woordenboek. Schijnbaar automatisch beginnen ze een spelletje, waarbij zij een voorwerp omhooghoudt – een kussen of een lamp – en hij het woord in het Nederlands noemt, waarna zij de Engelse benaming geeft. Tegen de avond kunnen ze nog niet verbaal met elkaar praten, maar is er zeker een verstandhouding.

Felix snijdt de groenten voor de soep en grabbelt in een verstopplekje bij het fornuis naar wat kostbare nootmuskaat die Corrie daar verborgen houdt. Hij raspt er een beetje van in de borrelende soep. Als hij samenzweerderig naar Marnie grijnst, voelt ze zich vereerd dat ze nu deelgenoot is van zijn kleine geheime wereldje, hoe weinig dat misschien ook voorstelt. Ze is altijd gek geweest op kinderen, vooral die van Susie, ook al heeft ze weinig met hen gemeen. Misschien komt het wel doordat Zeeza het een en ander over Felix' leven heeft verteld en dat ze weet dat hij min of meer een volwassene in het lichaam van een kind is. Dit ventje van tien lijkt te weten hoe belangrijk het is om te kijken en te luisteren en dat de onbeduidendste acties gevolgen kunnen hebben – zelfs de dood. Zijn gezicht straalt pure onschuld uit, maar er is niets naïefs aan Felix.

Zodra het belangrijkste werk erop zit, vertrekt Zeeza, duidelijk blij dat ze haar rol als kinderoppas uit handen kan geven. Om zes uur is ze terug met nieuws, met een rood gezicht van de kou. 'De anderen komen eraan,' kondigt ze aan.

'De anderen?'

'De cel komt hier bijeen om te vergaderen, in de achterkeuken. Met de huidige verduisteringsregels zitten we daar uitstekend verstopt.'

'Eh, ik weet niet of er wel genoeg soep is voor iedereen,' zegt Marnie. Is dit wat er nu van haar wordt verwacht? Dat ze gastvrouw speelt?

'Ach, ze willen toch alleen maar bier,' zegt Zeeza onbekommerd. 'En dat nemen ze zelf mee.'

Opeens voelt Marnie zich ongemakkelijk en ze weet niet precies waarom. In de afgelopen paar dagen is ze eraan gewend geraakt dat Gus er niet is, maar heeft ze Diet en Willem als bondgenoot gehad. Van Zeeza kan ze geen hoogte krijgen en Marnie vraag zich af of daar niet een greintje jaloezie meespeelt, over het feit dat zij als 'stelletje' met Gus op het toneel verscheen. Maar er is nog iets anders. Dat ene woord duikt de kop weer op en knaagt weer aan haar brein... Is het mogelijk dat bij de samenkomst vanavond de mol aanwezig zal zijn?

Tegen zevenen zit de keuken vol. Er hangt een dikke rook en de houten tafel staat vol met bierflesjes. Marnie is blij om Jan en Petrus weer te zien. 'Kijk! Geen uniform vandaag,' zegt hij, wijzend naar zijn alledaagse kleren.

Rudy is er ook en achter hem verschijnt een nieuweling die aan Marnie wordt voorgesteld als Dirk en even naar haar knikt, waarna hij weer een frons laat zien. Om tien over zeven wordt er in een opvallend ritme op de achterdeur geklopt en komt Gus binnen met een manke Willem aan zijn zij. Hij staat in elk geval overeind en zijn gezicht ziet er weer redelijk normaal uit, afgezien van de sneeën en de blauwe plekken.

Hij begroet de aanwezigen met een vrolijk 'hé, hallo!' en loopt dan naar Marnie toe, waarna hij haar een zoen op beide wangen geeft. 'Hallo, dokter,' zegt hij met een ondeugende blik. 'Wat denkt u van uw patiënt?'

Er gaat een suggestief gejuich op onder de aanwezigen alsof het een stel middelbareschooljongens is en ze klinken met hun bierflesjes tegen elkaar. 'Vergis je niet,' zegt Willem in het Engels. 'Deze vrouw heeft me behoed tegen een ernstig gevalletje gangreen. En ze heeft ook ervaring op andere gebieden, dus we heten Miss Marnie Fern gewoon welkom in ons midden alsof ze een van ons is.'

De groep proost op haar, inclusief Dirk, hoewel Zeeza, in haar hoekje naast Gus, alleen maar vaag glimlacht.

Willem slaat een biertje af, want hij wil graag ter zake komen. Daarop haalt hij een opgevouwen stuk papier tevoorschijn dat een eenvoudige plattegrond blijkt te zijn. 'Wat het belangrijkst is, is dat we Corrie er zonder fatale gevolgen uit halen en ons geen gewelddadige repercussies van de Duitsers op de hals halen. Dat betekent dat we die Selig in een netelige positie moeten manoeuvreren, zó ongemakkelijk dat hij ten opzichte van zijn meerderen zijn stommiteit niet zal durven toegeven.'

'Hoe gaan we dat aanpakken?' vraagt Rudy. 'Hij is momenteel de rijzende ster binnen de Abwehr. Het Duitse opperbevel heeft hem op het oog voor een promotie.'

Willems oude grijns verschijnt voluit op zijn gezicht. 'Precies. En met die ambitie van hem gaan we hem pakken. We zenden een reeks radioberichten uit die ze makkelijk kunnen onderscheppen' – zijn blik glijdt even naar Marnie –, 'over een afdeling van het verzet die opereert vanuit een pakhuis ten zuiden van de grachtengordel. Als ze de verleiding eenmaal niet meer kunnen weerstaan, zullen wij ze opvangen.'

Door de hele keuken vliegen de blikken heen en weer. De kaars die op tafel staat flakkert.

'We gaan uiterst zorgvuldig te werk,' gaat Willem verder, en hij voegt er met militaire vastberadenheid aan toe: 'We sturen de bewakers weg en gijzelen Selig.'

De groep hapt collectief naar adem. 'Jezus,' mompelt iemand bij het fornuis.

Maar Willem gaat onverstoorbaar verder. 'We dwingen hem om Corrie te laten gaan door middel van een gevangenenruil.'

'En met wie is die ruil?' vraagt Jan.

'Met mij,' zegt Willem simpelweg. Zodra Jan begint te protesteren, steekt hij zijn hand op. 'Ik ga natuurlijk niet. Het is allemaal bluf.'

'En wat doen we naderhand met Selig? Hem vermoorden?' vraagt Petrus met grote ogen. 'Want je weet dat dat een bloedbad tot gevolg zal hebben. Onder onschuldige burgers.'

'Ik zou niets liever willen dan de wereld bevrijden van dit soort kerels,' zegt Willem rustig. 'Maar hij zal zich zo schamen als hij zijn domme gedrag bij het opperbevel moet verantwoorden dat eventuele gevolgen zouden moeten uitblijven. Ik verwacht dat hij het in de doofpot zal stoppen. En als hij dat niet doet, wordt hij waarschijnlijk uit Amsterdam verwijderd. En uit Nederland.'

Er valt een ongemakkelijke stilte die alleen onderbroken wordt door het geluid van bier dat wordt doorgeslikt. Het is Rudy die de twijfel van alle aanwezigen uitspreekt. 'Dat is waanzin, Willem. Voor jou en voor ons allemaal. Ik stel voor dat we voor een uitbraak uit het Huis gaan, maar deze keer góéd; we kopen van tevoren de wacht om en gebruiken de uniforms die we hebben.'

Er gaat een goedkeurend geroezemoes door de keuken, hoewel Gus, misschien uit loyaliteit, stokstijf blijft zitten.

'En als dat mislukt? Net als bij mij?' bijt Willem snel van zich af. 'Dan wordt Corrie meteen vermoord.'

Hij klemt zijn kiezen zo hard op elkaar dat Marnie zich afvraagt welke emotie erachter schuilgaat. Het is duidelijk dat Corrie voor iedereen hier veel betekent, maar voor hem is ze alles.

Rudy laat zich echter niet uit het veld slaan. 'Wat je ook doet, alles is tegenwoordig riskant,' zegt hij. 'Het enige waar we op kunnen hopen is dat we de schade beperkt houden. Wie is het met me eens?'

Weer dat gemompel. Iedereen houdt zijn blik naar beneden gericht uit respect voor Willem, maar is het unaniem eens met Rudy's plan. Het idee om een hooggeplaatste nazi te gijzelen is net zo ondenkbaar als dat ze een ontsteker onder een kruitvat zouden leggen.

Marnie ziet de vonk en de hoop uit Willems ogen verdwijnen, en toch recht hij zijn rug.

'Goed dan – als de hele groep het eens is met dat besluit, dan gaan we voor een uitbraak,' zegt hij met tegenzin.

Later, als de nevel van mensen en sigarettenrook is opgetrokken en Willem, Gus en Marnie als enigen nog in de keuken zitten, heeft Willem al spijt. 'Ik hoop alleen dat we meer succes hebben dan ik had.'

'Erger dan dát fiasco kan niet,' oppert Gus in een poging hem op te beuren, en Willem moet inderdaad lachen om zichzelf.

Opeens serieus gaat Gus tegenover Willem aan tafel zitten. 'Denk je dat ze nog leeft?' Als zijn beste vriend durft hij de vraag te stellen waar ze allemaal mee rondlopen.

'Ze leeft.' Wilem knikt stellig. 'Selig weet hoeveel ze ons waard is. Hoeveel ze mij waard is. Hij gebruikt haar als lokmiddel. Bovendien voel ik haar, Gus. Ik weet dat ze er is.'

44

Het lange wachten

12 januari 1941, Huis van Bewaring, Amsterdam

Corrie

Hij is niet gekomen. Al vijf dagen lang verwacht Corrie de aanwezigheid van Seligs muskusachtige, dreigende geur ergens in de gang. Dat hij met zijn zelfvoldane blik binnenkomt en orde op zaken komt stellen – maar nu echt.

Er gebeurt echter niets, afgezien van een paar uitjes naar een tochtige kamer met een tafel en twee stoelen. Een luitenant van de Wehrmacht gaat daar tegenover haar zitten en stelt een boel vragen, terwijl zij stug zwijgend naar het toegetakelde houten tafelblad blijft staren. Hij laat geen kwaadwilligheid zien en ze wil bijna zeggen: 'Zullen we het anders over het weer hebben? Of over boeken – wat leest u zoal? Dat is beter dan dit idiote spelletje.'

Toch ratelt hij zijn vragenlijst af tot ze er allebei genoeg van hebben en ze terug wordt gestuurd naar haar cel. De kou is meedogenloos, maar ze hebben haar wat meer kleding gegeven. En sokken, maar geen schoenen. De stof is versleten, ruikt zurig en voelt ruw aan, maar er zitten in elk geval geen vlooien is, ziet ze, dus dat is op zich al een luxe. Maar Corrie heeft ernstige bedenkingen bij deze tegemoetkoming in haar comfort: waarom behandelen de Duitsers haar opeens met fluwelen handschoenen? Wat hebben ze voor haar in petto en wat is Selig van plan?

Ze wil aan Willem denken, en aan Zeeza, Hendrik en de anderen, maar dat kan ze niet. Ze is altijd bezig met Kees, met het schuldgevoel van een moeder die zich ergens aan vastklampt en weigert los te laten. Als die gedachten aan haar eenmaal beginnen, kronkelt de pijn in haar maag omhoog naar haar borst waar hij als een pestgezwel blijft zitten, tot ze bang is dat het een smerige schadelijke haat zal verspreiden als ze er te lang in blijft hangen.

Dus doet ze dat niet en gaat ze terug naar de boekenkasten in haar hoofd. Ze probeert zich de kasten in haar winkel voor de geest te halen, laat haar vingers over de ruggen dwalen en zoekt een dik boek uit dat ze ooit eerder heeft gelezen, zodat het in gedachten navertellen echt denkwerk kost en haar brein actief houdt. Ze zou dolgraag willen dat het haar in slaap brengt en ze daar vergetelheid vindt, zonder echter haar waakzaamheid voor de dreiging achter de deur te verliezen.

Bedacht op alles waar die hond van een Selig haar mee zou kunnen overvallen.

45

De uitbraak

13 januari 1941, Amsterdam

Marnie

De groep komt bij zonsondergang vlak bij het station bijeen om de puntjes op de i te zetten van de planning, die noodgedwongen heel vluchtig was. Rudy vertelt dat hij en Jan gisteravond in hun naziver- momming een jonge bewaker van het Huis van Bewaring hebben ge- volgd toen hij klaar was met zijn dienst, en dat ze hem in een gênante situatie hebben gebracht met een vrouw en veel alcohol. En foto's.

'Aangezien hij getrouwd is en dolgraag promotie wil, is hij bereid tot medewerking,' verzekert Rudy hun. 'Hij zal ervoor zorgen dat de deur van het slot blijft, en dan is het aan ons om er met een smoes binnen te komen en haar eruit te halen.'

Willem wordt gezocht door de Duitsers, dus laat hij zich degraderen tot chauffeur van de nazivrachtwagen waarmee ze willen ontsnappen, zij het met diepe frustratie en een gezicht op zeven dagen onweer.

'Vertrouw nou maar op de groep,' fluistert Gus hem toe. 'Corrie is van het verzet en we willen allemaal dat ze vrijkomt.'

'Heb ik een keus?'

'Nee vriend, die heb je niet.'

Zeeza blijft in de wagen zitten om te helpen met een naadloze ont- snapping, en Marnie gaat met Felix naar het Leidseplein om voor aflei- ding te zorgen, mocht dat nodig zijn. Ze is blij dat ze iets kan doen – de gedachte dat ze in Corries keuken moet zitten wachten op nieuws is ondraaglijk – maar het is wel iets heel anders dan in een donkere kelder verstopt zitten en codes te versturen naar God weet waar. Hoe voelt ze zich nu? Doodsbang, maar zoals wel vaker wint haar vastberadenheid het van haar gevoel.

Vanonder zijn Wehrmachthelm kijkt Rudy met zijn geoefende stalen blik iedereen aan. 'Zijn we er allemaal klaar voor?'

Iedereen knikt, en Marnie vraagt zich af of soldaten zich ook zo voelen als ze op het punt staan ten strijde te trekken – of afgeslacht te worden.

'Dan gaan we.'

'Naadloos' is niet hoe Marnie het zou omschrijven. Ze zit met Felix bij een tramhalte net te doen of ze een krant leest terwijl ze het hek van het Huis van Bewaring in de gaten houdt, op slechts een paar meter afstand. De blikken die de andere reizigers haar toezenden als ze steeds de tram laat gaan, negeert ze. Bezorgd ziet ze weer een 'geleende' vrachtwagen van de groep het hek door rijden; Willem heeft zijn pet zo ver over zijn ogen getrokken dat ze hem nauwelijks herkent achter het stuur.

En dan is het wachten. Eindeloos wachten.

'Hoelang nog?' vraagt Felix. Hij hinkelt op en neer om warm te blijven, en waarschijnlijk ook vanwege de zenuwen.

'Geen idee.' Hoelang het duurt om iemand uit een gevangenis te bevrijden en via de voordeur naar buiten te begeleiden is nooit een onderwerp van gesprek geweest bij de BBC.

Na zo'n twintig minuten is Marnie verkleumd en is ze in staat om op de eerste de beste tram te stappen. Toch houdt ze haar blik nauwlettend gericht op de ingang, maar het zijn haar oren die de eerste noodsignalen opvangen: het daverende geronk van een vrachtwagen dat zo vaak te horen is in Amsterdam. Piepende banden hoort men echter niet zo vaak en het is geen geruststellend geluid. Onder een salvo van kogels, geschreeuw en algehele chaos racet de vrachtwagen door het hek naar buiten, met iemand die half aan het zeildoek van de achterbak hangt die door

286

wanhopige handen naar binnen wordt gehesen. Dat ziet er niet goed uit. Zij en Felix rennen meteen de paar meter naar het hek toe en zien Willem nog net met een ontsteld gezicht achter het raam van het voertuig zitten. Hij gaat er plankgas vandoor, terwijl Marnie zich voor de ingang werpt en Felix zich losrukt en net 'uitglijdt' over het ijs wanneer een militaire jeep de achtervolging inzet.

Stop alsjeblieft, stop alsjeblieft, prevelt Marnie in stilte tegen de chauffeur van de jeep en tegen elke godheid die maar wil luisteren.

Dat doet hij gelukkig. Net op tijd. Felix ligt zowat onder het voorwiel en er springt een soldaat uit de wagen die hem schreeuwend overeind trekt. 'Stom jong! Sta op! Sta op!'

'Sorry, sorry,' zegt ze smekend in haar beste Duits terwijl ze het vuil van Felix' jas klopt en met haar meest moederlijke stem zegt: 'Jongen toch. Heb je je pijn gedaan?' Al kan ze maar een paar kostbare seconden rekken. Tegen de tijd dat de soldaat weer in de jeep klimt, is de vrachtwagen van Willem nergens meer bekennen.

Rest de vraag: waar is Corrie? In de achterbak van de vrachtwagen of nog in het Huis van Bewaring?

Ze lopen naar de afgesproken plek, de garage, zonder te weten of de operatie geslaagd is of op een ramp is uitgelopen. Vooral Marnie vraagt zich af hoe ze Willem zal aantreffen – of hij vol verrukking zijn geliefde in zijn armen heeft of de wanhoop nabij is om haar mogelijke dood.

Zeeza laat hen via een zijdeur binnen. Haar gezicht spreekt boekdelen. Marnie ziet Gus voordat ze Willem ziet, en hij schudt even ernstig zijn hoofd.

'Wat is er gebeurd?' vraagt ze fluisterend. De anderen zitten verspreid door de ruimte, lamgeslagen alsof er iemand overleden is.

'De jonge bewaker heeft zich aan zijn woord gehouden,' vertelt Gus. 'We waren al bij de binnendeur toen Jan werd aangesproken door een officier, en daarna brak de hel los. Het is een godswonder dat iedereen eruit is gekomen.'

'Denk je dat ze getipt waren?' Daisy's geseinde waarschuwing weerklinkt in haar oren: *Mogelijke verrader in ons midden.*

Gus haalt zijn schouders op en kijkt naar Willem, die achter in de garage loopt te ijsberen en vervolgens, met zijn hoofd in zijn handen, op een stoel neerploft. 'Laat hem maar even met rust,' adviseert Gus.

'Wat nu?' vraagt Marnie.

'We verspreiden ons over verschillende onderduikadressen – het is te riskant om terug naar Corries huis te gaan. En dan moeten we een nieuw plan bedenken.'

'Hoe zit het met Corrie?'

Gus zucht diep en kijkt weer naar de gepijnigde Willem. 'We kunnen alleen hopen dat Selig meer aan haar heeft als ze in leven is.'

46

De ark van Noach

Marnie

Pas als ze weer achter in de troepenwagen van de Duitsers zitten op weg naar het onderduikadres, merkt Marnie op hoezeer Willem van streek is. Zijn lichaam is zo gespannen als een veer.

'Ik vind het zo erg,' zegt ze zachtjes en onbeholpen.

Hij zegt niets terug maar steekt zijn hand naar de hare uit en knijpt even in haar vingers, iets wat zowel hem als haar wat moed geeft. 'Ik geef het niet op,' zegt hij na een tijdje.

'Dat weet ik. Wij geen van allen.'

Jan zit in burger achter het stuur en weet in het pikkedonker met zijn kennis van de stad de wegversperringen te omzeilen en op verschillende adressen te stoppen om zijn passagiers in groepjes van twee of drie af te leveren. Marnie begint langzamerhand gewend te raken aan dit nomadenbestaan en is absoluut dankbaar voor een slaapplaats, maar ze kijkt toch even vreemd op als ze ergens in de stad stoppen waar ze nog nooit geweest is en waar een opmerkelijke, dierlijke lucht hangt.

'We zijn er,' roept Jan vanuit de cabine. 'Succes.'

Het laatste groepje, bestaande uit Marnie, Willem, Gus en Felix, springt uit de wagen en wordt snel door een zijdeur naar binnen geleid door een man die al op hen staat te wachten. In het schemerdonker knippert Marnie met haar ogen, maar ze ziet niets. Naast de bekende geluiden van Amsterdam hoort ze hoeven over de grond schrapen en een dier snuiven. Is dit soms een soort stadsboerderij? Maar hoort ze daar geen aap schreeuwen?

'Vanavond zitten jullie achter het leeuwenverblijf,' fluistert de man, waarna hij hen langs een aantal kooien met ijzeren spijlen en metalen afrastering leidt. De onrust onder de dieren die gestoord worden in hun nachtrust is voelbaar. Wanneer hij een deur opendoet, worden ze overspoeld door een mengeling van doordringende geuren, van stro en hooi, uitwerpselen, muskus en rottende gewassen.

'Sorry,' zegt de man verontschuldigend, 'we hadden weinig keus. Het is maar voor een paar uur. Er staat schoon water op tafel en ook wat brood met kaas, maar de olielamp moet je niet aandoen – dat valt te veel op. Zodra het licht wordt, ben ik terug.'

Willem is in zoverre bekomen dat hij de man bedankt, waarna hij en Gus wat lege zakken over de vloer uitspreiden bij wijze van kleed. Het doet Marnie aan de schuilkelders in Londen denken, met de jonge moeders die gewoon doorgaan met wat ze moeten doen en die oude vrouw met haar kat, die nacht op station Aldwych. Uit wat ze uit de uitzendingen van Radio Oranje heeft kunnen opmaken, heeft ze begrepen dat de Blitz onverminderd voortduurt en de Engelse steden constant onder vuur liggen. Er lijkt geen einde te komen aan alle ellende. Een paar uur opgesloten zitten in een kamer die naar een oude latrine stinkt is dus bijna een luxe.

De volgende ochtend worden twee van haar zintuigen dusdanig geprikkeld dat ze er wakker van wordt: de winterzon straalt naar binnen via de ramen die hoog in de muren zitten, en overal om haar heen hoort ze de geluiden van dierentuin Artis die ontwaakt. Snuiven, gnuiven, niezen, beesten die hun ledematen strekken en richting een welkom ontbijt banjeren. Even doet het haar denken aan de ochtendrituelen in de schuilkelder van de bbc, en dat biedt troost.

Ze rekt zich uit in een poging haar lijf te ontspannen na een nacht op een jutezak op de betonnen vloer, om Felix heen gekruld. Ze is opnieuw dankbaar voor haar overjas. Ook Willem, Gus en Felix komen al kreunend in beweging.

Wat gebeurt er nu, vraagt Marnie zich af. Moeten ze zich hier nu de komende dagen of weken verborgen houden? De rest van de oorlog? Stel nou dat de bezetting van de Duitsers blijvend is?

Er wordt op de deur geklopt en de man die ze de avond daarvoor heeft ontmoet komt binnen. 'Ik ben Rutger,' zegt hij. 'Jullie oppas, om het zo maar te zeggen.'

Hij neemt hen mee naar buiten. De dierentuin is nog niet open en er is een aantal medewerkers bezig orde op zaken te stellen: de paden vegen en de voederemmers legen. Felix loopt met grote ogen rond alsof hij op vakantie is. Hij kijkt naar de pinguïns die een baantje trekken en naar de beer die op de grond van zijn kooi zijn nagels scherpt.

Rutger neemt hen mee naar wat een soort vogelverblijf lijkt, denkt Marnie, afgaande op de tekeningen op een bord bij de deur. Aan de achterkant van het verblijf gaan ze een trap op, waarna ze op een duistere zolder komen waar een stuk of vijf mensen diep liggen te slapen.

'Meestal slapen ze overdag en zijn ze 's nachts wakker, zodat het hier tijdens openingstijden zo stil mogelijk is,' legt Rutger fluisterend uit. 'Vannacht hebben ze jullie plaatsen in gereedheid gebracht.'

Een grote hoek van de lage zolder is speciaal ingericht met vier matrassen die allemaal zo geplaatst zijn dat elke 'bewoner' zo veel mogelijk privacy heeft, met een gordijn ter afscheiding. Marnie verlangt opeens ontzettend naar haar eigen kamertje met alleen de stille Oscar als gezelschap. Tegelijkertijd beseft ze dat ze blij mag zijn dat ze leeft, dat ze met vrienden is en ergens deel van uitmaakt. Dit is best oké. Het is prima.

Willem is al naar de andere kant van de zolder gelopen, naar een matras dat op een stapel pallets ligt zodat het meer op een echt bed lijkt. Hij houdt degene in het bed stevig vast en fluistert tegen hem, zowel geëmotioneerd als opgelucht.

'Hendrik, hoe gaat het?' hoort Marnie hem in het Nederlands vragen, en daarna: 'Nee, ze is er niet bij. Nog niet.'

De oude grijsharige man fluistert iets opbeurends, waarna hij overeind gaat zitten en breeduit naar Willem grijnst, duidelijk ontzettend opgelucht.

'Maak het je gemakkelijk,' zegt Rutger, net voordat hij weggaat. 'Over een half uur gaat de dierentuin open. Tegen sluitingstijd, rond half zes, breng ik jullie eten en tot dan moeten jullie zo stil mogelijk proberen te zijn. Goed?'

Ze knikken allemaal vol begrip. Na alle drukte van gisteren is stilte nu het belangrijkste, willen ze het overleven.

Tegen de tijd dat de dierentuin dichtgaat, heeft Marnie zo veel geslapen als ze kan, vrijwel bewegingsloos, en dan begint de kamer tot leven te komen. Inmiddels weet ze dat Hendrik de oudoom van Willem is maar meer een opa voor hem is, en behalve hij zit er nog een gezin op de zolder: Paulus en Ima Levy die allebei midden dertig zijn, met hun zoon van twaalf en dochter van tien. Net als Hendrik is – of liever gezegd: wás – Paulus fysicus aan de universiteit. Beide heren hadden hun eigen specialisatie en de Duitsers zouden maar al te graag gebruikmaken van hun gezamenlijke kennis om hun wapentuig te verbeteren. Ze zouden alle essentiële informatie uit hen trekken en hen vervolgens als oud vuil lozen, zegt Gus zachtjes tegen Marnie.

'Mijn oma van vaderskant was Joods, en de ouders van Ima ook,' vertelt Paulus tijdens het avondeten dat zijn vrouw op een klein fornuisje heeft gekookt. 'De Joden worden niet massaal door de nazi's gearresteerd, maar wij denken dat dat een kwestie van tijd zal zijn.'

Willem knikt. 'Nog even en alle Joden krijgen een merkteken. Dat maakt het moeilijker om je te verstoppen.'

'En dat betekent dat onze vervalsers het nog drukker krijgen dan ze het al hebben,' voegt Gus eraan toe. 'We moeten zorgen dat we zo snel mogelijk aan goede reispapieren komen.' Hij kijkt veelbetekenend naar Willem. 'Voor als we weg moeten.'

'Laten we maar even afwachten wat we in de komende paar dagen te weten komen,' zegt Willem tegen de groep, met zijn blik strak op zijn eten gericht. Hij laat niet veel los over zijn zorgen over Corrie, en Marnie merkt dat Gus hem nauwlettend in de gaten houdt, goede vriend als hij is. Welke strijd woedt er in dat hoofd van Willem? Een gevecht tussen plicht en loyaliteit, kameraden en familie?

Later op de avond vervalt de familie Levy in de routine die ze gedurende de laatste maanden hier hebben opgebouwd. Terwijl de dieren gaan slapen, trekken de onderduikers jasjes van de oppassers aan en wagen zich in groepjes van twee buiten om een minuut of twintig wat frisse lucht op te snuiven, maar wel met strenge instructies om dicht bij de dierenverblijven te blijven. Na het smakelijke avondeten – dat Ima Levy met zeer beperkte middelen heeft weten te bereiden – ruimen ze de kamer op en wassen ze hun lichaam en hun kleren om de beurt in een zijkamertje met een koude waterkraan. 'Daarna doen we bord- en kaartspelletjes en lezen of tekenen we wat tot de zon opkomt,' vertelt Paulus.

Dat is precies zoals men ook in de schuilkelders in Groot-Brittannië leeft, hoewel een stuk comfortabeler dan Aldwych en zonder stinkende mensen. De fazanten beneden lijken ook geen bezwaar te hebben. Maar moeten ze dit nu echt maandenlang vol zien te houden? Als werkende vrouw bij de BBC is Marnie eraan gewend om de hele dag in de weer te zijn, van de ene studio naar de andere te rennen. Dat houdt haar geest helder en haar gemoed licht. Sinds ze in Nederland is, heeft ze echt een nomadenbestaan geleid. De hele dag stilzitten past niet bij haar.

'Zal ik je onze mooie dierentuin eens laten zien?' vraagt Willem tot Marnies verbazing. Hij doet zijn best om naar haar te glimlachen terwijl hij een jasje van een dierentuinoppasser voor haar omhooghoudt.

Buiten is het koud, maar het is fijn om haar huid te voelen tintelen en de frisse lucht is lekker – als je tenminste niet let op de stank van de dieren. Hoewel Marnies hoofd wel een bijenkorf lijkt met al die vragen die erin gonzen, respecteert ze de stilte waarnaar Willem lijkt te verlangen tijdens hun wandeling. Maar na een paar minuten kan ze zich niet langer inhouden. 'Ik vind het echt vreselijk dat het plan niet gelukt is.'

'Ik ook.'

Hij wendt zich naar haar toe en kijkt haar recht aan, en even heeft ze datzelfde gevoel als toen in Londen, toen hij haar speciaal troostte na de dood van opa terwijl heel Londen in een staat van rouw verkeerde.

'Maar ze is niet dood, Marnie. Dat voel ik.'

'Dus blijven we hier verborgen tot we het nog een keer kunnen proberen?' Ze staart naar de donkere lucht en vraagt zich af of nu ook het daglicht op rantsoen is. 'Ik klaag niet, hoor, maar ik snap niet hoe je oom en die familie het al die maanden daarbinnen uithouden, zo benauwd als het is. Als ik af en toe een beetje doordraai, beloof jij dan dat je er niets van zegt?'

Hij onderdrukt een lach. 'Alleen als jij hetzelfde belooft. Ik ben maar drie dagen te gast geweest bij de Abwehr en als ik niet afgeranseld werd, zat ik in isolatie en er kwam geen eind aan.'

'Ik heb je nooit gevraagd hoe je hebt weten te ontsnappen. Ik heb gehoord dat het maar heel weinig mensen lukt om uit het Oranjehotel te komen.'

'Puur geluk,' antwoordt Willem. 'Ik herkende een van de bewakers uit een kroeg. Ik had hem daar vlak na de bezetting in een gênante situatie gezien en ik liet hem weten dat ik een goed geheugen heb. Hij gaf me een kans en die heb ik gepakt.'

'Maar niet zonder risico, als ik mag afgaan op hoe je er in Haarlem aan toe was.'

'Niets is tegenwoordig zonder risico, Marnie.'

Zwijgend lopen ze verder langs de dierenverblijven, achtervolgd door alziende ogen. Bij een volière blijft Willem aarzelend staan, met zijn blik op een grote exotische uil gericht die vanachter de tralies langzaam met zijn grote witte ogen knippert. 'Je zou bijna vergeten dat de wereld ook heel mooi is,' mompelt hij. 'Als kind zag ik dat nooit. Het was altijd al spannend genoeg om hier te komen. Mijn moeder nam ons hier vaak mee naartoe.'

Praat hij nu in de verleden tijd over zijn moeder, vraagt Marnie zich af. Durft ze het te vragen? Of klapt hij dan weer dicht, zoals altijd als ze het over zijn familie hebben? *Maar waarom niet? Niets te verliezen.*

'Mis je ze erg, je familie?' vraagt ze. Ze voelt zich meteen ontzettend dom en gemeen als de gedachte aan Kees bij haar opkomt. Natuurlijk mist hij hen, verdorie.

Willem lijkt meer melancholisch dan gekwetst. Hij wrijft over een korst op zijn hand. 'Ik kan maar niet om Kees rouwen,' zegt hij. 'Waarschijnlijk omdat ik weiger te bedenken dat ze niet meer op deze wereld rondloopt. Ik had haar al maanden niet gezien, maar ik wist dat ze goed werk deed – ons werk – en dat maakte haar heel aanwezig. Het idee dat ze nooit meer terugkomt als deze... ellende voorbij is... Ik moet er gewoon niet aan denken. Het wil er niet in.'

Ergens in de verte krijst een dier, wat de droevige stemming een beetje breekt.

'Dat is zelfbescherming,' zegt Marnie. 'Tot je jezelf toestaat om er echt over na te denken. Ik kon om opa huilen en erbij stilstaan dat zijn dood zo zinloos was omdat ik daar de ruimte voor had. Toen ik het eenmaal begon te verwerken, was het een geruststelling dat ik hem eerst springlevend heb gezien en daarna ook toen hij overleden was. Zijn dood was zinloos door die bom, maar zijn leven... nou ja, ik kan het nu op een rijtje zetten.'

Willem kijkt ineens een stuk opgewekter en zijn ogen stralen bijna net zo als die van de uil. 'Weet je zeker dat je geen psycholoog bent, naast producent, pianiste, arts en duizendpoot?'

'Nee. Ik ben gewoon pragmatisch. Een realist. Ik geloof in het hier en nu. Zwart-wit. Ik heb je al eens eerder gezegd dat er niets ingewikkelds is aan mij.'

'Maar jij bent echt, Marnie Fern,' zegt hij. 'In elk geval voor mij. En ik ben heel blij dat je hier bent.'

47

Uitbarsting

15 januari 1941, Huis van Bewaring, Amsterdam

Corrie

Wanneer hij weer komt, worden er geen spelletjes gespeeld. Zijn woede wordt onmiddellijk op haar losgelaten, een ware lavastroom die uit de vulkaan barst; borrelend van een withete haat die door de hele gevangenis te horen is.

'Het gore lef!' brult Selig terwijl hij met zijn vuist op de tafel voor Corries neus ramt, zo hard dat de bewaker bij de deur ervan begint te trillen. Haar standvastigheid neemt alleen maar toe.

'Dat wandelt hier gewoon naar binnen en denkt dat hij jou wel even kan meenemen!' raast hij verder. 'Wat denken ze dat we zijn? Een stelletje amateurs die zitten te wachten tot ze voor de gek gehouden worden?' Hij kijkt haar aan alsof hij een reactie verwacht, maar als ze zwijgend voor zich uit blijft staren, gaat hij tegenover haar zitten. De stoel kraakt onder zijn gewicht. Hij slikt. 'Zo, mevrouwtje, je bent vast heel blij met jezelf nu je weet dat hij geprobeerd heeft je eruit te halen. En gefaald heeft, natuurlijk.'

Ze geeft nog steeds geen uiterlijke krimp, maar vanbinnen borrelt haar eigen magma dat ze zorgvuldig onder controle houdt. *Daag hem niet uit, Corrie.*

'Ik kan hier wel iets uit opmaken, Frau Bakker,' zegt hij, zijn adem als die van een gnuivende stier in de ijskoude ruimte. 'Namelijk dat jouw dierbare Willem wanhopig is en jij meer geheimen met je meedraagt dan we al vermoedden. Dus misschien moeten we maar eens ophouden met dat dralen, of niet? Niet langer om elkaar heen dansen, maar eens echt uitzoeken hoe het zit.'

'Doe maar.'

Hij lacht haar uit, met zijn hoofd in zijn nek en lange uithalen. 'Ach, dapper vrouwtje toch,' zegt hij zodra hij zich heeft hersteld. 'Je hebt geen idee. Echt niet.'

Hij kan maar beter meteen beginnen, beredeneert Corrie. Ze doet haar ogen dicht, diept in haar herinnering de babygeur van Willem en Kees op toen ze net geboren waren en raapt al haar moed bij elkaar. 'Hebt u kinderen, kapitein Selig?'

Hij kijkt even verbaasd. Ze vat zijn stilte op als nee.

'Dan hebt u geen benul van wat een moeder voor haar kinderen over heeft, of van wat ze bereid is op te offeren. Dat ze zou lijden en voor hen zou sterven. Niet graag, maar wel van harte.' Ze slaat haar ogen naar hem op en staart naar het rode, bezwete gezicht van Lothar Selig. 'Laat me u verzekeren dat ik zo'n vrouw ben.'

Ze ziet zijn grote hand trekken en volgt de beweging – niet dat ze de klap kan ontwijken, maar dan ziet ze hem in elk geval aankomen. Zijn vingers gaan echter omhoog, naar zijn eigen vochtige voorhoofd. Dan staat hij op, trekt zijn revers recht alsof hij op het punt staat haar ten dans te vragen en beent de ruimte uit.

Misschien is ze voorlopig even gered door Café Americain, en door een andere arme ziel die hij in de komende tien minuten zal betasten in zijn propere, niet bebloede uniform.

Eenmaal terug in haar cel kan Corrie niet precies duiden wat voor effect haar korte maar bezielde praatje heeft gehad. Ze meende elk woord, hoewel de beelden die ze voor ogen heeft van haar eigen gemartelde lichaam haar nog steeds doodsangst aanjagen. Maar ze heeft het uitgesproken en daarmee haar wilskracht nog eens onderstreept.

Ze is ook direct teruggebracht naar haar cel en niet naar een of andere martelkamer, compleet met gootsteen en stromend water om het effect van een verdrinking te kunnen oproepen – elke keer opnieuw, heeft ze zich laten vertellen, want ze stoppen steeds net voordat iemand bezwijkt en beginnen dan opnieuw. Het is de favoriete ondervragingstechniek van de Duitsers, zoals iedereen bij het verzet weet. Eerlijk gezegd is dit waar Corrie het meest bang voor is: de ellenlange, eindeloze seconden van een laatste verstikkende, waterige ademteug, waarin geen enkele aangename herinnering de doodsangst kan verlichten.

Om deze schrikwekkende gedachten tegen te gaan, haalt ze zich Willem voor de geest, en Zeeza, Rudy en de rest. Het troost haar dat ze het in elk geval geprobeerd hebben. Het helpt haar terwijl ze bibberend onder haar dunne dekentje ligt en bedenkt dat ze die troost misschien moet meenemen in haar graf. Dat is genoeg, besluit Corrie.

Misschien móét dat wel genoeg zijn.

48

Een nieuw uiterlijk

15 januari 1941, dierentuin Artis, Amsterdam

Marnie

Slechts enkele minuten nadat Willem en Marnie teruggekeerd zijn van hun wandeling door de dierentuin komt Gus terug, met een blik die moeilijk te lezen is.

'En?' vraagt Willem dwingend.

Gus laat zich op een stoel zakken. Hij kijkt ongewoon vermoeid. 'Ik heb ons contact bij het hoofdkwartier van de Duitsers gesproken. Ze heeft niets over een zaak of een executie van Corrie gezien.'

'Dat is toch goed nieuws?' zegt Marnie.

'Op het eerste gezicht wel, ja...'

'Maar het betekent niet dat ze niet op dit moment gemarteld wordt,' onderbreekt Willem zijn vriend nuchter.

'Dat is waar,' beaamt Gus. 'Maar ons contact zegt ook dat er geruchten de ronde doen. Selig schijnt woest te zijn over de uitbraakpoging, maar lijkt er nu nóg meer op gebrand om op de hoofdprijs te wachten.'

'En die is?' Marnie heeft het nog niet gevraagd of ze weet het antwoord al. De waarheid bezorgt haar een knoop in haar maag en Gus werpt Willem een donkere blik toe.

'Heb je Rudy en Jan nog gezien? Wat zeggen zij?' vraagt Willem gretig.

'Ja, die heb ik gesproken,' zegt Gus. 'Ze gaan akkoord, zij het met tegenzin. We gaan voor jouw oorspronkelijke plan.'

Willem glimlacht, maar niet zelfgenoegzaam of blij; hij is alleen op-gelucht dat Corrie nu een kans heeft om te overleven. Ook al betekent dat misschien dat hij voor altijd van haar gescheiden zal worden. 'Weet wel dat ik verder niemand van onze groep ga opofferen,' be-looft hij. 'Als het moet, ga ik rustig met Selig mee.'

'Je weet toch dat je niet wijs bent, hè?' zegt Gus droog.

'Moet je horen wie het zegt. Wie is er vrijwillig met mij in een kajak gestapt om de Noordzee over te peddelen?'

'Vrijwillig?' sputtert Gus. 'Je hebt nog net geen pistool tegen m'n hoofd gezet!'

Ondanks de ernst van de situatie kunnen ze even lachen alsof ze met een biertje bij De Hems zitten, hoewel Willem alweer snel ter zake komt. 'We hebben niet veel tijd en Selig kan elk moment van tactiek veranderen.' Hij kijkt naar Marnie. 'Dus hebben we onze virtuoze pia-niste nodig. Jij bent onmisbaar voor het uitvoeren van het volgende plan, en dit is wat je moet doen.'

Dit is weer eens wat anders, denkt Marnie. In Londen heeft ze in kelders en pakhuizen gewerkt en vanmorgen vroeg nog op de bovenste verdie-ping van een meelfabriek, waar ze eerst een wit doodsmasker van haar gezicht moest vegen voordat ze weer naar buiten kon. Maar een bin-nenvaartschip is nieuw. En ook weer niet verwonderlijk, in een stad als Amsterdam. Ze leeft in een droom zoals je die alleen ziet in reisfolders, alleen dan met nazi's die overal de kop opsteken in plaats van tulpen.

Vandaag is echter allesbehalve een droom. Haar kleine toestel is al uitgepakt en getest als ze haar hoofdtelefoon opzet, die onmiddellijk het geluid van het klotsende water rond de boot dempt. Jezus! Wat zou Gilbert Cooper niet denken als hij haar nu zou zien? Hij zou ongetwij-feld ongerust zijn, maar ze stelt zich voor dat hij trots zijn borst vooruit zou steken. Zijn Marnie, deel van een gevechtseenheid.

De berichten die ze doorseint zijn natuurlijk gecodeerd – de Abwehr zou het verdacht vinden als de berichten niet de indruk maakten geheim te zijn – en ze zijn noodzakelijkerwijs kort aangezien er buiten op straat altijd iemand de wacht houdt, of ze nu in een boot, een gebouw of een kelder zit. Net als vroeger bij Daisy houdt de Abwehr alles van heel dichtbij in de gaten, wat een stuk bedreigender voelt dan een vijfde-colonnist. Ze blijft net lang genoeg in de lucht zodat haar bericht onderschept kan worden, maar te kort om direct op straat opgepakt te worden. Gus staat op de kade, want Willem staat te hoog op het verdachtenlijstje van de Duitsers.

Zelfs nadat ze het tegenbericht gedecodeerd heeft, begrijpt ze er niets van, maar Gus verzekert haar dat deze nepuitwisseling met Haarlem een pad effent naar de zogenaamde bijeenkomst in het pakhuis. 'Je laat een spoor achter, net als Hans en Grietje,' legt hij uit. 'En wel zo cryptisch dat ze zichzelf bij de Abwehr heel slim zullen vinden als ze het hebben ontrafeld.'

Zij en Gus hebben de hele ochtend met de tram dwars door Amsterdam gereisd, hand in hand terwijl ze hun gespeelde verliefde blikken uitwisselden. Bij een controlepost vroeg de schildwacht naar hun bestemming, waarop Marnie hem recht aankeek en hem in haar beste Duits antwoord gaf. Toen hij hen niet dreigde te arresteren maar gewoon door wuifde, was ze verbaasd maar vol goede moed. *Misschien kan ik dit dan toch.*

Nu is ze bang dat ze te vroeg heeft gejuicht. 'Verdomme!' Marnie draait aan de kleine knop, controleert het kristal en toch blijft het doodstil in haar oren. 'Gus, volgens mij hebben we een probleem.'

'Niet te repareren? Weet je het zeker?' vraagt Willem. Zelfs in het schemerdonker van de zolderruimte is zijn bezorgdheid duidelijk zichtbaar. Wanhopig grijpt hij naar zijn hoofd. 'Godver!'

Gus knikt. 'De meeste problemen kan ik wel oplossen, maar de radio van Marnie is kaduuk.'

Willem ijsbeert op zijn tenen door de ruimte, voorzichtig vanwege de dierentuinbezoekers beneden, maar hij lijkt de beweging nodig te hebben om zijn gedachten te ordenen. 'We moeten vandaag nog minstens één keer een bericht uitzenden om de Abwehr ervan te overtuigen dat we een bijeenkomst hebben. Wat we tot nu toe hebben gedaan, is niet genoeg.'

Dan verschijnt Felix' magere gezichtje met grote ogen in beeld. 'Ik weet nog wel een radio,' zegt hij vol overtuiging. 'Een vriendin van Corrie heeft er een. Ik ben er wel eens geweest. Ik kan Marnie er wel naartoe brengen.'

Willem kijkt hoopvol en tegelijk bezorgd. 'Dat betekent wel weer meer blootstelling, Marnie. Het is veel gevraagd.'

'Ik doe het,' zegt ze. Wat doet ze hier anders?

Ondanks het vreemde ritme van de afgelopen dagen is Marnie blij dat ze weer daglicht ziet. De laatste restjes sneeuw zijn nog zichtbaar tussen de stoeptegels, maar het is nog steeds ontzettend koud. Zo bitterkoud dat iedereen op straat diep in z'n jas met sjaal weggedoken is, wat mooi meegenomen is voor hen. Zij en Felix gaan in een café voor het raam zitten, tegenover hun bestemming aan de smalle Tuinstraat. Het was een lange tocht van Artis naar de westzijde van de grachtengordel.

Binnen een mum van tijd heeft Felix zijn stroopwafel op en nu kijkt hij hongerig naar die van Marnie.

'Toe maar,' zegt ze en ze duwt haar bordje naar hem toe. Haar rommelende maag is wat rustiger nu ze een fatsoenlijke kop koffie opheeft en de zenuwen door haar lijf jagen. Gus moest weg uit Artis voor een aantal bijeenkomsten, dus is ze hier alleen met Felix en dat wil zeggen dat zij de volwassene is en het gevoel heeft dat ze het helemaal alleen moet doen. Ze heeft geen keus: ze móét dit goed doen. Er zijn te veel mensen afhankelijk van haar werk. Om te beginnen Corrie, maar ook Felix en Willem.

Haar blik schiet een paar keer per minuut naar de winkels aan de overkant en met name de dameskapsalon. Vanwege het plaatje van een strak gekapte dame op het raam en de vitrage erachter zou het net een willekeurige kapsalon in Groot-Brittannië kunnen zijn. Er zijn al een paar oudere dames in en uit gelopen met hun met behulp van spelden keurig in model gebrachte haar. Na een half uur zijn Marnie en Felix er gerust op dat er geen patrouille rondloopt.

'Klaar, Felix?'

Hij knikt, strooit de laatste kruimels in zijn hand en dan gaan ze op pad. Zoals afgesproken stappen ze samen de kapsalon binnen, onder het gerinkel van een belletje aan de deur. Eenmaal binnen voelt Marnie zich direct thuis. De rij droogkappen boven de kunstleren stoelen en de geur van versteviger die er hangt doen haar meteen denken aan het wekelijkse ritueel van haar moeder van haren wassen en het inzetten van de krullers. Hier zitten twee dames druk met elkaar te kletsen met hun haar stevig in de krulspelden – weer een bewijs dat mensen werkelijk over de hele wereld hetzelfde zijn. Godzijdank.

Ze worden in het Nederlands begroet door een vrouw die zich naar Felix vooroverbuigt als hij iets in haar oor fluistert: het wachtwoord dat alleen zij kennen. Hij draait zich om naar Marnie en zonder geluid te maken geeft hij haar te kennen dat ze met de vrouw mee moet gaan, waarna hij buiten op wacht gaat staan. Glimlachend neemt de vrouw haar mee naar de wasbak waar Marnie in een stoel moet gaan liggen en net moet doen alsof ze een gewone klant is. Eerst geeft het haar een gevoel van machteloosheid, maar al snel geeft ze zich over aan het heerlijke gevoel van warm water en shampoo op haar hoofdhuid en ze hoopt maar dat de muffe geur van haar ongewassen droge slierten de kapster niet afschrikt.

De vrouw, die zichzelf Sonja noemt, maakt een eenvoudig praatje in het Nederlands, waarop Marnie alleen maar met 'ja', 'hm' of een knik hoeft te antwoorden.

Met haar druipende haar wordt ze naar een stoel voor een grote ovale spiegel verwezen, waarin ze kan zien hoe Sonja met de klanten verder gaat. Op de zolder hebben ze alleen een klein, gebarsten spiegeltje en nu wordt Marnie hier op klaarlichte dag tegen haar zin in geconfronteerd met haar eigen gezicht. Goed, haar wangen zijn wat magerder – niet verwonderlijk met al die rantsoenen – en ze ziet wit doordat ze nauwelijks in de zon komt. Maar voor de rest valt het haar alles mee. Ze had verwacht dat ze er een stuk ouder zou uitzien, na al dat reizen en alle onzekerheid en dat haar toch al afhangende gezichtstrekken het aan het verliezen waren van de zwaartekracht. Maar tot haar eigen stomme verbazing ziet Marnie Fern er best goed uit, zelfs zonder make-up. Ze ziet een twinkeling in haar ogen, hernieuwde levenslust in haar gezicht. Heeft ze dit te danken aan het feit dat haar leven nu een doel heeft? Een gevaarlijk doel, maar wel een dat haar het gevoel geeft dat ze ergens bij hoort?

In de spiegel volgt Marnie hoe Sonja de krullers verwijdert en afrekent met de klanten. Ze loopt met hen naar de uitgang, roept ze een zangerig 'Tot volgende week!' na en doet de deur op slot.

Nadat ze ook het bordje met GESLOTEN heeft omgedraaid, wikkelt ze Marnies natte haar in een handdoek en loopt ze met haar naar achteren. 'Deze kant op,' zegt ze.

Zoals Marnie wel gewend is, brandt er in de kelder een peertje dat een zwak licht laat schijnen over flessen met shampoo; het ruikt er naar oud vochtig hout. Sonja verwijdert een doek van een doos met herkenbare vorm, van dezelfde omvang als die van haar en binnen luttele seconden heeft Marnie het kristal geplaatst en haalt ze de haastig door Gus geschreven boodschap tevoorschijn.

'Tien minuten,' waarschuwt Sonja in gebroken Engels. 'Dan ik winkel opendoen of... Wehrmacht.'

Marnie begrijpt haar volkomen: alles moet precies lijken als anders.

Zodra ze eenmaal begint, vliegen haar vingers over de seinsleutel, zoals altijd als ze aan het werk gaat. Dan voelt ze opa door haar vinger stromen, en Londen, de BBC, Willem, Daisy en alles wat haar compleet maakte – en maakt. Alleen Raymond zweeft ongemakkelijk op de achtergrond.

Tegen de tijd dat Sonja haar hoofd om de hoek van de kelderdeur steekt, is ze klaar en heeft ze de radio alweer verborgen. Terug in de salon wil Marnie net een muts over haar natte haar trekken als Felix binnenkomt met de geruststellende mededeling dat de kust nog steeds veilig is.

'Wil jij een...' probeert Sonja in het Engels terwijl ze met haar vingers het knippen van een schaar nadoet.

'Nou, eh, ik kwam alleen...'

Maar de kapster duldt geen tegenspraak, dus wordt Marnie met ferme hand naar de kappersstoel geleid waar ze net heeft zitten wachten.

'Ze vindt dat je het verdient, voor al je harde werk,' vertaalt Felix, waarna hij er met een brede grijns aan toevoegt: 'En dat je het dringend nodig hebt.'

Er wordt heel wat afgelachen en druk met handen gebaard voordat Marnie een kapsel uitkiest. Ze wijst naar een foto van een vrouw met kort haar. Eerlijk gezegd doet ze haar een beetje aan Zeeza denken, en ze is nog niet helemaal genezen van dat diepe verlangen om erbij te horen. Als Sonja klaar is, valt Marnie weer in een andere verbazing; ze betast haar jongensachtige kapsel, de plukjes rond haar oren en op haar voorhoofd en stelt vast dat het haar gezicht frisser en smaller doet lijken. Het staat haar goed.

Zelfs Felix trekt aan haar rok en kijkt met een brede, goedkeurende grijns naar haar op. 'Je lijkt nu net mijn nicht,' zegt hij, zonder een spoor van verdriet.

Het wordt al donker als zij en Felix snel terug naar Artis lopen, hij huppelend om de overtollige energie kwijt te raken die hij noodgedwongen al moet inhouden sinds ze op de zolder hun intrek hebben genomen. Ze komen langs een kruidenier waarvan Marnie weet dat die wat snoep verkoopt. Aarzelend grijpt ze naar de losse guldens die ze in haar zak heeft; de anderen zitten op hen te wachten om te horen of de geseinde boodschappen hun vruchten hebben afgeworpen, maar ze hoeft geen berichten meer te versturen.

Bovendien is Felix altijd zo optimistisch en trouwhartig zonder ooit dwingend te worden. Ieder kind in deze oorlog verdient licht en tederheid, en hij nog meer dan de meeste anderen.

'Kom op,' zegt Marnie. 'Voor jullie allemaal een paar snoepjes. We nemen ook wat voor de familie Levy mee.'

Wanneer hij verlangend naar de snoeppotten kijkt terwijl de kruidenier de snoepjes uittelt en in een zakje doet, is hij echt een jochie van tien: een kind in een snoepwinkel, een vis in het water, een boekenwurm in 's werelds grootste bibliotheek. Ze gaan er allebei zo in op dat ze niet merken dat er achter hen een andere klant geduldig staat te wachten.

'Is dat je lievelingssnoep?' vraagt een stem met een Duits accent.

Gewend als hij is aan Duitse klanten is de kruidenier niet van zijn stuk gebracht, maar Marnie ziet Felix verstijven. Het plezier verdwijnt direct van zijn gezicht als hij zich vliegensvlug omdraait. De soldaat die achter hen staat is niet ouder dan negentien, schat Marnie, en hij probeert aardig te doen, precies zoals zijn meerderen hem opgedragen hebben. Sluit vriendschap met de Nederlanders, zo luidt het devies, want dat zijn onze arische broeders en geen vijanden. Hij glimlacht naar Felix en stopt zijn hand in zijn zak, mogelijk om wat geld te pakken zodat hij wat extra snoep voor Felix kan kopen. Maar Felix' overmoed heeft plaatsgemaakt voor het trauma dat de kop weer opsteekt. Eerst begint zijn linkerbeen te trillen, dan zijn rechter; hij houdt zijn blik strak gericht op het geweer dat aan een riem over de schouder van de soldaat bungelt. Met zijn laarsjes schuifelt hij over de stenen vloer die nat is van buiten.

Niet wegrennen, smeekt Marnie in stilte. *Alsjeblieft.* Felix kijkt op naar Marnie, duidelijk op zoek naar steun, terwijl zij met alle macht het kromme Nederlands vertaalt in het Engels en weer terug, om dan wat standaardzinnen te uiten tegen de jonge soldaat met een accent dat hopelijk niet al te knullig klinkt. 'Ja, die vindt hij lekker,' weet ze uit te brengen.

'In dat geval, staat u mij toe,' biedt de soldaat aan, waarna hij wat munten op de toonbank legt en het snoepzakje aan Felix geeft.

Het jochie is met stomheid geslagen en hij trekt met zijn mond. Marnie legt stevig haar hand op zijn benige schouder. Hoewel hij zich makkelijk kan losmaken en er als een haas vandoor kan gaan, zal de soldaat als reflex waarschijnlijk achter hem aan gaan en het vuur openen, en zich pas later afvragen waarom Felix wegrende. Door haar vingers op zijn schouder heen probeert ze hem haar gedachten door te seinen: *Blijf staan. Blijf rustig.*

Het heeft geen zin. Hij zet het op een rennen. Na maandenlang oefenen als boodschappenjongen weet hij zich als de wiedeweerga van haar los te maken en de deur uit te hollen. Op het gezicht van de jonge Wehrmachtsoldaat ziet Marnie achtereenvolgens schrik, besef en verwarring en uiteindelijk grijpt hij naar zijn geweer – zoals hem van hogerhand is opgedragen – om naar de deur te benen.

'Nee!' schreeuwt ze, met haar handen in de lucht ter verdediging en als uiting van respect. 'Nee, alstublieft. Alstublíéft. Hij is alleen...' ze zoekt wanhopig naar het juiste Duitse woord, '... blij. Met de snoepjes. Alstublieft. Ik zoek hem wel.'

Met zijn hand nog steeds op het ontgrendelde geweer denkt de jonge soldaat even na, maar loopt niet om haar heen. Hij ziet er zelf doodsbang uit, ook al heeft hij een geweer in zijn handen, en hij lijkt opgelucht dat de situatie zichzelf heeft opgelost.

'Dank u, dank u wel voor de snoepjes,' ratelt Marnie verder. 'Daar geniet hij zeker van.'

Hij knikt zwijgend, opgelucht. Marnie ziet dat als teken dat ze weg kan, maar eenmaal buiten kan ze Felix nergens vinden. Glibberend loopt ze verder, glurend in alle zijstraatjes terwijl ze wanhopig zijn naam fluistert, tot ze eindelijk zijn bekende pet met de blonde krullenbol boven een muurtje uit ziet steken.

'Ach, Felix,' zegt ze. Ze trekt hem onder haar jas tegen zich aan, maar kan niet boos op hem zijn.

'Sorry, Marnie, maar ik moet ze gewoon niet,' zegt Felix met krakende stem, nog steeds met de zak snoep in zijn hand. 'Ik moet ze helemaal niet. Je gaat het toch niet aan Willem of Gus vertellen, hè?'

'Nee,' verzekert ze hem. 'Kom, dan gaan we naar huis.'

Hij stopt een snoepje in zijn mond en laat het van de ene wang naar de andere rollen terwijl hij over de sneeuwresten op straat hinkelt. Maar het enige waar Marnie aan kan denken, is aan de vreselijke herinneringen die hij moet hebben, aan de soldaten die Felix moet hebben gezien voordat zijn familie werd weggevaagd, aan de absolute doodsangst die het jongetje daaraan overgehouden moet hebben. Tegelijkertijd denkt ze aan de jonge Wehrmachtsoldaat die de kruidenierszaak waarschijnlijk heel blij verlaten had en nu meent dat hij iets goeds heeft gedaan voor de band tussen de twee volken, en niet dat hij het verzet van de vijand door de vingers had laten glippen. *Wat is een wereld gedreven door haat en wantrouwen toch ingewikkeld en wreed*, denkt ze terwijl ze met Felix op weg gaat naar de dierentuin. Een plek die vol zit met beesten, maar waar de regels van overleving een stuk eenvoudiger lijken.

49

Gesmolten ijs

16 januari 1941, Amsterdam

Marnie

'Dankzij Marnie hebben we nu de laatste uitzending gehad,' zegt Willem, als hij ineengedoken naast haar voor de kachel zit. Hij kijkt vragend naar Gus om informatie over zijn verkenningsronde.

'Onze contacten op het hoofdkantoor van de Abwehr denken dat ze gehapt hebben,' vertelt Gus. 'Rudy en Jan verspreiden nu het bericht dat het morgenavond wordt.'

'Hoeveel?' vraagt Marnie.

'Hopelijk zijn we met z'n twaalven,' antwoordt Gus. 'Allemaal zodanig bewapend dat we een troep kunnen wegjagen, mocht Selig daarmee komen opdraven.'

'En als er meer komen?' Ze voelt zich weer geroepen om advocaat van de duivel te spelen, want voor haar voelt het alsof de hele verzetscel het hol van de leeuw in gaat, en die analogie komt dichterbij dan haar lief is.

De twee mannen wisselen een blik. 'Dat zien we dan wel,' zegt Willem. Dan hoest hij niet overtuigend. 'En er is nog iets... Felix moet ook mee. Als koerier.'

'Nee!' zegt Marnie beslist. 'Dat kan niet. In godsnaam, Willem, hij is nog een kínd.'

Hij reageert iets rustiger, maar even gedecideerd, met zijn ogen strak op de hare gericht.

Ik wou dat hij dat niet deed.

'Dat klopt,' beaamt Willem, 'maar Felix begrijpt beter dan wie ook wat er op het spel staat, en hij werkt al maanden als boodschappenjongen voor het verzet. Als Selig het bevel geeft om Corrie te bevrijden en we dat moeten overbrengen, dan is hij het snelst.'

Toch geeft ze niet op. 'En wat als hij in het kruisvuur terechtkomt? Want het staat als een paal boven water dat er een vuurgevecht losbarst. Waarschijnlijk wordt het een bloedbad. Wil je dat echt op je geweten hebben?'

'Nee, natuurlijk wil ik dat niet, verdorie!' Willem springt bijna van zijn stoel van frustratie maar gaat direct weer zitten, alsof hij zo de rust probeert te bewaren. Zijn stem wordt koel en er klinkt iets in door wat ze nog nooit bij hem gehoord heeft – ijskoude vastberadenheid. 'Ik vind het ook geen prettig idee, maar die Selig laat zich niet voor eeuwig aan het lijntje houden. Je moet begrijpen dat dit onze strijd is, Marnie. Als we geen verzet hebben om op te bouwen, dan kunnen we als land beter meteen het Duitse volkslied gaan zingen en onze kinderen Adolf noemen. Het is geen spelletje.'

'Ik heb nooit gezegd dat het dat wel was,' zegt ze geërgerd. 'Ik ben hier toch niet voor niets, buiten mijn eigen veilige kringetje?'

'Nee, dat klopt. Maar nu zijn het onze regels.'

Ze kijkt Gus aan, maar het is duidelijk waar zijn loyaliteit ligt; hij is een Nederlander, verzetsman in hart en nieren.

Marnie proeft de bittere smaak van een nederlaag. 'Goed dan. Maar als Felix gaat, dan ga ik ook. Want ik ga hier niet duimen zitten draaien en me zitten afvragen of jullie soms al op weg zijn naar het mortuarium.'

Weer die blik tussen de wapenbroeders.

'Daar zit wat in,' zegt Gus dan. 'Zij en Felix kunnen achter in het pakhuis blijven. Wij zorgen ervoor dat ze kunnen ontsnappen als het... niet volgens plan verloopt.'

Willem knikt met tegenzin. 'Afgesproken.'

Uren later voelt Marnie de spanning nog steeds tussen hen knetteren, onzichtbaar maar onmiskenbaar. Het is alsof er een scherm tussen hen is opgetrokken, net zoals de dunne, haast doorzichtige stof tussen hun bedden in fungeert als een kasteelmuur tussen hun eigen persoonlijke koninkrijkjes. In Londen hadden zij en Willem ook al een paar keer de degens gekruist, maar dan bleef de bitterheid nooit hangen; er was altijd wel een taak die hen afleidde. Nu vraagt Marnie zich af of deze onderneming niet te veel gevraagd is. Of die niet te belangrijk en persoonlijk voor Willem is.

Achter het gordijn hoort ze hem woelen. Hij doet net of hij leest, maar ze heeft hem nog geen bladzij horen omslaan. Ze haalt luidruchtig adem – veel harder dan ze van plan was –, gefrustreerd als ze is omdat ook zij geen rust kan vinden.

'Zin om te wandelen?' klinkt Willems stem door de dunne stof heen.

'De dieren stellen een beetje gezelschap vast op prijs.'

'Ja, waarom niet?' De spanning breekt als een dun laagje ijs en verandert in een plasje op de grond.

De vorst kraakt onder hun voeten als ze over de verlaten wandelpaden lopen, onder luid gesnuif, gefluit en gesnurk van een heel andere, rustende wereld. Bij het pinguïnverblijf blijft Willem staan, gefascineerd door een eenzame pinguïn die daar onder water van de eenzaamheid geniet terwijl de andere vogels slapen. 'Naar deze dieren kan ik altijd blijven kijken, zoals ze volkomen zorgeloos zwemmen en rond duikelen. Als kind waren ze al mijn favoriet.' Zijn adem vormt witte wolkjes in het donker. 'Mijn eerste herinnering aan mijn vader was dat hij me meenam om naar de pinguïns te kijken. Mijn enige herinnering, moet ik zeggen.'

Voor zover Marnie zich kan herinneren is dit de eerste keer dat hij het over zijn vader heeft, of welk ander familielid dan ook, buiten Kees en één enkele verwijzing naar zijn moeder. 'Mis je hem?' vraagt ze hem. Ze kan het niet helpen.

Hij haalt zijn hand over zijn gezicht alsof hij zo de nostalgische gedachten uit zijn hoofd probeert te vegen. 'Je kunt niet missen wat je nooit hebt gehad,' zegt hij nuchter. 'Hij vertrok toen ik nog heel klein was en ik heb hem nooit meer gezien.'

'O, dat spijt me voor je.'

'Nergens voor nodig. Mijn moeder heeft het meer dan goedgemaakt, net als mijn opa en Hendrik.'

In het maanlicht ziet ze zijn mondhoeken iets omhooggaan.

'En jij?' vraagt hij nu. 'Je hebt het nooit over je ouders.'

'Nee? O, nou, ik ben dol op ze, maar het lijkt wel of we op verschillende planeten leven, vooral nu met de oorlog. Ze begrijpen niet echt wat ik wil van het leven.'

'En dat is?'

'Iets meer dan ik had.' Dat is het enige wat Marnie Fern kan bedenken. 'Sinds ik hier ben en zo veel mensen tegenkom met een echt doel… Dat heeft me geleerd dat er niet één bepaald pad voor ons uitgestippeld is. En dat het misschien voor niemand te laat is om te veranderen.'

Hij verschuift, waardoor zijn vingers rakelings langs de hare gaan terwijl ze toekijken hoe de pinguïn zijn acrobatische toeren uithaalt. Het gevoel dat ze dolgraag zijn hand zou vastpakken overvalt haar – niet zozeer uit lust, maar gewoon om zijn vingertoppen tegen die van haar te voelen, om de hartslag van het leven door hen heen te voelen gaan. Vanwege wat hen te wachten staat, en ook omdat het misschien wel de laatste keer is, in deze surrealistische setting in het licht van de maan.

'Als je maar niet te veel verandert, Miss Fern. Je bent prima zoals je bent.'

'Dank u zeer, Mr Bakker.'

'Ik vind je haar trouwens leuk. Het doet me denken aan mijn zusje.'

'Kees?' Ze voelt zich meteen schuldig dat ze hem voor de tweede keer verdrietig maakt.

Willem haalt twee beduimelde foto's uit zijn zak en steekt ze naar haar uit. Op de een staan twee kleine kinderen, een jongen en een meisje, naast een volwassene, duidelijk een jonge Willem en Kees met – naar ze aanneemt – hun moeder. De andere is een portretfoto van een prachtige jonge vrouw die met haar grote, donkere ogen recht in de camera kijkt, met net geen glimlach op haar volle lippen. Hij heeft gelijk, hun kapsel is inderdaad bijna hetzelfde, met de jongensachtige plukjes om haar hoofd.

'Wat erg dat ik... Het was niet mijn bedoeling om...' stamelt Marnie.

'Dat weet ik wel. En om zo aan haar herinnerd te worden... hé!'

Een flinke klets water spat over de rand recht in hun gezicht als de pinguïn sierlijk onder water duikt nadat hij hen geraakt heeft, alsof hij een piloot van de Luftwaffe is.

'Zou hij ons iets proberen te duidelijk te maken?' zegt Willem.

'Misschien moeten we maar wat gaan rusten.'

Zwijgend lopen ze terug naar de Fazanterie totdat ze bijna bij de grote deur zijn. Onder aan de trap blijft Marnie aarzelend staan. 'Ben je bang voor morgen?'

'Ja, natuurlijk,' antwoordt hij meteen. 'Het zou onmenselijk zijn als ik dat niet was. Maar het is net zo menselijk dat ik – en wij allemaal – ons verzetten tegen lui als Selig.'

50

Het palet van gevangenschap

16 januari 1941, Huis van Bewaring, Amsterdam

Corrie

Corrie heeft gelijk. Selig zal zich nooit voor eeuwig inhouden, hoewel hij nog steeds niet bereid is om zijn eigen handen vuil te maken. In plaats daarvan heeft hij de luitenant gestuurd die de vorige keer nog zo nietszeggend was, maar nu toch over een sterke kant blijkt te beschikken, namelijk het met smaak toebrengen van geweld. De verveelde stem van het nepverhoor is verdwenen. Wanneer hij haar de eerste paar klappen in haar gezicht geeft, ziet ze zijn ogen oplichten. Met steeds meer hartstocht slaat hij steeds harder, tot haar huid brandt en haar hoofd op haar dunne nek telkens naar de zijkant klapt. Ondertussen merkt Corrie dat het helpt als ze zich concentreert op het bloed dat zichtbaar naar zijn hoofd stijgt, op de vurigheid waarmee hij haar de smerigste woorden toeschreeuwt en de beledigingen die hij richting haar, haar land en haar overtuigingen uit.

Zijn geraas breekt haar niet. Sterker nog, het spoort haar juist extra aan om haar mond te houden, afgezien van de spontane kreten die iedere ziel die zo aangevallen wordt in een reflex zou slaken. Maar ze zegt niets, verraadt niemand, ook niet als haar huid openbarst en haar bloed over zijn knokkels stroomt. Hoe meer genoegen hij hieruit haalt, hoe meer voldoening zij voelt als ze zijn gezicht van roze naar rood ziet kleuren en van rood naar paars, totdat hij op het toppunt van zijn furie happend naar adem de kamer uit vliegt.

Terug in haar cel maakt Corrie zich zo klein mogelijk, met haar knieen opgetrokken tegen haar borst. Ze verbeeldt zich dat ze een heel klein kevertje is dat zich behoedt voor het gevaar van de grote wereld, ook al voelt haar huid helemaal niet als een beschermend schild. Er prikt iets uit het matras in haar zij, maar dat vindt ze niet onprettig. Het leidt af van de pijn in haar lijf. Ze laat haar hand onder de veel te wijde band van de broek glijden die ze haar hebben gegeven zodat haar koude vingers de brandende pijn in haar buik kunnen koelen. Die zal morgen ongetwijfeld pimpelpaars, goud en misselijkmakend groen zijn. Het palet van gevangenschap.

Het zachte gekreun dat aan haar lippen ontsnapt is instinctief, een beetje zoals het lyrische loeien van barende vrouwen, zoals ze zelf ook had gedaan tijdens haar bevallingen. Toentertijd had ze nog met haar moeder moeten lachen omdat ze net een boerderijdier leek, waarna haar gezicht was vertrokken en ze nog een keer had geloeid toen ze haar eigen kinderen op de wereld zette. De pijn was binnen luttele seconden verdwenen toen ze naar die kleine, pruilende gezichtjes keek, hoewel Kees al snel haar onvrede te kennen had gegeven over het feit dat ze geboren was.

Kees. Haar lieve dochter zal het zelf nooit meemaken, die brandende, ijskoude pijn die zich vermengt met verrukking op het moment dat haar eigen kindje de wereld betreedt. En Corrie zal het niet met haar delen. Nooit. Dat, en niet de huidige pijn, zorgt ervoor dat er nu een traan op het stinkende, vuile matras rolt.

Opeens vraagt ze zich af wat voor kleur haar eigen lippen momenteel hebben, kersenrood of bordeaux van de bloedkorsten, of een robijntint? Ze laat haar vingers weer naar haar beurse buik glijden. Deze keer ging hij niet verder dan een ouderwets pak slaag, maar ze weet zeker dat er meer komt, Selig was er niet, dus de jonge luitenant is er vast op uitgestuurd om haar voor te bereiden, om haar angst aan te jagen voor alles wat er nog gaat komen – schijnverdrinking, bijvoorbeeld, en misschien een glanzend mes om haar crêpedunne huid mee open te snijden. Pas als Selig getuige is, zal ze aan het spit geregen worden.

Met al haar wilskracht leidt Corrie haar gedachten af van de verdorvenheid die ze op haar zouden kunnen botvieren. In plaats daarvan richt ze zich op de herinneringen waarop ze zal varen wanneer Selig weer komt; herinneringen aan Willem, Kees, haar ouders en Hendrik, aan fijne kerstdagen rond de keukentafel, aan schaatsen op de grachten toen de kinderen klein waren. Elk van die beelden zal haar, hopelijk, bijstaan tot het einde. Want dat komt eraan.

Willem heeft een keer geprobeerd haar te halen, mogelijk zelfs twee keer, afgaand op wat Selig heeft laten doorschemeren. Een dergelijke opoffering van de verzetscel kan ze niet nog een keer verwachten. Wat zegt men ook alweer? Drie keer is scheepsrecht?

Daar gelooft ze niet meer in. Niet nu Selig op dreef is.

51

Stilte voor de storm

17 januari 1941, Amsterdam

Marnie

Ze vertrekken om de beurt uit Artis: eerst Willem, een kwartier later Gus, net na zessen 's avonds gevolgd door Marnie en Felix, na een dag die voorbij is gekropen. Iedereen probeerde te slapen, maar ook de familie Levy voelde de onrust op zolder toenemen.

Felix' ogen zijn zo groot als schoteltjes tegen de donkere lucht als hij en Marnie over de glibberige stoep naar de tramhalte lopen, om van daaruit zuidwaarts naar de buitenwijken te gaan. Ze bestudeert haar medepassagiers en vraagt zich af wat die zien. Een vrouw en haar kleine beschermeling die misschien nog wat boodschappen gaan halen voordat ze bij het haardvuur gaan zitten? Kunnen ze zich ook maar iets voorstellen van waar zij en Felix werkelijk naar op weg zijn en wat ze daar gaan doen? Zouden ze het willen weten?

Marnie had erop gestaan om aanwezig te zijn wanneer Willem het plan met Felix besprak. Dat had hij deze middag gedaan, zonder te verhullen wat ze met Selig zouden gaan doen. Het feit dat er misschien soldaten bij gedood zouden worden liet hij wel achterwege.

'Daarna moet je een brief naar het café van het American Hotel brengen en die aan deze man geven.' Willem hield een politiefoto omhoog van een jolige man in kelnersuniform. 'Hij zal hem aan een bezoeker van het café geven.'

Felix knikte. Berichten afleveren deed hij als de beste en hij was zich er danig van bewust hoe belangrijk het was dat ze in de juiste handen terechtkwamen.

'Dan moet je wachten tot de brief aan een andere officier van de Abwehr gegeven wordt en tot hij hem gelezen heeft,' instrueert Willem. Felix knikte nog een keer.

'En daarna kom je meteen terug naar ons. Op zo'n korte termijn kunnen ze niet achter je aan komen – of in ieder geval, je kunt nog makkelijk aan ze ontkomen – maar let wel goed op. Als het moet, neem je een langere weg. Wij wachten wel.'

Toen glimlachte Felix, apetrots dat hij mee mocht doen met de volwassenen. 'Ze krijgen me niet te pakken, Willem. Dat beloof ik.'

Nu, in de tram, gaat Felix dicht tegen Marnie aan zitten met zijn hand in de hare, zijn smalle vingers stevig om die van haar. Ze voelen het allemaal. Vanochtend vroeg was hij bij haar in bed komen liggen omdat hij zei dat hij het koud had, maar ze achtte het waarschijnlijker dat hij een nachtmerrie had gehad en daarom zo trilde. Dicht tegen haar aan was Felix eindelijk weer in slaap gevallen, maar al snel begon hij te stuipen en te mompelen: 'Moeder. Moeder.' Dat is een woord dat ze wel herkent.

Nu is het Felix die Marnie troost biedt. Ze kan haar hoofd niet stil houden van de zenuwen en ze is dankbaar dat hij er is. Zonder de moed van deze jongen had ze de dierentuin vanavond nooit verlaten.

Ergens in een donkere, doodstille straat stappen ze uit. Marnie kijkt omhoog, naar een flat boven een ijzerhandel op de kruising, op zoek naar een teken achter een raam. Een felle gele gloeilamp betekent gevaar, een zacht oranje schijnsel betekent dat de kust veilig is. Maar kan ze daar wel op vertrouwen, gezien de verdenking dat ze een mol in hun midden hebben?

Zodra ze de zachte gloed achter het raam ziet neemt ze een besluit – om te vertrouwen op Willems overtuiging en zijn gedetailleerde planning. Hij houdt zielsveel van Corrie, dat is overduidelijk, maar ze weet ook dat hij ontzettend veel om de hele verzetscel geeft. En daar hoort zij tegenwoordig bij. Zij maakt deel uit van de familie, misschien bij gebrek aan beter – maar heeft hij haar niet zelf binnengehaald? Niet in Amsterdam, maar wel in de strijd om Nederland die hier gestreden wordt.

Met gespitste oren, voor het geval ze achter zich het gebrom van militaire voertuigen horen, lopen Marnie en Felix verder naar het zuiden, waar geen grachten meer zijn, de huizen steeds verder uit elkaar staan en lappen braakliggende grond en kleine tuinderijen elkaar afwisselen. Het is er bijna verlaten, alleen in de verte klinkt af en toe een stem. Overdag is het hier vast een drukte van belang, denkt ze, net als in Spitalfields of de Brick Lane Market. 's Avonds en 's nachts zijn die gebieden in het Londense East End stil en verlaten en er dwarrelen fish-and-chipspapier en groenteresten van de dagelijkse markt rond als tuimelkruid. Hier is het afval van de schaarse handel vertrappeld in de papsneeuw.

Felix knijpt in haar hand. 'Deze kant op,' zegt hij wanneer hij haar meetrekt de duisternis in.

Schijnbaar uit het niets duikt er een pakhuis op waarvan de donkere houten betimmering op lijkt te gaan in de leegte eromheen. Verheugd klopt Felix het ritme van het wachtwoord op de deur, waarna Zeeza's gezicht om de deurpost verschijnt. Ze werpt Felix een warme glimlach toe, maar al even gauw heeft ze weer een ernstige, vastberaden blik op haar gezicht. Marnie ziet al vlug waarom.

Snel geteld ziet ze twaalf mensen achter de deur – degenen die ze kent van de bijeenkomsten bij Corrie in de keuken, plus nog wat anderen. Er zijn ten minste vijf vrouwen. Alle gezichten staan gespannen, alle wapens, van machinegeweren tot revolvers, zijn getrokken. Afgezien van de geweren van de Wehrmacht, die meer weg hebben van speelgoed, heeft ze nog nooit zo veel wapentuig gezien.

Willem heeft een kort stomp machinegeweer dat hij met een riem over zijn lichaam draagt. Ze vindt het schokkender dat hij zich er volkomen mee op zijn gemak voelt, net als Gus. Hij knikt zwijgend naar haar. Ze kan de spanning haast zien knetteren in de walm van de sigaretten die aan de lopende band opgestoken en uitgetrapt worden.

'Deze kant op,' zegt Zeeza, terwijl ze hun voorgaat naar een kantoortje met geblindeerde ruiten, waar al een kaars brandt. 'Jullie moeten hier blijven tot we Felix nodig hebben.'

'Hoelang?' vraagt Marnie. Het idee dat ze misschien wel urenlang in deze spanning moet leven is haast ondraaglijk. Toch is ze liever hier dan in Artis, waar ze veiliger zou zijn, maar in wezen blind.

Zeeza haalt laatdunkend haar schouders op alsof ze zeggen wil: dat zie je vanzelf. Daarna doet ze de deur achter zich dicht en gaan Marnie en Felix achter het bureau zitten, waar twee stoelen klaarstaan. Marnie haalt wat kostbaar papier en potloden tevoorschijn die ze van de familie Levy heeft gekregen om Felix bezig te houden, en kijkt het kantoortje rond. In de hoek staat een kleine vergadertafel met daarop lege koffiekopjes en een stapel kranten. Ook ziet ze een zijdeur met een slot erop. Zou dat de vluchtroute zijn? Ze voelt zich nu in elk geval behoorlijk gevangen – claustrofobisch, op een manier die ze zelfs in de kleinste, muffigste kelders niet heeft meegemaakt. Het is alsof Selig en zijn elitekorps van de Abwehr ieder moment door het dak kan parachuteren zodat niemand de kans krijgt om te vluchten. Het is wel duidelijk dat ze te veel tijd heeft gehad om haar fantasie de vrije loop te laten en toe is aan een ander soort strijd, bijvoorbeeld om een eenvoudig schort bij *The Kitchen Front*, om weer bij haar positieven te komen. Wat zou dat heerlijk zijn.

Na tien minuten gaat de deurkruk omlaag en komt Willem binnen. Zijn wapen heeft hij op zijn rug geslingerd, uit het zicht. 'Hé, gaat het goed?' zegt hij met een geforceerde glimlach die Marnie herkent als zijn specialiteit.

Felix knikt enthousiast. Zijn ogen schieten vol verwachting heen en weer.

Willem gaat op de punt van het bureau zitten en wijst naar de zijdeur. 'Dat is jullie vluchtroute,' legt hij uit. 'Als jullie die moeten gebruiken, ga dan naar de kerk waar je ondergedoken hebt gezeten – Felix weet de weg – en niet naar Artis, voor het geval jullie gevolgd worden. Begrepen?'

Felix knikt weer.

'Mooi. Daar zal iemand jullie wel vinden,' voegt Willem eraan toe.

Het valt Marnie op dat hij niet zegt 'daar zal ík jullie wel vinden'. Het punt is dat hij niet weet of hij een dergelijke belofte hard zou kunnen maken, en dat komt hard aan bij Marnie – dat ze hem na vanavond misschien nooit meer zal zien. Of Gus. Ze heeft geen man in haar leven, maar waarom lijken degenen die ze in haar omgeving heeft allemaal te verdwijnen? Haar vader naar Schotland, toen opa, en zelfs Raymond. En nu mogelijk ook Willem en Gus. Ligt het aan haar, is het pech of komt het gewoon door de oorlog?

Ze is zo in gedachten verzonken dat ze schrikt als ze aangeraakt wordt, maar het zijn niet Felix' smalle vingers die haar hand pakken. Het is Willem die met zijn ruwe duim over haar handpalm streelt.

'Dank je wel,' zegt hij. 'Dat je gekomen bent. Dat je vertrouwen hebt.'

'Ik dacht dat jij niet zo veel ophad met vertrouwen.' Ze probeert een luchtige opmerking te maken, maar het komt er heel anders uit.

'Met sommige mensen wel.'

'Nou, daar ben ik blij om. Waar ik niet blij mee ben is dat je zo definitief klinkt.'

Willem ademt diep in en aait met zijn andere hand over de krullenbol van Felix, die voorovergebogen boven zijn tekening zit. 'Voor de zekerheid,' zegt hij. 'Ik wil gewoon dat je het weet.'

'Ik weet het ook. Ik denk dat je Gilbert ook op die manier hebt benaderd.'

'Dat klopt.' Hij knikt bevestigend. 'En hij zou ontzettend trots op je zijn. Ook behoorlijk geërgerd dat je je in zulk gevaar hebt gestort, maar hij zou zijn bewondering voor je niet onder stoelen of banken steken, dat weet ik zeker.'

Het gekras van het grafiet van het potlood klinkt als het tikken van een tijdbom.

'Hoe laat moet deze "bijeenkomst" beginnen?' vraagt Marnie. *Hoelang hebben we nog om het laatste beetje normaal leven in te ademen?*

'Tien minuten.'

'En als hij niet komt?'

Hij haalt zijn schouders op. 'Dan zoeken we een andere manier. Leggen we een ander spoor. Maar ik denk dat hij wel zal happen. We hebben gehoord dat er een kleine eenheid verzameld is.'

'Waarom een kleine?' vraagt Marnie. 'Die Selig zal toch wel met veel vertoon binnen willen komen?'

'Niet als hij zelf met de eer wil strijken, als hij wil beweren dat de Abwehr een hele verzetscel heeft afgeslacht. Vergeet niet dat ik zijn ego van heel dichtbij heb meegemaakt. Zijn honger naar succes.'

'Dat is juist waar ik me zo'n zorgen om maak,' zegt ze.

'Maar hij heeft ons verkeerd ingeschat, en een cruciaal punt over het hoofd gezien.'

'En dat is?'

Willem zwaait zijn geweer op zijn buik en doet de deur van het kantoor open. 'Dat ik veel hongeriger ben. Wees voorzichtig, Marnie.'

52

Gevangen

17 januari 1941, Amsterdam

Marnie

Met haar uitstekende gehoor vangt Marnie het minste sprankje geluid op uit het voorste gedeelte van het pakhuis, terwijl haar horloge de minuten aftelt naar zeven uur. Er wordt weinig gesproken, wel nerveus met voeten geschuifeld. Om een minuut vóór hoort ze vaag dat er op de deur wordt geklopt, waarop de hanen van de wapens worden gespannen. Ze ziet voor zich hoe ze allemaal met een ernstig gezicht de geweren voor hun gezicht houden, allemaal op de deur gericht. Wat gaat er in hun hoofd om? Als zij al doodsangsten uitstaat, hoe moeten zij zich wel niet voelen? Felix is opgehouden met tekenen en zit dicht tegen haar aan. Met zijn handje grijpt hij haar jas vast. Zij heeft het bloedheet en ijskoud tegelijk.

De eerste kogel klinkt dof. Daarna barst een haast theatraal vuurgevecht los dat rechtstreeks uit een cowboyfilm lijkt te komen die ze vroeger heeft gezien in de Gaumont-bioscoop op Wood Green High Street. Het is een korte, scherpe kakafonie van een schotenwisseling die onderbroken wordt door geschreeuw en gejammer en her en der een afgebroken uitroep in het Duits of Nederlands. Als een raam van het kantoor aan diggelen geschoten wordt, kruipen zij en Felix wanhopig onder het bureau in een poging te ontkomen aan deze nieuwe angstaanjagende blitzkrieg. Opeens klinkt het geschreeuw harder dan het vuurgevecht en wordt de kogelregen minder. Ze hoort de herkenbare stem van Gus 'Stóp! Stóp!' roepen, en daarna voetstappen over gebroken glas – het geluid uit de straten van Londen die ze heeft achtergelaten. Wat zal Marnie achter de deur aantreffen? Dood en verderf? Een bloedbad? De stilte is oorverdovend in de seconden die langzaam voorbij tikken. Ze kan zich niet langer inhouden, ze moet weten wat er is gebeurd, ook al is het het ergste wat ze ooit heeft gezien: Willem die overhoopgeschoten in een plas van zijn eigen bloed ligt. Levenloos, net als opa. 'Blijf hier!' commandeert ze Felix en ze vliegt naar de deur.

Daarachter treft ze inderdaad een bloedbad aan. In de doffe stilte telt ze vier lichamen, allemaal van de Wehrmacht, in een houding die erop wijst dat ze totaal verrast waren. Gelukkig allemaal met de ogen gesloten. Eén man in een iets ander soort uniform staat tegen een pilaar aan met een pistool op zich gericht en zijn handen omhoog ter overgave. Uit de zilveren versieringen op zijn overjas maakt Marnie op dat hij de hoofdprijs is.

Tot haar opluchting is het Willems geweer dat op deze Selig gericht is en Willem die het zo stevig vasthoudt dat zijn knokkels wit zien. Hij staat rechtop en is niet gewond. Het ijs in haar longen ontdooit een beetje. Dan glijdt haar blik naar het groepje in de hoek dat gehurkt om iemand anders heen zit. Gus en Willem zijn veilig, en daar ziet ze de verwarde gezichten van Rudy, Jan en Dirk. Wie is er dan geraakt?

'Stop het bloeden, stop het bloeden!' roept er iemand in paniek, waarop Marnie naar het groepje toe rent. Dan ziet ze het tengere lichaam van Zeeza op de grond liggen, met haar hoofd achterover en haar gezicht vertrokken van pijn. Ze kreunt zachtjes met opeengeklemde kaken.

'Laat eens zien,' zegt Marnie zelfverzekerd als ze zich langs de anderen heen wurmt. Zeeza's enkel is een bloederige puinhoop en daarboven probeert iemand met rode handen een tourniquet onder haar knie aan te leggen.

'Lager,' instrueert Marnie. 'Ze mag niet te veel bloed verliezen.' De doorgaans blozende wangen van Zeeza zien al lijkbleek en het zweet staat op haar voorhoofd. Marnie tilt haar voet en onderbeen op, wat een schreeuw van de jonge vrouw oplevert, maar Marnie moet zien wat er aan de hand is en heeft geen tijd om al te voorzichtig te zijn. De kogel is dwars door de enkel gegaan – dat is goed in verband met infecties maar niet voor het bloedverlies, hoewel er geen slagader geraakt is. Anders hadden ze al een dode te betreuren gehad.

'Ik heb alcohol en verband nodig,' zegt Marnie.

De groep had vast al rekening gehouden met verwondingen, want ze hoeft er niet lang op te wachten.

'Zet je schrap,' zegt ze, waarop het taaie vrouwtje even knikt, haar lippen stevig op elkaar geperst. Marnie veegt het bloed weg, spoelt de wond met alcohol – waarop Zeeza even vloekt als een bootwerker – en bindt de enkel stevig in. 'Staat er een arts paraat die kan helpen?' vraagt ze aan niemand in het bijzonder.

'Ja,' antwoordt Rudy. 'Op een paar minuten rijden. We kunnen hun troepenwagen gebruiken om haar te vervoeren.'

'Snel dan,' zegt Marnie. 'Dit is veel te complex voor mij.'

Door een of ander wonder, of door het verrassingselement, lijkt Zeeza het enige slachtoffer in de verzetsgroep te zijn. Tegen de tijd dat Marnie zich omdraait ziet ze dat de man, hoogstwaarschijnlijk Selig, inmiddels op een stoel is gezet, met zijn handen op de rug gebonden. Hij stribbelt niet tegen en klaagt niet, noch kijkt hij verslagen naar zijn schoot. Integendeel zelfs. Hij heeft een smalende grijns op zijn volle lippen en hij kijkt met half toegeknepen ogen naar Willem. Zonder haat, maar met opperste verachting. Marnie krijgt luid en duidelijk mee waar hij voor staat, namelijk minachting voor alles en iedereen om hem heen. Beseft hij dat Willem wat dat betreft een waardige tegenhanger is?

Het is alsof ze naar twee gladiatoren in de arena kijkt, een strijd tussen wil en kracht. Terwijl Zeeza het pakhuis uit wordt gedragen, begint de tijd te dringen.

'Daar zijn we dan,' zegt Willem met vlakke stem in het Duits. 'U lijkt opeens helemaal alleen te zijn, Herr Selig. U hebt iets wat ik wil en ik heb iets wat u wilt.'

'Het is kapitéín Selig. En wat zou ik hemelsnaam willen hebben van uw soort mensen?'

Het gebrek aan angst in zijn stem is huiveringwekkend. Marnie ziet zijn arrogantie en zelfvertrouwen terug in de manier waarop hij zijn kin vooruitsteekt, bijna alsof hij vráágt om klappen.

Willem is zo gericht op zijn doel dat hij het niet merkt. Wat voor hem het belangrijkst is, is het plan. 'Een vriendin van mij verblijft in een van uw residenties, en we willen haar graag terug,' zegt hij.

'Hoe kan ik dat nu doen?' Hoewel zijn handen zijn vastgebonden, weet hij toch zijn schouders op te halen.

'Een briefje van u is voldoende, met duidelijke instructies om haar hiernaartoe te brengen. De rest doen wij wel.'

Selig ademt zwaar door zijn neus en sneert hoorbaar. 'En dan? Daarna snijden jullie mijn keel door. Waarom zou ik in godsnaam overwegen dit spelletje mee te spelen?'

Marnie ziet het ongeduld bij Willem toenemen. De tijd loopt, ze moeten die lichamen opruimen en de boel schoonmaken. 'Ik ben een man van mijn woord,' zegt hij, nog steeds rustig. 'We weten natuurlijk dat er een gewelddadige golf van vergelding zou volgen als u zou sterven. En in tegenstelling tot u zitten wij daar niet op te wachten.'

Herr Selig begint zowaar te lachen, hard en smalend. 'Waarom denkt u dat dat niet zal gebeuren als u me in leven laat?'

'Omdat u dan voor paal staat.' Willems kille stem klinkt overtuigend. 'Ik weet dat u en uw nazikameraden er niet tegen kunnen als u faalt. En vanavond hebt u gefaald, kapitéín Selig. U alleen.'

Seligs neusgaten gaan wijd open als hij snuift. 'Hoe kan ik er zeker van zijn dat u dit akkefietje nu of in de toekomst niet wereldkundig maakt? Dat ik hoe dan ook niet verlies?'

'Daar moet u dan maar op vertrouwen, hè?'

Even – héél even maar – kijkt de nazi verslagen. Afgebluft. Alleen als je hem recht in zijn gezicht kijkt, zie je dat hij weet dat hij verloren heeft. Hij herstelt zich snel door er nog een schepje arrogantie bovenop te doen.

'U mag haar hebben. Ik heb haar toch niet meer nodig,' geeft hij toe.

'Hopeloze vrouw. Bij het eerste spoortje ongemak begon ze al te praten. We weten alles.'

Marnie kijkt de ruimte rond en ziet op ieder gezicht dat niemand daar ook maar iets van gelooft.

Willem reageert niet op Seligs beschuldiging. Hij pakt alleen de pen en papier die ze al hadden klaargelegd. Gus maakt zijn handen los terwijl Willem tegen Rudy zegt dat hij zijn geweer op de gevangene gericht moet houden. Dan trekt hij een tafeltje naar de stoel toe. Hij brengt zijn gezicht dicht bij dat van Selig en duwt de pen in zijn hand.

'Schrijven,' commandeert hij.

53

Verhuizing

Corrie

Ze kauwt langzaam op het laatste hapje brood dat ze nog heeft. Voorzichtig probeert ze de andere wang, waar kauwen niet zo'n pijn doet, als er met geweld een sleutel in het slot van haar celdeur geramd wordt. Corrie schrikt en gaat automatisch rechtop zitten, zodat ze niet slap en verslagen overkomt. Zou dit het dan zijn? Wordt ze nu aan het spit geregen? Ze hebben er genoeg van, hebben besloten dat ze geen tijd meer aan haar willen verdoen. In gedachten gaat ze na waarom dat zo zou kunnen zijn en dan komt ze tot de vreselijke conclusie dat Willem opnieuw gevangen moet zijn genomen, áls hij al ontsnapt was, en dat ze hém nu geestelijk en lichamelijk mishandelen om meer informatie los te peuteren dan zij ooit zou kunnen geven. Dat ze hem nu uitwringen.

Daar mag je niet aan denken. Blijf sterk. Voor hem.

Als de deur echter openzwaait, staat de luitenant daar met een boos gezicht in plaats van een verwachtingsvolle uitdrukking. Er stapt een soldaat achter hem vandaan die een paar oude, veel te grote schoenen naar haar voeten gooit.

Ook gooit hij een vieze overjas op het matras. 'Aantrekken,' blaft de luitenant.

Weer kraken Corries hersenen: als ze op weg zou zijn naar de strop of de kogel, zouden ze haar geen schoenen geven. De doden geven niets om vuile voeten. En toch heeft ze Selig duidelijk gehoord: niemand mocht iets doen zonder dat hij er expliciet toestemming voor had gegeven. Waar is hij dan? En waarom wordt ze blijkbaar naar een andere plek verhuisd?

Met de schoenen klapperend op de stenen vloer wordt ze vanuit haar cel in een stille gang geleid. Ze knijpt haar ogen tot spleetjes tegen het schijnsel van de felle witte lampen. De gezichten van de weinige jonge soldaten die ze ziet zijn uitdrukkingsloos – ze vertonen geen medeleven en geen haat – en Corrie vraagt zich af of dit er allemaal bij hoort. Of ze haar expres op het verkeerde been zetten, gewoon voor de lol. Om haar hoop te geven in de laatste ogenblikken van haar leven. Maar ze besluit dat zij niet het laatst zullen lachen, dat zij zal denken aan de mensen van wie ze houdt, aan haar dierbare paardenbloempluisjes die over het hele land en de hele wereld verspreid zijn en ook tot as zijn vergaan: Willem, Kees, Hendrik en Felix en Zeeza. Ze zitten goed beschut in haar hart, altijd paraat.

De kou op haar huid leidt haar af. Het verrast haar hoe helder de avondlucht is, hoe verfrissend de ijzel op haar wangen. Koud misschien, maar het wakkert haar energie aan. En hoe. *Ze hebben nu al verloren.* Ze zal sterven terwijl ze voelt dat ze leeft.

Tot haar verbazing gaan ze niet naar de binnenplaats, waar Corrie vermoedt dat de daad al zo vaak verricht is, waar vast al menig verzetslid opgehangen of gefusilleerd is. Nee, ze wordt naar een voertuig gebracht dat al klaarstaat: niet een auto voor gewoon transport, maar een stafwagen, en dat maakt haar nog nieuwsgieriger. Wat is er in vredesnaam gaande?

De luitenant gaat naast haar op de achterbank zitten die naar oud leer en diesel ruikt, vermengd met de stank van de mottige jas om haar schouders. Hij zegt niets, heeft alleen een blik van totale minachting op zijn stalen gezicht. Zijn hand rust naast de holster aan zijn glanzende riem.

Ze rijden het hek van het Huis van Bewaring uit en dan richting het zuiden, de grachten voorbij. Ze heeft geen idee hoe laat het is, behalve dat het een uur is waarop de meeste Nederlanders voor de kachel zitten met de gordijnen dicht, zowel wegens de verduistering als de kou. Behalve wat Duitsers die patrouilleren of rondparaderen voor vrouwen die daarvoor openstaan, zijn de straten zo goed als verlaten. De chauffeur weet duidelijk waar ze heen moeten want hij heeft geen instructies nodig, dus rijden ze in stilte door de stad.

Na tien minuten is er buiten de auto nauwelijks nog een lichtje te zien, nog geen reepje tussen gordijnen door. Even houdt ze haar adem in bij de gedachte dat ze zo'n eenzaam einde tegemoet gaat, geen mens of huis te zien. Dood is dood, maar om nou achtergelaten te worden voor de straathonden...

Plotseling komt de auto tot stilstand. 'Eruit,' snauwt de officier haar toe.

Ondanks alle geestelijke voorbereiding protesteert Corries lijf en begint ze te trillen, en haar hart slaat een ritme dat ze niet kent. *Je mag rillen, maar niet huilen. En niet smeken.*

Ze tuurt de duisternis in en kan nog net een pakhuis ontwaren waar ze ooit met de verzetscel bijeengekomen is. *O, jezus.* Ze slingert in de stilte en glijdt bijna uit op het ijs onder haar voeten. Hebben ze haar meegenomen zodat ze met eigen ogen een hinderlaag kan zien? Zijn haar vrienden van het verzet al afgeslacht en wordt zij straks ook op een berg dode lichamen gegooid? Bij zo'n aanblik zou haar standvastigheid het wel eens kunnen begeven. Maar waar is Selig? Er staat hier geen stafwagen. Er staat hier helemaal niets. Waarom zou hij zich hier niet op de borst staan kloppen vanwege zijn persoonlijke beestachtige succes?

Voor het eerst die avond komt de luitenant zo dicht bij haar in de buurt dat hij zijn neus optrekt als hij haar ongewassen lijf ruikt. Hij steekt zijn hand uit om haar bij haar mouw te pakken en trekt haar hardhandig mee naar de deur.

Toch voelt ze iets van terughoudendheid in zijn greep. Hij lijkt geen voorpret te hebben om wat er komen gaat, maar is juist op zijn hoede. Een beetje bang, misschien.

Hij klopt aan en schuifelt wat heen en weer tot er wordt opengedaan.

Seligs brede gezicht verschijnt in de kier van de deur. Hij is gekleed in een overhemd met een paar bretels losjes over zijn schouders. Zijn haar zit door de war alsof hij net van het gezelschap van een vrouw genoten heeft en zijn stem klinkt kortaf en wat hijgerig.

'Ah, dank u, Meyer,' zegt hij nors, waarop hij zijn hand uitsteekt om Corrie bij de mouw te pakken.

'Gaat het... Gaat het wel, meneer?' vraagt de officier. Seligs gedrag en deze locatie komen blijkbaar vreemd op hem over.

'Prima. Zoals ik al schreef, heb ik plannen met haar. Niemand hoeft er iets van te weten. Niemand. Begrepen? Het is een privéaangelegenheid – voor de Führer.'

Meyer klakt zijn hielen tegen elkaar. 'Jawel, meneer. Voor de Führer.'

'Dank u. U kunt gaan. Heil Hitler.'

Meyer draait zich om en zodra Corrie de deur door is, ziet ze dat iemand de punt van een mes tegen Seligs rug duwt, waarna ze met grote ogen het hele schouwspel in zich opneemt.

En dan valt haar mond letterlijk open van ongeloof.

54

Gladiatoren

Marnie

Marnie ziet de uitdrukkingen op Corries gezicht, van schok tot onge-loof, elkaar in razend tempo afwisselen terwijl ze alles om haar heen in zich opneemt. Ze kan het duidelijk niet behappen dat ze opeens om-ringd wordt door al die mensen die ze liefheeft en vertrouwt. Ook Mar-nie verwondert zich over de vrouw die ze niet had gedacht ooit nog te zullen zien. *Zij Daisy, ik Lizzy.*

Op het eerste gezicht ziet Corrie er ouder uit dan ze zich had voor-gesteld, tenger, met kort blond haar dat dof is van de viezigheid, en met ingevallen ogen van zorgen en vermoeidheid, plus de duidelijke tekenen van mishandeling, waaronder een blauw oog. Maar onder deze omstandigheden ziet niemand er gezond uit; Marnies eigen uiterlijk is tegenwoordig helemaal niet om over naar huis te schrijven. Van de keurig verzorgde Miss Fern van de zesde verdieping is weinig over.

Willem is natuurlijk de eerste die zich naar haar toe haast en Corrie verdwijnt in zijn omhelzing. Marnie ziet de rilling van opluchting door zijn rug gaan en hoort hen huilen van geluk. De liefde van zijn leven – gehavend maar veilig, in ieder geval voor nu. Ze kan zich niet voor-stellen hoe dat moet voelen. Misschien net als zij zich zou voelen als haar ouders of Susie bevrijd waren van een of ander gevaar – maar dan keer tien. Heel even betreurt ze het dat ze nooit zo'n diepe emotie zal meemaken, waarna ze zich snel vermant.

Dit is niet het juiste moment voor zelfmedelijden.

Met Selig nog steeds onder schot dromt iedereen om Corrie heen om haar te begroeten, haar te zoenen en te knuffelen. Felix wordt opgeslokt door de menigte en klampt zich stevig aan Corrie vast. Weer een steek in Marnies hartstreek, en weer roept ze zichzelf tot de orde. Is het afgunst? Meer het gevoel dat zij weer de buitenstaander is, en dat terwijl ze dit zichzelf heeft aangedaan. Zíj heeft besloten hiernaartoe te komen. Niemand heeft haar gedwongen.

Er is maar weinig tijd voor opluchting en blijdschap, daar zorgt Selig wel voor. Hij heeft blijkbaar genoeg van dit heuglijke weerzien.

'En nu?' Zijn schofterige stem weerklinkt door het pakhuis. 'Ik wil jullie plezier natuurlijk niet bederven, maar moeten we niet door met dit spelletje?'

Marnie staat versteld van zo veel brutaliteit. Is hij dan niet bang, omringd als hij is door verzetsleden die uit zijn op wraak? Elke willekeurige aanwezige kan zo de trekker overhalen. Het is duidelijk dat ze allemaal op het punt staan dat te doen, vooral Willem. Zijn blik staat binnen een tel op onweer als Selig overeind gehesen wordt en de twee mannen oog in oog komen te staan, als gladiatoren in een ander soort arena.

Wat Marnie op Seligs gezicht ziet, is zekerheid; van de furie van de Duitse vergelding, van de tientallen onschuldige burgers die zullen worden opgepakt en doodgeschoten als hij vanavond sterft. Willem, Gus en Rudy weten dat ook en zijn vastbesloten een wijdverbreid bloedbad te voorkomen.

'Ik zou graag blijven om een babbeltje te maken, maar we moeten ervandoor,' zegt Willem.

'Wat jammer,' hoont Selig. 'Net nu we elkaar wat beter leren kennen.' Hij spuugt uitdagend op de grond. 'Dan moet ik er maar genoegen mee nemen dat ik je zus zo goed kende.'

Alle hoofden draaien zich met een ruk naar Willem. In het zwakke schijnsel van het flakkerende peertje zien ze hoe zijn lichaam verstijft en zijn nekspieren zich aanspannen.

Selig ziet het ook en kan duidelijk de verleiding niet weerstaan. 'Zij was een stuk vriendelijker, en bijzonder meegaand,' zegt hij, met een verlekkerde grijns op zijn gezicht. 'Altijd erg bereid om het je naar de zin te maken.'

'Vuile leugenaar!' Woest springt Willem op hem af, maar Gus is sneller. Hij weet wat er gebeurt als de woede van zijn vriend het kookpunt bereikt.

In een oogwenk springt hij boven op Willem, als enige die groot genoeg is om hem ervan te weerhouden Selig met blote handen af te maken. 'Het is het niet waard,' sist Gus in zijn oor. 'Je hebt Corrie nu. Zij is veilig. Daar kwamen we voor. *Laat het gaan.*'

Maar Selig laat het helemaal niet gaan. Even denkt Marnie dat hij een soort doodswens heeft, maar dan ziet ze het weer oplaaien: dat ultieme zelfvertrouwen dat zijn aangeboren verdorvenheid nauwelijks kan verhullen. Geen wonder dat hij zo zich zo snel opwerkt bij de nazi's. Ze herinnert zich die keer dat Rudy aan de groep vertelde dat Selig zo'n schoft was dat het zelfs de nazi's op zijn vorige plek te gortig werd. Het gerucht ging dat hij naar de Abwehr was overgeplaatst om 'getemd' te worden.

Het heeft niet gewerkt. Vanavond is hij allesbehalve tam.

'Weet je wat ze bij me heeft gedaan, wat ze me aanbood?' gaat Selig verder, met een grijns die alleen maar breder wordt. 'Ik heb het aangenomen. Ik heb háár genomen.'

'HOU JE GORE BEK!' Willem worstelt zich woest los uit Gus' houdgreep en spuugt de woorden in Seligs gezicht, zijn neus bijna tegen de zijne.

Selig gaat wederom stug door met zijn bijtende provocatie. 'Eerst was ze heel lief. En ze smaakte zó heerlijk. Je kunt het altijd meteen zien als ze nog maagd zijn. En dan gaan ze in één klap van onschuldig naar hoer–'

Hij wordt afgekapt door een dreun van Willem die hem meteen velt, waardoor Dirk de greep op de handboeien verliest. Binnen enkele seconden draaien Willem en Selig vechtend om elkaar heen, niet langer gladiatoren in een arena maar vechters in een berenkuil, klauwend naar elkaars gezicht en ogen. Niemand kan de ronddraaiende wirwar van ledematen dicht genoeg naderen om een van hen vast te grijpen, dus staan ze nerveus met getrokken geweren aan de rand van de denkbeeldige ring.

Marnie vangt een glimp op van de hopeloze angst op Corries gezicht – ze lijkt de ene hel verruild te hebben voor de andere. Zal ze haar geliefde na die paar kostbare minuten samen alweer kwijtraken?

En wat denkt Marnie zelf terwijl ze haar adem inhoudt? Ze weet het niet, behalve dan dat het enige wat ze het allerliefste wil op de hele wereld is dat Willem niet sterft. Niet na alles wat ze vanavond overleefd hebben. Verder kan ze – of wil ze – niet nadenken over waarom dat zo is.

Gus danst bijna om de twee verstrengelde mannen heen terwijl hij de een of de ander probeert vast te grijpen en te laten stoppen met worstelen. Dan trekt hij zich vliegensvlug terug; in het zwakke licht schittert het lemmet van een mes. In Seligs hand. Misschien had hij het al die tijd in zijn laars verstopt. Met een behendig handgebaar houdt hij het metaal in een oogwenk tegen Willems borst gedrukt. Iedereen verstart, iemand hapt naar adem, Seligs gezicht is een masker van kwaadaardige triomf.

Met weer een vliegensvlugge beweging ligt de Duitser plat op zijn rug met Willem over hem heen. Nu heeft híj het mes vast, met de punt in de huid van Seligs dikke nek, klaar om hem te laten bloeden en zijn leven te beëindigen.

Willem hijgt. Het mes beweegt ritmisch met hem mee terwijl hij zijn ademhaling onder controle probeert te krijgen. 'En?' weet hij uit te brengen. 'Vind je mijn zus nog steeds een hoer? Vertel op, klootzak – je hebt je aan haar vergrepen, of niet? OF NIET?'

Geen mens zou erover piekeren om zoiets tegenover Willem toe te geven – dan kun je net zo goed zelf het mes in je lichaam steken. Selig ziet het anders. Hij lacht spottend naar zijn belager. 'Ach, wat was ze naïef, Bakker. Ze dacht dat ze wel even met wat aandacht en geflirt geheimen aan me kon ontfutselen, en dat dat geen consequenties zou hebben. Maar lichamelijk was ze niet zo sterk.'

Iedereen kijkt machteloos toe, de ogen gericht op Willem en zijn reactie.

'Geef me één reden om de wereld niet te verlossen van een vrouwenhatende nazi,' briest hij.

Nog steeds ziet Marnie geen angst bij Selig, alleen spot en minachting.

'Doe dan,' dringt hij tussen opeengeklemde tanden door aan. 'Doe maar, en kijk dan maar eens wat er van je geliefde verzet overblijft. Doe het, vuile lafaard.'

Het mes trilt, Willem op de rand van de afgrond.

'Niet doen.' Corries zachte stem snijdt door de lucht. Willem haalt zijn blik niet van Seligs bezwete gezicht, maar Marnie ziet op slag een kleine verandering in hem. Hij lijkt letterlijk zijn oren te spitsen.

'Het is het niet waard, Willem,' gaat Corrie zacht en rustig verder. 'Híj is het niet waard.'

Het mes trilt nog een keer. Seligs huid wordt ingedeukt.

'Kees zou het niet willen,' dringt ze aan. 'Doe het niet in haar naam.'

Er valt een stilte die uren lijkt te duren. Buiten klinkt het gegons van een vliegtuig dat overvliegt, van de geallieerden of de Luftwaffe die gewoon voort ploeteren. Het wapen beweegt niet terwijl Willems lichaam en geest een verwoed gevecht voeren.

'Alsjeblíéft, Willem,' zegt Corrie smekend.

Marnie houdt nauwlettend Seligs uitdrukking in de gaten en de bizarre, groteske manier waarop hij hiervan lijkt te genieten. Hij gaat misschien dood, leest ze af op zijn gezicht, maar hij neemt alles en iedereen hier met zich mee. Het opperbevel van het Derde Rijk heeft gelijk: hij is echt een kwaadaardige schoft.

Nog één keer probeert hij Willem te stangen. 'Doe het dan, slappe zak. Doe het voor je ordinaire hoer van een zus. Voor Kee-'

'Waag het niet om haar naam in je mond te nemen!' schreeuwt Willem. Hij geeft een haal met het mes.

'Nee!' schreeuwt Corrie. 'Néé!'

Zij en Gus rennen naar hen toe terwijl de vloer rood kleurt. Selig heeft zijn handen voor zijn gelaat waardoor zijn ongetwijfeld geschokte blik aan het zicht onttrokken wordt. Hij had erom gevraagd en Willem had geleverd, maar hij leeft nog en hij hapt niet gorgelend en reutelend naar zijn laatste adem. Zijn keel ligt niet van oor tot oor open.

Corrie trekt de handen weg – van Willem en van Selig – en legt een grote snee bloot die over zijn hele linkerwang loopt. Het bloed stroomt eruit, maar het is geen fontein. De nazi slikt de onvermijdelijke pijn in en onderdrukt elke blijk van ellende die aan zijn bebloede lippen zou kunnen ontsnappen. Ondersteund door Gus struikelt Willem achteruit, terwijl Corrie en Marnie zich over de wond ontfermen. Geen enkele aanwezige zou ook maar een nacht minder slapen als er iets met Selig gebeurde, maar als hij nu stierf zou dat een ramp zijn, na alles wat ze hadden bereikt.

Marnie pakt een doek aan van iemand en duwt die stevig tegen de wond, waarop Selig ineenkrimpt. Met ingehouden adem wacht iedereen af tot Marnie, na tien seconden, de doek verwijdert om te zien hoe hard het bloed nog stroomt. Het wordt al minder. Toch? Ja. Ze kan zien dat het een diepe wond is – Willem heeft absoluut venijnig uitgehaald. Er zal wel een litteken overblijven, maar het is in elk geval niet dodelijk. Nu kan ze van dichtbij in Seligs ogen kijken, waarin ze, onder dat kwaadaardige masker, een soort besef lijkt te zien, en misschien iets van opluchting.

'Wat... wat doen we nu?' vraagt Rudy, nerveus om zich heen kijkend. 'Moet hij naar het ziekenhuis?'

Ze kijken allemaal naar Marnie, omdat zij zich sinds haar aankomst heeft voorgedaan als de chirurg van dienst, in een wanhopige poging om haar aanwezigheid in de groep te rechtvaardigen.

'Hij overleeft het wel,' zegt ze, waarna ze Selig een blik toewerpt. 'Jammer genoeg.'

Waar komt deze versie van Marnie Fern opeens vandaan?

Willem zit inmiddels stil en schuldbewust in een hoek, zijn trillende handen onder bloed, terwijl Gus de leiding over dit fiasco overneemt. Hij weet dat hij met zijn opvliegende aard bijna het Derde Rijk achter hun verzetscel aan heeft gekregen en schaamt zich diep. Corrie zit dicht bij hem geruststellende woorden in zijn oor te fluisteren en zijn bevlekte, verwrongen handen te strelen.

'We maken allemaal dat we hier wegkomen, precies zoals gepland,' zegt Gus beslist. Hij kijkt Selig recht in zijn gezicht, zonder enige sympathie te tonen. 'Hoewel het me pijn doet, zullen we zodra we buiten gevaar zijn hulp voor jou inschakelen. Omdat we menselijk zijn. Ik zou dat onthouden als ik jou was.' Hij brengt zijn gezicht naar dat van Selig – dat in de tussentijd een rood masker van gestold bloed is geworden – en gromt hem toe: 'Onthou ook dat als er wraak genomen wordt, als burgers of verzetsleden hiervoor aansprakelijk worden gehouden, we je carrière met een enkel telefoontje kunnen beëindigen. Als bekend wordt dat jij een hele verzetscel in het luchtledige hebt laten verdwijnen, kun je de rest van je leven de laarzen van de Führer kussen en hopen dat hij je vergeeft. Als je geluk hebt.'

Eindelijk houdt Selig zijn mond.

55

Daisy en Lizzy

18 januari 1941, onderweg naar dierentuin Artis, Amsterdam

Marnie

Tegen de tijd dat de meesten achter in de troepenwagen zitten, heeft Willem zijn zelfbeheersing een beetje terug en straalt hij weer wat autoriteit uit. Terwijl Corrie naast hem gaat zitten, knijpt hij stevig in haar hand en merkt Marnie – die tegenover hen zit – ondanks de duisternis op dat hij bleek ziet maar ontzettend opgelucht is. Eigenlijk wil ze zich graag aan Corrie voorstellen, maar dit lijkt haar niet het juiste moment. Niet nadat ze net herenigd zijn. En zo voelt ze zich voor de zoveelste keer het vijfde wiel aan de wagen.

Willem lijkt haar gedachten te lezen. 'Ik denk dat het nu tijd is voor de officiële ontmoeting,' zegt hij als de vrachtwagen wegrijdt.

Corrie kijkt verward op.

'Daisy, ik wil je graag voorstellen aan Lizzy,' kondigt hij enthousiast aan. 'Je radiopartner.'

'Lizzy? Ben je echt hier?' prevelt Corrie terwijl ze snel van Willem naar Marnie kijkt. Haar mond valt open en haar vermoeide, gehavende ogen worden groot. Ze lacht breeduit, waardoor haar hele gezicht oplicht, en ze grijpt met beide handen naar die van Marnie. 'O, wat heerlijk om je eindelijk te ontmoeten. Ik was bang dat ik nooit de kans zou krijgen om je te bedanken.'

'Waarvoor?'

'Dat je me op de been hebt gehouden met je bemoedigende woorden. Dat je ons helpt. Dat je er voor ons bent.'

Ze heeft pezige, knokige vingers, maar haar ferme greep voelt warm, als die van een verloren gewaande vriendin. Door de maanden heen heeft Marnie zich steeds afgevraagd of ze zich de band achter de morsecode verbeeldde. Nu blijkt dat dat duidelijk niet zo is; Corrie heeft het ook gevoeld, vermengd met de punten en strepen. Als Marnie dankzij Felix, Willem en Gus al niet had geweten dat ze met liefde haar leven had gewaagd, dan zou dit ritje, achter in een vrachtwagen vluchtend voor het gevaar, absoluut de doorslag hebben gegeven.

'Ja, dat geldt ook voor mij,' is het enige wat Marnie uit weet te brengen. Misschien kan ze later beter onder woorden brengen wat er op dit moment allemaal door haar heen gaat.

Willem blijkt nog niet klaar te zijn. 'We kunnen al dat geheime gedoe wel even achterwege laten,' zegt hij, nog steeds vurig en dolblij. 'Dit is Marnie Fern, van de gerenommeerde BBC, nota bene.' Hij legt zijn arm om Corries tengere schouders. 'En dit is Corrie Bakker, mijn prachtige, dappere moeder.'

Marnie verslikt zich bijna. Nu is het haar beurt om verwilderd om zich heen te kijken terwijl haar hart, dat in galop door haar borstkas jaagt, haar hersenen probeert bij te houden. *Zei hij nou 'moeder'?* Corrie is zijn móéder?

Ja, nu ziet ze het – de gelijkenis, zelfs in het donker, en de rimpels van ouderdom die in Corries nog jonge gezicht gegrift staan. Haar emoties gaan met haar op de loop; ze weet niet of ze moet lachen of huilen, dolblij moet zijn of woest. Met name woedend op Willem omdat hij dit zo lang geheim heeft gehouden voor haar. Waarom deed hij dat? Maar als ze naar hem kijkt, zoals hij zijn lang verloren schat dicht tegen zijn lichaam aan trekt, kan ze niet boos zijn. Net zoals alle anderen die aanwezig waren in dat bloederige pakhuis voelt ze alleen triomf.

Pas om twee uur 's nachts zijn ze terug in de dierentuin – Marnie, Willem, Corrie, Gus en een doodvermoeide Felix – de laatste van de groep die op verschillende schuiladressen in Amsterdam wordt afgeleverd. Eenmaal op zolder proberen Willem en Gus de angstige familie Levy gerust te stellen, terwijl Corrie zich huilend herenigt met Hendrik. 'We zijn hier gauw weg,' verzekert Willem Paulus Levy.

Marnie hoort hem niet beloven dat de familie niets zal overkomen. In de vrachtwagen hadden hij en Gus besproken dat ze maximaal vierentwintig uur hebben voordat Artis, en iedereen die daar verblijft, gevaar loopt. Voordat Selig mogelijk komt rondsnuffelen.

Zodra ze zich wat heeft opgefrist en Felix slaapt, gaat ook Marnie naar bed. Ze is doodmoe, maar uitermate geagiteerd – eenzelfde gevoel van opwinding als toen ze bij de BBC een belangrijke deadline moest halen. Behalve dan dat wat er net gebeurd was in haar anders zo saaie leventje allesbehalve opwindend was. Het was treurig en lelijk om die dode Wehrmachtsoldaten te zien, om het geweld te voelen dat doordrong in elke seconde met Selig. Toch moet ze, ondanks opa's vreedzame gezicht in het mortuarium, niet vergeten dat ook zijn dood wreed en onnodig was. 'Oog om oog' zegt men toch altijd?

Misschien is het een beter idee om die ogen te gebruiken om met een heldere blik te kijken naar wat menselijkheid zou moeten zijn.

Marnie hoort tegen haar wil het gefluister tussen Willem en Corrie, waardoor ze zich weer een indringer voelt in hun intieme relatie, ook al is die relatie heel anders dan ze zich had voorgesteld. Ze liggen op zijn matras onder een deken. Marnie ziet het silhouet van zijn lange arm om haar heen, alsof hij vastberaden is haar nooit meer te laten gaan.

'Met de stank van al die beesten hier ruiken jullie mij misschien niet zo,' grapt Corrie zachtjes.

Willem lacht onbezorgd; Marnie stelt zich voor dat Corrie met haar hoofd op zijn brede borst ligt, dat hij even aan haar haar snuffelt en dat de jaren wegvallen – Willem die op Felix' leeftijd opgekruld in de armen van zijn moeder lag en nu haar in zijn armen houdt. Kind en beschermer tegelijk. Het is overduidelijk waarom Willem weigerde haar los te laten, waarom hij honderden kilometers aflegde en zijn leven op het spel zette om haar te redden. Standvastig als wat. De liefde die ze nu ziet, laat niets te raden over; ze vergelijkt hem met die tussen haar en opa, een band die sterker was dan die met haar eigen ouders. Wat Marnie allemaal niet zou opgeven om díé terug te krijgen...

Kan ze boos blijven op Willem vanwege zo'n oerinstinct?

Waarschijnlijk dut ze toch in, want rond zes uur 's ochtends wordt ze wakker van de familie Levy die zich klaarmaakt om naar bed te gaan. Corrie slaapt nog en Felix en Hendrik ook, terwijl Willem en Gus zachtjes zitten te praten in de verste hoek van de zolder. Als Marnie opstaat om naar de provisorische badkamer te gaan, vangt Willem haar blik.

'Vind je het te vroeg om een ommetje te maken? Even bij de pinguïns kijken voordat de dierentuin opengaat?' vraagt hij.

Ze knikt. 'Ik ben wel toe aan frisse lucht.'

Wanneer ze langs het olifantenverblijf lopen, dreigt het weer te gaan sneeuwen. Marnies vermoeidheid wordt door de ijzige wind meegevoerd.

'Nou, toe maar,' zegt Willem zachtjes. 'Vraag maar raak. Ik weet dat je dat wilt.'

Ze trekt haar jas dichter om zich heen. Hij heeft gelijk: ze brandt van nieuwsgierigheid. Aan de andere kant: wil ze wel weten waarom hij zo'n enorm geheim met zich meedroeg terwijl zij dacht dat Corrie en hij minnaars met een verleden waren? Of is ze gigantisch voor de gek gehouden, met name door Willem maar ook door zichzelf?

Uiteindelijk is ze te nieuwsgierig om het erbij te laten zitten. 'Vertel dan maar. Waarom heb je in Londen niet gezegd dat Daisy je moeder was?'

Willem wendt zich naar haar toe en kijkt naar haar. Kijkt ín haar. 'Vertrouwen,' zegt hij.

Haar woede komt direct omhoog. 'Vertróúwen?' bijt ze hem toe, terwijl ze toch probeert haar stem onder controle te houden in de uitgestorven dierentuin. 'Jij dacht dat ik niet te vertrouwen was? Hoezo niet? Dacht je dat ik het aan iemand zou vertellen? Aan wie dan, Willem, en waarom zou ik dat in hemelsnaam doen?'

Hij kijkt haar door half toegeknepen ogen aan. 'Niet in jóú, Marnie,' bezweert hij. 'Ik twijfelde aan mijn eigen vertrouwen in anderen. Je hebt nu zelf gezien hoe de nazi's misbruik maken van emoties, wat Selig met mijn zus heeft gedaan. Daisy was onze beste plaatselijke telegrafist, ik ben geheim agent en we moesten allebei ons werk doen. Er was maar een handjevol mensen binnen het verzet dat wist wat onze relatie was: Gus, Rudy, Jan en Zeeza. En we hebben een pact gesloten om het zo te houden. Toen de oorlog uitbrak heeft Corrie haar meisjesnaam weer aangenomen om afstand tussen ons te creëren zodat ze ons, als een van ons opgepakt werd, niet konden chanteren door op onze emoties te werken.'

'En toch zijn ze erachter gekomen,' zegt Marnie. 'Dat betekent dat je moeder gelijk had en dat er ergens een mol zit.'

Hij neemt haar hand in de zijne. 'Hoogstwaarschijnlijk wel, ja. Maar je snapt nu toch wel waarom ik mijn best deed om haar te beschermen, hè? Ze betekent alles voor me. En nu Kees er niet meer is, zijn we nog maar met z'n tweeën. Vertrouwen in anderen is een luxe die we ons niet kunnen veroorloven.'

Marnie denkt aan opa en haar band met hem. Tegelijkertijd tintelen haar vingers van het gevoel van Willems warme hand op haar koude huid. Levend en wel, precies zoals ze een paar uur daarvoor nog zo had gehoopt.

Nu legt hij ook zijn andere hand om die van haar. 'Ik moet ook toegeven dat wat jij je inbeeldde – misschien een ander soort relatie tussen Daisy en mij – een handige afleiding was.'

'Een afleiding waarvan?'

'Van jou, Marnie.' Zijn ogen glijden naar hun verstrengelde handen. 'Als jij dacht dat mijn aandacht naar iemand anders uitging, dan hoefde ik niet onder ogen te zien met wie ik echt bezig was.'

Stil en verdwaasd staart ze hem aan. Wat wil hij nu zeggen? Dat hij gevoelens heeft voor haar – saaie Marnie, ouwe vrijster in wording? 'Ik... ik begrijp het niet,' stamelt ze.

Hij lacht, zacht maar vrijuit. 'Misschien begrijp je het als ik het in morsecode uittyp? Ik vind je leuk. Ik vind je heel leuk. En in de afgelopen maanden ben ik je steeds meer gaan bewonderen. Al die dingen waarvan jíj denkt dat ze Marnie Fern saai maken, laten haar juist stralen. Je bent eerlijk, oprecht en nuchter, vriendelijk en grappig, en je denkt altijd aan anderen. Je bent briljante pianiste en hebt me ook nog heel verdienstelijk dichtgenaaid. Dus als we hier niet als vluchtelingen zaten opgesloten in mijn eigen land en te bang waren om onze neus buiten deze kooien te steken, zou ik je meenemen naar een ver land voor een heel ander soort avontuur.'

In plaats daarvan neemt hij haar mee naar een plek waar ze al tijden niet geweest is, zijn mond dicht bij de hare, hun lippen die elkaar zachtjes beroeren, waarna hij haar met zijn hand in haar nek tegen zich aan trekt en er geen enkele twijfel meer bestaat over wat hij van haar wil. Codes zijn overbodig. Ze hoeft niet heel diep in haar geheugen te graven om zich een dergelijk gevoel te herinneren, want zoiets als dit heeft ze nog nooit meegemaakt... zo'n harmonieus samenspel van beroering en vervoering en alles waarop ze heeft gehoopt, samengepakt in één kus. Het gevoel dat ze de man van wie ze onvoorwaardelijk houdt letterlijk binnen handbereik heeft.

Na een tijdje maakt hij zich van haar los, met een tevreden glimlach op zijn lippen. De stralende uitdrukking op Miss Marnie Ferns gezicht spreekt ook boekdelen.

'Wat zeg je ervan?' vraagt Willem dan. 'Samen op avontuur?'

'Op dit moment neem ik al genoegen met een kopje thee bij Lyons op The Strand.' Een banale opmerking om haar eigen verbazing te maskeren. Maar als ze zich naar hem toe buigt om hem weer te zoenen, vallen haar oprechtheid en haar antwoord niet te betwijfelen.

56

De intuïtie van een moeder

18 januari 1941, dierentuin Artis, Amsterdam

Corrie

Vanuit de hoek van de zolder ziet Corrie Willem en Marnie terugkomen. Ze zit op Hendriks bed te genieten van zijn nabijheid, net als die laatste paar dagen op de Prinsengracht. In de tussentijd is hij vreselijk oud geworden en ze is bang dat, verzwakt als hij is door alle ontberingen, ook zijn overlevingsdrang een deuk heeft opgelopen. Dit samenzijn is nu een zegen.

'Willem vindt haar leuk, hè?' zegt Hendrik met krakerige stem. Hij hangt half rechtop in de kussens.

Corrie kijkt verbaasd naar hem op. 'Jou ontgaat ook niets.'

'Ik mag dan ziek zijn, Corrie, ik ben niet blind. En er zijn dingen die zelfs in de wetenschap niet te verklaren zijn.'

'Gekke oude man,' zegt ze plagerig terwijl ze zijn dekens rechttrekt. 'Rust nu maar uit. Ik breng je zo een kopje thee.'

Haar verwondingen spelen haar nog steeds parten als ze langzaam naar het fornuis loopt. Dan ziet ze buiten haar zoon lopen, naast de vrouw die ze wel kent, maar ook weer niet. Ze houden afstand van elkaar en toch kan ze zien dat er iets gebeurd is tijdens hun wandeling, dat hun band veranderd is. Willem is veranderd. Zelfs als kind kon hij al niets voor haar verborgen houden. Zodra hij ook maar het geringste leugentje om bestwil vertelde, kleurde hij tot zijn haarwortels. Kees was een heel ander verhaal. Terwijl zij van klein meisje in een jonge vrouw veranderde, kon Corrie haar maar moeilijk peilen – en kijk waar dat geëindigd is. In tegenstelling tot Kees was Willem altijd een open boek voor zijn moeder. Ze kan zien dat hij zich nog steeds schuldig voelt over het feit dat hij Selig heeft verwond en dat hij hen allemaal in gevaar heeft gebracht, maar hij lijkt helderder. Alsof hij een weg vooruit ziet. Naar een toekomst misschien? Met Marnie?

Corrie gaat bij zichzelf te rade. Hoe voelt ze zich nu ze hem net weer terug heeft, nu ze hem weer in haar armen heeft gevoeld, nu ze eindelijk herenigd zijn zoals ze zo vurig had gehoopt en dat hij niet ergens in een cel ligt te creperen – om hem vervolgens op een andere manier weer kwijt te raken?

Gek genoeg maakt het haar niet van streek, want ze heeft Lizzy van het begin af aan vertrouwd. Ze kan het moeilijk verwoorden en misschien zal ze nooit meer zoiets dergelijks meemaken tijdens haar werk als telegrafist, maar er is duidelijk een onuitgesproken band tussen haar en Lizzy die wederzijds blijkt nu ze elkaar ontmoet hebben. Het feit dat Felix ook zo dol is op Marnie bevestigt dit alleen maar. Ze vertrouwt hoe langer hoe meer op het beoordelingsvermogen van die jongen, omdat hij alles kwijt is en alleen op zichzelf kan terugvallen.

'Laat mij maar.' Marnie loopt naar de fluitketel toe en gebaart dat Corrie moet gaan zitten. 'Hoe voel je je, nu je wat geslapen hebt?'

'Beter dan ik eruitzie.' Ze glimlacht. 'Ultiem geluk blijkt een heel effectief medicijn te zijn.'

'Dat geloof ik zeker,' zegt Marnie. 'We hebben nog heel wat hordes voor ons, maar Willem is... nou ja, hij is nu al anders. Nu jij er bent.'

Corrie kan haar schampere blik maar nauwelijks verhullen.

'Ik vind het trouwens vreselijk van je dochter. Afgaande op alles wat ik over haar heb gehoord, had ik haar graag ontmoet. Zo gedreven als ze was.'

'Ja, dat was ze inderdaad. Een beetje té koppig, maar dat krijg je ervan als je zo lang zo hecht met elkaar bent.' Corrie neemt het theekopje van Marnie aan en gebaart dat ze dicht bij haar moet komen zitten.

'Mijn man was… nou ja, die was niet bepaald betrouwbaar. Hij verdween toen Willem nog klein was, en Kees was net geboren. Jarenlang heb ik me voorgedaan als weduwe, puur om schande te voorkomen, terwijl hij degene was die me met twee kleine kinderen liet zitten. Hij heeft nooit meer naar ons omgekeken. Kort daarna overleed mijn vader en erfde ik de boekwinkel, wat verschrikkelijk treurig was, maar ook een geluk bij een ongeluk. Ik heb geleerd dat ik op niemand anders kon vertrouwen dan op mezelf, en Willem moest heel vroeg volwassen worden.'

Corrie is zelf verbaasd dat ze opeens zo openhartig is over die pijnlijke herinneringen die ze altijd zo hardnekkig voor zich had gehouden. Maar nu de punten en strepen vervangen zijn door woorden en ze de vrijheid voelt die daarmee samenhangt, wil ze graag dat Marnie hun geschiedenis kent.

'Zijn jullie daarom zo hecht met elkaar?'

'Dat denk ik wel, ja. Als Hendrik er niet was, werd Willem de heer des huizes die altijd op ons paste.' Ze kijkt Marnie even vragend aan. 'Hij heeft me verteld wat er in Londen is gebeurd. Was je niet boos op hem dat hij je zo plotseling liet zitten voor… o, hoe zeg je dat nou toch? Voelde je je niet afgewezen na alles wat je toen met gevaar voor eigen leven had gedaan?'

Verwonderd staart Marnie naar de vrouw die blijkbaar al heeft uitgeplozen wat er tussen haar en Willem speelt. 'Om eerlijk te zijn wel, ja,' antwoordt ze. 'Ik voelde me echt even teleurgesteld. In Londen dacht ik dat ik me alleen afgewezen en genegeerd voelde.'

'En daarna?' vraagt Corrie verder.

'Daarna, toen hij vertelde dat je zijn moeder was, besefte ik dat ik in werkelijkheid gewoon jaloers was, op iemand van wie ik dacht dat ze zijn minnares was. Ik had gewoon niet willen toegeven dat dat het was. Maar ik begrijp goed waarom hij het heeft gedaan, en hoeveel hij voor jou voelt. Omdat ik dat ook met mijn opa had.'

'Gatsby? Vertel eens over hem, als je daartoe in staat bent. Ik wil graag meer over hem weten.'

Dus steekt Marnie van wal. Corrie hoort alles over de man achter de piepjes, de man die haar zo veel hoop gaf tijdens de eerste maanden van de bezetting. Eindelijk kan ze zich een beeld vormen van de onzichtbare Gilbert Cooper, van zijn leven, zijn talenten, zijn aangeboren gevoel voor humor, en ze begrijpt eindelijk waarom Gatsby haar het gevoel gaf dat ze nuttig was, dat hij haar door middel van zijn berichten aanspoorde om de moed erin te houden.

'Hij klinkt als een geweldige man,' zegt ze. 'Ik vind het ook vreselijk voor jou dat hij er niet meer is.'

'Het was afschuwelijk toen hij net dood was,' herinnert Marnie zich. 'Opa was niet gelovig, maar had wel iets met de voorzienigheid. Ik weet zeker dat als hij ons hier zo zou zien, hij zou denken dat het zo heeft moeten zijn. Dat het allemaal een reden heeft.'

Corrie denkt na over hun huidige situatie, over de ontsnapte gevangenen en de ontheemden, over de manier waarop haar oude gerieflijke leventje uiteen is gerukt, en over wat ze nu binnen handbereik heeft – vooral als Felix binnenkomt en tussen hen in kruipt voor de warmte. Niemand vindt hier troost of zekerheid, maar die is vervangen door een saamhorigheid die ze nog nooit heeft gevoeld, ook al zullen haar lieve paardenbloempluisjes snel weer over de hele wereld uitgeblazen worden. Hitler of Selig zou erg zijn best moeten doen om haar te beroven van de rijkdom die ze met zich meedraagt.

'Ik denk dat je gelijk hebt, Marnie,' zegt ze zachtjes met haar mond bij haar kopje. 'Deze oorlog is een gruwel en de bezetting een illegale schijnvertoning, maar ze brengen ook waardevolle gevolgen met zich mee. We moeten er alleen voor zorgen dat we niet meer opofferen dan het ons oplevert. Dat is het geheim van overwinnen.'

57

Het wroetende beest komt boven

18 januari 1941, dierentuin Artis, Amsterdam

Marnie

Arme Gus. Hij ziet er uitgeput uit en nog steeds vies van het pakhuis omdat hij de hele nacht kriskras door Amsterdam heeft moeten trekken, aangezien hij de onmisbare schakel tussen een aantal schuiladressen is. Hij heeft nog geen oog dichtgedaan.

'Al iets van Zeeza gehoord?' vraagt Willem bezorgd.

'Zij zit in huis bij een sympathiserende arts en maakt het goed,' meldt Gus, 'maar ze zal wel een tijdje uit de running zijn.' Hij knikt naar Marnie. 'Ze is heel blij met jouw snelle handelen. Ik moest je van haar bedanken.'

'Nog nieuws over Selig?' vraagt Willem nu.

'Nog niet. Ik heb zijn locatie rond vier uur gemeld, toen er niemand van ons meer bij het pakhuis in de buurt was. Sindsdien heb ik niets meer vernomen. Misschien houdt hij zich even gedeisd.'

'Ik hoop dat die klootzak zijn wonden zit te likken.' Niemand zegt iets van Corries uitspraak. Als iemand de dingen zo mag verwoorden, is zij het.

'Nou ja, wat hij ook doet, wij moeten maken dat we hier vanavond weg zijn,' gaat Gus verder. 'De papieren van Willem, Marnie en mij zijn bijna klaar. Corrie vertrekt morgen...' hij ziet de bezorgdheid op haar gezicht, '... met Felix en Hendrik. De familie Levy blijft hier, want er is geen reden om aan te nemen dat Artis een doelwit is.'

Tevergeefs probeert hij een geeuw te onderdrukken. 'We moeten seinen voor een afspraak om de papieren op te halen. Waar is de radio nu?' 'Nog steeds bij die kapper,' antwoordt Willem. 'Ik wilde hem zo ver mogelijk uit de buurt van de dierentuin hebben.'

Gus fronst zijn voorhoofd. 'Dan moet daar iemand heen.'

'Dat doe ik wel,' zegt Marnie snel. 'Ik weet waar het is.'

Ze vangt een bepaalde blik van Corrie op, maar die kijkt snel weg, alsof ze zich realiseert dat het wel heel dom zou zijn om nu in het openbaar te verschijnen. In plaats daarvan geeft ze graag het stokje over aan Marnie.

'Je kunt niet alleen,' zegt Gus vermoeid. 'Ik ga wel met je mee.'

'Geen sprake van,' zegt Willem streng. 'Je kunt nauwelijks nog op je benen staan. Als er iemand meegaat, dan ben ik het.'

Om tien uur gaan ze op pad. Alleen het gevoel van zijn warme hand in die van haar verzekert haar dat de man die naast haar loopt inderdaad Willem is, want op het eerste gezicht lijkt hij meer een bohemien van de universiteit die je in Broadcasting House zou verwachten om een programma over de Romeinse klassieken te maken.

Corrie had haar lach moeten inhouden toen ze een warrige pruik voor Willem uit Rutgers trukendoos had gehaald, plus een ronde hoornen bril waarvan de glazen gelukkig niet al te dik waren. 'Als ik één oog dichtdoe, zie ik best redelijk,' had Willem gezegd.

De ongeschoren Willem met een slappe vilten hoed over een oog getrokken werd zelfs nauwelijks herkend door zijn beste vriend. 'Maar misschien kun je een beetje glimlachen. Dan kom je minder louche over.'

Iemand van de Wehrmacht moest wel over arendsogen beschikken wilde hij onder deze uitdossing Willem herkennen, vooral met de wazige foto die zij tot hun beschikking hadden.

Toch ziet Willem een routinecontrole in de tram niet zitten en besluiten hij en Marnie naar de kapsalon te lopen en voor het eerst voelt het alsof ze echt alleen zijn, zonder loerende leeuwen of nieuwsgierige apen als toeschouwers. Sinds hun vroege ochtendwandeling is er niets meer gezegd; net als bij Corrie verloopt hun communicatie via hun vingers, zoals Willem haar hand stevig vasthoudt, zijn vingers over haar handpalm laat glijden en zo een spanning veroorzaakt waar de radiogolven het niet bij halen. Als antwoord en teken van haar geluk knijpt Marnie stevig terug.

Sonja houdt de boel blijkbaar goed in de gaten, want zodra ze langslopen, doet ze de deur van de kapsalon open. Ter begroeting knikt ze even naar Marnie en dan wisselt ze een dringende woordenstroom in het Nederlands met Willem.

'Gisteren heeft ze twee leden van de Wehrmacht op bezoek gehad,' legt hij uit. 'Ze beweerden dat ze op zoek waren naar haarverf om naar hun echtgenotes op te sturen, maar ze hebben hun ogen goed de kost gegeven.' Sonja kijkt opgelucht wanneer Willem haar vertelt dat ze nog één keer de radio gebruiken en hem dan direct meenemen.

In de kelder plugt Willem een extra hoofdtelefoon in terwijl Marnie de juiste frequentie zoekt. Zodra er op het afgesproken moment een reeks in morsecode voorbijkomt, kijken ze elkaar aan en dan leest hij in het zwakke licht wat er, duidelijk in anagramvorm, is binnengekomen. Eenmaal ontcijferd blijkt het inderdaad een bevestiging te zijn van de locatie waar de belangrijke papieren opgehaald kunnen worden. Marnie luistert goed naar de herhaling van het bericht om er zeker van te zijn dat ze niets gemist heeft. Haar oren prikken, ze hoort een verontrustend laag gezoem op de achtergrond. Ze aarzelt, wil niet het verwachte, automatische antwoord sturen dat het bericht in goede orde is ontvangen.

'Wat is er?' vraagt Willem.

'Ik weet het niet,' zegt ze langzaam. 'Het voelt niet helemaal goed.'

'Hoezo?' Door de glazen van de bril kijkt Willem haar met vervormde ogen aan. Ongerust.

'De uitvoering is bijna te perfect. Te klinisch,' probeert ze uit te leggen. 'Er was geen enkele aarzeling.'

'Ik ken deze telegrafist,' probeert hij haar gerust te stellen. 'Misschien niet zo goed als jij en Corrie, maar het is niet iemand die fouten maakt.'

Marnie twijfelt aan haar eigen gehoor. Ze doet haar ogen dicht en denkt aan de punten en strepen die doorgestuurd werden. Is ze te voorzichtig? Maar achterdocht is nooit verkeerd als je weet dat het makkelijk een val zou kunnen zijn. Vanbinnen voelt ze een onrustbarende twijfel.

'We hebben geen tijd om te rekken,' zegt hij, al half onderweg naar boven om Sonja te waarschuwen. 'Stuur de bevestiging dat je het bericht hebt ontvangen en sluit af, dan kunnen we ervandoor.'

Marnie seint het antwoord door, ook al weet ze als geen ander dat vertrouwen misplaatst kan zijn. Maar dit is Willem, en ze heeft niet echt een andere keus.

Wanneer ze allebei boven zijn en de radio veilig ingepakt is in Marnies schoudertas, waarschuwt Willem de kapster dat ze de flat boven de zaak een paar dagen moet verlaten. Sonja duwt Marnie een haastig bij elkaar gebonden pakje in de handen en trekt aan haar eigen haar terwijl ze iets tegen haar zegt.

'Dit is voor als je nog een vermomming nodig hebt,' vertaalt Willem. Dan kijkt hij door de vitrage naar buiten. 'Zo te zien is de kust veilig. We moeten niet blijven hangen.'

Marnie kan niet helemaal bevatten wat er allemaal door haar lichaam en geest gaat wanneer ze de kapsalon uit loopt, met een illegale radio onder haar arm en een pakketje vol pruiken en haarverf. Zelfs als je vloeiend Nederlands spreekt kun je je hier niet uit kletsen als je een nieuwsgierige patrouille tegen het lijf loopt.

Willem en zij zetten er stevig de pas in naar de tramhalte, snijden een deel van de gracht af door een steegje te nemen en houden alles en iedereen om hen heen goed in de gaten.

'Jezus!' Willem deinst terug als ze de hoek van het steegje om lopen en Rudy en Dirk recht voor hun neus staan. 'Ik schrik me dood!'

'Sorry,' zegt Rudy, alsof hij nietsvermoedend een ochtendwandelingetje aan het maken is. 'Wat doen jullie hier? Jullie moeten je schuilhouden.'

'Jullie ook.'

Dirk kijkt met een donkere blik onder de rand van zijn wollen muts vandaan. 'Er moeten berichten afgeleverd worden,' bromt hij.

'Is iedereen veilig? Iedereen waar hij zijn moet?' vraagt Willem.

Het valt Marnie op dat hij de vraag van Rudy handig weet te ontwijken. Hij heeft haar al zo vaak verteld dat er nooit meer dan de noodzakelijke informatie uitgewisseld mag worden, wie je ook tegenover je hebt.

'Ja, veilig. Tot dusver,' antwoordt Rudy. Dan klaart zijn gezicht op. 'Kunnen we met jullie meelopen?'

Met z'n vieren lopen ze verder, totdat Marnie een zeker gevoel van onbehagen in hun groepje oppikt. Van het ene op het andere moment verandert de sfeer. Haar ogen glijden naar het open gezicht van Rudy en de vreugdeloze uitdrukking van Dirk met zijn wantrouwende oogopslag.

'Weet je, nu we toch in dit deel van de stad zijn, hebben we nog wat andere dingen te doen,' zegt Willem, met de geoefende glimlach op zijn gezicht die Marnie zo goed kent.

Waarom? Wat is er zo plotseling veranderd?

'O, oké. Succes dan maar.' Rudy draait zich met een zwaai om, maar Dirk aarzelt wat. Zijn hand gaat naar zijn gezicht, maar het is geen spontaan gebaar.

Ongerust zoeken Marnies ogen de omgeving af naar leden van de Abwehr. Probeert Dirk iemand een teken te geven dat ze hun slag kunnen slaan? Heeft ze vanochtend te lang gewacht om de radio af te sluiten? Zo lang dat het opsporingssysteem van de Abwehr de kapsalon heeft gelokaliseerd en dat ze hen gevolgd zijn?

Ze ziet alleen niets verdachts, hoort geen geschreeuw of aanstormende laarzen, ziet alleen Dirks hand op zijn gezicht terwijl hij zich vooroverbuigt naar Willem. Boven het geronk van de boten op de gracht en het geluid van het klotsende water uit kan ze nog net horen wat hij Willem toefluistert: 'Ark van Noach. Exodus.'

Dan haast Dirk zich om Rudy bij te benen.

Marnie hoeft hem niet aan te raken om te voelen dat Willem naast haar verstijft. Daarna pakt hij haar hand en zet hij het op een lopen.

Ark van Noach. Exodus. Er is maar één plek die iets weg heeft van de ark – namelijk Artis – en over de betekenis van 'exodus' bestaat geen twijfel. De gedachten vliegen door Marnies hoofd op het ritme van haar voeten, die nauwelijks de grond raken. Misschien dan toch niet Dirk; de man met het sombere gezicht en het verdachte gedrag is niet de ongrijpbare mol. Integendeel, zelfs. Hij zou wel eens hun redder kunnen zijn. En waarom hield hij zo angstvallig zijn gezicht verborgen, waarom fluisterde hij die waarschuwing op die manier, buiten gehoorsafstand van…

Rudy. De enthousiaste, ijverige, immer aanwezige Rudy?

'Is dit wat ik denk dat het is?' zegt ze, mee rennend met Willem in de richting van Artis.

'Ik ben bang van wel.' Hij krijgt het nauwelijks uit zijn grimmige mond. 'We moeten heel snel terug naar Artis.'

58

Ik begrijp alles

Corrie

Corrie sluit zich aan bij de algemene consensus wanneer ze zich vroeg in de middag verzamelen rond de pallets die de gemeenschappelijke tafel vormen. Vanwege het tijdstip wordt er alleen gefluisterd, zelfs als de spanningen tijdens de onvoorbereide krijgsraad hoog oplopen.

'Moeten we nu weg?' Paulus Levy is totaal van zijn stuk. Het wit van zijn ogen schittert in het schemerdonker. Zijn trillende stem sterft weg als hij naar zijn slapende kinderen kijkt.

'Uit voorzorg, ja,' bevestigt Willem met hernieuwde kalmte. 'Het is niet zeker dat de Duitsers vermoeden dat Artis een onderduikplek is, maar we kunnen het risico niet nemen, dus vanavond gaan we allemaal weg.'

'Waarom niet meteen, als die Rudy ervan weet?' protesteert Ima met groeiende ongerustheid. 'Hij kan ze ieder moment hiernaartoe leiden. Jullie zijn niet Joods…'

'Maar we zitten hier allemaal ondergedoken, en dus worden we allemaal gezocht,' houdt Willem vol. 'En we weten niet zeker of Rudy de exacte locatie weet. Die avond waarop we aankwamen hadden we allang afgesproken dat elk schuiladres strikt geheim zou worden gehouden, en Rudy werd eerder afgezet dan wij. Alleen Jan, de chauffeur, wist het, en als hij het lek is, weet ik zeker dat we hier nu niet zo zouden zitten.'

De hele groep hangt aan zijn lippen.

'Alles wijst er inderdaad op dat Rudy degene is die gelekt heeft,' gaat Willem verder, 'hoewel ik niet begrijp waarom er dan niet meer invallen zijn geweest.' Hij haalt zijn schouders op. 'Ik kan alleen bedenken dat dit niet zomaar verraad is. Daar moeten we maar op hopen.'

'Willem heeft gelijk,' zegt Corrie zachtjes, met haar hand op Ima Levy's trillende arm. 'Ik weet dat het een hele omschakeling is voor jullie, maar we moeten op de mensen vertrouwen die kunnen helpen. We moeten niet overhaast handelen.'

'Ja, natuurlijk ben je het met hem eens – hij is je zoon!' bijt Ima haar toe.

Corrie snapt dat haar beschuldiging voortkomt uit angst. 'Inderdaad, hij is mijn zoon en daarom vertrouw ik hem,' zegt ze zacht. 'Koningin Wilhelmina vertrouwt ook op zijn kennis. Volstaat dat?'

Hierop doet Ima er het zwijgen toe. Ze staat op en gaat de weinige groente snijden die ze op voorraad hebben.

Nu de rust is weergekeerd, gaat Willem verder. 'Gus is weer op pad om de schuiladressen zeker te stellen. De familie Levy gaat naar een adres in Haarlem; Hendrik, Corrie en Felix gaan naar de kust en Gus, Marnie en ik gaan naar Den Haag, waar we ons aansluiten bij een aantal verzetsleden en van daaruit proberen om weer in contact te komen met Londen.'

'En hoe komen we hier weg?' vraagt Paulus. De ongerustheid stroomt, met het zweet, uit iedere porie.

Corrie probeert zich voor te stellen hoe zij zich zou voelen als ze in zijn schoenen stond – ongewenst in eigen land, met kinderen die van hem afhankelijk zijn en een vrouw die op het punt van instorten staat. Goed, zij heeft Felix, maar die is vindingrijker dan de meeste volwassenen, en haar zoon zit hier voor haar plannen te maken om anderen te helpen. Als ze nu naar hem kijkt, voelt ze niets dan trots. Kees zou ook trots zijn als ze hier was – dan zou ze haar armen om haar broer heen slaan en hem vertellen dat hij niet zo bazig moest doen, om vervolgens vrijwel alles te doen wat hij zou vragen. Omdat ze hem vertrouwde. Zij allebei. Onvoorwaardelijk. Wanneer ze naar Marnie kijkt ziet ze datzelfde vertrouwen weerspiegeld op haar geconcentreerde gezicht.

Ondanks de last van zo veel verantwoordelijkheid en het vermoeden van nieuw verraad, merkt Corrie een soort luchtigheid bij Willem op. Dat komt zeker deels door Marnie, maar er is nog iets anders; hij lijkt iets teruggevonden te hebben wat hij in het moeras van de oorlog was kwijtgeraakt. Haar zoon heeft zijn vertrouwen terug. Niet in iedereen… in Marnie… in een groter deel van de mensheid.

Corrie weet ook dat dit nieuwe geluk van haar zoon zijn prijs heeft – hij zal haar weer ontglippen. Morgen zullen haar geliefde paardenbloempluisjes weer door de nazi's de wijde wereld in geblazen worden.

Maar ze kan toch niet anders dan gelukkig zijn als dat betekent dat ze het allemaal overleven?

Hun weinige bezittingen zijn al snel bij elkaar geraapt, waarna er een zacht maar nerveus geroezemoes door de zolder gaat terwijl de tijd verstrijkt.

De briljante Rutger verzint een plan om iedereen te vervoeren, maar omdat hij nu eenmaal oppasser is, komen er wel wat dieren aan te pas en dus 'het vooruitzicht op een behoorlijk sterke geur', zo waarschuwt hij. 'Het spijt me, maar dit is de meest overtuigende manier.'

De dierentuin beschikt over één gesloten vrachtwagen waarmee dieren vervoerd kunnen worden en die is groot genoeg voor een kleine kudde berggeiten die toevallig op het gelegen moment een mysterieuze ziekte hebben opgelopen, zo vertelt hij met een grijns. 'Een ziekte die mogelijk zeer besmettelijk is voor mensen. Mochten we worden aangehouden, dan zal ik zeggen dat ik ze naar een gespecialiseerde dierenarts breng.' Achter de cabine is een speciale ruimte ingebouwd voor onderduikers. Het is er benauwd, maar goed geschikt voor korte reizen.

'Knappe nazi die de geitenstank, de scherpe hoorns en de angst voor besmetting trotseert om achter in de vrachtwagen te gaan snuffelen,' voegt Rutger eraan toe.

'Maar wat als ze die geiten gewoon afschieten omdat ze gevaarlijk of waardeloos zijn?' vraagt Ima vanuit de andere hoek van de zolder.

Iedereen valt stil en staart voor zich uit. Daar zit wat in, denkt Corrie, hoewel die gedachte geen troost biedt. 'Dan moeten we maar gewoon hopen dat een van hen een dierenliefhebber is,' zegt ze opgewekt. Sinds mei 1940 hangt er zo veel in het leven af van hoop en geloof. Waarom zou je nu opeens een andere koers gaan varen?

Halverwege de middag komt Gus terug om te vertellen dat alles volgens plan verloopt. Hij, Willem en Marnie bespreken het rooster met Rutger, terwijl Corrie aan de slag gaat met de haarverf, ook op de wenkbrauwen, om de kleur overeen te laten komen met de pruiken die Sonja heeft meegegeven. De kinderen moeten lachen om de volwassenen die er opeens zo gek uitzien, en dat beurt iedereen een beetje op. Uiteindelijk eten ze een laatste maaltijd en rusten ze wat voordat het tijd is om te vertrekken.

Net als Corrie even gaat liggen om te rusten nadat ze Hendrik klaar heeft gemaakt voor vertrek, loopt Willem naar haar toe.

'Hoe gaat het?'

'Prima.'

'Leugenaar.'

'Willem Bakker, foei! Je mag je moeder geen leugenaar noemen.'

'Wel als ik weet dat je net doet alsof,' zegt hij en hij kruipt naast haar op het matras.

Net als toen hij klein was, denkt Corrie, alleen nu is het zijn arm die hij om haar schouder legt en haar hoofd dat op zijn brede schouder rust. *Wat zijn de tijden toch veranderd.* Ze neemt elke seconde in zich op, prent alles veilig in haar geheugen zodat ze het ongeschonden weer naar boven kan halen als het nodig is. Als het moet.

'Weet je dat ik gewend ben geraakt aan de lucht die hier hangt van al die beesten,' zegt hij zacht. 'Ik denk dat ik die bijna zal missen.'

'Leugenaar,' zegt ze.

'Ha! Jij kijkt altijd dwars door me heen.'

'Ga je proberen om terug te gaan naar Engeland?' vraagt ze na een korte stilte.

'Ik denk dat we wel zullen moeten. Hoe graag ik ook wil blijven, weet ik ook dat Nederland de Britse geheime dienst nodig heeft. Als we een sterk verzet willen opbouwen tegen lui als Selig moeten we van alles organiseren: het droppen van agenten, radio's en wapens. Dan moeten we ons verenigen. En daarvoor moet ik in Londen zijn.'

'En Marnie is er ook,' waagt Corrie, waarop ze direct een spiertje voelt trekken in Willems schouder. Net als het ticje dat hij liet zien toen hij klein was en zich betrapt voelde.

'Ja, Marnie is er ook. Ik wil haar veilig naar huis brengen.'

'Maar je hebt haar niet gedwongen om hiernaartoe te komen, toch? Ze is uit eigen beweging gekomen. Ik denk niet dat ze een speciale behandeling van je verwacht, of dat je met haar meereist.' Hij ademt zo diep in dat Corries hoofd met zijn borstkas mee omhooggaat.

'Maar we – ík ben haar veel verschuldigd,' zegt Willem. 'Vergeet niet dat ik haar om hulp heb gevraagd in een periode dat haar wereld, haar stad, in gevaar was, en dat ze toen geholpen heeft. Ze heeft haar gerieflijke leven in Engeland opgegeven ver voordat ze op de boot naar Frankrijk stapte.'

'Ik begrijp het,' zegt Corrie zacht.

Hij tilt zijn hoofd op en kijkt haar schuin aan. 'Echt? Begrijp je echt het hele verhaal?'

'Ja, lieve jongen. Ik begrijp alles.'

'En?'

Ze glimlacht. 'En ik zeg dat je naar Londen moet gaan en de wereld moet veranderen. Maar eerst moet je goed voor jezelf zorgen en ook voor Marnie, als dat is wat je wilt.'

'Dat is wat ik wil, ja. En jij? Kom jij uiteindelijk ook?'

'Misschien. Als het allemaal achter de rug is. Maar ik heb Hendrik en Felix – die is nu ook familie. En gedachten aan jou, herinneringen aan Kees. Dat is alles wat ik nodig heb.'

Ze staart door het dakraampje en bidt om de veilige deken van de duisternis. Laat de wind maar komen en de pluisjes verspreiden.

Als ze allemaal maar heel blijven.

59

Vlucht

Marnie

De trillende vingers van mevrouw Levy leiden Marnie af van haar eigen ongerustheid. Het lijkt wel of het arme mens zich voorbereidt op een pianorecital in een concertzaal – of zoals Marnies eigen vingers bewegen voordat ze begint met seinen.

'Haal maar diep adem, Ima,' moedigt Paulus haar aan, terwijl hij over haar handen wrijft om haar, ondanks zijn eigen zorgen, gerust te stellen. Hun kinderen grijpen zich vast aan de rok van hun moeder. Ze weten niet wat ze met de huidige sfeer op de zolder aan moeten.

Ima Levy is niet de enige die het moeilijk heeft. Marnie is al uren misselijk, hoewel ze zichzelf zo veel mogelijk heeft afgeleid door Corrie te helpen met het wassen en aankleden van de verzwakte Hendrik. Ze zijn allemaal nerveus en lijden onder het slaapgebrek; de dag lijkt zich eindeloos voort te slepen en Marnie vraagt zich af of ze zich ooit nog uitgerust zal voelen. Het enige wat ze nu kunnen doen is zorgen voor meer veiligheid.

Willem en Gus zijn Rutger aan het helpen om de kudde in de vrachtwagen te krijgen, met hun muts ver over hun hoofd getrokken en hun sjaal voor hun mond geslagen. Het is maar goed dat het nog steeds zo koud is dat al die lagen geoorloofd zijn.

Zodra het donker begint te worden, keren de mannen terug. Marnie kijkt direct naar Willem. Hij glimlacht geruststellend naar de familie

Levy en daarna naar Corrie, die het op haar beurt te druk heeft om te zien dat het een gemaakte lach is.

'Alles goed?' Marnie gaat vlak naast hem staan terwijl hij de laatste druppels uit de koffiepot perst.

'Wat de familie Levy betreft wel,' fluistert hij. 'Zij gaan eerst, daarna Corrie. Maar het plan voor jou, mij en Gus is gewijzigd. Den Haag is niet meer veilig. We moeten rechtstreeks de ontsnappingsroute volgen.'

'En waar is dat?'

'De Belgische grens, en daarna over de Pyreneeën naar Spanje.'

Hij vertelt het alsof ze zo op bus 14 naar Piccadilly kunnen stappen, maar Marnie verslikt zich bijna in haar eigen koffie. Een rondreis door Europa staat al heel lang op haar verlanglijstje, maar dan op haar gemak, met af en toe ergens een leuk hotelletje.

'Hoe dan?' vraagt ze weer. 'Zijn de wegen dan begaanbaar?'

Willem schudt ernstig zijn hoofd. 'Niet over de weg. Te voet.'

Met de benenwagen, zoals opa zou zeggen. *Jezusmina.*

Willem slikt. Hij is duidelijk nog niet klaar.

'Wat heb je nog meer voor verrassingen voor me, Mr Bakker?'

'Ik vind het erg om te moeten vragen, maar kun je nog één keer een bericht seinen?' Uit zijn dringende blik blijkt dat het ontzettend belangrijk is. Dat ze anders misschien helemaal geen plek hebben om naartoe te gaan.

'Hoe riskant is het?' vraagt ze. 'Hoe groot is de kans dat de Abwehr na vanochtend meeluistert?'

'Gemiddeld. Minder groot als je snel bent.' Hij glimlacht en drinkt zijn kopje leeg. 'En jij bent nog steeds mijn beste pianiste.'

'Laat je moeder dat maar niet horen.'

Laat in de middag wordt de familie Levy van zolder gehaald, twee aan twee. Dat laatste ontgaat Marnie niet. Noach en zijn aanhang waren net zo wanhopig om te ontsnappen.

De zolder voelt direct verlaten, dus ze is blij als Willem tien minuten later binnenkomt.

'Ze zijn veilig onderweg,' meldt hij. 'Rutger brengt ze tot de stads-grens, en van daaruit worden ze verder vervoerd. Als alles goed gaat, is hij binnen een uur terug. Pak je sjaal en je muts maar – een paar straten verder is de plek waar je kunt seinen.'

Met de radio in haar schoudertas en de mutsen diep over hun hoofd getrokken verlaten Willem en Marnie de dierentuin via de personeels-ingang aan de achterkant. Snel steken ze de weg over en verdwijnen ze in de kleine straatjes erachter, tot ze bij een klein café komen. Daar wor-den ze naar een achterkamertje zonder ramen gebracht waar geen men-sen zijn, maar wel een muffe sigarenwalm hangt.

Willem staat op de uitkijk terwijl Marnie snel de radio installeert. Dan gluurt de café-eigenaar om de hoek en steekt zijn duim omhoog. Zoals altijd is het een vreemd en vaag bericht in het Nederlands, maar zodra het gecodeerd is, blijft er niets dan een warboel aan letters over en kan Marnie zich afzonderen in de wereld van de radiogolven.

'Moeten we wachten op antwoord?' vraagt ze zodra ze klaar is.

'Helaas wel, ja,' antwoordt Willem. 'Anders weten we niet waar de ontmoetingsplaats is.'

De minuten kruipen voorbij. De eigenaar brengt koffie, en hoewel Marnie niet te veel wil drinken is het goede surrogaatkoffie, en wie weet heeft ze de oppepper later nog nodig. Eindelijk klinkt er een reactie uit de ether en Willem grijpt naar het antwoord.

'Verdorie!' roept hij gefrustreerd. 'Ze kunnen ons morgen pas ont-moeten. Je moet nog een keer seinen en erop staan dat het vandaag ge-beurt.'

'We kunnen vannacht toch wel ergens een plek vinden om te slapen?' vraagt Marnie.

Mistroostig schudt hij zijn hoofd. 'We weten niet wat Rudy precies weet. Het is te gevaarlijk. We moeten vandaag. En je moet nu echt vlie-gensvlug zijn met je vingers.'

Dat beseft ze terdege, dus blijft ze even rustig zitten om zich te con-centreren. *Nou opa, als je ergens bent... ik heb je nodig. Nu.*

'Nu, Marnie,' zegt Willem zachtjes in haar oor.

Haar vingers vliegen over de seinsleutel. Van bewuste coördinatie is geen sprake; dit is puur instinct. Het antwoord laat geen seconde op zich wachten, waardoor ze wel in de lucht moet blijven. *Nogmaals*, is het bericht.

Ze kijkt ter bevestiging naar Willem. Is dit de Abwehr die meeluistert en hen zo uitdaagt om hun eigen locatie prijs te geven? 'Wat moet ik nu?' 'We hebben geen keus. Nog een keer.' Maar ook hij is er niet zeker van, dat merkt ze aan alles.

Weer wachten ze in de stilte. Langer dan ze ooit hebben gedurfd. Te lang.

Eindelijk komt er een antwoord door: een ontmoetingsplaats. Voor vandaag.

'Oké, wegwezen,' zegt Willem.

Op hetzelfde moment valt de café-eigenaar de achterkamer binnen om te vertellen dat hij troepen hoort aankomen, en Marnie dankt God op haar blote knieën dat die lui zulke zware laarzen dragen.

'Deze kant op, ' zegt de eigenaar, waarna hij hen naar een achterdeur leidt die uitkomt op een steegje, en hij slaat de deur achter hen dicht. Willem pakt Marnie bij de hand, waarmee hij haar zijn eigen boodschap doorseint. Dan stappen ze samen de straat op met een verliefde lach op hun gezicht. Ze verstarren als er bij de ingang van Artis een Duitse troepenwagen langsrijdt, maar die stopt niet. Hij laat alleen een witte wolk achter in de duisternis.

Rutger blijkt ook al terug te zijn in de dierentuin, met het nieuws dat de familie Levy veilig onderweg is naar Haarlem. Ze zijn bezig alle overblijvers in de geheime ruimte achter de geiten in de vrachtwagen te stouwen. De kromme, wankele Hendrik wordt omhoog geholpen terwijl Rutger de stinkende, nieuwsgierige geiten in bedwang houdt en Willem het laatste nieuws met hem deelt.

'Jullie met z'n allen in dat hokje?' Rutgers wenkbrauwen gaan omhoog. 'Dat wordt krap, maar als het moet zit er niets anders op.'

De ruimte is al volgepropt en Corrie, Willem, Gus en Hendrik staan er als sardientjes in wanneer Hendrik moeite krijgt met ademen en plat moet gaan liggen waardoor er helemaal geen ruimte meer overblijft, laat staan wat extra zuurstof.

'Marnie en Felix kunnen wel bij mij in de cabine zitten,' bedenkt Rutger. 'Ik zeg wel dat het mijn zus en neefje zijn die ik een lift geef.'

Ze zijn pas een paar straten door als er een nieuwe controlepost met zoeklichten opdoemt. Rutger kijkt zijlings naar Marnie: *is dit puur toeval?* 'Laat mij het woord maar doen,' zegt hij.

De jonge soldaat van de Wehrmacht die naar hen toe komt lijkt best aardig, totdat hij een stafwagen bij de post tot stilstand ziet komen, gevolgd door een jeep vol gewapende soldaten. Nu zijn meerderen erbij zijn, wordt hij lastig. 'Papieren,' vordert hij. 'Maak de achterkant open.'

Rutger blijft nonchalant als hij uit de cabine springt, hoewel Marnie de spanning in zijn lichaam opmerkt. Een spanning die ze helemaal in Felix' hand voelt, die de hare fijnknijpt.

Dat is ook geen wonder als ze ziet wie er uit de stafwagen stapt. Een bekende officier, zonder bloed of zweet op zijn gezicht deze keer. Nee, hij recht zijn rug, laat zijn blik over het schouwspel gaan, waarbij het schijnsel van het zoeklicht op het rauwe litteken valt. Hij ziet er direct een stuk gemener uit, denkt Marnie. Ze twijfelt er niet aan dat hij nu ook een stuk gemener ís.

Felix' hele lijf begint te trillen zodra Lothar Selig vol zelfvertrouwen op de vrachtwagen af stapt. Onderweg fluistert hij iets in het oor van een andere soldaat. Marnie neemt aan dat zijn aanwezigheid hier betekent dat de Abwehr inderdaad hun signaal heeft opgevangen, maar niet precies de juiste locatie van het café heeft weten te ontdekken. Het feit dat hij nu net bij deze controlepost is gewoon domme pech.

'Het is goed, Felix,' fluistert ze in zijn oor, hoewel ze voelt dat de woorden geen vat krijgen op het hevig getraumatiseerde jongetje. Ze trekt hem stevig tegen zich aan in een poging hem tegen alles te beschermen.

Ze horen de achterklep van de vrachtwagen opengaan, de kreten van de soldaten als ze de geiten ruiken en het gemopper als Selig ze toeblaft dat ze moeten opschieten. Rutger liegt in het Duits dat de geiten van zijn oom zijn, hetgeen niet heel vreemd is, aangezien er aan de vrachtwagen niet te zien is dat hij van Artis is.

Als er zware voetstappen buiten de cabine klinken, houdt Marnie Felix nog steviger vast, maar het heeft geen zin. Ze worden uit de wagen gehaald en naar de achterkant gebracht, waar de soldaten de strijd al zijn aangegaan met de geitenhoorns. En waar Selig staat. Marnie is blij dat Corrie erop stond dat ze haar haar donkerder zou verven, maar als de man van de Abwehr haar recht in de ogen kijkt – zoals hij die avond ook deed –, dan is ze erbij. Dan is iedereen erbij.

Ze voelt de angst in Felix' lichaam overgaan in een golf van vastberadenheid. Hij schuifelt met zijn voeten en de spieren in zijn tengere schouders spannen aan, net als bij de kruidenier. Ze weet precies hoe hij denkt, wat hij voelt en waar zijn jonge brein toe in staat is. Hij wil verwarring zaaien, het oog van de tijger afleiden van de prooi. Selig de tijger. Felix heeft dit soort dingen al duizenden keren gedaan, wanneer hij een appel stal van een groenteman om te overleven. Maar er is nogal een verschil tussen een boze koopman en een groep gewapende soldaten.

Niet doen, Felix. Niet wegrennen. Niet deze keer.

Het jongetje ziet het op hetzelfde moment als Marnie: Selig die zijn ogen op haar richt, de blik van herkenning en de duidelijke tekenen van achterdocht. Wanneer hij zijn grote hand naar zijn gezicht brengt om de hechtingen op zijn wang te beroeren, voelt ze Felix aan haar greep ontsnappen.

Hij duikt vliegensvlug en met zo veel kracht op de benen van Selig af dat de gezette Duitser totaal overrompeld achterover op de grond klapt, terwijl Marnie en alle anderen ontsteld toekijken hoe Felix Seligs pistool uit de holster trekt. De jongen moet weten dat een eigenzinnig kind geen belangrijk doelwit is, maar dat een kind dat het wapen van een officier steelt geheid achtervolgd wordt.

'Néé!' schreeuwt Marnie, tegen Felix, maar ook tegen de soldaten die uit de jeep springen en de achtervolging inzetten. Een van hen staat even stil om zijn wapen te spannen en een schot te lossen richting de kleine jongen, die het verkeer en de kogels ontwijkt en in de duisternis verdwijnt. Ze hoort mannen schreeuwen, ze hoort een bange gil – van Felix, of van een voorbijganger die in de schermutseling verzeild is geraakt?

Selig ligt nog steeds op de grond en Rutger maakt handig van de wanorde gebruik door de achterklep van de vrachtwagen dicht te gooien, Marnie bij haar arm naar de cabine te sleuren en binnen enkele seconden met brullende motor en piepende banden weg te scheuren bij de controlepost.

Ze probeert uit alle macht in de zijspiegel te volgen wat er achter hen gebeurt: Selig die zichzelf overeind hijst, een soldaat die weer opduikt en die een kronkelende, woedende Felix bij zijn lurven heeft. Selig kijkt furieus naar de prooi die hem wéér is ontglipt en dan naar de jongen die meer een symbolische vangst is, maar toch zijn nut kan hebben.

'Felix!' jammert Marnie. 'We kunnen hem niet achterlaten!'

'Hij heeft er niets aan als wij ook gepakt worden,' brengt Rutger hijgend uit. 'Hij wist wat hij deed.'

Ze kan alleen maar hopeloos toekijken terwijl Felix, en met hem mogelijk zijn toekomst, in de verte verdwijnt.

Van de rest van de reis krijgt ze niet veel mee, behalve dat die kort is en door donkere straten voert. Rutger zit zwaar ademend achter het stuur en neemt de bochten als een dolleman, maar het enige wat zij voor zich ziet is het kwajongensgezichtje van Felix, uitdagend en bang tegelijk. En dan dringt zich een andere afschuwelijke gedachte aan haar op. *Hoe moet ik dit aan Corrie vertellen?*

Ze rijden dezelfde garage in als waar zij en Gus die eerste dag in Amsterdam aankwamen. De deur wordt snel achter hen dichtgegooid en de wereld buitengesloten. Dan springt Marnie de cabine uit en worstelt ze zich dwars tussen de bokkende, stinkende geiten door naar de schuilplaats achter in de wagen.

Corrie kijkt doodsbang; ze moet het schot gehoord hebben en gevoeld hebben hoe de vrachtwagen er keihard vandoor ging. 'Wat is er?' vraagt ze met dikke keel. 'Waar is Felix?'

Wat kan Marnie zeggen? 'Het spijt me zo,' hakkelt ze. 'Hij ging er gewoon vandoor. Ik kon hem niet tegenhouden.'

60

De guillotine

19 januari 1941, Amsterdam

Corrie

Dit voelt als het wachten op de guillotine, op het vuurpeloton, in plaats van op de belangrijke reispapieren die Gus, Willem en Marnie zo dringend nodig hebben. Maar Corrie wacht op nieuws over Felix – dat hij beschaamd zijn besmeurde toetje om de deur steekt, of het bericht dat hij afgestraft is door een regime dat geen grenzen kent en nu verminkt in het mortuarium ligt. Dit is precies hetzelfde als met Kees, inclusief de kwellende onwetendheid.

In de tussentijd doet Willem zijn uiterste best om haar gerust te stellen, hoewel het al na middernacht is en hij met zijn gedachten al bij de hachelijke reis is die voor hem ligt. 'Ik weet zeker dat hij niets loslaat. In ieder geval niet tot wij veilig weg zijn,' verzekert hij haar.

'Maar hij is maar een kind!' bijt Corrie terug, boos van bezorgdheid.

'Ja, en hij is volwassener dan sommigen van ons,' brengt haar zoon er snel tegen in. 'We kunnen niets doen totdat we meer weten. Als ik aan de Duitsers kan ontsnappen, dan weet ik heel zeker dat Felix het ook probeert. Wie weet verrast hij ons nog.'

'Maar wat als hij al…'

'Zo mag je niet denken,' zegt hij. 'Het enige wat we kunnen doen is het bericht verspreiden en onze invloed gebruiken waar we die hebben.'

Beelden van Felix – háár jongen nu – dansen voor Corries ogen.

Maar ze kan niet anders dan accepteren wat de soms gruwelijke regels van het verzet voorschrijven: de veiligheid van een groep gaat boven die van het individu, ook al is dat nog een kind. En Felix wist wat het risico was als hij wegrende. Hij heeft ingecalculeerd dat zijn benen sneller waren dan die van de Wehrmacht. Deze keer had hij het mis.

Er zit maar één voordeel aan deze kwelling, denkt ze treurig, namelijk dat die afleidt van het aanstaande afscheid. Het afscheid waarbij ze naar haar enige aanwezige kind zal kijken met de vraag of zijn toekomst haar voor altijd zal beroven van het moederschap. In het verleden heeft Corrie zo veel goeds gezien, maar dit is de wrede werkelijkheid van de bezetting – overheersing en onderdanigheid aan die klootzak in Berlijn die denkt dat hij alles kan krijgen wat hij wil. Die éíst dat hij alles krijgt.

Vroeg in de ochtend vertrekt het drietal uit de garage. Eerst slaat ze haar armen om Gus heen, de jongen die ze al van kleins af aan kent, altijd al een lange slungel met een lach op zijn gezicht, wiens eigen moeder al lang niet meer leeft. 'Wees voorzichtig, en breng die twee niet in gevaar,' zegt ze alsof ze op schoolreisje gaan.

Dan haalt ze haar vingers door Marnies korte haar. 'Zul je goed op hem passen?' De stevige omhelzing die volgt is alles wat Corrie nodig heeft. Een bevestiging van de band die ze in zo'n korte tijd hebben opgebouwd.

Willem hangt wat rond, met een half oog op hun contactpersoon die ongeduldig wacht tot ze kunnen vertrekken. Het lijkt wel of hij niet naar zijn eigen moeder toe durft. Ze leest het in zijn ogen – dat dit echt wel eens de laatste keer zou kunnen zijn. Het is aan haar om de eerste stap te zetten en de band weer te verbreken.

'Bouw een mooi leven op, Willem Bakker,' zegt ze tegen zijn schouder aan terwijl hij haar stevig vasthoudt. 'Zorg ervoor dat het het leven is dat bij je past.'

'Moeder,' prevelt hij tegen haar haar. 'Ik kom terug, dat beloof ik.'

'Je hoeft niets te beloven, behalve dan dat je in leven blijft. Of het in elk geval probeert. Niet voor mij, maar voor anderen.' Met nauwelijks

verholen emotie kijkt ze over zijn schouder naar een huilende Marnie.
'Hoor je me?'

'Ja.'

Zich losmaken uit zijn omhelzing en hem naar de deur toe duwen is het moeilijkste wat ze ooit heeft gedaan. Het voelt waarschijnlijk hetzelfde als je beul tegemoet lopen: je gaat gewoon. Uitstel heeft geen zin.

'Ik hou van je. Vergeet dat niet.'

Hij staart haar aan, knikt, draait zich om, en zijn grote brede rug – niet meer die van een puberjongen – verdwijnt door de deuropening, terwijl Corrie wacht tot het tweede mes van de guillotine valt.

61

Langs de afgrond

13 februari 1941, kust van Gibraltar

Marnie

'*Adios.*' De man op de kade zwaait naar hen, terwijl ze samen naar de donkere haven kijken vanaf een redelijk veilig koopvaardijschip. Hopelijk nog veiliger, denkt Marnie, als het anker eenmaal gehesen is, ze de kust van Gibraltar achter zich laten en het inktzwarte onbekende in varen, hoewel ze al gewaarschuwd zijn dat daar weer een heel ander soort slagveld wacht, vol vijandelijke onderzeeërs, torpedojagers en Duitse patrouilles. Tot ze de Engelse kust zien is er nog geen sprake van veiligheid. Die komt alleen steeds een beetje dichterbij.

Marnie hoopt dat dit voorlopig het laatste afscheid is, de laatste beste wensen en dankbare omhelzingen die zij, Willem en Gus zo vaak hebben uitgewisseld sinds ze uit Amsterdam vertrokken. Het leven is in de afgelopen drie weken als een waas aan haar voorbijgetrokken, ook al verstreken de dagen nog zo tergend langzaam, soms stap voor pijnlijke stap. Het voelt als een fractie van een seconde en tegelijk als een gapende tijdspanne.

'Alles goed?' vraagt Willem, zoals gebruikelijk als ze een nieuwe fase van de reis ingaan. En zoals altijd bespaart ze hem de steeds zwaarder wordende last en antwoordt ze: 'Ja hoor.' Ze weten allebei dat het gelogen is, maar hebben een onuitgesproken afspraak dat ze eerlijk tegen elkaar zullen zijn zodra ze op Engelse bodem aankomen. Wat heeft het voor zin om toe te geven dat ze volslagen uitgeput is, zo moe dat ze wel kan janken, dat haar voeten aan gort zijn en haar botten schreeuwen om rust? Ze hebben geen keus: ze moeten door. Wat hen voortdrijft is het werk dat ze te wachten staat en het bereiken van een plek waar ze zo snel mogelijk nieuws over Corrie en Hendrik, Jan, Zeeza, Dirk en de anderen kunnen krijgen. En over Felix, hoe slecht dat nieuws mogelijk ook is. Een plek waar Willem en Gus het Nederlandse verzet van een afstand kunnen voorzien van wapens en agenten. Er zijn zo veel redenen om door te gaan.

Willem ziet er net zo moe uit als Marnie zich voelt en alleen Gus lijkt de reis redelijk ongehavend te doorstaan. Tot nu toe was het een reis met vele omwegen, met de trein en de bus, achter op een vrachtwagen en verstopt in de achterbak van een auto, op roestige oude fietsen, in een ezelwagen en heel, heel vaak met opa's benenwagen. Tijdens elke fase van de reis waren ze constant op hun hoede bij iedereen die ze ontmoetten, van de eerste contactpersoon in Amsterdam – bang als ze waren dat de berichten toch door de Abwehr opgesteld waren – tot de gidsen, van wie ze vreesden dat ze betaald waren door het Duitse Rijk om hen niet langs de afgronden te leiden maar erin.

Ondanks de uitputting waren ze alle drie permanent op hun qui-vive, controleerden alles, hoopten vurig en hielden soms gewoon ouderwets de adem in. De niet-aflatende spanning was slopend, veroorzaakte tranen en boze discussies, beschuldigingen en excuses. Maar geen van hen dacht er ooit aan om het op te geven of toe te geven. In haar dromen, of tijdens de slaap-waaktoestand waarin ze zich onderweg zo vaak bevindt, ziet Marnie zichzelf voor zich terwijl ze in haar kamertje met een kop thee voor het raam zit, in die paar minuten voor ze naar haar werk moet, in gesprek met Oscar. Dat houdt haar in deze barre tijden op de been. Vaak kijkt ze tijdens de lange uren van het wachten steels naar Willem en weet dat hij dan aan Corrie denkt, en mogelijk aan Kees. Dat is wat hem voortdrijft.

De energie om elke dag maar weer door te gaan komt van de mensen onderweg. Marnie kan niet bijhouden op hoeveel schuiladressen ze zijn geweest, hoeveel hotelkamers en maaltijden er door goede partizanen aangeboden zijn. Van Maastricht tot bezet Parijs, waar de aanlokkelijke lichtstad in de ramen schitterde van het kleine appartementje waar ze bijna een hele week ondergedoken zaten. Hoe graag was ze niet gevlucht en met Willem naar de Champs-Élysées gerend om daar op een terrasje een lekkere kop koffie te drinken, ongeacht de vele Duitse uniformen op straat. 'Een andere keer,' had hij beloofd. 'Echt. We gaan nog een keer terug naar een bevrijd Parijs.'

Daarna door naar Toulouse, met heerlijke verse eieren en vet spek als brandstof voor de zenuwslopende reis door de zwaarbewaakte 'verboden zone' aan de Frans-Spaanse grens. Hoe moet ze ooit navertellen hoe het was om drie dagen lang te voet door de Pyreneeën te trekken – eindeloze dagen waarin ze haar tenen niet heeft gevoeld, happend naar adem in de ijskoude ijle lucht van het hooggebergte, zo verblind door sneeuwstormen en duisternis dat ze wanhopig aan elkaar vastgeklampt in een rij achter elkaar aan moesten om niet in het ravijn te storten? Soms was het gewoon een zegen om de afgrond niet te kunnen zien en om later met de anderen in een krakkemikkige hut langs het pad bij elkaar te kruipen. Daar deelden ze suiker voor de nodige energie en dronken ze cognac om op te warmen.

'Dit is nog steeds stukken beter dan die rottige kajak,' zei Willem een keer tijdens een van de moeilijke momenten, waarop Gus in hysterisch lachen was uitgebarsten en iedereen dusdanig was opgebeurd dat er heuse gesprekken op gang kwamen.

Op dat moment hadden die keren dat ze met Raymond in het Langham cognac had gedronken heel dichtbij en tegelijk ontzettend ver weg gele-ken. Marnie dacht aan Ed Murrow en vroeg zich af hoe hij deze reis zou verslaan. Ongetwijfeld in keurig pak plus stalen helm. In een ander leven.

Het had als een enorme opluchting moeten komen om de grens naar neutraal Spanje over te steken, maar het bleef gevaarlijk. Overal liep de Abwehr rond, agenten van de veiligheidsdienst die als haviken in de straten en cafés van Barcelona en Madrid rondcirkelden. Toch moest Londen ergens een vinger in de pap hebben gehad, want zij drieën kre-gen veel eerder toestemming van de ambassade en waren veel eerder op weg naar Gibraltar dan de anderen op de ontsnappingsroute. Had de ontzagwekkende Nederlandse koningin misschien besloten om Willem en Gus te vergeven dat ze gedeserteerd waren?

Na anderhalve dag op zee staan Willem en Marnie bij zonsopgang op het dek naar de opdoemende witte kliffen van Dover te kijken, terwijl Gus beneden nog ligt te slapen. Ze is nooit overdreven sentimenteel geweest als het op thuiskomen aankomt, en zelfs als Willem in haar schouder knijpt weet Marnie niet precies wat ze voelt. De Blitz is nog steeds niet voorbij, maar ze gaan nu een heel ander soort gevaar tegemoet. ARP-uniformen op straat in plaats van die van de Wehrmacht, vallende stenen die mogelijk dodelijk zijn in plaats van kogels. En dan de vreselijke stank van de schuilkelders. Geen Selig, maar ook geen Corrie. Geen Felix – misschien nooit meer. Ze is blij met de relatieve veiligheid, maar net zo treurig om het verlies.

En hoe zit het met haar baan bij de BBC? Heeft ze die nog wel? En hoe zal dat zijn, zonder de vaderlijke aanwezigheid van Raymond?

Het schip legt aan, maar het lijkt nog een eeuwigheid te duren voor ze eindelijk voet op Britse bodem zetten. Hoe voelt die eerste stap? Marnie weet het niet, is niet in staat om iets te voelen, goed of slecht.

'Welkom thuis,' zegt iemand, en dan verschijnt er eindelijk een glimlach op haar gezicht. 'Waar ga je naartoe?'

Verdwaasd kijkt ze op naar Willem. Wekenlang zijn ze geleid – door gidsen, noodzaak en omstandigheden. Het feit dat ze nu zelf iets te zeggen heeft over haar eigen lot is bijna niet te bevatten.

'Londen,' zegt ze beslist.

De straten in de hoofdstad lijken stil en ongewoon leeg, totdat Marnie zich realiseert dat het weekend is. Ondanks Hitler bestaan die gewoon nog. Een onderbreking van het werk, hoewel niet van de bommen. Ziet de stad er meer beschadigd en vervallen uit? Ze vindt het moeilijk in te schatten. Het lijkt net of ze terug is van zo'n vakantie waarin de luie dagen de tijd eindeloos lijken te rekken en waardoor je haast verwacht dat het thuis wel erg veranderd zal zijn. In werkelijkheid gaat het leven gewoon door. Het is nog steeds Londen in de Blitz, alleen wat meer gehavend, met wat meer gaten tussen de rode rijtjeshuizen.

'Zullen we een taxi nemen?' stelt Willem voor zodra ze de metro uit komen. Gus is al naar zijn eigen huis.

'Nee, ik wil graag door het park.' Het is niet alsof ze veel bagage hoeven te dragen: alleen ieder een rugzakje en de kleren die ze aan hun lijf hebben.

Het is bedompt grijs tijdens het vallen van de avond, maar Regent's Park lijkt het ergste van het winterseizoen achter de rug te hebben. De bloembedden worden niet meer bedreigd door de harde winter. Dat beurt Marnie op. Het enige waar ze zich nu nog zorgen om maakt, is de vraag of Bedford College nog overeind staat, zo vurig verlangt ze naar een bekende plek om haar hoofd te rusten te leggen. Na dit avontuur zal ze slaap nooit meer anders zien dan als een kostbaar juweel.

Bij aankomst blijkt het gebouw er precies zo uit te zien als toen ze weggingen, sierlijk en stevig op de grondvesten. Een waar toevluchtsoord. Bij de ingang blijft Willem staan. Zijn lange lichaam vormt een silhouet tegen de vallende duisternis. Opeens, ondanks weken samen in dezelfde kamer te hebben doorgebracht met een zacht snurkende Gus, voelt dit erg ongemakkelijk. Alsof ze zich moeten aanpassen aan een ander leven en opnieuw moeten beginnen.

'Nou, zie ik je morgen weer?' begint hij. 'Tenzij je natuurlijk een paar dagen voor jezelf wilt hebben. Er komt een moment dat we allemaal ondervraagd moeten worden.'

Marnie onderbreekt hem met een glimlach. 'Ga je mee naar binnen?'

'Voor die sterke Engelse thee waar we al die tijd zo naar verlangd hebben?'

'Ik denk niet dat ik thee in huis heb. Ik dacht meer aan ontbijt.' Marnie Fern is vastbesloten. Ten goede veranderd, denkt ze, en heel zeker van wat ze wil.

Glimlachend kijkt Willem omhoog. 'Volgens mij heb je al bezoek.'

Ook zij kijkt omhoog en ziet Oscar in het raam staan, altijd op wacht, met zijn pet een beetje scheef. 'Ach, hij vindt het niet erg,' zegt ze. 'En hij praat tenminste niet in zijn slaap, in tegenstelling tot Gus. Kom op. We hebben heel wat in te halen.'

'Ga dan maar voor, Miss Fern. Ik loop achter je aan.'

7 februari 1955, Broadcasting House, Portland Place, Londen

Transcript: Bezigheden en herinneringen van BBC-medewerkers tijdens de oorlogsjaren 1939-1945. Uitsluitend archiefmateriaal. Tapes: Mrs Marnie Bakker (geboren Fern). Vervolg.

Interview door Thomas Fallon (TF).

TF: Hartelijk dank, Mrs Bakker, dat u aan deze tweede sessie wilt meewerken. Zullen we verdergaan waar we gebleven waren, bij uw terugkeer naar Engeland?

MB: Zeker. Eerlijk gezegd verbaasde het me dat ik bij terugkomst nog een baan had bij Broadcasting House. Ik neem aan dat ik die te danken had aan het feit dat er zo veel mannen in de oorlog vochten. En ik ben er ook vrij zeker van dat Ed Murrow er iets mee te maken had. Ik kon meteen weer verder als productieassistent en binnen een maand werd ik bevorderd tot producent.

TF: De baan van Raymond Blandon dus eigenlijk?

MB: Ja, hoewel ik niet de hoop had dat ik in zijn voetsporen kon treden.

TF: U bent Mr Blandon al die tijd trouw gebleven, heb ik begrepen. Hebt u hem ook opgezocht in de gevangenis toen u terug was?

MB: Ja, meerdere keren.

TF: U hebt hem dus vergeven voor wat hij heeft gedaan, dat hij verraad heeft gepleegd?

MB: Ik zag het nooit als vergiffenis, of als verraad. Hij heeft fouten gemaakt en het rechtssysteem heeft rekening gehouden met de spijt die hij betuigde, vandaar dat zijn straf vrij mild was. Raymond was eenzaam en er was hem een uitweg beloofd door mensen die het voorzien hadden op de kwetsbaren in de samenleving. Als mijn tijd op het vasteland me iets heeft geleerd, dan is het dat niemand weet hoe hij in het heetst van de strijd reageert, of waar men toe in staat is om te overleven. Ik geloof echt dat Raymond het beste voorhad met ons land. Hij heeft een hoge prijs betaald voor zijn eenzaamheid.

TF: En wat hebt u zelf allemaal gedaan na uw terugkeer, behalve uw werk voor de BBC? Bent u verdergegaan voor de Nederlandse afdeling van de Special Operations Executive, de geheime organisatie van de Britse regering?

MB: Alleen hier in Groot-Brittannië. Ik werd daar voor de rest van de oorlog als deeltijd telegrafist aangenomen, op het hoofdkantoor van de SOE. Dus geen tochtige kelders meer!

TF: Had u geen behoefte om undercover terug te gaan naar Nederland?

MB: Ik had die behoefte zeker, maar ik was getrouwd en een paar maanden na onze terugkeer bleek ik zwanger. Ik had een gezin en mijn eigen verplichtingen hier. Ik wist zeker dat Corrie en haar landgenoten daar alle begrip voor hadden.

TF: Het was vast ontzettend moeilijk om niet te weten wat er met de leden van het verzet was gebeurd, en met Corrie, die in de tussentijd uw schoonmoeder was geworden?

MB: Voor Willem en Gus was het moeilijker. Wat er van het verzet over was, had zich her en der verspreid om te overleven nadat bleek dat Rudy het lek was. Hij heeft veel schade toegebracht, maar het had veel erger kunnen zijn. Later kwamen we erachter dat Rudy's eigen familie bedreigd was door Selig en om de situatie te sussen heeft hij informatie doorgespeeld, maar zodra hij kon, verdween hij uit het zicht van Selig en heeft hij andere informatie achtergehouden. We moeten dankbaar zijn dat hij niet de hele boel verraden heeft. Mijns inziens was hij weliswaar erg zwak en bang, maar geen verrader.

TF: Wat is er met Rudy gebeurd?

MB: Die is verdwenen, in elk geval uit Nederland. Niemand heeft ooit nog wat van hem gehoord.

TF: Wat waren de gevolgen van zijn verraad?

MB: Er werd een aantal onderduikadressen doorzocht, dus was het zaak om zo snel mogelijk nieuwe schuiladressen te vinden. Binnen een maand na ons vertrek uit Amsterdam begonnen de Duitsers Joodse mannen te arresteren en vond de Februaristaking plaats. Dat was een dapper gebaar, maar gaf de Abwehr en de Gestapo carte blanche om de verzetsgroepen hard aan te pakken. Als gevolg werden er alleen in Amsterdam al achttien dissidenten gefusilleerd.

Selig maakte van de gelegenheid gebruik om persoonlijk wraak te nemen. Jan en Dirk werden helaas gearresteerd en zijn nooit uit het Oranjehotel gekomen; Zeeza daarentegen wist een groepje veilig naar Utrecht te brengen, waaronder Corrie. De cel in Amsterdam was toen in feite uitgeschakeld en moest opnieuw opgebouwd worden. De ironie wil dat het enige onderduikadres waar gedurende de hele oorlog nooit een inval is geweest, dierentuin Artis was. De dieren bleken de meest effectieve bewakers. Naast Rutger, natuurlijk.

TF: En Felix? Is die ooit teruggevonden?

MB: Felix! Die bleek over meer dan negen levens te beschikken. Vraag me niet hoe hij het voor elkaar heeft gekregen, maar hij heeft Selig ervan weten te overtuigen dat hij door het verzet gevangengehouden werd en dat hij gedwongen werd om boodschappen rond te brengen, waarna hij plechtig beloofde voor de Abwehr te gaan spioneren.

TF: En heeft hij dat gedaan?

MB: (lacht): Ja, maar hij bracht alleen over wat het verzet aan hem wilde doorgeven. Het duurde maar even, waarna hij zich bij Corrie in Utrecht voegde. Tot dat moment was Selig ontzettend populair bij de top van de nazi's, die hij ervan had overtuigd dat hij een hele verzetscel had opgedoekt, totdat hij achterbleef met een jongetje van tien dat een dubbelspion bleek te zijn. Toen verloren ze hun geduld en was zijn periode in Nederland ten einde, maar niet zijn vervolging, voor zover wij hebben begrepen.

TF: Weet u wat er uiteindelijk met Lothar Selig gebeurd is?

MB: Hij werd naar Noorwegen gestuurd om langs de westkust de SOE en het verzet te infiltreren. Ook daar heeft hij behoorlijk wat schade aangericht. Daarna is hij van onze radar verdwenen.

TF: En wat is er van Felix geworden? Hebben hij en Corrie de oorlog overleefd?

MB: Ternauwernood. Ze waren allebei betrokken bij het verzet in Utrecht en daarna weer bij dat in Amsterdam. De etnische zuivering van de Joden begon pas echt in 1943, waarna ze zich onvermoeibaar inzetten om Joodse families te laten onderduiken en om te helpen met transporten naar het buitenland. De familie Levy is in 1942 naar Engeland gevlucht en is in Oxford terechtgekomen, waar Paulus zijn onderzoek aan de universiteit hervatte. Er waren periodes dat we maanden geen contact hadden met Corrie en het ergste vreesden, en niet geheel zonder reden, ontdekten we later. Tegen alle verwachtingen in overleefde Hendrik het tot 1944, toen de hongerwinter hem fataal werd. Zijn lichaam was te zeer verzwakt om die te overleven. Corrie en Felix verhuisden in 1947 naar Engeland om bij ons in de buurt te zijn en Felix studeert inmiddels aan de universiteit van Cambridge. Dat verbaast natuurlijk niemand, want hij was altijd al ontzettend intelligent.

TF: En u, Mrs Bakker? Hoe was de rest van de oorlog voor u?

MB: Na Amsterdam was het relatief veilig, maar ook erg druk. Voor het eind van de oorlog had ik twee kinderen – Jan kwam in 1942 en Kees in 1944. Corrie is dus inmiddels een liefhebbende oma. Maar in die tijd zijn we dichter bij mijn nichtje Susie gaan wonen. Als werkende moeder kon ik elke hulp gebruiken. En de BBC voelde nog steeds als een tweede thuis voor mij.

TF: En uw echtgenoot?

MB: Die voelde zich natuurlijk verscheurd. Een deel van Willems hart – en zijn ziel – bleef bij Nederland en zodra de SOE daar agenten naartoe begon te sturen, kon hij niet achterblijven. Hij en Gus hebben een aantal zeer gevaarlijke missies volbracht. Het was een spannende periode, waarbij ik zijn berichten traceerde terwijl hij op reis was. Gedurende die periode zijn de SOE en het verzet een boel agenten verloren, zowel als gevolg van pech als van verraad, maar ook door fouten van onze kant – van de codebrekers en de SOE. Die fouten moeten we ook toegeven.

Maar Willem liet zich niet weerhouden. In 1944, tijdens de voorbereidingen voor Operatie Market Garden, stond hij erop om persoonlijk met de parachutisten mee te springen. Zoals u weet hebben de geallieerden enorme verliezen geleden tijdens dat offensief. Hij en Gus werden als vermist opgegeven, en dat was ontzettend moeilijk. Kees was nog maar een paar weken oud. Corrie stuurde weer berichten, waarbij we heel wat meer deelden dan alleen radiogolven. Ze was bang dat ze haar zoon nooit meer zou zien, of haar kleinkinderen, en die angst begreep ik maar al te goed.

TF: Wat gebeurde er toen?

MB: Hij en Gus werden uiteindelijk gevonden. Ze waren zwaargewond geraakt en een Nederlandse familie had ze in huis genomen, met gevaar voor eigen leven. Het lijkt wel of die twee de negen levens met Felix delen! Ik moet toegeven dat ik een hartig woordje met mijn echtgenoot gesproken heb toen hij eindelijk terugkwam. Door de verwondingen konden ze geen van beiden reizen tot de bevrijding in mei '45. Een paar dagen daarna zijn we met z'n allen naar Amsterdam gegaan – er zaten toch wat voordelen aan het werken voor de SOE, bijvoorbeeld dat we met een transportvliegtuig van het leger mee konden.

TF: Hoe was het weerzien met Corrie en Felix?

MB: Niet te beschrijven, zo bijzonder. Met mijn eigen zoon aan mijn zijde begreep ik des te beter wat Willem en Corrie hadden meegemaakt, en hoe moeilijk het moest zijn geweest om te moeten zien dat je kinderen, hoe oud ze ook waren, de afgrond in liepen. Er werd heel wat gehuild, vooral door 'ome' Gus.

TF: En nu? Hoe kijkt u tien jaar later terug op de oorlog?

MB: Het is een beetje raar om te zeggen dat het met weemoed is, vanwege alle gruwelijkheden die er hebben plaatsgevonden, het verderf dat Hitler heeft gezaaid, al die families die uiteen zijn gerukt en het feit dat ik mijn grootvader ben kwijtgeraakt. Maar voor mij persoonlijk was de oorlog een keerpunt. Aan het begin was ik een oude vrijster in wording, en de oorlog heeft me gered van een lot dat ik uit mezelf niet had kunnen voorkomen. De oorlog maakte voor zo veel vrouwen een eind aan alle regeltjes, en vooral voor Marnie Fern, zowel op het werk als thuis. Ik ben volwassen geworden en tegelijkertijd jonger, ik heb het leven geleid dat ik daarvoor gemist had. Maar belangrijker nog: ik heb de man ontmoet die me gaf waar ik het meest naar verlangde, namelijk de liefde van een eigen gezin.

Ik kan niet anders zeggen dan dat die tijd helend voor me is geweest. De oorlog heeft mij, ondanks alle gruwelijkheden, een beter mens gemaakt.

Dankwoord

Mensen denken vaak dat als je eerste boek eenmaal is uitgegeven de volgende boeken van een leien dakje gaan. Niets is minder waar. Daarom ben ik ook zo dankbaar voor de aanhoudende steun uit zo veel hoeken tijdens de evolutie van dit boek. Allereerst mijn heel hartelijke dank aan mijn geweldige redacteur bij Avon – Molly Walker-Sharp – (die mij inmiddels door en door kent) voor haar scherpe oog voor wat goed is en wat niet. Ook dank aan mijn agent Broo Doherty bij DHH Literary Agency, een expert in digitaal porren uitdelen en raad geven op het gebied van schrijven, muzen en honden. Het hele team bij Avon en HarperCollins over de hele wereld ben ik ook dank verschuldigd, want zonder hen zou geen enkel boek van mij het daglicht hebben gezien. Ik bedank persklaarmaker Rhian McKay voor haar geduldige strijd met mijn middelbareschoolgrammatica en voor alle verbeteringen.

Op het thuisfront ben ik ook heel wat mensen dank verschuldigd: Gez, Sarah, Micki, Annie, Kirsty, Hayley, Ruth, Marion, Isobel, Kelly, Heidi en Zoe – gezamenlijk honden uitlaten, koffiedrinken en kletsen is waar het leven om draait met deze lieve vriendinnen. Ik zou ook niet zonder Coffee #1 in Stroud kunnen, en de fijne barista's die mij dagelijks voorzien van de heerlijkste flat whites.

Ik heb het geluk om in de schrijverswereld deel uit te maken van een fantastische groep in Gloucester: doordat ik met jullie de ups en downs van het schrijven kan delen, maakt dat het proces zo veel makkelijker. Net als het delen van ideeën met schrijvers Sarah Steele en Mel Goulding. Verder geniet ik ontzettend van de cocktails en het bijpraten over boeken met Loraine Fergusson (LP Fergusson) en Lorna Cooke (ook bekend als Elle Cook) van Avon.

Dit zijn de uitzonderlijke mensen die ik persoonlijk ken, maar er zijn er nog zo veel die ik misschien nooit zal ontmoeten: ontelbare lezers, recensenten, boekenkopers, boekenverkopers, bloggers en bibliotheekmedewerkers die eenzame schrijvers verbinden met de buitenwereld en hun woorden verspreiden. Jullie zijn van doorslaggevend belang; onderschat nooit hoeveel invloed een goede recensie, een vriendelijk woord of een korte tweet heeft op het schrijven van een nieuw hoofdstuk. Duizendmaal dank.

En natuurlijk mijn moeder, Stella. Mijn grootste fan. Mocht je in de supermarkt aangesproken worden door een dame van vierentachtig die zegt dat je mijn boek moet kopen, dan is dat waarschijnlijk mijn moeder. Zeg maar gedag. Ze is heel aardig.